ROMAN KLEMENTOVIC

DUNKEL NAH

ROMAN KLEMENTOVIC

DUNKEL NAH

THRILLER

GMEINER

Personen und Handlung sind frei erfunden. Ähnlichkeiten mit lebenden oder toten Personen sind rein zufällig und nicht beabsichtigt.

Bei Fragen zur Produktsicherheit gemäß der Verordnung über die allgemeine Produktsicherheit (GPSR) wenden Sie sich bitte an den Verlag.

Immer informiert

NEWSLETTER

Spannung pur – mit unserem Newsletter informieren wir Sie regelmäßig über Wissenswertes aus unserer Bücherwelt.

Gefällt mir!

Facebook: @Gmeiner.Verlag
Instagram: @gmeinerverlag

MIX
Papier | Fördert gute Waldnutzung
FSC® C014496

Besuchen Sie uns im Internet:
www.gmeiner-verlag.de

Im Ehnried 5, 88605 Meßkirch
Telefon 07575/2095-0
info@gmeiner-verlag.de

1. Auflage 2025

Lektorat: Claudia Senghaas, Kirchardt
Satz: Mirjam Hecht
Umschlaggestaltung: U.O.R.G. Lutz Eberle, Stuttgart
unter Verwendung eines Fotos von: © Peter H / Pixabay
Druck: GGP Media GmbH, Pößneck
Printed in Germany
ISBN 978-3-8392-0869-4

»Woher willst du denn wissen, dass ich verrückt bin?«, fragte Alice.
»Das musst du doch sein«, sagte die Katze. »Sonst wärst du ja gar nicht hergekommen.«

Aus »*Alice's Adventures in Wonderland*«
von Lewis Carroll*

* übersetzt von Roman Klementovic

PROLOG

»Bleib stehen!«, schrie er hinter ihr. Viel zu nah.

Sie zuckte im Laufen zusammen.

Scheiße! Scheiße! Scheiße!

Ihr Herz raste. Sie war voller Panik. Bekam vor Aufregung auf einmal kaum noch Luft in ihre Lungen.

Aber sie hatte die Treppe erreicht.

Runter! Nichts wie runter! Sie musste hier raus!

»Bleib stehen, verflucht!«, brüllte er, und die Worte waren scharf wie Peitschenhiebe.

Weiter!

Sie nahm gleich zwei Stufen auf einmal.

»Glaubst du wirklich, du kommst hier raus?«

Sie hatte es fast die Treppe hinuntergeschafft.

Da passierte es.

Sie rutschte über eine Stufenkante. Verlor das Gleichgewicht. Und hatte plötzlich alle Mühe, sich auf den Beinen zu halten. Sie schaffte es gerade so. Doch es hatte sie Zeit gekostet. Sekundenbruchteile, die sie nicht gehabt hatte.

Jetzt ging alles ganz schnell: Zuerst traf sie die Erkenntnis, dass dies der entscheidende Fehler gewesen war. Unmittelbar darauf traf sie ein Stoß in den Rücken. Wuchtig wie von einer Abrissbirne. Sie schrie auf. Verlor abermals das Gleichgewicht. Und kippte vornüber. Sie ruderte mit den Armen durch die Luft. Wollte nach dem Geländer greifen. Doch sie verfehlte es und griff ins Leere. Sie fand keinen Halt. Und stürzte. Es gelang ihr gerade noch so, sich ein wenig zur Seite zu drehen. Doch dafür knallte sie jetzt mit der Hüfte hart gegen eine der letzten Stufenkanten. Sie wollte die Arme schützend vors Gesicht reißen. Doch auch das gelang ihr nicht mehr rechtzeitig. Sie schlug heftig mit ihrer Schläfe auf dem Boden auf. Eine Schmerzgranate explodierte in ihrem Schädel. Raubte ihr den Atem. Und brachte alles in ihrem Kopf zum Dröhnen.

Sie war am Fuße der Treppe zum Liegen gekommen.

Sie stöhnte vor Schmerzen. Versuchte, sich gegen die Benommenheit zu wehren. Aber ihre Umgebung drehte sich und wurde immer schneller. Gleichzeitig wurde alles um sie herum dunkel und dumpf.

Sie bekam noch mit, dass er lachte. Und dass er daraufhin etwas sagte. Nur die Worte verstand sie nicht mehr. Denn schon einen Augenblick später verlor sie das Bewusstsein.

Als sie wieder zu sich kam, konnte sie erst nicht sagen, ob sie Stunden oder bloß einige Sekunden weggetreten gewesen war. Sie versuchte, die Benommenheit zurückzudrängen. Doch erst, als sich eine Schmerzwelle in ihrem Schädel auftürmte und diese schließlich mit voller Wucht gegen die Innenseite ihrer Schläfe prallte, war sie wieder voll da.

Ihr entkam ein Stöhnen.

Sie begriff jetzt, was gerade passierte. Sie wurde auf dem Rücken liegend weitere Stufen hinuntergezerrt.

Die Kellerstufen!

»Hilfe!«, krächzte sie, obwohl sie wusste, dass da weit und breit niemand war, der sie hätte hören können. Es war ohnehin kaum mehr als ein Flüstern gewesen, das sie noch über die aufgerissenen und blutverschmierten Lippen gebracht hatte. Trotzdem versuchte sie es noch einmal. Weil sie es ganz einfach nicht akzeptieren wollte. Und ihr nichts anderes mehr übrig blieb. »Bitte … Hilfe!«

Er schnaufte verächtlich durch die Nase.

Der Griff um ihre Handgelenke war fest. Sie wurde weiter die Stufen nach unten geschleift. Jede einzelne der harten, spitzen Kanten kratzte ihr über den Rücken.

»Bitte … lass mich … gehen«, flehte sie.

Er zog sie weiter.

Bis sie im Keller angekommen waren.

Dort ließ er endlich von ihren Händen ab. Doch ehe sie wusste, wie ihr geschah, spürte sie plötzlich eine Last auf ihrer Brust. So heftig, dass es ihr alle Luft aus den Lungen presste. Er hatte sich auf sie gestürzt. Und schon im nächsten Augenblick schlangen sich seine Hände um ihren Hals und drückten zu. Wie ein Schraubstock. Der Druck in ihrem Kopf stieg sprunghaft an. Ihre Augen begannen zu tränen. Sie röchelte. Versuchte, sich zu wehren und seine Hände von ihrem Hals wegzubekommen. Sie zerrte daran, aber das brachte nichts – er war einfach zu stark. Sie trat mit den Beinen aus, doch die fuhren nur ins Leere. Sie schlug benommen um sich und mit den Fäusten auf ihn ein. Aber auch das zeigte keine Wirkung. Sie hatte kaum noch Kraft. Und die Hände um ihren Hals gaben keinen Millimeter nach.

»Hör auf, dich zu wehren!«, zischte er.

Spucketröpfchen trafen sie im Gesicht.

Da wich ihre Panik. Und obwohl ihre Benommenheit wieder anschwoll, war ihr klar, was gerade passierte. Sie erkannte den flammenden Zorn in seinen Augen. Und die Entschlossenheit. Sie hatte keine Hoffnung mehr. Sie wusste: sie würde dieses Haus nicht mehr lebend verlassen.

Dabei hatte sie es doch geahnt. Nein, kein Grund mehr, sich etwas vorzumachen. Sie hatte es gewusst! So lange bereits. Sie hätte auf ihre innere Stimme hören sollen, die sie in den letzten Wochen und Monaten immer vehementer zur Flucht gedrängt hatte. Es war ihr doch klar gewesen. Sie war hier nicht sicher gewesen. Zu keinem Zeitpunkt. Stattdessen hatte sie sich einzureden versucht, bloß Gespenster zu sehen.

Jetzt war es zu spät!

Dieses verfluchte Haus war ihr zur Falle geworden. Der Wald würde ihr zum Grab werden.

»Es … es tut mir … leid«, presste sie mit letzter Kraft heraus. Aber es war nicht zu verstehen gewesen.

Es hatte ohnehin keine Bedeutung mehr. Sie beide wussten, dass es eine Lüge gewesen war. Nichts tat ihr leid. Absolut gar nichts.

Dieses Haus war die Hölle gewesen!

Und er der Teufel!

Ein hassgetränktes Zischen über ihr: »Du verlogene Schlampe!«

Es hatte bereits dumpf und weit entfernt geklungen.

Sie schloss die schmerzenden Augen. Gab sich ihrem Schicksal hin. Nur um zu merken, dass auf einmal der Druck auf ihren Hals nachließ. Und die Hände von ihr abließen.

Sie rang nach Luft. Musste husten.

Hoffnung keimte in ihr auf. Allerdings nur ganz kurz. Denn schon im nächsten Moment spürte sie, wie sie an den Haaren gepackt wurde. Und ihr Kopf daran angehoben wurde.

»Und jetzt stirb!«

Unmittelbar darauf wurde ihr Kopf mit voller Wucht zurück auf die steinharten Bodenfliesen geschmettert.

Der Schmerz war überwältigend. So heftig, dass sie nicht einmal schrie. Nur ein Stöhnen entkam ihr.

Seine Hände schlangen sich wieder mit voller Kraft um ihren Hals. Der Druck wurde so gewaltig, dass es ihr die Augen aus den Höhlen trieb.

Sie brachte kein Wort mehr heraus. Hatte keine Kraft mehr,

um sich zu wehren. Sie schloss die Augen. Und ließ es geschehen. Denn ihr war klar, dass es gleich vorbei sein würde.

»Stirb endlich!«

Der Druck auf ihren Kehlkopf nahm noch weiter zu.

Quälende Sekunden verstrichen.

Der Moment schien sich in alle Ewigkeit zu dehnen.

Dann war es endlich so weit.

Sie spürte etwas brechen. Sie hörte es sogar. Einen Sekundenbruchteil später entsprang ein eiskalter Schmerz ihrem Hals. Blitzschnell breitete er sich aus und flutete ihren ganzen Körper.

Sie verlor das Bewusstsein.

Und alles wurde schwarz.

Für immer.

VIER MONATE SPÄTER

KAPITEL 1

Als ich das Hotel zum ersten Mal mit eigenen Augen sehe, regt sich etwas in mir. Ein mieses Gefühl. Nein, mehr noch: ein tiefes Unbehagen, das rasch anschwillt und sich vom Magen aus in meinem ganzen Körper auszubreiten beginnt. Ich vermag es nicht zu greifen. Kann lediglich fühlen, wie es mir jetzt den Nacken hochkriecht.

Verschwinde von hier!, zischt eine Stimme tief in mir.

Ich ignoriere sie. Und versuche, mein mulmiges Gefühl als lächerlich abzutun. Weil es das ja schließlich auch ist. Ich bin doch kein Kind mehr, das Angst vor einem alten Gebäude und den Geistern darin hat. Trotzdem schaffe ich es nicht, mich in Bewegung zu setzen. Stattdessen kaue ich an meiner Unterlippe und verharre weiter am Rande der Lichtung. Und das, obwohl ich ohnehin schon viel zu spät dran bin.

Ich streife den bleischweren Rucksack ab und lasse ihn ins feuchte Gras fallen. Einen Augenblick lang verspüre ich Erleichterung. Doch dann setzt sofort wieder der stechende Schmerz im Kreuz ein und arbeitet sich über den Nacken bis zu den Schläfen hoch.

Mir entkommt ein Stöhnen.

Ich kneife die Augen zusammen und fasse mir an die Schläfen, bis das Stechen in meinem Schädel wieder ein wenig nachlässt. Dann stemme ich die Hände in die Hüften, lege den Kopf in den Nacken und lasse ihn kreisen, um meinen Nacken zu dehnen. Doch es schafft keine Abhilfe. Stattdessen überkommt mich jetzt auch noch ein leichtes Schwindelgefühl.

Ich schließe erneut die Augen. Warte darauf, dass es abklingt. Und fühle den kühlen Wind, der mir um die Ohren bläst.

Überall um mich herum ächzt und knarrt es.

Ich öffne die Augen wieder. Richte meinen Blick hoch auf die wankenden Tannenwipfel. Und auf die dunkle Wolkenschicht, die sich nicht weit darüber vorwärtsschiebt. Jede Wette, dass es nicht mehr lange dauert, bis die ersten Tropfen vom Himmel fallen. Ich kann den Regen bereits riechen. Ich sollte also besser zusehen, dass …

Auf einmal ist da ein Knirschen. Direkt hinter mir.

Ich fahre herum.

Doch zu meiner Verwunderung ist da nichts. Die mit Schlaglöchern übersäte Kiesstraße ist menschenleer und auch im Unterholz und zwischen den Bäumen zu beiden Seiten ist nichts und niemand zu entdecken. Kein Schatten, der da nicht hingehört. Kein Farbklecks. Keine Bewegung. Nichts. Und dennoch hat mich dieses Unbehagen wieder ein wenig fester im Griff. Ich bin mir fast sicher, einen stechenden Blick auf meiner Haut zu spüren. Ich schlucke. Halte die Luft an. Und scanne noch einmal die Umgebung. Aber auch jetzt kann ich nichts und niemanden ausmachen. Vermutlich war es also bloß ein Tier, das von einer auf die andere Seite der Straße gehuscht und längst wieder in den Tiefen des Waldes verschwunden ist.

Ich sollte mich wohl besser an solche Geräusche gewöhnen. Immerhin bin ich hier tief im Wald. Und *ich* bin der Fremdkörper hier.

Ich bin über ein kleines trostloses Dorf, dessen Namen ich schon wieder vergessen habe, hierhergekommen. Eine gefühlte Ewigkeit bin ich der Kiesstraße danach durch den

Wald gefolgt. Habe den klobigen Koffer wie ein trotziges Kind hinter mir hergezogen und immer wieder Halt gemacht, weil sich Steinchen in den ratternden Kunststoffrollen verklemmt hatten. Der Rucksack schien mit jedem Schritt schwerer zu werden und der Weg kein Ende nehmen zu wollen. Ich fürchtete schon, mich verlaufen zu haben. Und das Hotel nie zu finden.

Jetzt, da ich es endlich geschafft habe und meinen Blick wieder auf das Gebäude richte, frage ich mich, ob das nicht besser gewesen wäre. Ich sollte auf meine innere Stimme hören und gleich wieder verschwinden. Den guten ersten Eindruck kann ich mir aufgrund der Verspätung ohnehin abschminken. Doch ich kann mich nicht dazu durchringen. Im Grunde weiß ich ja auch, dass ich gar keine andere Wahl habe, als hierzubleiben.

Ich stehe also weiter bloß da. Versuche, meine immer noch anschwellenden Kopfschmerzen zu ignorieren, und starre auf das Gebäude.

Ich bin müde. Verunsichert. Und auch ein wenig schockiert.

Gut, ja, in der Anzeige stand, dass es vor der Wiedereröffnung gründlich renoviert werden müsse. Schließlich bin ich ja genau deshalb hier. Aber war da nicht auch von einer *baldigen* Wiedereröffnung die Rede? Jetzt, da ich es mit eigenen Augen sehe, halte ich das für völlig ausgeschlossen. Ich frage mich, was das soll. Und wie dieses marode Ungetüm jemals wieder Gäste beherbergen soll.

Das Hotel liegt auf einer weitläufigen Lichtung, über deren feuchtem Boden feine Nebelschwaden wabern. Kaum merkbar trüben sie die Luft und den Blick auf das Gebäude, das aus einem vierstöckigen Hauptteil und zwei dreistöckigen Nebengebäuden besteht. Zudem gibt es noch einige verwinkelte Anbauten. Das Ganze wirkt nicht wirklich durchdacht.

Es scheint vielmehr aus der Not heraus entstanden zu sein. Sicher war das Hotel ursprünglich deutlich kleiner gewesen. Und im Laufe der Zeit waren mit der steigenden Nachfrage die Nebengebäude nach und nach ein wenig planlos dazu gebaut worden.

Über der zweiflügligen Eingangstür, zu der fünf breite Steinstufen und eine seitliche Rampe hinaufführen, prangt in großen Lettern der Schriftzug *WALDHOF*. Das *F* hat sich aus der oberen Verankerung gelöst und hängt um 180 Grad nach unten. Der schwarze Lack der metallenen Buchstaben ist kaum noch vorhanden. Zum größten Teil schimmern sie in rostigem Braun.

Die Fassade war sicher einst strahlend weiß. Doch mittlerweile hat sie sich zu den verschiedensten Grautönen verfärbt und bröckelt an allen Ecken und Enden. An vielen Stellen kommen die darunterliegenden Ziegelsteine zum Vorschein. Selbst aus der Entfernung ist zu erkennen, dass große und kleine Fassadenteile in der Wiese und im Gestrüpp um das Gebäude herumliegen. Efeu rankt sich die feuchten Mauern hoch. Es wirkt nicht idyllisch. Vielmehr wie eine Krankheit, die sich auf dem Haus ausgebreitet hat.

Dunkelbraunes Fachwerk durchzieht den Großteil des Hotels. Es wirkt genauso morsch wie das Holz der vielen kleinen mit leeren Blumentrögen bestückten Balkone. Einige von ihnen scheinen vornüber zu kippen, manche sogar jeden Moment zu Boden zu stürzen. Ich kann nur hoffen, nie einen davon betreten zu müssen.

Hinter den meisten der verdreckten Fenster sind vergilbte Vorhänge zu erahnen. Eine Scheibe im dritten Stock ist mit einer schwarzen Plastikplane abgeklebt. Die leichte Brise lässt sie rascheln.

Das Dach ist steil, verwinkelt und voller Giebel und kleiner Türmchen. Außerdem ist es großflächig mit Moos bedeckt.

Manche der roten Schindeln sind durch dunkelgraue ersetzt worden. Andere fehlen ganz. Hoch über dem Haupteingang ragt ein Rundturm aus dem Dach, auf dessen Spitze ein krummer unbestückter Fahnenmast thront. Er wirkt noch instabiler als die Balkone. Würde mich nicht wundern, wenn der beim nächsten Sturm hinunterkrachte.

Vor dem Gebäude erstreckt sich ein asphaltierter Parkplatz. Die Bodenmarkierungen sind kaum noch auszumachen. Regenpfützen schimmern im düsteren Licht. Und unzählige kleine Punkte, die wie Glassplitter wirken. Unkraut hat sich durch die vielen Risse im Asphalt gedrängt. An manchen Stellen ist es zu regelrechten Büschen herangewachsen. Obwohl die Fläche sicher 25 bis 30 Autos Platz bietet, steht da nur ein einsamer VW Käfer. Der rote Lack ist ausgeblichen und mit Rostflecken und Matschspritzern durchsetzt. Ein Sprung zieht sich über die gesamte Heckscheibe. Der Wagen hat kein Nummernschild, zumindest hinten nicht. Der Seitenspiegel und das Auspuffrohr hängen weit hinab. Die Reifen scheinen viel zu wenig Luft zu haben. Ich bezweifle, dass die Schrottkiste noch anspringt. In der Mitte des Parkplatzes spiegelt ein stillgelegter brüchiger Brunnen, der von einem ausgedörrten Blumenbeet umgeben ist, den Zustand der Anlage wider.

Vor dem rechten Nebengebäude türmt sich ein gut zwei Meter hoher und fünf Meter breiter Erdhaufen auf. Ein Schubkarren mit plattem Reifen steht dort. Ein Spaten liegt daneben im Gras. Außerdem etwas, das aus der Ferne wie ein einsamer Arbeitshandschuh aussieht.

Mann …!

Das muss ich erstmal verdauen. Ich reibe mir das Gesicht und die Augen, als hätte ich bloß ein Trugbild vor mir, das dadurch verschwinden würde. Aber es wird nicht besser.

Ein Rascheln zieht meine Aufmerksamkeit auf sich. Eine Plastiktüte wird vom Wind über den Parkplatz gejagt – wie eine Taube von einem Kind. Sie bleibt kurz an der Stoßstange des Käfers hängen, löst sich aber schnell und treibt dann weiter. Ich verliere sie wieder aus den Augen.

Nein, das hier ist keine Täuschung. Wo bin ich bloß gelandet? Das alles sieht aus wie die Kulisse eines schlechten Horrorfilms. Nichts, absolut gar nichts an diesem Ort wirkt einladend.

Du solltest nicht hier sein!, meldet sich die Stimme in mir zurück. Hau ab!

Als hätte ich eine Wahl!

Es ist ja nicht so, dass ich grundlos mein altes Leben zurückgelassen habe. Dass ich den erstbesten Job, der mir fernab von zu Hause angeboten worden war, angenommen habe – und das, ohne Fragen zu stellen. Dass ich Hals über Kopf aufgebrochen und hierher gereist bin. Von einem Tag auf den anderen. Mit nichts mehr als dem alten Koffer und dem Rucksack bei mir.

Und natürlich den Erinnerungen.

Ich will sie nicht zulassen. Nicht schon wieder. Ich versuche, sie mit aller Macht von meinem Verstand fernzuhalten. Doch ich bin chancenlos. Wie ein einsamer Wachmann, der einer aufgebrachten Meute gegenübersteht, die bereits alle Absperrungen niedergerissen hat und nun geradewegs auf ihn zustürmt. Ehe ich mich versehe, blitzen die blutverschmierten Bilder schon vor meinem geistigen Auge auf. Und schnüren mir die Kehle zu. Ich spüre, wie der Druck hinter meinen Lidern sprunghaft ansteigt. Wie meine Augen nass werden. Und sich schon eine erste Träne daraus löst und mir die Wange hinunterläuft. Ich wische sie mir mit dem Handrücken weg. Reibe mir das Gesicht. Hole tief Luft. Aber ich werde die Bilder nicht los. Ich fühle schon, wie die nächste Träne mir übers Gesicht läuft und meine Lippen zu zittern beginnen.

Ja, es hat verdammt noch mal einen Grund, warum ich hier bin! Ich sollte besser …

Auf einmal werde ich aus meinen Gedanken gerissen. Denn zwei Dinge passieren fast zeitgleich. Erst glaube ich, hinter einem der Fenster im ersten Stock eine Bewegung wahrzunehmen. Doch das trübe Tageslicht spiegelt sich darin und ehe ich mir sicher bin, ist da noch etwas anderes: ein Knacken. Direkt hinter mir. Und plötzlich auch ein Knurren.

Ich wirble herum.

Ach du Scheiße!

Da steht ein Mann, keine zehn Meter von mir entfernt. Er hat ein Gewehr auf mich gerichtet.

KAPITEL 2

»Rühr dich nicht von der Stelle!«, brummt der Fremde über den Gewehrlauf hinweg und ich bin mir nicht sicher, wem die Aufforderung gilt – mir oder dem Rottweiler zu seinen Füßen.

Der Köter hat mich mit seinen dunklen Augen fixiert. Er knurrt und strotzt nur so vor Aggressivität. Jeder Muskel seines Körpers scheint angespannt. Ich bin überzeugt: schon bei der leisesten Bewegung würde er sich auf mich stürzen. Aber ich wage es ohnehin nicht, mich zu rühren. Dabei würde ich so gerne in meine rechte Hosentasche greifen – auch wenn mir das, was sich darin befindet, gerade nicht weiterhelfen würde. Nur mein Blick hetzt hin und her – zwischen dem Hund und der immer noch auf mich gerichteten Waffe.

»Wer bist du?«, faucht der Mann mich an und zuckt mit dem Gewehrlauf. Seine Stimme ist tief und kratzig. Und sie trieft nur so vor Abscheu.

Er ist wohl Ende 50, vielleicht auch schon Anfang 60. Und ein regelrechter Berg von einem Mann. Das rot-schwarz karierte Flanellhemd spannt über seinem gewaltigen Oberkörper – einer Mischung aus Muskeln und Fett. Aus der Brusttasche schaut eine Zigaretten-Packung heraus, was auch den Klang seiner Stimme erklärt. Er hat schütteres, kurzgeschorenes Haar und ein kantiges Gesicht, das von grau melierten Bartstoppeln durchsetzt ist. Seine Haut wirkt ledern. Die Nase ist ein gewaltiger Zinken mit vielen roten

Äderchen. Und so schief wie ein gefällter Baum, dessen Fall von den Ästen der umstehenden Bäume aufgehalten wurde. Die Beine wirken stämmig und ein wenig zu kurz geraten. Sie stecken in schmutzigen Jeans. Dafür scheinen seine Füße besonders groß ausgefallen zu sein. Die abgewetzten festen Lederschuhe gehen wohl auf Größe 50 zu.

»Ich habe dich etwas gefragt!«, herrscht er mich an.

Ehe ich antworten kann, bellt der Köter wütend auf. Ich zucke vor Schreck zusammen. Das macht das Tier nur noch aggressiver und es fletscht die Zähne.

Ich bringe kein Wort heraus. Mache mir beinahe in die Hose.

»Ruhig!«, weist der Kerl den Hund an. »Ganz ruhig!« Dann wieder an mich gerichtet: »Ich frage dich jetzt zum letzten Mal. Wer bist du? Und was zum Teufel hast du hier zu suchen?«

Ich begreife erst jetzt, dass ich die Hände hoch halte und am ganzen Körper zittere. Es ist nicht mehr als ein krächzendes Gestotter, das ich herausbringe: »Ich … ich bin der … Handwerker. Ich …«

»Handwerker?«, unterbricht er mich.

»Ja, genau.«

»Was für ein Handwerker?«

»Ich … also, ich …« Ich schlucke.

»Na, wird's schon!«

Ich atme tief durch. Versuche, mich zu fassen, was ihm offenbar zu langsam geht.

»Wir brauchen keinen Handwerker!«

»Ich habe mit …«

Der Hund kläfft und bringt mich wieder aus dem Konzept.

»Ich will, dass du verschwindest!«

Ich hole noch einmal tief Luft. Fasse Mut. »Vielleicht könnten Sie ja …«

Er lässt mich wieder nicht ausreden. »Hörst du schlecht? Du sollst abhauen!«

Mein Herz hämmert wie verrückt. Meine Gedanken rasen. Ich begreife einfach nicht, was das alles soll. Wer zur Hölle ist der Kerl? Wie hat er sich so unbemerkt an mich ranschleichen können? Und warum ist er so aggressiv? Was, verdammt noch mal, hat er gegen mich? Ich will hier weg. Und zwar sofort. Da gibt es allerdings noch das Problem, dass ich es nicht wage, mich zu rühren. Dieser Köter …

Plötzlich höre ich Geräusche in meinem Rücken. Wohl eine Tür, die zugeknallt wird. Gefolgt von harten Absätzen, die hastig über Asphalt klappern. Und einer schrillen Frauenstimme, die ruft: »Spinnst du? Schluss jetzt! Aber sofort!«

Ich widerstehe dem Drang, mich umzudrehen. Starre weiter den Mann an. Und sehe, wie seine Mimik schlagartig an Aggressivität verliert. Ja, wie sein Gesicht geradezu verfällt.

Das Klappern kommt immer näher.

»Ausgerechnet jetzt …«, murmelt er, ohne mich aus den Augen zu lassen. Oder den Gewehrlauf von mir zu nehmen.

Der Rottweiler knurrt nicht mehr. Die spitzen Zähne sind in seinem Maul verschwunden. Seine Körperspannung hat sich verflüchtigt. Er weicht zurück, sucht hinter den Beinen seines Herrchens Zuflucht.

Das gibt mir Sicherheit. Ich wage einen Blick hinter mich. Und entdecke eine Frau in einem schwarzen knöchellangen Kleid, die auf uns zustürmt. Ich bemerke erst jetzt, dass es zu nieseln begonnen hat.

»Alfred, bist du verrückt geworden?«, kreischt sie und ihre Stimme überschlägt sich förmlich. »Lass den armen Mann in Ruhe, aber sofort!«

Er murmelt etwas Unverständliches.

Der Hund ist mucksmäuschenstill.

Die Frau hat uns erreicht und baut sich zwischen mir und

dem Mann auf. Schnaufend streicht sie sich eine Strähne, die sich aus ihrer Hochsteckfrisur, in der auch eine Blume steckt, gelöst hat, aus dem Gesicht und streckt mir ihre ausgemergelte Hand entgegen. »Sie sind sicher Herr Winter, richtig?«

Ich bin mir nicht sicher, aber ich glaube, ich nicke. Da das Gewehr aber immer noch auf mich gerichtet ist, wage ich es nicht, die Arme runterzunehmen.

Sie räuspert sich, murmelt ein »Nun ja …« und zieht ihre Hand zurück. »Ich bin jedenfalls Eleonora Reiter, die Besitzerin des *Waldhofs.*«

Sie streckt die Arme aus, als hätte sie eben einen Zaubertrick vollbracht. Dabei versucht sie sich in einem Lächeln, was ihr jedoch gründlich misslingt. Da ist einfach viel zu viel Anspannung in ihrem mageren Gesicht.

»Herzlich willkommen!«, sagt sie und streckt mir ein zweites Mal die Hand entgegen.

Ich bin perplex, lasse ihre Hand weiter in der Luft hängen.

Sie kämpft immer noch mit ihrem Lächeln. Ihre Wangen und Augen zucken dabei unkontrolliert.

Nun wage ich es endlich, die Hände runterzunehmen und ihre Hand zu schütteln.

»Es freut mich so«, sagt sie und aus irgendeinem Grund glaube ich ihr das nicht so ganz.

»Was hat der hier zu suchen?«, will der Mann wissen.

So feindselig er auch klingt, seine Stimme hat eindeutig an Schärfe verloren. Dennoch hat er immer noch das Gewehr auf mich gerichtet.

Sie beachtet ihn erst gar nicht und bemüht sich weiter um Höflichkeit. »Bitte entschuldigen Sie meinen Mann, Herr Winter. Ich brauche Ihnen wohl nicht zu erklären, dass seine Umgangsformen manchmal leider ein wenig zu wünschen übrig lassen. Es gibt Situationen, da möchte man glauben, dass er direkt von Orang-Utans abstammt und bloß adoptiert wurde.«

»Ich will wissen, was …!«, setzt er an.

Doch sie fährt ihm scharf dazwischen: »Ruhe jetzt!«

Ich zucke ein wenig zusammen. Wo bin ich da nur hineingeraten?

Wieder versucht sie zu lächeln. Ihre spitzen Wangenknochen ragen dabei hervor. Ihr rechtes Augenlid zuckt kaum merkbar. Die Strähne ist ihr wieder ins Gesicht gerutscht. Sie streicht sie sich erneut zurück.

»Wozu brauchen wir einen Handwerker?«, will er wissen.

»Ist die Frage dein Ernst? Hast du dich schon einmal hier umgesehen?«

»Kannst du mir erklären, wie wir den Kerl beza…?«

Sie fährt herum. Und bringt ihn mit einem vernichtenden Blick zum Schweigen. Zwei, drei Sekunden verharrt sie so, um ihren Standpunkt ein für alle Mal klar zu machen. Dann wendet sie sich wieder mir zu.

»Wissen Sie, Herr Winter, mein Mann meint es nicht so. Leider weiß er manchmal eben nicht, was sich gehört. Meine Theorie mit den Affen kennen Sie ja bereits.« Dann wendet sie sich noch einmal um und drückt endlich den Gewehrlauf zu Boden. »Und jetzt pack gefälligst dieses Ding weg! Es ist ja geradezu lächerlich, wie du dich aufführst!«

»Ich lasse mir von dir nicht …!«

»Und ob!«

»Hör auf damit, mir immer …!«

»Schluss jetzt!«

Der Rottweiler ist inzwischen zahm wie ein Dackel. Er wagt es kaum noch, zwischen den Beinen seines Herrchens hindurchzulugen.

Der Mann will zum letzten Protest ansetzen, doch sie lässt ihn gar nicht erst zu Wort kommen.

»Hast du etwa nichts zu tun?«, will sie von ihm wissen. »Ich bin wirklich gespannt, wie lange es noch dauert, bis dieser hässliche Erdhaufen endlich verschwunden ist! Was macht denn das für einen Eindruck, frage ich dich?«

Er murmelt etwas Unverständliches.

Sie fährt herum. »Wie bitte?«

Er versucht, ihrem Blick standzuhalten. Gibt aber schnell auf. »Ach, vergiss es!«, brummt er, schnauft und schultert sein Gewehr. »Los komm, Oskar!«

Der Rottweiler lässt sich nicht zweimal bitten. Er folgt ihm aufs Kommando und die beiden verschwinden in Richtung des rechten Nebengebäudes. Nach ein paar Schritten hält er jedoch inne, dreht sich noch einmal um und streckt mir den Zeigefinger entgegen: »Zimmer 467 ist für dich tabu, hast du verstanden! Ach was, der ganze vierte Stock. Wenn ich dich dort erwische, dann …«

»Alfred!«

Er ignoriert sie und zeigt mit dem Finger auf mich. »Sag später nicht, ich hätte dich nicht gewarnt!«

Jetzt ist sie es, die unverständliche Flüche murmelt, während Mann und Hund sich wieder abwenden und ihren Weg fortsetzen. Ich betrachte sie von der Seite. Ihre Kieferknochen mahlen und ihr Augenlid zuckt erneut. Dann, von einem Moment auf den anderen, setzt sie wieder dieses angestrengte Lächeln auf und streift ihr feuchtes Kleid an den Hüften glatt.

Ansatzlos packt sie meine Hand und schüttelt sie energisch. »Also, wie dem auch sei. Noch einmal herzlich willkommen! Ich darf doch Simon sagen?«

Ich nicke, bin aber immer noch von der Rolle. Dieser Empfang hat mich schlichtweg überfordert.

Sie hält meine Hand weiter fest. »Alfred meint es nicht persönlich, das kann ich Ihnen versichern, Herr Simon. Die letzten Tage waren nicht gerade leicht für uns, müssen Sie wissen. Es gab da leider ein paar Unannehmlichkeiten. Nicht sehr prickelnd, das können Sie mir glauben. Vielleicht haben

Sie ja gehört, dass …« Sie bricht den Satz ab. Lässt jetzt endlich meine Hand los. Räuspert sich in ihre Faust. Lächelt. Und macht eine Handbewegung, als möchte sie damit das eben Gesagte aus meinem Gedächtnis wischen. »Ach, was soll's, vergessen Sie's einfach! Und bitte lassen Sie sich von dem alten Griesgram bloß nicht die gute Laune verderben.«

Nun, dieser Zug ist wohl abgefahren. Aber so was von.

Ich nutze die Gelegenheit und lasse meine Hand in die rechte Tasche meiner Jeans gleiten. Taste nach dem kleinen runden Metall. Presse eine Kante unter meinen Fingernagel. Und genieße die vertraute, beruhigende Wirkung.

Über ihre Schulter hinweg sehe ich, dass der Mann und sein Köter die Seitentür des Nebengebäudes erreicht haben. Er öffnet sie, schickt den Hund voraus und wirft mir noch einen giftigen Blick zu, ehe er ihm folgt und die Tür heftig hinter sich zuknallt – ein letztes deutliches Statement darüber, was er von meiner Ankunft hier hält.

»Am besten, ich zeige Ihnen gleich Ihr Zimmer«, sagt sie, um gleich wieder meine Aufmerksamkeit zu bekommen. »Dann können Sie sich rasch umziehen und sofort loslegen. Sie werden es vielleicht nicht glauben, aber es gibt jede Menge Arbeit für Sie.«

Sie wartet erst gar nicht eine Reaktion von mir ab. Während ich noch zögere, ist sie schon auf halbem Weg zum Haupteingang. Ich blicke die Kiesstraße zurück, der ich eben hierher gefolgt bin. Vielleicht sollte ich ja einfach …

»Nun kommen Sie schon, Herr Simon!«

Ich seufze. Schultere den Rucksack und folge ihr, den widerspenstigen Koffer im Schlepptau, durch den Regen. Dabei meldet sich meine innere Stimme zurück – noch eindringlicher als zuvor: *Du machst einen großen Fehler! Verschwinde, solange du noch kannst!*

KAPITEL 3

»Nur keine Müdigkeit vortäuschen!«, trällert die Hausherrin. Sie ist die fünf Stufen regelrecht hochgeflogen und bereits am Haupteingang angekommen. Ungeduldig zappelt sie dort von einem Fuß auf den anderen. Wie ein kleines Mädchen, das es nicht erwarten kann, ihrer neuen Freundin endlich ihr tolles neues Prinzessinnen-Zimmer zeigen zu können. »Nun kommen Sie schon!«

Als ich den Koffer mit seinen ratternden Rollen die Rampe hochgezogen und zu ihr aufgeschlossen habe, hat sie sichtlich Mühe, die schwere Eingangstür aufzubekommen. Sie zerrt daran. Ich will ihr helfen, aber sie drängt mich zur Seite.

»Lassen Sie nur, Herr Simon!«, presst sie zwischen ihre Zähne hindurch. »Manchmal klemmt dieses schmucke Ding leider ein wenig, müssen Sie wissen! Aber das werden sie ja sicherlich rasch beheben können, nicht wahr?«

Ich ringe mir ein Lächeln ab und hoffe, dass es ihr als Antwort genügt.

»Fein. Und wenn wir erst mal wiedereröffnet haben, bleibt sie sowieso durchgehend offen. Wir müssen dann so eine Wärmeluftdüse installieren. Heißt das so?«

Ich habe keine Ahnung, wovon sie spricht.

»Wissen Sie, so eine, wie sie die feinen Läden in den Einkaufsstraßen heute haben. Bringt zwar die Frisur ein wenig durcheinander, aber dafür bleibt die kalte Luft draußen.«

»Ja«, sage ich nur, weil ich nicht weiß, was ich sonst darauf antworten soll.

»Nun, also bitte!« Sie hat die Tür endlich aufbekommen und macht eine einladende Geste. »Nur herein in die gute Stube.«

Ich setze zu einem Schritt an, aber sie schneidet mir den Weg ab und schlüpft selbst zuerst hinein.

Kurz bin ich irritiert.

Dann betrete ich das Hotel.

Im selben Moment zuckt ein Gedanke durch meinen Verstand. Jedoch viel zu schnell, als dass ich ihn fassen könnte. Ehe ich ihn begreife, ist er auch schon wieder verschwunden. Nur ein mieses Gefühl bleibt zurück.

Mir bleibt keine Zeit, darüber nachzudenken. Zu viele Eindrücke prasseln auf einmal auf mich ein. Das düstere Licht. Der muffige Geruch. Die Kälte, die unmittelbar hinter der Schwelle gelauert zu haben schien. Die Stille. Und dieses erdrückende und einengende Gefühl – trotz der Weitläufigkeit der Empfangshalle.

Ich bin überwältigt. Weil ich mich in eine längst vergangene Zeit zurückkatapultiert fühle. Und ich unter all dem Staub und den vielen Spinnweben den einstigen Prunk erahne. Ich kann mir sehr gut vorstellen, dass diese Bruchbude vor vielen Jahrzehnten eine ausgezeichnete Adresse gewesen war. Und dass Menschen einst bereitwillig eine Stange Geld für den Aufenthalt hier bezahlten. Das hier war sicher kein Ort für die gemeine Masse. Garantiert blieben hier der Adel, Ärzte, Anwälte, Direktoren, Unternehmer und derengleichen unter sich. Fast ist es so, als wären deren Stimmen hinter all der Stille noch ganz, ganz leise zu erahnen. Und als hingen deren teure Parfüms noch immer in der Luft. Aber eben nur fast.

All das ändert nämlich nichts daran, dass ich erschüttert bin. Denn so marode das Gebäude von außen auch aussieht, es ist nichts im Vergleich zu seinem Innenleben. Hier drinnen schreit einfach alles nach einer Abrissbirne.

Die beigefarbenen Bodenfliesen sind mit Matschspritzern und Schuhabdrücken besudelt. Sogar dünne Reifenspuren, vermutlich von einem Fahrrad, kann ich entdecken. In der Mitte der Eingangshalle stehen zwei einander zugewandte dunkelgrüne Sofas. Schon alleine der Anblick reicht aus, um zu spüren, wie sich die Sprungfedern in mein Gesäß bohren. An einer Lehne ist der verschlissene Stoffbezug gerissen und der Schaumstoff quillt heraus. Zwischen den Sofas steht ein rundes Holztischchen mit kunstvoll geschnitzten Beinchen. Darauf thront eine Porzellanvase, in der frische rosa und weiße Schnittblumen stecken. Lilien, vermute ich. Aber ich kenne mich mit Blumen nicht aus.

Im linken Bereich der Halle befindet sich ein lang gezogener Tresen, über dem golden »Rezeption« an der mit dunklem Holz vertäfelten Wand prangt. Unter dem Schriftzug hängt ein gut ein Meter hoher und drei Meter breiter Schlüsselkasten. Die meisten der Haken sind leer. Nur an wenigen hängen Schlüssel mit schweren goldfarbenen Anhängern. Auf dem Tresen selbst steht ein überquellender Papierkorb. Das war es an Deko.

»Also, noch einmal herzlich willkommen, Herr Simon!«, sagt Frau Reiter mit einem unüberhörbaren Stolz in ihrer Stimme und streckt mir ein randvolles Schnapsgläschen entgegen.

Keine Ahnung, wo sie das auf einmal her hat. Ich nehme es ihr ab und bedanke mich. Ich hasse so ein Zeug.

Sie leert ihres in einem Zug. Stöhnt zufrieden und wischt sich mit dem Handrücken über den Mund.

»Nun machen Sie schon, runter damit!«, drängt sie mich.

»Ich würde lieber nicht …«

»Keine Ausreden, wir müssen doch Ihre Ankunft feiern!«

»Es ist nur so, dass …«

»Und machen Sie sich keine Gedanken. Ihre Arbeit wird so ein kleiner Schluck schon nicht beeinträchtigen, was?«

Normalerweise bin ich nicht so. Wirklich nicht. Ich habe meine Meinungen und vertrete meine Standpunkte gerne. Aber irgendwie habe ich das Gefühl, dass eine Diskussion mit dieser Frau schon im Vorhinein zum Scheitern verurteilt ist. Augen zu und durch, denke ich mir also und kippe den Inhalt, ein furchtbar starkes und geschmacklich völlig undefinierbares Gesöff, in einem Zug hinunter.

»So ist's gut«, sagt sie, als wäre ich ein Hund. »Ein Arbeiter braucht Energie, Herr Simon!«

Ich wische mir mit dem Handrücken über den Mund und muss ein wenig husten, weil das Brennen in meiner Mundhöhle und dem Rachen erst jetzt so richtig einsetzt.

Sie lacht, als würde ich einen Witz machen. »Ich dachte, Sie seien ein Mann, Herr Simon.«

Ich fange mich wieder.

»Na also. Noch ein Gläschen?«

Bloß nicht! »Nein, danke!«

»Ach, kommen Sie schon!«

»Nein, wirklich …«

»Sie Spielverderber! Das muss ich Ihnen wohl noch beibringen, was?« Sie nimmt mir mein Glas ab. Will es aber offenbar immer noch nicht wahrhaben. »Sicher nicht noch eines?«

»Ganz sicher.«

»Hm, wie Sie meinen.«

Sie verschwindet mit den Gläsern hinter dem Rezeptionstresen, wo sie sich selbst noch einen einschenkt und hinunterkippt. Sie stöhnt zufrieden, geht in die Hocke und verschwindet aus meinem Sichtfeld – vermutlich weil sie die Gläser irgendwo verstaut. Während das Brennen in meinem Rachen allmählich abklingt, lasse ich noch einmal die Empfangshalle auf mich wirken. Es wird nicht besser.

»Der *Waldhof* verfügt über mehr als 100 Zimmer«, sagt sie, weil sie meine Blicke offensichtlich ganz genau verfolgt.

Wenn die im gleichen Zustand sind wie das, was ich bisher gesehen habe, dann ist dieses Gebäude verloren. Aber das sage ich ihr nicht. Stattdessen nicke ich bloß und versuche, mich beeindruckt zu geben. Das bin ich in gewisser Weise ja auch.

Im rechten Bereich der Empfangshalle, gegenüber der Rezeption, befinden sich drei Türen, über denen »Safes«, »Garderobe« und »Hoteldirektion« steht. Das Milchglas jener, die zur Hoteldirektion gehört, ist eingeschlagen. Große und kleine Scherben liegen davor auf dem Boden verstreut. Die Tür muss also von innen eingeschlagen worden sein. Ein paar Meter weiter steht ein Feuerlöscher. Unmittelbar daneben ein roter Damenschuh mit Schwindel erregend hohem Absatz.

»Und, was sagen Sie, Herr Simon?«, fragt sie und gesellt sich wieder zu mir. »Beeindruckend, nicht wahr?«

Ich ringe mir ein weiteres Lächeln ab. Gleichzeitig frage ich mich, ob sie mich vielleicht bloß auf den Arm nehmen will. Ich suche in ihren glänzenden Augen nach einem Anzeichen dafür, finde aber keines. Ich fürchte, es ist ihr voller Ernst. Wie kann sie nicht begreifen, dass jeder Cent und jede Minute, die man in dieses Gebäude investiert, die reinste Verschwendung sind? Sie hat wohl schon viel zu viele Gläser intus. Oder gibt es da etwas, das ich noch nicht gesehen oder begriffen habe?

»Keine Frage, es liegt natürlich noch ein wenig Arbeit vor uns«, sagt sie. »Aber wenn hier erst mal ein wenig sauber gemacht ist, dann sieht das alles gleich ganz anders aus.«

Ich bin davon überzeugt, dass die vielen Schäden dadurch nur noch deutlicher zum Vorschein kommen werden. Aber das sage ich nicht. Stattdessen nicke ich nur.

Sie redet weiter, aber ich höre ihr nicht mehr zu. Ich grüble darüber, wie ich ihr am besten verklickern kann, dass alles bloß ein riesengroßes Missverständnis war. Und dass ich mich dazu entschlossen habe, doch nicht hierbleiben zu wollen. Soll ich ihr die Wahrheit sagen? Oder soll ich behaupten, am Rande der Lichtung eine Tasche vergessen zu haben und einfach abhauen? Oder soll ich vielleicht zu drastischeren Mitteln greifen und einen Schwächeanfall vortäuschen? Ein wenig schwindelig wäre mir ja. Und die dazu passenden Kopfschmerzen hätte ich auch.

Aber ehe ich mich für eine Option entschieden habe, legt sie mir die Hand in den Rücken und schiebt mich vorwärts. »Kommen Sie weiter, Herr Simon! Das wird Ihnen bestimmt gefallen.«

KAPITEL 4

Frau Reiter drängt mich an den Sofas vorbei und zwischen zwei mächtigen Marmorsäulen hindurch. Hinein in einen angrenzenden Saal.

»Et voilà, der große Speisesaal«, verkündet sie voller Stolz und breitet wieder die Arme aus, als hätte sie ihn eben erst aus einem Hut gezaubert.

»Wow«, entkommt es mir. Und ich bin tatsächlich erst mal von diesem dunklen Ungetüm von einem Saal überwältigt. Ich lasse ihn auf mich wirken. Bis ich Klicklaute und Gemurmel wahrnehme. Mir wird klar, dass Frau Reiter immer wieder den Lichtschalter drückt und dabei zusehends ungeduldiger wird.

»Mist«, flucht sie, weil es dunkel bleibt. »Blöder Mist!«

Als sie bemerkt, dass ich sie beobachte, findet sie rasch ihre Fassung wieder und lächelt. »Das passiert leider manchmal. Die alten Leitungen, Sie wissen ja sicher …«

Ich nicke, obwohl ich von alten Leitungen keine Ahnung habe.

»Ich hoffe, dass Sie auch ein guter Elektriker sind«, sagt sie.

»Ich werde mein Bestes geben.«

Du musst hier weg!

»Fein.«

Sie versucht es noch zweimal, dann lässt sie fluchend von dem Schalter ab.

Ich gehe ein paar Schritte tiefer hinein und lasse meinen Blick weiter durch den Saal streifen. Es fällt kaum Licht durch die nassen und mit schweren, vergilbten Vorhängen verhangenen hohen Fenster herein. Vielleicht wirkt der Saal gerade deshalb so groß. Und zugegeben: auch ein wenig unheimlich. Trotz des düsteren Lichts ist nicht zu übersehen, dass das Fischgrätparkett schwer lädiert ist. So auch die Decke, durch die sich viele meterlange Sprünge ziehen. Die feinen Stuckaturen bröckeln an allen Ecken und Enden. Die schweren Kronleuchter wirken, als würden sie jeden Moment zu Boden krachen. Die Wände sind mit weinroter Tapete verkleidet. Düstere Ölgemälde mit ländlichen Motiven in vergoldeten Rahmen hängen daran. Die sicher einst strahlenden Farben der Bilder sind mittlerweile von einem matten Schatten überlagert. Zwischen den Gemälden ragen prunkvolle Wandleuchten hervor. Ein Großteil der Fassungen ist leer.

Der ganze Saal ist mit großen und kleinen runden Tischen ausgefüllt. Auf einigen sind weiße Tischdecken ausgelegt. Vereinzelt stehen leere Kerzenständer oder verstaubtes Geschirr darauf. Auf dem Tisch zu meiner Rechten krabbelt eine Spinne und verschwindet in einer zerknüllten weißen Stoffserviette. Einige Stühle sind an die Tische geschoben, manche liegen umgekippt auf dem Boden. Etwa in der Mitte des Saals thront sogar einer auf einem Tisch. Der Großteil aber – es müssen an die 100, wenn nicht noch mehr sein – stapeln sich in einer der hinteren Ecken des Saals.

»Also ich weiß ja nicht, wie es Ihnen dabei geht, Herr Simon. Aber ich bin jedes Mal aufs Neue von diesem Saal fasziniert«, sagt sie, sieht mich an und wartet auf eine Reaktion. Weil ich mich außer dem Nicken für keine entscheiden kann und bereits ein paar Sekunden verstrichen sind, fügt sie noch hinzu: »Eindrucksvoll, nicht wahr?«

»Ja«, bringe ich gerade so heraus, weil es das ja auch tatsächlich ist. Eindrucksvoll, ja, aber nicht im positiven Sinne.

Wie alles andere hier. Diese ersten Momente hier im Hotel überwältigen mich schlichtweg.

Ist mir deshalb so schwindelig? Oder liegt es an Frau Reiters grauenvollem Gesöff?

»Der Saal wird das Highlight des ganzen Hauses. Wir werden hier natürlich auch große Feste feiern«, schwärmt sie und streckt schon wieder die Arme aus. Ich glaube schon, dass sie sich jeden Moment zu drehen beginnt und einen Tanz imitiert. Aber dann macht sie doch bloß ein paar Schritte tiefer in den Saal hinein, zeigt auf verschiedene Punkte und erklärt dazu: »Dort hinten könnten wir eine Bühne für Musiker und Stargäste aufbauen, dann hätten wir trotzdem noch genügend Platz für eine großzügige Tanzfläche. Und links und rechts davon könnten wir noch zwei oder vielleicht sogar drei Tischreihen einfügen. Das wären dann natürlich die besten und teuersten Plätze. Für Promis und so.«

»Natürlich«, stimme ich ihr zu und schüttle im Geiste den Kopf.

Sie ahnt davon nichts, strahlt auf einmal übers ganze Gesicht, und scheint durch meine Zustimmung nur noch motivierter. »Was meinen Sie, Herr Simon, was könnte man für so einen exklusiven Tisch gleich neben der Tanzfläche verlangen? Und bedenken Sie bitte, dass Promis ja meistens reich sind!«

»Also, das weiß ich wirklich nicht.«

»Nun kommen Sie schon, nur raus mit der Sprache!«

»Keine Ahnung, ehrlich.«

»Jetzt trauen Sie sich, es gibt keine falsche Antwort!«

»Tut mir leid.«

Sie lässt nicht locker. »Inklusive eines mehrgängigen Gala-Menüs selbstverständlich! Mit einem großem Salat- und einem noch größeren Dessertbuffet. Kaviar, Trüffel, das ganze Zeugs, von dem diese Schickimickis nicht genug bekommen können. Und Champagner natürlich, bis zum Abwinken.«

Sie starrt mich an und wartet auf eine Antwort.

Ich zucke mit den Schultern. »100 vielleicht?«

»Euro?«, wird sie ganz schrill.

Ja, was denn sonst? Ich nicke und ziehe gleichzeitig die Schultern hoch.

»Also das halte ich für falsch!«

»Okay«, sage ich bloß.

»Oder wollen Sie mich etwa auf den Arm nehmen?«

»Nein, ich habe Ihnen ja gesagt, dass ich keine …«

Sie fährt mir dazwischen: »Dafür könnte man doch sicher mindestens 500 Euro oder noch mehr verlangen. All Inclusive, die ganze Nacht! Stellen Sie sich das nur mal vor!« Sie sieht mich eindringlich an und klopft sich auf die Schläfen, als wolle sie mir damit eine Anleitung geben, wie ich meine Vorstellungskraft erweitern kann.

»Sie haben wahrscheinlich recht«, sage ich in der Hoffnung, diese sinnlose Diskussion damit beenden zu können.

Aber nicht mit ihr.

»Wir könnten auch einen Schokoladenbrunnen aufstellen!«, schreit sie auf einmal und ihre Augen sind ganz groß geworden.

Sicher ist ihr der Gedanke eben erst gekommen. Diese Frau ist verrückt.

»Mögen Sie Schokoladenbrunnen, Herr Simon?«

»Ich weiß nicht.«

»Meinen Sie, würde das den Gästen gefallen?«

»Da bin ich überfragt.«

»Oder finden Sie das altmodisch?«

Ihre Fragen werden immer skurriler. Verarscht sie mich etwa? Am liebsten würde ich sie direkt danach fragen und mich nach Kameras umsehen. Springt etwa gleich ein Showmaster im knallbunten Anzug und mit roter Fliege irgendwo hervor und brüllt: »Willkommen, Herr Winter, bei der *Versteckten Kamera*!«? Aber irgendwie scheint mir ihre Verwirrung – zumindest jetzt, in diesem Moment – zu authentisch, um bloß gespielt zu sein. Ich beschließe also, ihr ab sofort einfach bei allem recht zu geben.

»Vielleicht ein wenig altmodisch, ja«, sage ich deshalb.

»Hm, schade.«

Ja, ihre Enttäuschung wirkt absolut echt.

»Aber es gibt sicher viele Menschen, die so etwas lieben«, füge ich deshalb noch hinzu. Keine Ahnung, warum ich nicht einfach meinen Mund halte. Vielleicht, weil sie mir sogar ein wenig leidtut.

Jedenfalls zeigen meine Worte Wirkung und es ist wieder da: ihr strahlendes Lächeln. »Ja, das stimmt wohl!«, sagt sie und reibt sich die Hände. »Jetzt, wo ich so darüber nachdenke: Glauben Sie, wären 1.000 Euro für so ein Exklusiv-Paket übertrieben?«

Ich wollte ihr ja bei allem recht geben. Aber es geht ganz einfach nicht. »Das klingt schon nach sehr viel, um ehrlich zu sein.«

»Hm«, macht sie und überlegt kurz. »Naja, das muss man natürlich noch gründlich durchkalkulieren, das ist ja klar. Aber ich finde, das geht schon in die richtige Richtung.«

»Womöglich, ja.«

»Ich sage Ihnen, ich kann es kaum erwarten. Ich kann die Musik schon förmlich hören. Und das ausgelassene Lachen der vielen Gäste.«

Wieder wirkt sie nicht wie eine erwachsene Frau, sondern vielmehr wie ein kleines Mädchen.

»Können Sie es auch hören, Herr Simon?«

»Ja.«

»Fein«, sagt sie, klatscht in die Hände und schüttelt verträumt den Kopf. Sie wirkt durch meine Zustimmung noch angespornter. »Zu Weihnachten könnten wir die schönste Tanne im Wald fällen und dort hinten aufstellen. Mindestens fünf Meter hoch muss die natürlich sein. Und wir werden sie dann mit roten und goldenen Kugeln und einem funkelnden Stern an der Spitze schmücken.«

»Also, um ehrlich zu sein, glaube ich nicht, dass man einfach so einen Baum im Wald fällen darf.«

»Ach, ich bitte Sie, das merkt doch niemand.«

»Aha.«

Ich sehe mich unauffällig um, ob ich nicht doch noch irgendwo einen Showmaster entdecke.

»Wo wir schon dabei sind: Mögen Sie Lametta?«

»Ja.« Es ist mir egal.

»Fein.« Ihr entkommt ein rundum zufriedenes Seufzen. Dann zeigt sie auf die Fenster. »Die Rahmen und die Sprossen müssen natürlich unbedingt noch frisch lackiert werden.«

Ihre Prioritätensetzung ist der Hammer.

»Die Fenster sind das Erste, was man sieht, wenn man den Raum betritt.«

Mir sind sie hinter den dicken Vorhängen kaum aufgefallen.

»Und Blumen natürlich. Wir brauchen die schönsten Blumen, die wir nur bekommen können. Und ganz, ganz viele davon. Jeder Tisch soll mit einem prächtigen Strauß geschmückt sein. Und überhaupt. Überall müssen frische Blumen sein, damit es gemütlich wirkt und schön duftet.«

Hallelujah, diese Frau hat einen Knall!

»Ihnen ist doch sicher der Strauß in der Empfangshalle aufgefallen, oder?«, will sie wissen.

»Ja«, sage ich. »Sehr schön.«

»Eben. Sag ich doch. Wenn man hier ankommt, muss der erste Eindruck passen. Nicht auszudenken, wenn ...«

Sie redet weiter, doch ich blende ihre Stimme aus. Mir ist

etwas ins Auge gestochen, das meine Aufmerksamkeit auf sich zieht. Auf einem Tisch, keine fünf Meter entfernt, liegt ein Farbfoto – das Porträt einer Frau, soweit ich das aus der Distanz erkennen kann. Ich kann nicht sagen, wieso, aber aus irgendeinem Grund fühle ich mich davon angezogen. Ich gehe also hinüber, nehme es in die Hand und betrachte es näher. Dabei läuft es mir kalt den Rücken hinunter, keine Ahnung, weshalb. Und es passiert etwas in meinem Magen. Es fühlt sich an, als wäre er voller Ameisen und jemand habe mit einem Zweig darin zu wühlen begonnen.

Das Bild ist zum Unterschied zu allem anderen hier kein Überbleibsel aus vergangenen Tagen, sondern ziemlich sicher neu. Die Frau darauf scheint Anfang 30 zu sein, vielleicht auch schon Mitte. Sie hat schulterlanges braunes Haar, das sie sich auf einer Seite hinters Ohr gesteckt hat. Die weißen Perlenohrstecker kommen dadurch besonders zur Geltung. Die Andeutung eines Lächelns liegt in ihrem Gesicht, Grübchen sind in ihren Wangen zu erahnen. Ihre haselnussbraunen Augen leuchten auf eine ganz besondere Art und Weise und ziehen mich regelrecht in ihren Bann. Sie erregen ein sonderbares Gefühl von Vertrautheit in mir. Ich frage mich, an wen sie mich bloß erinnert. Aber so sehr ich mich auch zu konzentrieren versuche, ich komme einfach nicht drauf.

Ich habe gar nicht bemerkt, dass Frau Reiter mir gefolgt ist. Jetzt steht sie jedenfalls unmittelbar neben mir, hat den Kopf geneigt und mustert mich eindringlich.

»Sie ist wunderschön, nicht wahr?«, sagt sie.

Sie ist noch ein kleines Stück näher an mich herangekommen. Sie ist mir viel zu nah. Ich trete einen Schritt zur Seite, nicke und ärgere mich gleichzeitig darüber. Es geht sie nichts an, ob mir diese Frau gefällt oder nicht. Wie kommt sie überhaupt darauf, so etwas zu fragen? Was ist bloß los mit ihr? Ist es etwa ihre Tochter? Und spricht der Stolz einer Mutter aus ihr? Dann müsste Frau Reiter sehr jung Mutter geworden sein, denn ich schätze sie auf Anfang 50. Aber möglich ist es natürlich. Doch selbst, wenn dem so wäre, fände ich ihre Frage nicht angebracht.

Ihr Blick wird noch aufdringlicher. Da ist kein Lächeln mehr. Nur noch das Stechen ihrer Augen, das mir eine Mischung aus Neugierde und Anspannung vermittelt.

Ich mache einen weiteren Schritt von ihr weg.

»Kennen Sie sie, Herr Simon?« Ihre Stimme hat auf einmal einen seltsamen Unterton, den ich nicht zu deuten vermag.

Was? Spätestens jetzt bin ich mir sicher: Sie ist nicht ganz dicht! Unklar ist mir nur, wer von den beiden den größeren Knall hat – sie oder ihr Mann, dieser aggressive, minderbemittelte Pavian.

Ich gebe ihr keine Antwort. Stattdessen warte ich auf eine Erklärung für ihre absurde Frage.

Doch sie lässt mich im Unklaren. Sie hält meinem Blick stand. Noch zwei, vielleicht drei Sekunden lang. Dann ist da plötzlich wieder dieses aufgesetzte Lächeln in ihrem Gesicht, und sie sagt: »Nun, wie dem auch sei. Sie können es sicher kaum erwarten, endlich Ihr Zimmer zu sehen, was? Nummer 117. Eines der allerschönsten im ganzen Hotel, das kann ich Ihnen versprechen. Sie werden es lieben.«

KAPITEL 5

Ob es in diesem alten Gebäude einen Aufzug gibt, weiß ich nicht. Falls ja, hält Frau Reiter es offenbar nicht für notwendig, ihn zu benutzen und es mir so ein wenig einfacher zu machen. Sie führt mich über ein abseits gelegenes steiles Treppenhaus hoch in den ersten Stock. Wegen des sperrigen Koffers und des bleischweren Rucksacks habe ich alle Mühe, mit ihr Schritt zu halten.

»Treppensteigen ist gesund, Herr Simon«, trällert sie.

Ich würde gerne etwas nach ihr werfen.

Oben angekommen stelle ich fest, dass die Flure hier nicht so sind, wie man das aus Hotels heute kennt – also breit, lichtdurchflutet und geradlinig. Diese hier sind nicht nur eng und verwinkelt, sondern auch weitgehend fensterlos und unbeleuchtet. Ich frage mich, ob der Strom hier ebenfalls nicht funktioniert oder Frau Reiter es schlichtweg nicht für notwendig hält, das Licht für mich anzumachen. In der Dunkelheit übersehe ich eine Stufe mitten im Flur und kann mich gerade noch so auf den Beinen halten. Ein paar Schritte später stolpere ich über einen schweren Teppichvorleger, dessen Rand sich aufgewölbt hat. Wieder schaffe ich es nur mit Mühe, nicht hinzufallen. Danach habe ich Frau Reiter jedoch aus den Augen verloren. Ich kann nur noch das hektische Klappern ihrer Absätze auf dem Holzboden hören. Ich folge ihr auf gut Glück. An einer Gabelung angekommen, bin ich jedoch ratlos. Ihre Schritte hallen zwischen den Wänden und helfen mir nicht weiter. Ich entscheide mich für die rechte

Abzweigung, und schon beim ersten Schritt laufe ich in ein Spinnennetz.

Mist!

Während ich mir fluchend die Fäden aus dem Gesicht zupfe, höre ich sie rufen.

»Hierher, Herr Simon! Sie müssen nach links!«

Ich befreie mich immer noch von dem klebrigen Zeug, da bilde ich mir auf einmal ein, einen Blick in meinem Nacken zu spüren. Ich schaue hinter mich. Und entdecke in den tiefen Schatten am Ende des Flurs, den ich gerade entlanggekommen bin, eine Gestalt. Sie steht da ganz still. Und starrt mich an. Ein Mädchen wahrscheinlich. Vielleicht aber auch eine besonders zierliche Frau. Ich kann es aus der Entfernung nicht sagen.

»Hallo!«, rufe ich ihr zu.

Ich bekomme keine Antwort.

Dafür schreit Frau Reiter wieder nach mir: »Nach links, hören Sie nicht? Sie müssen nach links!«

Dann eben nicht!, denke ich mir.

Wenn sie nicht reden will, soll es so sein. Ich lasse die Frau am Ende des Flurs stehen, wende mich ab und folge Frau Reiters Anweisungen. Dabei übersehe ich fast wieder eine Stufe, und schon ist da eine weitere Gabelung.

Mein Gott, das hier ist der reinste Irrgarten!

Nun entscheide ich mich gleich für den linken Weg und habe Glück. Ich entdecke Frau Reiters Umrisse am Ende eines weiteren langen Flurs vor einer offenen Zimmertür. Ihr Anblick hat etwas Gespenstisches, weil sie aufgrund des Lichts im Zimmer in ihrem Rücken bloß als dunkle Gestalt zu erkennen ist. Über das Rattern der Kofferrollen hinweg höre ich sie rufen.

»Da sind Sie ja endlich!«

Mir wird klar, dass ich eben eine weitere Chance verpasst

habe. Ich hätte einfach abhauen sollen. Dann wäre ich der unbekannten Frau zwar wohl direkt in die Arme gelaufen. Aber was soll's. Ich hätte sie ja genauso ignorieren können wie sie mich eben.

Als ich Frau Reiter erreicht habe, sagt sie: »Bitte, nur hereinspaziert!« Sie macht eine einladende Geste, nimmt mir aber wieder den Vortritt.

Ich mache bloß zwei Schritte in das Zimmer. Dort stelle ich den Koffer ab und lasse den Rucksack zu Boden fallen. Eine Wohltat für mein Kreuz. Aber was sich meinen Augen bietet, schmerzt. Außerdem dürfte mein Rucksack jede Menge Staub aufgewirbelt haben. Ich sehe ihn zwar nicht, muss aber augenblicklich niesen.

»Gesundheit«, sagt sie und scheint ein wenig amüsiert.

Ich muss noch einmal niesen.

»Ui, das hört sich ja gar nicht gut an.«

Und noch ein Nieser.

»Alles in Ordnung mit Ihnen?«

»Es geht schon«, sage ich, als ich mich endlich gefangen habe, und reibe mir die Nase.

»Na, das will ich hoffen.«

Meine Nase juckt immer noch.

»Nicht, dass Sie mir gleich am ersten Tag krank werden, Herr Simon! Jeder Tag zählt, wie Sie sich sicher vorstellen können. Da können wir uns keine Krankheiten leisten.«

Ich nicke.

»Eine Verschiebung der Wiedereröffnung wäre nicht nur äußerst ärgerlich«, erklärt sie weiter. »Sie würde auch noch eine Menge Geld kosten!«

Der Juckreiz ist endlich abgeklungen.

»Erinnern Sie mich später bitte daran, dass ich Ihnen noch ein Gläschen gebe. Ob Sie wollen oder nicht, das tötet Viren ab und stärkt die Abwehrkräfte, das können Sie mir glauben!«

»Alles in Ordnung, ehrlich«, sage ich. Diese Frau ist verrückt. Eindeutig.

»Nun gut, also bitte«, sagt sie und räuspert sich, als wäre sie eben aus dem Konzept gebracht worden und würde nun wieder zurück in die Spur finden. Sie drückt den Schalter neben der Tür und das Licht springt an. Ich kann ihr die Erleichterung darüber ansehen.

»Fühlen Sie sich ganz wie zu Hause!«, sagt sie.

Das wird wohl ein Ding der Unmöglichkeit werden.

»Und? Habe ich Ihnen zu viel versprochen?«, hakt sie nach, weil ich vor Verblüffung kein Wort herausbringe. »Hier fühlt man sich doch gleich wie in einer Filmkulisse, was?«

Mein Gott!

Sie schwärmt weiter: »Und der Ausblick erst: ein Traum. Das können Sie mir glauben! Wenn es erst einmal zu regnen aufgehört hat, werden Sie sich am Wald nicht sattsehen können, das garantiere ich Ihnen!«

»Das kann ich mir gut vorstellen«, lüge ich.

»Fein.« Wieder dieses aufgesetzte Lächeln. »Ich hoffe, Ihnen gefallen die Blumen. Ich wollte, dass Sie es gemütlich haben.«

»Danke«, sage ich und ahne, dass sie noch etwas Positives über das Zimmer von mir hören will. Doch mir fällt absolut nichts ein. Sekunden verstreichen, ich sehe mich weiter um. Ihr Lächeln verschwindet. Aber ich bringe immer noch nichts heraus. Dann doch: »Die Blumen sind wirklich schön, danke.«

»Lilien«, sagt sie und strahlt kurz auf.

Ich nicke.

Erneut verstreichen einige Sekunden, in denen wir uns anschweigen.

Schließlich klatscht sie in die Hände und sagt: »Wie dem auch sei. Am besten, Sie ziehen sich gleich um, und wir treffen uns dann in 15 Minuten unten am Empfang. In Ordnung?«

Sie wartet meine Antwort erst gar nicht ab, verschwindet aus dem Zimmer und knallt die Tür hinter sich zu.

Ich höre noch lange das sich entfernende Klappern ihrer Absätze. Als es endlich verstummt ist, ist da nur noch der Regen, der gegen das hauchdünne Fensterglas prasselt. Und ein leises Rauschen in meinen Ohren.

Ich bemerke, dass ich die Luft angehalten habe. Keine Ahnung, weshalb. Ich atme mehrmals tief durch und versuche so, das leichte Schwindelgefühl zu verdrängen, was nicht wirklich klappt. Ich strecke mein Kreuz durch und dehne meinen Nacken. Dann massiere ich mir die schmerzenden Schläfen und sehe mich dabei noch einmal genauer um. Irgendetwas muss es hier doch geben, das ich später noch positiv erwähnen kann. Aber viel ist da nicht.

In der Mitte meines Zimmers hängt eine nackte Glühbirne von der gut drei Meter hohen Decke. Vielleicht sind es auch dreieinhalb Meter oder vier. Ein weiß lackiertes, zerkratztes Tischchen, auf dem ein vergilbtes Häkeldeckchen liegt, steht in einer Ecke. Darauf eine Vase mit den Lilien. Daneben steht ein weißer Holzstuhl, wie ich sie unten im Speisesaal zuhauf gesehen habe. Ihnen gegenüber thront ein verspielt geschnitzter Holzschrank, dem die linke Flügeltür fehlt. Rechts davon steht ein Sofa. Der graugrüne Bezug wirkt abgewetzt. Über einer Kommode hängt ein Spiegel an der mit beige-grüner Blumentapete beklebten Wand.

Ich sehe mich von meiner Position aus nur zum Teil darin. Ich müsste einen kleinen Schritt zur Seite machen, um auch meine rechte Körperhälfte sehen zu können. Meine aus der Form gewachsenen braunen Locken in ihrer vollen Pracht. Das blasse Gesicht. Die dunklen Augenringe. Den Dreitagebart. Und die fette Schramme natürlich, die sich von der

Mitte meiner Stirn bis über die Schläfe zieht. Aber das muss ich auch nicht. Ich weiß, dass sie da ist. Kein Wunder, dass ich ständig diese stechenden Kopfschmerzen habe. Und mir immer wieder schwindelig wird. Seltsam nur, dass die beiden Besitzer keinen Kommentar dazu abgegeben haben. Oder sich nach der Ursache erkundigt haben. Zu übersehen ist sie jedenfalls nicht. Es ist wohl Ausdruck ihrer Gleichgültigkeit, dass beide sie nicht erwähnt haben.

Ich weiß natürlich, dass es besser wäre, einen Arzt aufzusuchen. Mit solchen Verletzungen ist nicht zu spaßen. Doch das wäre mit einem gewissen Risiko verbunden. Außerdem glaube ich, dass an meinem Unwohlsein gerade viel mehr Frau Reiters grässliches Gesöff schuld ist. Was auch immer das war, es knallt gehörig.

Ich widme mich wieder dem Zimmer und bereue es sofort. Wohin ich auch blicke, entdecke ich Spinnweben, tote Fliegen und Staub. Das Highlight ist jedoch das Doppelbett, das lediglich auf der rechten Seite mit einer Matratze belegt ist. Auf der linken Seite liegt bloß der nackte Lattenrost. An der Kopfseite des Betts ist die Tapete eingerissen, weil sich in der Mauer ein Sprung aufgetan hat, der bis hinauf an die Decke reicht. An der dicksten Stelle ist er mehrere Millimeter breit.

Selbst aus der Ferne kann ich die Flicken und Verschleißspuren der Bettwäsche erkennen. Ich gehe näher ran und wage eine Brise. *Wäh!* Ich verziehe das Gesicht und reibe mir die Nase. Mir ist schleierhaft, wie ich bei diesem muffigen Geruch ein Auge zubekommen soll. Vielleicht sollte ich Frau Reiter vor dem Schlafengehen doch noch um ein paar Gläschen ihres zweifelhaften Zaubertranks bitten.

Der erste Eindruck reicht mir. Das Badezimmer und die Toilette werde ich mir erst dann ansehen, wenn es sich absolut nicht mehr vermeiden lässt. Mir schwant Böses.

Ich trete ans Fenster. Vielleicht hat Frau Reiter ja wenigstens beim Ausblick nicht maßlos übertrieben. Aber obwohl ich durch die dicken Regenschlieren hindurch kaum etwas erkennen kann, ist mir sofort klar: Natürlich hat sie das. Zu sehen ist der Parkplatz, auf dem der einsame Käfer steht. Auch ein Teil des Erdhaufens ist auszumachen. Dahinter nichts als Wald. Doch der Anblick spendet nicht Ruhe und Frieden, wie man vielleicht annehmen könnte. Nur Trostlosigkeit.

So auch das Fenster selbst im Übrigen – besser gesagt: die Fenster. Denn es handelt sich um ein Doppelfenster. Das äußere ist vom Regen beschlagen, das innere von Staub. Dazwischen liegt ein weiß gestrichener Holzrahmen, dessen Lack an allen Ecken und Enden abblättert. Der Raum zwischen den beiden Fenstern muss eine Art Todeszone sein, denn es liegen einige Fliegen und Motten tot darin. Sogar eine Biene ist da. Ich frage mich, ob Frau Reiter das nicht bemerkt hat, als sie das Zimmer für mich auserkoren hat, oder ob es ihr schlichtweg egal ist. Gut möglich, dass das im ganzen Hotel so ist und es ihr deshalb gar nicht mehr auffällt.

Ich bemerke, dass sich mein Kopf auf einmal ganz dumpf anfühlt. So als wäre er in einem unachtsamen Moment mit einer dicken Schicht Watte umwickelt worden. Meine Umgebung gerät ein wenig ins Wanken. Ich stütze mich mit einer Hand am Fensterrahmen ab und wundere mich über mich selbst. Normalerweise bereitet mir eine so kleine Menge Alkohol keine Probleme. Keine Ahnung, wieso er mir jetzt so zusetzt. Aber wie dem auch sei – Notiz an mich selbst: Keinen Schluck mehr von Frau Reiters Zeug!

Ich starre eine Zeit lang vor mich hin ins Leere. Da überkommt es mich plötzlich. Die ganze Zeit über ist es mir gelungen, es von mir fernzuhalten. Ich war abgelenkt. Aber jetzt, da ich wieder mit mir alleine bin, blitzt das Bild wieder in meinem Verstand auf. Grell und so unfassbar intensiv. Ihr Lächeln. So vertraut. Strahlend und warm. Es versetzt meinem Herzen einen Stich. Ich fasse mir an die Brust. Bin einen Augenblick lang überwältigt. Vom Schmerz. Und der Fassungslosigkeit. Wie konnte es nur so weit kommen?

Julia. Ich vermisse sie. So sehr.

Doch ich darf diese Gefühle nicht zulassen! Nicht jetzt! Nicht schon wieder!

Ich schüttle den Kopf und reibe mir das Gesicht. Ich atme tief durch und kämpfe gegen den steigenden Druck in meinen Augen an.

Meine Hand gleitet wie von selbst in meine rechte Hosentasche – wie immer, wenn ich mich einsam und verloren fühle. Zu der Münze, die ich stets bei mir trage. Seit damals. Seit mein Vater sie mir gab, um mir eine Tüte Eis damit kaufen zu können. Und er sich nur wenige Augenblicke später an die Brust fasste, zu Boden sackte und starb. Direkt vor meinen Augen.

Die Bilder von damals verdrängen jenes von Julia. Doch die sind um nichts besser.

Wieder schüttle ich energisch den Kopf.

Meine Güte, was ist denn bloß los mit mir? Erst sie. Und jetzt mein Vater.

Schluss jetzt! Aus!

Ich hole die Münze heraus. Schnippe sie mit dem Daumen in die Höhe und fange sie wieder auf. Eine Übung, die mir mein Vater schon im Kindergartenalter beibrachte und die ich bis heute im Schlaf beherrsche. Wieder schnippe ich die Münze hoch und fange sie auf. Und noch einmal. Ich muss sie dabei nicht einmal ansehen. Muss mich nach all den Jahren nicht mehr dabei konzentrieren. Und dennoch erfüllt die Übung ihren Zweck: Sie lenkt mich ab.

Gut so. Ich mache weiter. Und schaue dabei völlig unbewusst aus dem Fenster.

Da glaube ich plötzlich, am Waldrand etwas auszumachen. Erst halte ich es für eine Sinnestäuschung. Nicht nur die Regenschlieren erschweren mir die Sicht. Nein, auch das alte zerlaufene Glas verzerrt die Welt dahinter. Doch dann tritt die Gestalt aus dem Schutz des Dickichts hinaus an den Rand der Lichtung. Und ich bin mir sicher, dass ich mich nicht getäuscht habe. Ich kneife die Augen ein wenig zusammen. Dennoch kann ich nicht sagen, ob es sich um einen Mann oder eine Frau handelt. Aber ich könnte schwören, dass die Gestalt mich direkt ansieht. Ich warte darauf, dass sie etwas macht. Weitergeht. Mich grüßt. Oder sonst irgendetwas unternimmt. Aber sie steht weiter einfach nur da. Und starrt zu mir hoch.

Was für ein Freak!

Ich gehe näher an die Scheibe ran, in der Hoffnung, die Gestalt so besser sehen zu können. Aber das Glas läuft sofort von meinem Atem an. Ich wische mit meinem Ärmel darüber. Doch das macht die Sicht kaum besser. Ich überlege kurz, das Fenster zu öffnen. Ich habe mich noch nicht entschieden, aber den Messinggriff schon in der Hand.

Da klopft es an der Tür.

Und ich fahre erschrocken zusammen.

»Herr Simon?«, ruft Frau Reiter aus dem Flur.

Ich höre mich selbst seufzen. Warum zur Hölle ist sie schon wieder hier? Es können doch unmöglich bereits 15 Minuten vergangen sein, oder?

»Ist alles in Ordnung bei Ihnen?«, will sie wissen.

Mich wundert auf einmal noch etwas: Wie hat sie nur so leise den Flur entlangkommen können, ohne dass ich das Klappern ihrer Absätze gehört habe? Die einzige Erklärung scheint mir, dass sie ihr Schuhwerk gewechselt hat. Doch als sie schon im nächsten Augenblick ohne ein weiteres Wort die Tür öffnet und ins Zimmer tritt, sehe ich, dass dies nicht der Fall ist. Jetzt klappern ihre Absätze so laut wie zuvor.

»Geht es Ihnen gut?«, fragt sie.

»Ja, danke, ich ...«, sage ich und lasse den Rest des Satzes in der Luft hängen.

»Wir sollten langsam loslegen, finden Sie nicht auch?«, sagt sie und lächelt ihr verkrampftes Lächeln.

Ich nicke. Und nehme zur Kenntnis, dass mir also keine Zeit mehr bleibt, mich umzuziehen.

Wieder einmal wartet sie meine Antwort gar nicht erst ab und ist schon wieder draußen im Flur.

Ich seufze.

Was soll's!

Bevor ich ihr folge, werfe ich noch einen raschen Blick aus dem Fenster. Die Gestalt am Waldrand ist verschwunden.

*

Durchatmen, ruhig bleiben!

Alles ist gut!

Die ersten beiden Trümpfe sind ausgespielt und nichts ist passiert. Sie sind verpufft, nur noch Schall und Rauch.

Dabei hattest du auf einmal eine solche verdammte Scheißpanik davor gehabt, dass gleich zu Beginn alles aus dem Ruder laufen würde – trotz aller Vorbereitung. Als der Gewehrlauf direkt auf seine verdammte Fresse gerichtet war. Und der Köter ihm eine Höllenangst einjagte. Mein Gott, wie dein Herz in diesen Sekunden gegen deinen Brustkorb hämmerte. So hart, dass es schon fast schmerzte. Wie deine Gedanken rasten. Und wie du zittertest – wie ein Kind. Du hast geschwitzt wie ein Schwein. Und alle Mühe dabei gehabt, dir nichts anmerken zu lassen.

Einen Augenblick lang hast du die Augen geschlossen. Sie regelrecht zusammengepresst. Deine Hände zu Fäusten geballt. Und im Stillen gebetet, den erlösenden Knall zu hören. Seinen Schädel explodieren und den leblosen Körper zu Boden sacken zu sehen.

Tu es!, brülltest du in Gedanken. Tu es, verdammt!

Aber nichts.

Stattdessen weiter dieses Zittern. Und die Befürchtung, dass das Foto alles zerstören würde. Die Art und Weise, wie er es anstarrte, verhieß nichts Gutes. Viel zu lange. Und mit diesem Funkeln in den Augen, die auch der Ansatz von Tränen sein konnten.

Aus! Jetzt ist es vorbei!, dachtest du. Du würdest eingreifen müssen. Jetzt sofort. Aber du hieltest dich zurück. Zum Glück. Denn es wäre noch nicht der richtige Zeitpunkt gewesen.

Also verharrtest du weiter. Dabei hättest du vor Anspannung am liebsten irgendwo dagegengetreten. Mit aller Kraft. Und dir dabei die Seele aus dem Leib geschrien.

Aber auch danach: nichts.

Kaum zu glauben!

Er checkt es nicht. Dieser verfluchte Idiot begreift tatsächlich nicht, was mit ihm geschieht. Er sieht nicht, was er vor Augen hat.

Also komm jetzt gefälligst runter! Lass dich nicht aus der Ruhe bringen. Alles ist gut. Du hast die Situation im Griff. Du lenkst hier das Geschehen.

Alles, was du tun musst, ist, den richtigen Moment abzuwarten. Bereit zu sein. Und nicht zu zögern, wenn sich die Gelegenheit bietet.

Denn eines steht fest: Spätestens mit Einbruch der Dunkelheit ist er tot. So oder so. Und bis dahin sind es nur noch knapp vier Stunden.

KAPITEL 6

Meine erste Aufgabe könnte wohl kaum sinnloser sein. Sie besteht darin, ein gut 60 Quadratmeter großes Kellerabteil von unzähligen Holzpaletten, gebrauchten und abgeschlagenen Ziegelsteinen und einem Berg an Gerümpel zu befreien. Ich soll das Zeug in einen etwas kleineren Raum nebenan bringen. Und dort dann alles fein säuberlich schlichten. Um die Röhrenfernseher, die sich in einem weiteren Abteil stapeln, soll ich mich im Anschluss kümmern. Es ist mir ein Rätsel, weshalb ich diese steinalten Teile nicht einfach lassen kann, wo sie sind. Oder warum ich sie nicht gleich entsorgen soll. Die kann man doch ohnehin keinem Gast mehr zumuten. Zum einen ist der Großteil der Bildschirme eingeschlagen. Zum anderen würde es mich schwer wundern, wenn die Feuchtigkeit hier unten die Elektronik nicht schon längst zerstört hätte.

Von alldem aber einmal abgesehen: Ist der Keller tatsächlich das dringendste Problem in diesem Haus? Soll so sein! Ich habe beschlossen, keine Fragen zu stellen und das zu machen, was die verrückten Besitzer von mir verlangen.

Dennoch will ich möglichst schnell wieder aus diesem Loch von einem Keller rauskommen. Es ist hier noch einmal deutlich kühler als in den oberen Räumen. Das Mauerwerk ist feucht. Es riecht verfault. Und von überall sind Tropfgeräusche zu hören. Motten kreisen im fahlen Licht rund um die nackten Glühbirnen. Ständig laufe oder greife ich in Spinnweben. Zudem glaube ich immer wieder, im Augenwinkel Ratten oder Mäuse von einem Versteck zum nächsten huschen zu sehen. Es rattert und klappert dann unter den Bergen aus Gerümpel.

Anfangs finde ich das alles ein wenig unheimlich. Doch schon nach kurzer Zeit habe ich mich an das Gepolter um mich herum gewöhnt und arbeite mechanisch vor mich hin.

Die Tätigkeit ist schweißtreibend. Bald klebt mein T-Shirt nass und kalt an mir. Gleichzeitig verpuffen immerzu zarte Atemwölkchen vor meinem Gesicht. Es würde mich nicht wundern, wenn ich mir gerade eine handfeste Verkühlung zuzöge.

Was mich aber noch viel mehr stört, ist, dass ich keine Arbeitshandschuhe habe. Meine Hände haben jetzt schon einige schmerzhafte Kratzer und Holzspäne abbekommen. Frau Reiter hat mir zwar versprochen, sich darum kümmern zu wollen. Aber seitdem hat sie sich nicht mehr blicken lassen. Ich muss sie später unbedingt noch einmal daran erinnern. Bis dahin werde ich aber wohl oder übel mit den lästigen Schrammen leben müssen.

Bald habe ich jedes Zeitgefühl verloren und ich kann nicht mehr einschätzen, wie lange ich schon vor mich hin schuftete. Fest steht: Die Arbeit hier unten wird definitiv länger dauern, als ich das anfangs angenommen habe. Die Gerümpelberge wollen kaum kleiner werden. Und im Nebenraum wird es allmählich eng.

Als ich das Abteil von gut einem Drittel des Schrotts befreit habe, erlaube ich mir eine kurze Pause. Ich bin außer Atem. Wische mir mit den Unterarmen den Schweiß von der Stirn. Und strecke mein schmerzendes Kreuz. Dabei wird mir klar, dass es Stunden her sein muss, dass ich das letzte Mal etwas getrunken habe – von dem Schnaps, oder was auch immer das war, einmal abgesehen. Mit dieser Erkenntnis fühlt sich meine Mundhöhle auf einmal staubtrocken an. Und ich bin davon überzeugt, dass meine Kopfschmerzen und das Schwindelgefühl sicher auch daher kommen.

Wasser!

Ich verlasse das Kellerabteil und folge dem finsteren Flur in Richtung Treppe. Licht gibt es hier keines, weshalb ich mich an der feuchten Ziegelwand entlangtaste. Bloß das Stiegenhaus vor mir ist fahl vom trüben Tageslicht aus dem Erdgeschoss beleuchtet und weist mir somit den Weg.

Unfallfrei dort angekommen steige ich die engen, steilen Stufen hinauf ins Erdgeschoss. Dort muss ich mich allerdings erstmal orientieren. Hat mich Frau Reiter vorhin von hier aus in den Keller geführt? Oder gibt es noch weitere Abgänge in den Keller? Ich hätte besser aufpassen sollen. Jetzt kann ich mich beim besten Willen nicht mehr daran erinnern. Die Umgebung wirkt fremd.

Ich stehe da, schaue mich um und lausche. Niemand zu hören oder zu sehen. Da ist nur das Regenprasseln, ansonsten nichts als Stille.

»Hallo?«, rufe ich.

Niemand antwortet mir.

Ich frage mich, ob es so etwas wie eine Gemeinschaftsküche gibt. Oder wo ich sonst etwas zu trinken bekomme.

»Frau Reiter?«

Keine Antwort.

Ich überlege, auch nach ihrem Mann zu rufen. Aber ich verwerfe den Gedanken gleich wieder. Wäre er in der Nähe, hätte er mich gehört. Außerdem will ich ihm möglichst lange nicht mehr über den Weg laufen.

Ich blicke den dunklen Korridor entlang nach links. Und dann nach rechts. Versuche weiter, mich zu orientieren. Und mich verdammt noch mal zu erinnern, wie ich hierhergekommen bin. Aber es will mir einfach nicht einfallen. Ich entscheide mich dafür, nach links zu gehen, finde mich jedoch bald in einer Sackgasse wieder. Also gehe ich den Weg zurück, den ich gekommen bin, und lasse die Kellertreppe hinter mir. Nachdem ich ein weiteres Mal falsch abbiege, gelange ich endlich in die Empfangshalle zurück.

Aber auch hier ist niemand zu sehen.

»Hallo?«

Keine Reaktion.

»Ist jemand hier?«

Nichts als das Regenprasseln.

Ich werfe einen Blick in den finsteren Speisesaal. Aber auch der ist menschenleer.

»Frau Reiter?«

Stille.

Was soll's …

Ich versuche, mich zu konzentrieren. Und mir den Weg in mein Zimmer in Erinnerung zu rufen. Denn ich werde das Badezimmer wohl früher aufsuchen müssen, als ich gehofft habe. Aber obwohl ich mir eigentlich relativ sicher bin, dem richtigen Weg zu folgen, verlaufe ich mich abermals. Diese engen, verwinkelten und vor allem düsteren Gänge sehen alle gleich aus. Und es gibt viel zu viele von ihnen. Und selbst die Zimmernummer scheine ich mir nicht gemerkt zu haben. War es 107? Oder 124? Oder doch 113?

Mann! Das kann doch nicht wahr sein!

Ich fühle mich wie ein kleiner Junge, der von den Erwachsenen ernstgenommen werden möchte, es aber nicht einmal schafft, den Weg zurück in sein Zimmer zu finden. Einerseits hoffe ich, Frau Reiter zu finden. Andererseits will ich noch viel mehr, dass ich den Weg alleine herausfinde.

Ich irre noch ein wenig weiter. Und entdecke schließlich ein Schild an der Wand mit der Aufschrift »Toiletten«.

Gott sei Dank!

Ein Pfeil darunter zeigt nach rechts einen weiteren dunklen Flur entlang. Ich folge ihm und finde ein paar Meter weiter zwei Türen mit den Aufschriften »Damen« und »Herren«. Das Männer-WC ist jedoch abgeschlossen. Mir bleibt also nichts anderes übrig, als das Damen-WC zu benützen. Nicht, dass das irgendjemanden hier interessieren würde.

Nur leider funktioniert auch hier das Licht nicht, und die Tür will nicht von alleine offen bleiben. Ich sehe mich nach etwas Schwerem um, womit ich sie blockieren kann. Aber ich kann einfach nichts finden. Ich denke darüber nach, einen Stuhl aus dem Speisesaal zu holen, doch ich fürchte, dann den Weg zurück nicht zu finden. Außerdem ist mein Durstgefühl schlagartig unerträglich geworden. Ich brauche einen Schluck Wasser. Und zwar jetzt!

Ich versuche, die Tür mit dem Bein offenzuhalten, mich zu strecken und so das Waschbecken zu erreichen. Doch es ist zu weit weg. Also bleibt mir nichts anderes übrig, als mir die Abstände so gut wie möglich einzuprägen, die Tür loszulassen und mich in absoluter Dunkelheit voranzutasten.

Ich versuche es. Lasse von der Tür ab, deren Unterkante über den Boden kratzt und die mit einem leisen Quietschen und viel zu rasch zufällt. Nachdem das Schloss einschnappt, bin ich von tiefem Schwarz umgeben. Ich habe das Waschbecken noch nicht erreicht. Also strecke ich die Hände voraus. Fahre damit wie mit Fühlern durch die Luft. Mache ganz kleine Schritte. Und ertaste das Waschbecken und schließlich den Wasserhahn.

Ich drehe ihn auf. Nichts passiert.

Das wäre ja zu schön gewesen…

Ich drehe ihn noch weiter auf. Eine Sekunde verstreicht, eine zweite. Dann tut sich doch etwas: Die Leitungen geben Geräusche von sich. Erst nur leise. Dann werden sie schnell lauter und klingen zunehmend beängstigend. Sie hallen von den verfliesten Wänden wider. In den alten Mauern tut sich etwas. Nur Wasser kann ich immer noch keines fließen hören.

Weitere Sekunden verstreichen.

Ich will schon aufgeben. Da erklingt auf einmal ein metallisches Röcheln. Und unmittelbar darauf platscht es so heftig ins Becken, dass ich die Spritzer auf meinen Unterarmen spüren kann.

Das Wasser fließt.

Danke!

Um sicherzugehen, warte ich noch etwas ab. Und stelle mir dabei vor, wie das Wasser allmählich seine braune Farbe verliert und die feinen Bröckchen, die aus der steinalten Leitung mitgeschwemmt werden, weniger werden. Doch schon bald verliere ich die Geduld. Ich beuge mich unter den Hahn und lasse das eiskalte Nass in meinen Mund laufen.

Pfui! Wäh!

Ich bereue es sofort. Spucke alles wieder aus. Doch der ekelig rostige Geschmack bleibt im Mund zurück. Und viele kleine Metallteilchen. Entnervt stelle ich das Wasser ab. Spucke weiter. Würge. Und versuche, mit der Zungenspitze die Teilchen aus meinen Zahnzwischenräumen zu bekommen. Ein hoffnungsloses Unterfangen.

Das wäre auch zu schön gewesen.

Noch einmal ausgespuckt. Dann tapse ich enttäuscht und mit nach vorne gestreckten Armen zum Ausgang zurück. So nah dran und dann das! Ich werde irgendwo anders meinen Durst löschen müssen. Es kann doch wirklich nicht so schwer sein, in mein Zimmer zurückzufinden. Ich ertaste das Türblatt. Dann die Klinke. Ich drücke sie nach unten und öffne die Tür.

Ach du Scheiße!

Ich schrecke zurück. Mir rutscht das Herz in die Hose.

Da sind zwei Polizisten, die direkt vor der Tür gelauert haben.

KAPITEL 7

»Bitte entschuldigen Sie«, sagt der Größere der beiden Polizeibeamten. Er hält mir die Toilettentür auf, da ich sie vor Schreck losgelassen habe und einen Schritt zurückgewichen bin. Weil ich keine Anstalten mache, zu ihnen hinauszutreten, fügt er hinzu: »Ich hoffe, wir haben Sie nicht erschreckt!«

Ich schüttle den Kopf, bringe ein leises »Nein« heraus und würge ein paar Metallteilchen hinunter.

»Wir sind durch den Haupteingang gekommen«, erklärt sein nur geringfügig kleinerer Kollege. »Die Tür stand offen.«

»Haben Sie uns denn nicht rufen gehört?«, will der Große wissen.

Also hier in der Nähe können sie unmöglich gerufen haben, denke ich mir trotz meines Schreckens, der immer noch nicht vollständig von mir abgelassen hat. Das hätte ich doch gehört. Oder etwa nicht?

Sie starren mich an, warten auf eine Antwort. Selbst der Kleinere ist einen halben Kopf größer als ich. In ihren Uniformen wirken die beiden mächtig einschüchternd auf mich. Und da ist noch etwas, das die beiden in mir auslösen – ein Gefühl, das ich nicht fassen kann. Ich ahne nur, dass es nichts Gutes ist.

Aber ich fange mich endlich wieder. Ich schüttle den Kopf und trete zu den beiden in den Flur hinaus.

»Wie dem auch sei«, sagt der Größere und lässt die Tür zufallen. Als das Quietschen verstummt, erklärt er: »Ich bin

Abteilungsinspektor Krämer. Und das hier ist mein Kollege, Revierinspektor Ott.«

Ott nickt, als wollte er diese Angaben damit bestätigen. Ich schätze ihn auf Mitte 20, höchstens Anfang 30. Unter seiner regennassen Dienstkappe kommt blondes Haar zum Vorschein. Seine Ohren stehen ein wenig ab. Sein blasses Gesicht ist glatt rasiert und von vielen kleinen Muttermalen durchsetzt. Die Augenbrauen sind so hell, dass sie kaum auszumachen sind. Keine Ahnung, warum, aber ich empfinde den Anblick seiner stahlblau leuchtenden Augen als unangenehm.

Ich habe ihre Dienstgrade längst wieder vergessen und kenne mich damit ohnehin nicht aus. Aber alleine schon vom Auftreten her gehe ich davon aus, dass Krämer der Vorgesetzte ist. Er wirkt deutlich älter. Wahrscheinlich geht er bereits auf die 50 zu. Vielleicht ist er aber auch jünger und das Leben hat ihm bloß übel mitgespielt. In seinen Augen liegt etwas, das ich auf die Schnelle nicht zu deuten vermag. Anspannung womöglich. Vielleicht ist es aber auch Vorsicht oder etwas ganz anderes. Die Schatten darunter lassen jedenfalls vermuten, dass er wenig geschlafen hat in letzter Zeit. Und die ungepflegten Bartstoppeln deuten für mich darauf hin, dass er Wichtigeres zu tun hatte als Körperpflege. Sein grau meliertes Haar könnte mal wieder einen Schnitt vertragen.

Die beiden strahlen etwas aus, das mir nicht gefällt. Mein Unterbewusstsein schreit eine Warnung, die ich nicht verstehe. Aber ich versuche, sie ohnehin zu ignorieren. Wahrscheinlich liegt es ja auch bloß an meiner Aufregung.

»Und Sie sind?«, will Krämer wissen.

Lauf!

»Winter«, sage ich. »Simon Winter.«

»Sieht übel aus«, sagt Ott und zeigt auf die Schramme in meinem Gesicht.

Instinktiv will ich danach greifen, ich kann mich aber gerade noch zurückhalten. »Halb so schlimm«, lüge ich.

»Was ist passiert?«

»Lange Geschichte«, sage ich und hoffe, dass die beiden nicht weiter nachfragen.

»Wir haben Zeit«, sagt Ott jedoch, und ich glaube, eine gewisse Angriffslust in seiner Stimme zu hören.

»Ein Unfall«, sage ich.

Die beiden schauen einander kurz an.

»Ein Unfall?«, hakt Krämer mit einem seltsamen Funkeln im Blick nach.

Meine Kehle wird enger. Mein Puls zieht an. Hitze steigt mir zu Kopf. Ich spüre, dass meine Wangen Feuer fangen. Meine rechte Hand ist wieder wie von alleine zur Münze in meiner Tasche gewandert. Die Kante rammt sich unter meinen Nagel. Doch ich bin zu aufgeregt, als dass das leicht schmerzende Gefühl mir die gewohnte Ablenkung verschafft.

»Ja?«, drängt Ott mich.

»Ein … Autounfall«, bringe ich schließlich mit brüchiger Stimme heraus.

Wieder tauschen die beiden einen Blick aus.

Und ich versuche zu begreifen, was mich an ihnen stört.

»Darf ich …?« Ich räuspere mich, um meine Stimme wiederzufinden. »Darf ich vielleicht Ihre Dienstmarken sehen?«

»Unsere Dienstmarken?«, fragt Krämer.

»Ja, ich … ähm …« Der stechende Blick der beiden raubt mir wieder alles Selbstbewusstsein.

»Reichen Ihnen nicht unsere Uniformen?«

»Doch, aber …«

»Was glauben Sie denn, wer wir sind?«, will Ott hörbar genervt wissen.

»Schon gut«, murmelt Krämer und kramt besonders umständlich in der Innentasche seiner regennassen Dienstjacke. Er holt eine Plastikkarte hervor und streckt sie mir entgegen. »Hier, bitte sehr.«

Auch Ott zeigt mir schließlich seinen Ausweis. Jedoch nicht, ohne mit einem Zungenschnalzer seinen Unmut darüber zu bekunden.

Ich beuge mich leicht nach vorne, kneife die Augen ein wenig zusammen und betrachte die beiden Kärtchen. Natürlich habe ich keine Ahnung, worauf ich achten soll. Haben echte Dienstmarken Fotos der Beamten aufgedruckt? Woher zur Hölle soll ich so etwas wissen? Was ich sehe, kann echt sein. Genauso gut aber auch eine billige Kopie vom Jahrmarkt.

»Zufrieden?«, wird Ott ungeduldig.

Ich nicke und versuche, mir meine Unsicherheit nicht anmerken zu lassen.

»Na wunderbar«, sagt er, während er seine Marke wieder verstaut. »Jetzt, da wir alle Freunde sind: Dürfen wir vielleicht auch einen Ausweis von Ihnen sehen und erfahren, was Sie hier im Hotel zu suchen haben?«

Los, hau ab!

»Mein Ausweis ist ...«, ich schlucke, »... oben in meinem Zimmer.«

»Sie wohnen hier?«

»Ja.«

»Sie sind doch nicht etwa ein Freund der Familie, oder?«, hakt Ott nach und grinst, als hätte er eben einen besonders pointierten Witz gemacht. Strahlend weiße und unglaublich gerade Zahnreihen kommen zum Vorschein.

Ich mag ihn nicht.

»Nein, ich ... ich arbeite hier.«

»Sie arbeiten hier?«

»Ja.«

»Und als was, bitte sehr?«

»Als Handwerker und Hausmeister«, sage ich und ärgere mich darüber, dass da immer noch ein Hauch von Unsicherheit in meiner Stimme mitschwingt.

»Als Handwerker und Hausmeister?« Ott stülpt die Unterlippe vor, lässt seinen Blick gespielt beeindruckt durch den Flur streifen und pfeift. »Na, da haben Sie ja einiges zu tun, was?«

Er macht keinen Hehl daraus, dass er mich aus irgendeinem Grund nicht leiden kann. Aber ich finde jetzt endlich zu meinem Selbstbewusstsein zurück und meine Sinne schärfen sich wieder. Aus irgendeinem Grund habe ich den Eindruck, dass seine Arroganz bloß aufgesetzt ist. Keine Ahnung, warum er das tut. Vielleicht, um Krämer zu beeindrucken.

»Sagen Sie …«, setzt er an, und sein stahlblauer Blick wird wieder eindringlicher, »… kann es vielleicht sein, dass wir uns irgendwoher kennen?«

Ich habe mit vielem gerechnet. Aber nicht mit dieser Frage. Und schon wieder hat er es geschafft und mich ein wenig aus dem Konzept gebracht.

»Das … das glaube ich nicht«, antworte ich.

»Sind Sie aus der Gegend?«

»Nein, ich bin heute hier angekommen.«

»Heute?«

»Ja, heute.«

»Interessant.«

»Wieso ist das interessant?«

»Nur so.«

Trotz meiner Unsicherheit halte ich Otts Blick stand, um Oberwasser zu gewinnen.

»Also, mich würde ja wirklich sehr interessieren, wie …«, setzt Ott scharf an.

Aber Krämer fährt ihm dazwischen: »Okay, Schluss jetzt! Das reicht!«

Ott hält widerwillig inne.

Und ich ergreife die Gelegenheit, das Gespräch in eine andere Richtung zu lenken. »Ich nehme an, dass Sie Herrn oder Frau Reiter sprechen wollen, richtig?«

Ott schmunzelt.

»Ganz genau«, antwortet Krämer bemüht freundlich.

»Dann wäre es wohl besser, wenn ich die beiden jetzt hole«, sage ich.

»Ja, das wäre es«, sagt Krämer.

»Das kann aber ein wenig dauern.«

»Warum?«, will Ott wissen.

»Weil ich keine Ahnung habe, wo sie sind.«

»Wieso rufen sie die beiden nicht einfach an?«

»Ich habe mein Telefon nicht dabei.«

»Dann holen sie es doch.«

»Da muss ich aber zuerst noch in mein Zimmer«, erkläre ich und verschweige ihnen, dass ich fürchte, den Weg dorthin nicht so bald wiederzufinden.

»Kein Problem, wir machen es uns einstweilen im Foyer gemütlich«, versucht Krämer, unsere Gemüter zu beruhigen.

Ott grinst. »Na dann: viel Glück bei der Suche.«

Der Kerl geht mir richtig auf die Nerven. Hätte ich das Recht dazu, sie aus dem Hotel zu schmeißen und sie zu bitten, draußen im Regen zu warten? Und was würden Herr und Frau Reiter dazu sagen? Ach, mir doch egal! Hauptsache, ich komme von den beiden weg.

»Ich beeile mich«, sage ich und wende mich von ihnen ab.

»Danke. Und bitte seien Sie so gut und bringen Sie Ihren Ausweis mit«, ruft Krämer mir nach.

»Ja, genau!«, ruft Ott.

Bevor ich um die Ecke biege, schaue ich noch einmal zu den beiden zurück.

Krämer flüstert Ott gerade etwas ins Ohr. Dieser nickt und starrt mich dabei an. Seine Miene ist eiskalt.

KAPITEL 8

»Frau Reiter?«, rufe ich und starre einen Flur entlang, der so düster wie all die anderen hier ist. »Sind Sie hier?«

Wie schon gewohnt, bekomme ich keine Antwort.

Ich weiß nicht, wie lange ich schon auf der Suche nach den beiden bin. Vielleicht sind es nur fünf Minuten. Vielleicht auch schon zehn oder noch mehr. Ich habe zunehmend das Gefühl, dass Zeit in diesem Gebäude keine Rolle spielt. Gleichzeitig bin ich mir fast sicher, dass das nicht für Krämer und Ott gilt. Bestimmt werden die beiden langsam ungeduldig.

Aber was soll ich tun?

Diese vielen verwinkelten Gänge und die zahlreichen Abzweigungen überfordern mich schlichtweg. Und fast überall ist es düster oder dunkel. Zum einen, weil es streckenweise viel zu wenige Fenster gibt. Und zum anderen, weil, wenn es dann doch welche gibt, es das trübnasse Tageslicht kaum durch den Staub auf den Scheiben und die dicken Vorhänge hindurch schafft. Außerdem habe ich mittlerweile herausgefunden, dass es nicht nur ein Treppenhaus, sondern mindestens drei gibt. Ich bin mir aber sicher, dass es noch mehr sind. So groß das Gebäude von außen auch aussieht – erst wenn man drinnen ist, bekommt man ein Gefühl für seine wahren Dimensionen.

Mir wird erst jetzt so richtig klar, dass mir zwar der Empfangsbereich und mein Zimmer gezeigt, und ich in den Keller geführt wurde, ich aber keine Infos zu anderen Räumlichkeiten bekommen habe. Wo wohnen die beiden zum Beispiel? Wo essen sie? Wo kriege ich etwas ab? Gibt es eine intakte Küche? Und vor allem: Gibt es Lebensmittel, die nicht schon seit Jahrzehnten abgelaufen sind? Kocht jeder für sich? Oder werde ich gar bewirtet? Bei diesem Gedanken fällt mir auf, dass ich seit einer gefühlten Ewigkeit schon nicht nur nichts getrunken, sondern auch nichts mehr gegessen habe. Wie auf Kommando meldet sich mein Magen mit einem tiefen Grummeln. Sobald ich die beiden gefunden habe und die Polizei abgezogen ist, muss ich mich um etwas zu essen kümmern. Meine Hoffnung, dass das bald sein wird, hält sich jedoch in Grenzen. Herr und Frau Reiter sind wie vom Erdboden verschluckt. Bisher habe ich nichts als gähnend leere Räume entdeckt. Auf mein ständiges Rufen bleibt es weiter still. Zudem fürchte ich, dass ich mich wieder einmal verlaufen habe.

»Hallo? Frau Reiter?«

Keine Antwort.

»Die Polizei ist hier und möchte mit Ihnen sprechen!«

Stille.

Ich würde zu gerne wissen, was die Beamten mit den Reiters zu besprechen haben. Ich habe alle Mühe dabei, mein Kopfkino gar nicht erst in Gang kommen zu lassen.

Ich lande in einem weiteren Treppenhaus, das deutlich schmaler ist als die anderen, die ich bisher schon entdeckt habe. Vermutlich war es einst nur dem Personal zugänglich. Wie dem auch sei, jedenfalls bin ich über dieses im zweiten Stock gelandet. Und hetze einen weiteren halb dunklen Flur entlang, zu dessen beiden Seiten sich Zimmertüren aneinanderreihen. Bei manchen versuche ich mein Glück. Einige sind verschlossen. Andere kann ich öffnen. Doch ich finde nichts als gähnende Leere dahinter.

»Ist hier jemand?«

Nichts.

Insgeheim habe ich die Hoffnung, jemanden zu finden, schon aufgegeben. Dennoch will ich zumindest noch diesen Flur bis zum Ende abgehen. Danach muss ich irgendwie den Weg zurück in die Empfangshalle finden.

Meine Schritte hallen vom gefliesten Boden durch den Gang. Mein Puls ist wegen meines ständigen Rufens und meiner Eile erhöht. Das Blut rauscht mir in den Ohren. Mir steht schon der Schweiß auf der Stirn. Außerdem macht mich der Gedanke an die beiden Polizisten in der Empfangshalle nervöser, als mir lieb ist. Was sie wohl hier wollen? Ich würde zu gerne wissen, warum …

Plötzlich ist da ein Geräusch, das mich aus meinen Gedanken reißt. Ein Knirschen. Hinter mir.

Ich fahre herum.

Aber da ist nichts. Und niemand.

Ich warte ab. Nichts tut sich.

»Hallo?«

Keine Antwort.

»Frau Reiter?«

Keine Reaktion.

Habe ich mich etwa getäuscht? Eigentlich bin ich mir fast sicher, dass dem nicht so ist. Das Knirschen war doch deutlich zu hören gewesen. So als wenn jemand auf Kies oder Schmutz getreten wäre. Aber nachdem ich noch einmal rufe und ich wieder keine Antwort bekomme, rede ich mir ein, dass es wohl wieder bloß eine Maus oder eine Ratte gewesen sein muss. So richtig glauben will ich jedoch nicht daran. Ein mulmiges Gefühl bleibt zurück, als ich den Flur weitergehe. Zu Recht. Denn schon nach wenigen Schritten ist da wieder dieses Knirschen.

Ich wirble herum. Bin mir sicher, dass jetzt jemand direkt hinter mir ist. Doch wieder ist da keine Menschenseele zu entdecken.

Das gibt es doch nicht!

Ich kneife die Augen zu schmalen Schlitzen zusammen. Hoffe, so im Halbdunkel doch noch jemanden auszumachen. Gleichzeitig halte ich die Luft an und lausche konzentriert. Ich versuche, das Rauschen in meinen Ohren auszublenden. Aber das wird stattdessen immer lauter.

»Frau Reiter? Sind Sie das?«

Keine Antwort.

Will mir hier jemand Angst einjagen? Falls ja, muss ich zugeben, dass es ihm durchaus ein wenig gelungen ist. Die unheimliche Stimmung des Hotels hat meine Fantasie in Gang gesetzt.

»Die Polizei ist hier!«, rufe ich und habe schon gar keine Hoffnung mehr, dass ich noch eine Antwort bekomme. »Zwei Beamte warten unten in der Empfangshalle. Sie wollen mit Ihnen oder Ihrem Mann sprechen.«

Da kommt mir eine Idee: Ich fasse mir spontan ein Herz und möchte meinen Verfolger überraschen. Ich laufe den Flur zurück, bis ich am Treppenhaus anlange, das ich eben hochgestiegen bin. Doch da ist niemand. Ungläubig beuge ich mich über das Geländer. Schaue die Stockwerke hoch und runter. Doch keine Menschenseele ist zu sehen. Ich horche noch einmal konzentriert. Aber da sind keine Schritte oder irgendetwas anderes, das ich hinter dem Regenprasseln und all der Stille hören kann.

Ich verstehe das nicht.

Ich warte noch einen Augenblick ab. Dann komme ich zur Erkenntnis, dass es sich tatsächlich um eine Ratte gehandelt haben muss. Und ich komme mir auf einmal ganz schön blöd vor. Nur gut, dass mich niemand so sieht.

Jetzt, da ich ohnehin schon im Treppenhaus bin, beschließe ich, die Suche aufzugeben und den Weg zurück in die Lobby zu suchen. Krämer und Ott werden zwar nicht begeistert sein, dass ich gleich alleine dort aufkreuze, aber was soll ich tun? Schließlich bin ich doch nicht für die Hausherren verantwortlich.

Im Erdgeschoss angekommen, stehe ich aber ohnehin erst mal vor einem bereits bekannten Problem: Ich weiß wieder nicht weiter. Wenn ich das Haus richtig einschätze, muss ich mich gerade irgendwo ziemlich weit draußen im rechten Seitengebäude befinden. Sicher bin ich mir da aber nicht. Ich überlege kurz, gehe im Kopf meinen löchrigen Plan vom Hotel durch und entschließe mich dann, nach rechts zu gehen, weil ich dort am ehesten die Lobby vermute.

Da höre ich plötzlich wieder etwas in meinem Rücken. Dieses Mal ist es ein Knarren.

Wieder wirble ich herum. So schnell ich nur kann.

Ich sehe zwar wieder nichts. Doch ich höre ein leises Klicken. So als würde gerade eine Tür ins Schloss schnappen. Ich bin mir auch ziemlich sicher, von wo das Geräusch gekommen ist. Ich gehe deshalb den Flur zurück. Und finde mich vor einer doppelflügeligen Tür wieder, die sich deutlich von den anderen abhebt. Sie ist weiß lackiert und mit prächtigem Stuck verziert. An der Wand daneben ist an vergilbten Rändern zu erkennen, dass dort viele Jahre über ein Schild gehangen haben muss.

Mein Herz schlägt auf einmal schneller. Ich horche konzentriert, doch aus dem Inneren ist nichts zu hören. Um sicher zu gehen, presse ich auch noch mein Ohr gegen das Holz. Aber auch jetzt ist da nichts zu vernehmen.

Ich gebe mir einen Ruck, greife die Klinke und versuche mein Glück. Denn obwohl jetzt nichts mehr zu hören ist, bin ich mir fast sicher, dass hier eben jemand hinein in diesen Raum verschwunden ist. Vielleicht befinden sich dahinter ja die privaten Räumlichkeiten der Besitzer, denke ich mir. Aber warum sollte einer der beiden dann darin verschwunden sein, ohne meinen Rufen zu antworten? Verstecken sie sich etwa vor mir? Oder gar vor der Polizei? Während ich die Klinke nach unten drücke, schießt mir ein weiterer Gedanke ein: Ich hätte klopfen sollen. Was, wenn …?

Doch die Tür ist schon offen.

Und meine Augen werden ganz groß.

KAPITEL 9

Ich staune nicht schlecht, denn ich stehe nicht vor einem weiteren ausgehöhlten Gästezimmer, sondern vor einer weitläufigen Bar mit unzähligen Lounge-Sofas, prächtig verzierten Stühlen und kleinen und großen runden Tischchen. Auf jedem einzelnen steht eine Vase mit einer einzelnen Schnittblume darin – Lilien, wie ich inzwischen weiß. Die Wände sind vom Boden bis zur Hälfte mit dunklem Holz vertäfelt, die oberen Hälften sind mit einer weinroten Tapete verkleidet. Viele düstere Ölgemälde in vergoldeten Rahmen zieren die Wände. An der Decke finden sich weiß lackierte feine Stuckaturen. In der Mitte des Raums thront ein gewaltiger Kronleuchter. An den Wänden zwischen den Gemälden hängen viele weitere Leuchten. Sie alle sind unbeleuchtet.

Ich drücke den Lichtschalter. Doch natürlich bleibt es auch hier finster. Ich muss mich mit dem trüben Licht, das durch die nassen Fenster hereinfällt, begnügen.

Der Boden ist mit einem dunklen Teppich ausgelegt, der vermutlich einmal ebenso weinrot wie die Tapete war. Jetzt schimmert er an den meisten Stellen in den unterschiedlichsten Grau- und Brauntönen. Hinten in der Ecke steht ein schwarzer Flügel, der zumindest aus der Ferne noch intakt scheint. Das Highlight ist aber zweifelsohne die weitläufige Bar mit ihrem edlen Holztresen und den vielen Hockern davor.

Als ich herantrete und mir den Tresen näher ansehe, begreife ich erst nicht, was mich an dem Anblick stört. Irgendetwas hier ist anders als im Rest des Hotels. Doch dann lasse ich meine Handfläche über das Mahagoniholz streifen und mir wird klar: Dieser Raum und vor allem diese Bar ist das Einzige, was ich bisher in diesem riesigen Gebäude gesehen habe, das nicht schon seit Jahrzehnten unberührt und dem Verfall preisgegeben ist. Hier ist bis auf den Boden alles blitzeblank geputzt. Und vor allem reichhaltig mit unzähligen hochprozentigen Flaschen bestückt. Diverse Whiskeys, Wodkas, Schnäpse in allen nur erdenklichen Geschmacksrichtungen, Liköre, und in einem Kühlschrank verschiedene Biere und Weißweine bis zum Abwinken. Es scheint nichts zu geben, das es nicht gibt. Fast alle der hochprozentigen Flaschen sind bereits geöffnet. Doch keine davon scheint alt. Die Gläser in den unterschiedlichsten Ausformungen wirken frisch poliert.

Mein Durst meldet sich schlagartig zurück. Ich sehe mich nach etwas Alkoholfreiem um, doch ich kann bis auf zwei leere Cola-Flaschen nichts entdecken. Ich drehe also den Wasserhahn auf und betrachte den Wasserstrahl einige Sekunden lang. Das Wasser scheint klar. Also wage ich es und nehme ein paar Schluck gleich direkt aus der Leitung. Es ist klar und schmeckt neutral. Ich kann mein Glück kaum fassen und trinke weiter. Und weiter. Gott, es fühlt sich an, als hätte ich seit Tagen nichts mehr getrunken. Auch meine Kopfschmerzen scheinen mit jedem Schluck ein klein wenig leichter zu werden.

Als mein Durst dann endlich gelöscht ist, spritze ich mir noch ein wenig eiskaltes Wasser ins Gesicht. Was für eine Wohltat.

Dann sehe ich mich weiter um. Ich hatte zwar erst wenige Minuten das zweifelhafte Vergnügen – im Grunde kenne ich Frau Reiter also so gut wie gar nicht. Dennoch bin ich mir nahezu sicher, dass sie für den makellosen Zustand verantwortlich ist. Und für die leeren Weinflaschen, die sich unter dem Tresen in einem Karton stapeln. Das würde zumindest ihr Verhalten erklären. Wenn ich den geradezu liebevollen Blumenschmuck auf den Tischchen betrachte, bin ich mir fast sicher: Das ist Frau Reiters Lieblingszimmer im ganzen Hotel.

Ich bin von dem Raum so beeindruckt, dass ich für einen Moment vergessen habe, weshalb ich überhaupt hier bin.

Doch plötzlich zerschneidet ein Niesen die Stille.

Und ich zucke erschrocken zusammen.

Nach einer Schrecksekunde entdecke ich es. Das Mädchen, vielleicht neun oder zehn Jahre alt, das sich hinter dem Klavier vor mir versteckt hat.

»Hallo«, sage ich, trete hinter dem Tresen hervor und gehe auf sie zu. »Ich habe dich gar nicht gesehen.«

Sie antwortet nicht. Starrt mich bloß aus großen Augen heraus an.

Ich habe sie erreicht, halte aber etwas Abstand, um sie nicht zu verängstigen. »Wer bist du denn?«

Sie bleibt stumm.

Ich gehe in die Hocke. »Ich heiße Simon.«

Sie zuckt ein wenig zurück.

Ich strecke ihr die Hand entgegen, aber sie lässt sie in der Luft hängen.

Ich ziehe sie wieder zurück. »Möchtest du nicht mit mir reden?«

Sie beißt sich auf die Lippen.

»Hast du mich eben beobachtet?«, frage ich, weil mir jetzt klar wird, wer mich da verfolgt hat.

Sie schüttelt kaum merkbar den Kopf.

»Du bist ja eine talentierte Detektivin«, sage ich.

Sie starrt mich weiter nur an.

»Du brauchst keine Angst vor mir zu haben.«

Immer noch nichts.

»Was machst du denn hier?«

Jetzt bricht sie endlich ihr Schweigen. Ihre Stimme ist nicht mehr als ein Flüstern. »Ich darf nicht mit dir reden.«

Damit hätte ich nun wirklich nicht gerechnet. Ich kann nicht sagen, warum, doch ihre Worte lassen mich ein wenig frösteln. »Warum das denn?«

Sie zuckt nur mit den Schultern.

»Wer hat es dir denn verboten?«

»Darf ich nicht sagen.«

Was zur Hölle …?

»Doch, du kannst es mir ruhig sagen.«

Aber sie bleibt stumm.

»Du brauchst wirklich keine Angst vor mir zu haben.«

Das Mädchen zögert einen Augenblick. Dann überrascht sie mich erneut und fragt: »Sind sie schon hier?«

»Wer?«

Wieder schweigt sie.

»Wen meinst du denn? Wer soll hier sein?«

»Na, die Polizisten.«

Das Frösteln wird schlagartig heftiger.

»Woher weißt du denn davon?«

Wieder zuckt sie nur mit den Schultern.

»Hast du sie gesehen?«

Sie schüttelt den Kopf.

»Wieso weißt du dann, dass die Polizei da ist?«

»Mama hat gesagt, dass sie kommen würden.«

»Deine Mama hat dir das gesagt?«

Sie nickt.

Was geht hier vor sich?

»Ist Frau Reiter deine Mama?«

Kurzes Zögern. Dann ein erneutes Nicken.

»Hat sie dir auch verboten, mit mir zu sprechen?«

Sie beißt sich auf die Unterlippe.

»Du darfst es mir ruhig sagen.«

Ich kann nicht sagen, ob sie tatsächlich kaum merkbar nickt oder ob ich es mir nur einbilde.

»Weißt du, wo deine Mama ist?«

Kopfschütteln.

»Hast du dann vielleicht eine Ahnung, wo dein Papa ist?«

»Wahrscheinlich mit Oskar irgendwo.«

»Mit seinem Hund?«

»Ja. Ich bin froh, wenn er nicht hier ist. Ich mag den nicht. Der bellt immer so laut.«

»Das glaube ich dir. Mir hat er auch ganz schön Angst eingejagt.« Ich versuche, das Gespräch wieder in eine andere Richtung zu lenken. »Weißt du, die beiden Polizisten würden gerne mit deinen Eltern sprechen. Aber ich kann sie nicht finden.«

»Ja, ich weiß.«

»Was weißt du?«

»Nichts.«

Ich verstehe ihre seltsame Aussage nicht. Aber ich entschließe mich, erst einmal das Wichtigste abzuklären. »Kannst du mir sagen, wo ich sie finden kann?«

Ganz kurz habe ich den Eindruck, dass sie mir verraten will, wo ich sie finde. Doch dann verändert sich ihr Gesichtsausdruck und sie sagt bloß: »Ich muss jetzt gehen.«

»Nein, bitte warte …!«, sage ich.

Aber sie ignoriert meine Bitte und will sich gerade an mir vorbeizwängen. Ich will ihre Hand greifen und sie noch einmal bitten, mir zu helfen. Doch damit habe ich sie wohl erschreckt, denn plötzlich kreischt sie auf. Aus voller Kehle. So laut, dass es in meinen Ohren zu pfeifen beginnt.

Ich lasse ihre Hand los, als hätte ich eben einen elektrischen Zaun berührt.

Sie kreischt weiter.

»Hey, es tut mir leid! Bitte, ich wollte dich nicht erschrecken«, versuche ich, sie zu beruhigen.

Aber sie brüllt immer hysterischer. Und überrascht mich mit einem Satz, den sie auf mich zu macht. Und einem Stoß. So kräftig, dass ich in der Hocke das Gleichgewicht verliere, zurückkippe und auf meinem Hintern lande. Einen Augenblick lang bin ich so perplex, dass ich ihr tatenlos zusehe. Wie sie sich an mir vorbeidrängt. Wie sie quer durch die Bar läuft. Und durch die doppelflügelige Tür hinaus in den Flur schlüpft.

»Hey, warte!«, rufe ich ihr nach.

Aber da knallt die Tür bereits ins Schloss.

»Es tut mir leid!«, schreie ich ihr nach. »Ich wollte dich nicht erschrecken!«

Doch sie hört es garantiert nicht, weil sie sich draußen im Flur immer noch die Seele aus dem Leib schreit.

Ich raffe mich hoch. Laufe ebenfalls zur Tür, reiße sie auf. Mache einen Satz hinaus in den Flur. Da ist ihr Schreien verstummt. Ich schaue nach links, dann nach rechts. Und wieder nach links.

Das Mädchen ist weg. Keine Schreie mehr. Keine Schritte.

Ich habe keine Ahnung, wohin sie verschwunden ist.

KAPITEL 10

»Na endlich!«, ruft Ott mir schon von Weitem entgegen, als ich zurück in die Lobby komme. »Wo haben Sie bloß so lange gesteckt?« Er bemüht sich erst gar nicht, seinen Unmut zu kaschieren.

»Es tut mir leid, aber ich kann sie nicht finden«, sage ich ein wenig außer Atem, weil ich mich tatsächlich beeilt habe – ob die beiden es nun glauben oder nicht.

Das seltsame Verhalten des Mädchens beschäftigt mich immer noch. Manche ihrer Aussagen wollen mir nicht aus dem Kopf gehen. Warum wusste sie vom Auftauchen der beiden Polizisten? Und wieso darf sie nicht mit mir sprechen? Zudem habe ich ein schlechtes Gewissen. Ich habe zwar keine Ahnung, was, aber ich fürchte, dass ich etwas falsch gemacht und sie verängstigt habe. Ich muss sie später unbedingt wieder finden und das klären.

»Was heißt, Sie können sie nicht finden?«, keift Ott mich an, als ich die beiden erreicht habe.

»Eben genau das. Was soll ich tun?«

»Sie werden doch wohl …«

»Schon gut«, unterbricht Krämer ihn.

Bilde ich mir nur ein, dass auch er ein wenig außer Atem ist?

»Haben Sie Ihren Ausweis mit?«, will er von mir wissen.

»Ja«, sage ich. Und verschweige Ihnen, dass es purer Zufall war, dass ich auf dem Rückweg hierher doch noch mein Zimmer gefunden habe.

Ich hole meinen Reisepass aus der Gesäßtasche meiner Jeans und reiche ihn ihm mit leicht zittriger Hand. Im Grunde kann ich es selbst nicht glauben, dass ich tatsächlich zurückgekommen und nicht einfach abgehauen bin. Irgendetwas stimmt hier nicht. Das spüre ich in meinem tiefsten Inneren. Doch so sehr ich auch darüber grüble, ich kann nicht sagen, was es ist.

»Simon Winter …«, murmelt Krämer, während er meinen Pass begutachtet. »Das stimmt also.«

»Was meinen Sie damit?«

»Ach nichts.«

Hat er etwa gedacht, dass ich ihn anlüge?

»Seit wann arbeiten Sie hier, Herr Winter?«, will Ott wissen.

»Seit heute.«

»Seit heute?«

»Ja.«

»Was für ein Zufall.«

»Was soll das heißen?«

Wieder mischt Krämer sich ein: »Nichts, vergessen Sie es.«

»Darf ich jetzt vielleicht endlich einmal erfahren, worum es geht?« Ich habe versucht, mich möglichst selbstbewusst zu geben. Aber ich bin mir sicher, dass mir meine Unsicherheit anzuhören ist. Ich räuspere mich in der Hoffnung, dass meine Stimme dadurch an Kraft gewinnt.

Ott will mir etwas entgegnen. Er reißt schon den Mund auf, und ich sehe es in seinem Blick, dass es ein Angriff sein wird. Doch Krämer berührt ihm am Oberarm und hält ihn damit zurück.

»Lass es«, sagt er.

»Ich könnte Herrn und Frau Reiter ja Bescheid geben, sobald ich sie gefunden habe«, schlage ich vor.

Jetzt flüstert Ott Krämer etwas ins Ohr. Dieser nickt kaum merkbar.

»Was ist denn los?«, will ich wissen.

Krämer kaut an seiner Unterlippe und kratzt sich das stoppelige Kinn. Dabei hat er mich mit seinem durchdringenden Blick fixiert. Ott schaut auf seine Armbanduhr, und ich frage mich, was das zu bedeuten hat.

»Nun gut«, sagt Krämer nach einem weiteren Augenblick des Schweigens. Und dann an Ott gerichtet: »Sollen wir?«

Ott zögert. Dann nickt er.

»Was?«, will ich wissen.

»Gut, also: Bitte entschuldigen Sie unser forsches Auftreten, Herr Winter. Aber wir sind noch nicht ganz sicher, womit wir es hier zu tun haben. Sie werden also …«

»Wovon reden Sie?«, unterbreche ich sein Geschwafel. Ich will jetzt endlich wissen, was hier vor sich geht.

Die Körperhaltung der beiden hat sich verändert. Mit einem Schlag wirken sie nicht mehr überheblich oder gar bedrohlich. Ihre Blicke sind zwar weiter wachsam, haben jedoch eindeutig an Schärfe verloren. Vor allem Krämers. Otts bleibt mir nichts desto trotz unangenehm.

»Vielleicht ist es ja sogar ganz gut, dass Sie die beiden nicht finden konnten«, sagt Krämer.

»Warum das?«

»Können wir Ihnen vertrauen?«

»Aber sicher doch!«

Wieder kaut Krämer an seiner Unterlippe. Und erneut kratzt er sich das Kinn. Dann atmet er schwer durch. »Nun gut.«

Ich verstehe gar nichts mehr.

Er kramt in der Innentasche seines Mantels, holt ein Foto hervor und streckt es mir entgegen. »Kennen Sie diese Frau?«

Beim Anblick regt sich etwas in mir. Aber ich begreife in meiner Anspannung nicht, was es ist. Dennoch kann ich meinen Blick nicht davon losreißen.

»Und?«, hakt Ott nach.

»Ich weiß nicht … ich …«, murmle ich mehr zu mir selbst.

»Haben Sie sie hier gesehen?«, drängt Ott.

»Nein, ich …«, setze ich an.

Da läuft es mir plötzlich eiskalt den Rücken runter.

Ich rede mir ein, nicht 100-prozentig sicher zu sein. Doch im Grunde bin ich das. Diese strahlend haselnussbraunen Augen, die mich in ihren Bann ziehen und an denen ich mich wohl niemals sattsehen könnte. Diese leichten Grübchen in den Wangen. Dieses angedeutete, bildhübsche Lächeln, das wirkt, als würde ich es schon ewig kennen. Aber auch die Ohrstecker, dicke weiße Perlenstecker. Das alles kann kein Zufall sein.

»Was ist?«, will Krämer wissen, weil mich meine Miene offenbar verraten hat.

»Ich bin mir nicht sicher.«

»Womit?«

Ich antworte nicht. Lasse die beiden einfach stehen und laufe in den Speisesaal. Doch dort entsteht ein großes Fragezeichen in meinem Kopf. Eigentlich dachte ich, noch ganz genau zu wissen, wo das Foto gelegen hatte. Doch die Tischoberfläche ist leer. Ich muss mich also getäuscht haben. Ich schaue mich um, aber auch auf allen umliegenden Tischen ist es nicht zu sehen. Ich sinke auf meine Knie, gehe mit dem Kopf ganz runter, suche den Boden ab. Krabble ein Stück weit. Aber ich kann das Bild einfach nirgends entdecken. Ich raffe mich also wieder hoch, schaue mich um.

»Was zur Hölle tun Sie da?«, will Ott wissen.

»Warten Sie«, sage ich und versuche es ein paar Tischreihen weiter. Ich gehe in die Hocke, sehe mich um. Doch das Foto bleibt verschollen.

»Jetzt sagen Sie schon!«, fordert Ott mich auf.

»Da war ein Foto«, sage ich.

Ich schaue sie gerade noch rechtzeitig an, um mitzubekommen, dass sie schon wieder einen bedeutungsschweren Blick, den ich nicht zu deuten vermag, austauschen.

»Was für ein Foto?«, fragt Krämer schließlich.

»Ein Foto von der Frau, die Sie mir gerade gezeigt haben.«

Und noch so ein Blick zwischen den beiden.

»Was ist?«, will ich wissen.

»Sind Sie sich sicher?«

»Ich glaube schon.«

»Sie *glauben*?«

»Nein, ich bin mir sicher! Absolut.«

Jetzt schauen die beiden sich schon wieder an, anstatt mich aufzuklären. Warum zur Hölle rücken sie nicht endlich mit der Sprache heraus?

»Was ist los?«, dränge ich auf eine Antwort.

Kurzes Zögern. Dann gesteht Krämer: »Nun, um ganz ehrlich zu sein, wissen wir das leider auch nicht so genau.«

Trotz oder gerade wegen meiner Anspannung kann ich meine Ungeduld nicht länger verbergen. »Dann sagen Sie mir eben das, was Sie wissen!«

»Diese Frau heißt Theresa Horváth.« Er lässt das so einen Augenblick lang in der Luft hängen, als würde der Name all meine Fragen beantworten. Weil ich nicht reagiere, fügt er noch hinzu: »Klingelt da etwas bei Ihnen?«

»Nein.«

»Sicher nicht?«

»Ja, sicher! Was ist mit ihr?«

»Sie ist 29 Jahre alt und slowakische Staatsbürgerin.«

»Okay, aber was …?«

»Es gibt Hinweise darauf, dass sie vor Kurzem erst hier im Hotel war. Oder zumindest ganz in der Nähe.«

»Und?«

»Sie wird seitdem vermisst.«

KAPITEL 11

Wumms. Diese Information muss erst mal sacken. Ich versuche zu begreifen, was diese Theresa mit mir, diesem Hotel oder Herrn und Frau Reiter zu tun hat. Aber mein Kopf fühlt sich auf einmal ganz dumpf an.

»Ihre Familie hat sich bei uns gemeldet«, erklärt Krämer. »Sie fürchtet, dass ihr etwas zugestoßen sein könnte, weil sie völlig von der Bildfläche verschwunden ist.«

Ich habe so viele Fragen. Wie Lottokugeln zucken sie durch meinen Kopf. Gezogen und somit laut ausgesprochen wird: »Wie lange wird sie denn schon vermisst?«

»Seit zwei Tagen vermutlich.«

»Aber sie könnte doch auch einfach nur …«, setze ich an.

Krämer schneidet mir das Wort ab: »Offiziell gibt es keinen Verdacht auf ein Verbrechen.«

»Aber?«

»Wir sind da anderer Meinung.«

»Und warum?«

Krämer zögert einen Augenblick lang. Sein rechtes Augenlid zuckt kaum merkbar.

Ott springt für ihn ein: »Weil vor vier Monaten schon einmal eine Frau aus der Gegend verschwunden und nicht wieder aufgetaucht ist.«

Okay. Wieder etwas, das ich erst mal verarbeiten muss. Anstatt Klarheit schaffen die Antworten, die ich bekomme, immer nur noch mehr Verwirrung. Ich spüre, dass ein leichtes Kribbeln mich erfasst hat.

»Und diese Theresa hat auch hier in der Gegend gelebt?«, will ich wissen.

»Das wissen weder wir noch ihre Familie so recht«, gibt Krämer zu, und ich bemerke, dass seine Stimme ein wenig brüchig geworden ist.

»Die Frau dürfte sich mit Gelegenheitsjobs über Wasser gehalten und oft ihren Wohnort gewechselt haben«, erklärt Ott. »Aber wir haben glaubhafte Hinweise darauf erhalten, dass sie sich zuletzt zumindest für einige Monate hier im Hotel aufgehalten hat. Das möchten wir jedenfalls so schnell wie möglich mit den Besitzern klären.«

»Wie gesagt, offiziell gibt es keinen Verdachtsmoment. Aber, nun ja ...« Krämer scheint mit sich zu ringen.

»Was?«, dränge ich ihn.

Er zögert noch einen Moment. Dann schnauft er tief durch und lehnt sich mir ein Stück entgegen. »Ich hoffe wirklich inständig, dass wir Ihnen vertrauen können!«

»Das können Sie!«

»Wir glauben, dass die Hoteliersfamilie etwas mit ihrem Verschwinden zu tun hat. Oder jemand, der sich illegal hier aufhält.«

»Weshalb sollte sich jemand illegal hier aufhalten?«

»Na, um zu arbeiten, zum Beispiel. Auch Theresa Horváth könnte hier illegal beschäftigt sein. Oder zumindest gewesen sein. Laut ihrer Familie ist sie schon seit vier Jahren in Österreich und Deutschland in der Gastronomie tätig. Angemeldete Tätigkeiten haben wir aber nur wenige gefunden – und diese jeweils nur über sehr kurze Zeiträume.«

Mein Hirn stottert zwar noch ein wenig. Aber es fängt allmählich an, die Informationen zu verarbeiten.

»Das heißt, Sie haben auch mich im Verdacht?«

»Nein.«

»Und warum nicht, wenn ich fragen darf?«

Ott scheint antworten zu wollen, doch er zögert.

Krämer springt ein: »Weil wir unsere Arbeit verstehen und wir uns im Vorfeld natürlich schon schlaugemacht haben. Und da sind wir auf Ihre Anmeldung ab dem heutigen Tag gestoßen.«

Ich zittere auf einmal am ganzen Körper. Ich versuche, es mir nicht anmerken zu lassen. Aber das macht es nur noch schlimmer. Um davon abzulenken, frage ich mit zittriger Stimme: »Und warum glauben Sie, dass die Besitzer etwas damit zu tun haben?« Kaum, dass ich die Frage gestellt habe, beschleicht mich ein mieses Gefühl. Ich kann mir auf einmal ganz gut vorstellen, dass Krämer und Ott mit ihrem Verdacht richtigliegen könnten. Verrückt kommen mir beide Reiters vor. Und er scheint auch noch ein Waffennarr zu sein. Seinen zähnefletschenden Köter sollte man bei all den Überlegungen natürlich auch nicht außer Acht lassen.

»Sagen wir es mal so«, sagt Krämer. »Die beiden haben einen gewissen Ruf hier in der Gegend. Und es ist aus diversen Gründen naheliegend.«

Wenn Herr Reiter nicht nur vor mir, sondern auch vor anderen ständig mit seinem Gewehr und dieser Ausgeburt der Hölle herumläuft, dann kann ich mir ganz gut vorstellen, welchen Ruf er genießt. Und wieso er auf der Liste der Verdächtigen ganz oben steht.

»Also, wie sieht es aus? Wollen Sie uns helfen?«, fragt Krämer unverblümt.

»Ja natürlich. Ich …«

»Was?«

»Ich frage mich nur, wie.«

»Ganz einfach: Sehen Sie sich im Hotel um!«, fordert Krämer mich auf.

»Gehen Sie auf Spurensuche«, bekräftigt Ott.
»Und wonach soll ich suchen?«
»Nach Theresa Horváth«, sagt Krämer.
»Und natürlich nach der weiteren Vermissten«, fügt Ott hinzu. »Oder nach Hinweisen darauf, dass sie oder beide hier im Hotel sind oder waren.«
»Wer ist die Frau, die als Erste verschwunden ist?«
Krämer schluckt.
»Über sie wissen wir so gut wie nichts. Konzentrieren sie sich auf Theresa Horváth. Alles hängt von ihr ab.«
Mir schwirrt der Kopf.
»Werden Sie das machen?«, will Krämer wissen.
»Ja«, höre ich mich sagen und kann es selbst kaum glauben.
»Danke«, sagt Krämer.
»Sehr gut«, sagt Ott. »Das ändert aber nichts daran, dass wir unbedingt auch mit Herrn und Frau Reiter sprechen müssen. Bitte sagen Sie den beiden, dass sie sich dringend bei uns melden sollen!«
»Natürlich.«
»Wir wollen ehrlich zu Ihnen sein«, sagt Krämer und er ist dabei erneut in einen verschwörerischen Ton verfallen. »Wir sind davon überzeugt, dass in dieser Bruchbude hier ein Hinweis auf den Verbleib der beiden Vermissten zu finden ist. Aber die Kriminalpolizei und die Staatsanwaltschaft halten sich vornehm raus – die sehen hier keinen Fall. Das behaupten sie zumindest. Und wir bekommen somit keinen Durchsuchungsbefehl. Deshalb sind Sie unsere einzige Hoffnung.«
Während das noch auf mich einwirkt, sagt Ott: »Wir glauben, dass zumindest Theresa Horváth noch lebt, aber in großer Gefahr ist.«
Ich schlucke. Dann kommt mir ein Gedanke. »Aber gibt es da nicht so etwas wie Gefahr in Verzug oder so?«
»Es ist leider nicht alles so wie im Film«, sagt Krämer.

»Glauben Sie uns: Wir versuchen alles, was in unserer Macht steht.«

»Die Zeit drängt«, fügt Ott hinzu. »Wir müssen sie finden, bevor es zu spät ist.«

KAPITEL 12

Ich stehe in der Lobby am Rande des Panoramafensters und spähe in spitzem Winkel nach draußen. Viel kann ich leider nicht erkennen. Die Regenschlieren und das von meinem Atem anlaufende Glas erschweren mir die Sicht. Kaum dass ich die Scheibe mit meinem Ärmel trocken gewischt habe, läuft sie auch schon wieder an. Ich kann den Polizeiwagen deshalb nur schemenhaft ausmachen und nicht erkennen, was sich darin gerade abspielt. Er parkt immer noch neben dem Steinbrunnen. Dabei ist es sicher bald zehn Minuten her, dass Krämer und Ott durch den strömenden Regen gehetzt sind und sich in ihren Dienstwagen gerettet haben. Seitdem ist nichts passiert.

Der Regen prasselt heftig gegen die Scheibe. In meinem Kopf rauscht es. Ansonsten ist es still.

Ich würde zu gerne wissen, was die beiden dort so lange treiben. Und was sie von mir halten. Ob sie mir glauben? Und sie mir wirklich alles, was ich wissen sollte, erzählt haben?

Verschwinde von hier, solange du noch die Möglichkeit dazu hast!, meldet sich meine innere Stimme zurück. Noch eindringlicher als zuvor. *Sobald die Luft rein ist, hau ab!*

Ich versuche sie mit aller Macht als lächerlich abzutun. Wische mir den Schweiß von der Stirn, von dem ich keine Ahnung habe, warum er überhaupt hier ist. Und schließe einen Augenblick lang die Augen, um das Brennen und meine Kopfschmerzen ein wenig einzudämmen. Es hilft aber leider kaum.

Ich öffne die Augen wieder.

Fast im gleichen Moment springen die Lichter des Wagens endlich an. Und schon Sekunden später setzt er sich in Bewegung. Er beschreibt eine weitläufige Kurve über den Parkplatz – so als wollten sich Krämer und Ott noch einmal in aller Ruhe umsehen. Dann folgt er dem unbefestigten Weg, verlässt die patschnasse Lichtung und taucht in den Wald ein.

Endlich sind die beiden weg. Doch das miese Gefühl bleibt zurück. Das Gespräch mit ihnen spukt mir immer noch im Kopf herum. Wo zum Teufel ist das Foto vom Speisesaal hin? Ist tatsächlich die Vermisste darauf abgebildet? Und kann es wirklich sein, dass die Hotelbesitzer etwas mit ihrem Verschwinden zu tun haben? Beide scheinen sie auf ihre ganz spezielle Art nicht alle Tassen im Schrank zu haben. Und zumindest Herr Reiter hat ein handfestes Aggressionsproblem. Aber wozu sind sie tatsächlich imstande? Und noch viel wichtiger: Soll ich mich wirklich in diese Sache mit reinziehen lassen? Immerhin bin ich doch gerade deshalb hier, weil ich …

Mein Gedankenstrom reißt ab. Weil ich auf einmal eine Bewegung am Waldrand wahrzunehmen glaube. Eine dunkle Gestalt, wie ich sie von meinem Zimmer aus schon zu sehen glaubte, scheint dort zu stehen. Aber wieder bin ich mir nicht sicher. Ich wische erneut die Scheibe mit meinem Ärmel trocken. Aber das macht die Sicht kaum besser. Ich lege deshalb beide Handkanten an die Scheiben und spähe dazwischen durch. Doch schon in der nächsten Sekunde ist schon wieder ein Film auf dem Glas.

»Herr Simon!«, trällert es auf einmal in meinem Rücken, und ich zucke vor Schreck zusammen. Als wäre ich eben bei etwas Falschem erwischt worden.

Ich fahre herum. Und sehe Frau Reiter schon aus dem Speisesaal und auf mich zu kommen. Ihr Mann bleibt im Hintergrund stehen. Sein Köter verharrt unmittelbar zu seinen Füßen. Beide starren sie mich an.

Ich schaue noch einmal zum Waldrand. Doch an der Stelle, an der ich eben noch die Gestalt auszumachen dachte, ist nichts mehr zu sehen.

»Da sind Sie ja. Wir haben Sie schon überall gesucht«, sagt sie, als sie mich erreicht hat, und ich nehme ihr das nicht ab.

»*Ich* habe *Sie* gesucht!«, betone ich.

»Ach so?«, gibt sie sich verwundert. »Nun, dann hätten Sie einfach rufen sollen!«

Mir wird klar, dass mich ihre grelle Stimme so richtig zu nerven beginnt.

»Das habe ich ja. Immer wieder sogar«, versichere ich ihr.

»Nun, ich habe nichts gehört.« Sie dreht sich zu ihrem Mann um. »Du etwa, Alfred?«

Er schüttelt kaum merkbar den Kopf.

»Sehen Sie, Herr Simon, wir haben nichts gehört.«

»Ich habe hier unten gesucht und im ersten Stock bei …«

»Na, jetzt haben wir einander ja gefunden«, unterbricht sie mich und lächelt ihr aufgesetztes Lächeln. »Kommen Sie!«

Sie will sich bereits abwenden, da rufe ich sie zurück. »Nein, warten Sie, die Polizei war hier!«

Sie bleibt stehen. Zögert einen Augenblick lang. Und streicht sich eine Haarsträhne, von der ich nicht sicher bin, ob sie wirklich da war, aus dem Gesicht.

»Die Polizei?«, gibt sie sich überrascht.

Aber auch diese Überraschung kaufe ich ihr nicht ab. Weil sie viel zu gekünstelt wirkt. Vor allem aber, weil sie nicht gleich nach dem Grund fragt.

»Ja, zwei Polizeibeamte wollten mit Ihnen sprechen«, versuche ich, ihnen den Ernst der Lage zu vermitteln.

»Ja warum denn das?«

»Es geht um eine verschwundene Frau. Nein, eigentlich um zwei verschwundene Frauen.«

»Aha.«

Wie? Das war's? Ich warte darauf, dass noch etwas von ihr kommt. Aber vergeblich.

»Eine von ihnen heißt Theresa Horváth«, füge ich deshalb hinzu.

»Theresa, ein schöner Name.«

Ihre Antwort ist so absurd, dass sie mich kurz aus dem Konzept bringt. Ehe ich meine Gedanken wieder gesammelt habe, verschwindet sie hinter dem Tresen, hantiert dort ein wenig herum und kommt mit zwei befüllten Schnapsgläschen hervor. Das Ganze hat wohl nicht länger als 20 Sekunden gedauert. Sie ist definitiv geübt darin.

»Hier, trinken Sie mal einen Schluck«, sagt sie. »Nach all der Arbeit können Sie sich ruhig mal eine kleine Pause gönnen.«

»Nein danke, ich …«

»Papperlapapp. Nun trinken Sie schon.«

»Ich möchte wirklich nicht …«

»Jetzt seien Sie doch bitte nicht so ein Spielverderber wie mein Mann. Nehmen Sie einen Schluck. Nur diesen einen. Mir zuliebe.«

Sie streckt mir das Glas nur wenige Zentimeter von meinem Gesicht entfernt entgegen.

Ich seufze innerlich. Und hasse mich selbst dafür, dass ich ihrem Drängen nachgebe. Ich nehme das Glas kommentarlos und kippe den Inhalt hinunter.

Wäh! Wieder dieses grauenvolle Gesöff.

Sie lacht. »Na, aus Ihnen mache ich auch noch einen Mann, Herr Simon.«

Sie nimmt mir das Gläschen ab und verstaut beide hinter dem Tresen. Als sie wieder zu mir kommt, sagt sie: »Wie dem auch sei. Wäre es nach mir gegangen, dann würde ja auch unsere Tochter Theresa heißen. Aber Sie können sich gar nicht vorstellen, was für ein Sturkopf mein lieber Alfred sein kann. Manchmal möchte man meinen, man rede gegen eine Wand. Null Verständnis, kein Mitgefühl. Herr Simon, ich sage Ihnen, wenn Sie glauben, dass …«

»Das interessiert niemanden!«, wirft Herr Reiter aus dem Hintergrund ein, und ich bin ihm dankbar dafür.

Doch sie ignoriert ihn. Sie schließt nur kurz die Augen, um sich zu sammeln. »Wie dem auch sei! Alfred wollte den Namen auf Teufel komm raus nicht. Tagelang haben wir uns deswegen gestritten. Und das, obwohl ich hochschwanger war. Können Sie sich diesen Stress vorstellen, Herr Simon? Können Sie das?«

Sie starrt mich an und wartet offenbar tatsächlich auf eine Antwort von mir.

»Ja, also ich …«

»Natürlich können Sie das nicht! Euch Männern fehlt dafür das gewisse …« Sie scheint nach dem richtigen Wort zu suchen, bricht den Satz dann aber ab. Sie schließt abermals die Augen und atmet übertrieben tief durch, um sich zu beruhigen.

»Nun ja, manchmal haben wir Frauen es schlichtweg nicht einfach mit unseren Männern, belassen wir es dabei. Alfred und ich konnten uns letztendlich ja auf Sienna einigen.«

»Ich glaube, ich habe sie vorhin kurz getroffen.«

Kurz scheint sie geschockt darüber. Aber sie hat sich wieder schnell gefasst und gibt sich unbekümmert. »Das kann gut sein, sie schwirrt ständig irgendwo im Haus herum oder verfolgt einen. Ich weiß nie genau, wo sie gerade steckt.«

»Ihre Tochter sagte, dass sie gewusst hätten, dass die Polizei hier auftauchen würde.«

»Das hat sie gesagt?«

»Ja.«

»Dieses Kind.«

»Wieso wussten Sie es?«

»Das habe ich nicht.«

»Aber …«

»Meine Tochter ist eine Träumerin, Herr Simon. Sie denkt sich ständig solche Geschichten aus.«

Ich glaube ihr nicht. Aber ich sehe ein, dass ich so nicht weiterkomme. Ich würde ihr eigentlich auch noch gerne sagen, dass ich Sienna offenbar verschreckt habe und mir das leidtut. Doch dafür ist jetzt der falsche Zeitpunkt. Ich versuche stattdessen, das Gespräch wieder in die richtige Bahn zu lenken. »Wie gesagt, die beiden Polizisten wollten mit Ihnen wegen einer verschwundenen Frau sprechen.«

»Wegen einer verschwundenen Frau?«

»Ja, oder vielleicht auch zwei.«

»Gleich zwei?«

»Ja.«

»Ich verstehe nicht ganz, was wir damit zu tun haben.«

»Sie soll hier in der Nähe des Hotels gesehen worden sein.«

»Hier bei uns?«

»Ja.«

»Na, das wüsste ich aber.«

Ich habe alle Mühe dabei, mich von ihren absurden Antworten und Aussagen nicht mehr allzu sehr aus dem Konzept bringen zu lassen. »Die Polizei sagt, dass …«

»Die war nicht hier bei uns!«, faucht ihr Mann mich an. Sein Köter bellt laut auf, als wollte er ihm damit zustimmen.

»Alfred!«, keift wiederum Frau Reiter ihn an.

»Was ist?«

»Musst du immer so mürrisch sein?«

»Ich will den Kerl nicht hier haben!«

»Du wiederholst dich!«

»Und ich habe keine Lust auf diesen Scheiß hier.«

»Schluss jetzt!«

Der Hund macht einen Schritt zurück.

»Ich lass mir von dir nicht …!«

»Aus! Ich verbitte mir so einen Ton! Erst recht vor einem unserer Angestellten.«

Er lacht auf. Erwidert etwas.

Aber ich bekomme nicht mit, was er sagt. Und ich komme auch nicht dazu nachzufragen, was genau er damit meinte, als er sagte, er habe keine Lust auf diesen Scheiß hier. Denn mein Blick fällt über seine Schulter hinweg in den Speisesaal. Wo ein Mann verstohlen hinter einer Säule hervorlugt. Und zurückzuckt, als er bemerkt, dass ich ihn entdeckt habe.

Ich wende mich Frau Reiter zu, die immer noch mit ihrem Mann schimpft, und unterbreche sie. »Wer ist das?«

Sie hält inne. »Wer?«

»Der Mann im Speisesaal.«

Ihr Blick folgt meinem Zeigefinger.

»Ich … ich sehe niemanden.«

»Da war ein Mann.«

»Ein Mann?«

»Ja.«

»Aha.«

»Wer war das?«

»Woher soll ich das denn wissen?«

Ich mache ein paar Schritte in Richtung des Saals. Doch da fängt der Köter aggressiv zu knurren an. Und ich halte augenblicklich inne.

»Herr Simon, bleiben Sie hier!«, sagt sie und jetzt klingt sie eindeutig ein wenig nervös. »Sie wollten mir doch von der Polizei erzählen.«

Plötzlich scheint ihr Interesse also geweckt. Aber ich gehe nicht darauf ein.

»Er hat hinter der Säule da hinten hervorgeschaut«, sage ich.

Sie wirkt ein wenig irritiert. Oder verunsichert? Jedenfalls tauscht sie mit ihrem Mann einen kurzen Blick aus.

»Wie dem auch sei«, sagt sie. »Wir sollten …« Sie bricht den Satz ab. Ihre Stimme ist auf einmal ganz schrill. »Herr Simon, wohin wollen Sie? Bleiben Sie doch hier!«

Ich habe allen Mut zusammengefasst und bin so weit wie möglich von Herrn Reiter und seinem kläffenden Köter entfernt in den Speisesaal gelaufen. Aber als ich an der Säule angelangt bin, ist da niemand. Ich umkreise sie. Und blicke mich im Saal um. Der Mann ist verschwunden. Ich kann es mir nur so erklären, dass er sich kriechend entlang der Tische aus dem Staub gemacht hat. Ziemlich sicher ist er noch irgendwo hier versteckt.

»Was tun Sie nur, Herr Simon?«

»Er war genau hier.«

»Wer?«

»Das weiß ich doch nicht. Aber ich glaube, es war ein Mann. Und ich glaube, dass er uns belauscht hat.«

»Da hätte doch Oskar angeschlagen. Außerdem: Warum sollte das jemand tun?«

»Das weiß ich doch nicht.«

»Das wäre natürlich nicht die feine englische Art.«

Herr im Himmel! Wieder so eine dumme Aussage!

»Er muss weggelaufen sein«, sage ich und gehe gar nicht erst darauf ein.

»Vermutlich war es einer der Arbeiter.«

Die Antwort verblüfft mich. »Es sind noch weitere Arbeiter hier im Haus?«

»Aber natürlich, was glauben Sie denn?«

Ich lasse das noch auf mich wirken.

»Sie denken doch nicht etwa, dass Sie alleine diese große Wiedereröffnung stemmen können?«

»Was? Nein, ich …«

»Mein lieber Herr Simon, ich fürchte, Sie überschätzen sich und ihre Fähigkeiten ein wenig.«

»Wie viele sind denn noch hier?«

»Warum wollen Sie das denn wissen?«

»Einfach so.«

»Zwei«, keift Herr Reiter. »Zufrieden?«

»Es sind drei, Alfred«, korrigiert sie ihn.

»Wieso drei?«

»Du vergisst Jana!«

»Die ist doch keine …«

»Drei, Herr Simon. Es sind drei.«

Er murmelt etwas. Dann faucht er mich an, und es klingt, als würde er gerade all seinen Frust auf mich abzuladen versuchen: »Ist dieses Scheißverhör jetzt endlich zu Ende, ja?«

Ich bemerke, dass mir das Gespräch schon wieder entglitten ist. »Ich glaube, dass die vermisste Frau die gleiche wie auf dem Foto ist«, sage ich so ruhig, wie ich nur kann.

»Von welchem Foto?«

»Von dem aus dem Speisesaal hier.«

Die beiden scheinen einen Augenblick lang zu zögern.

Dann lächelt sie mich an. »Ich fürchte, ich weiß nicht, wovon Sie sprechen, Herr Simon.«

»Na, von dem Foto, das wir vorhin gemeinsam gefunden haben.«

»Also, ich weiß jetzt nicht …«

»Sie wollten doch sogar noch wissen, ob ich die Frau kenne. Und haben Sie mich nicht sogar auch noch gefragt, ob ich sie hübsch finde?«

Wieder ein kurzes Zögern. »Warum hätte ich das tun sollen?«

Was? Ich kann es nicht fassen. Weiß nicht, was ich darauf noch sagen soll.

Ruhig bleiben, ermahne ich mich und ich atme durch. Ich versuche, ruhig zu bleiben. »Aber Sie haben doch …«

Doch sie fährt mir dazwischen und wimmelt mich ab: »Wie Sie sich sicherlich denken können, Herr Simon, habe ich alle Hände voll mit der großen Wiedereröffnung zu tun. Da habe ich wirklich keinen Kopf für solche Sachen. Dabei fällt mir ein …«, sagt sie und flitzt zu einem Tischchen. Sie fegt mit der ganzen Handfläche darüber. Dann betrachtet sie sie und verzieht das Gesicht zu einer Grimasse. »Wir müssen hier dringend mal wieder Staub wischen, Alfred.«

»Ich wische keinen Staub«, faucht er zurück, ohne mich dabei aus den Augen zu lassen.

»Ja, wer soll denn dann …?«

Er zeigt auf mich. »Das kann der da machen.«

»Also, ich glaube, dass Herr Simon gerade wirklich wichtigere Dinge zu …«

»Ich wische keinen Staub, basta!«

Sie seufzt. Schließt die Augen und reibt sich die Nasenwurzel. »Gut, Herr Simon, könnten Sie das bitte später übernehmen, ja?«

Ich gehe nicht darauf ein. »Sie müssen sich doch erinnern. Das Foto lag genau hier.«

»Nein, ich kann mich bei Gott nicht an alles erinnern. Schon gar nicht an ein Foto, das womöglich hier gelegen hat. Bitte akzeptieren Sie das!«

Ich kann nicht glauben, dass sie mich so einfach abzuspeisen versucht. Ich werde lauter, als mir lieb ist, weil sich schon eine gehörige Portion Frust in mir aufgestaut hat. »Die Polizei sagte, dass sie unbedingt mit Ihnen beiden über die Angelegenheit sprechen möchte.«

»Sie sollten sich nicht von solchen Polizei-Schauermärchen aufhalten lassen. Sie sollten sich besser wieder auf Ihre Arbeit konzentrieren, Herr Simon.«

»Oder verschwinden!«, keift ihr Mann.

»Schluss jetzt!«

»Er soll endlich arbeiten!«

»Tut er doch!«

»Ich sehe ihn immer nur dumm in der Gegend herumstehen.«

»Genau wie ich dich! Ist der Erdhaufen endlich weg?«

»Besser, als irgendwo betrunken einzuschlafen.«

»Alfred!«

»Nicht *Alfred*! Hör zu saufen auf und mach die Augen auf!«

»Aus!«

»Ich will ...«

»Nein! Schluss!«

Er schnauft tief durch.

Frau Reiter hat die Augen geschlossen. Sie massiert sich abermals die Nasenwurzel, dann die Schläfen. Selbst im fahlen Licht kann ich erkennen, dass ihr Hals ganz rot geworden ist.

»Ach, was soll's ...«, sagt ihr Mann und wendet sich ab. »Komm mit!«

Ich gehe davon aus, dass er den Hund meint, der ihm auf der Stelle folgt. Doch dann, als er bereits aus dem Speisesaal und meinem Sichtfeld verschwunden ist, brüllt er: »Hörst du schlecht? Du sollst mitkommen! Es wartet jede Menge Arbeit auf dich!«

KAPITEL 13

»Bring alles hier wieder auf Vordermann!«, spuckt Reiter mir geradezu entgegen, ohne mich eines Blickes zu würdigen.

Ich schaue mich ungläubig um. Soll das ein Scherz sein?

»Was meinen Sie?«, rufe ich ihm nach, weil er sich bereits von mir abgewandt hat und auf eine unscheinbare Seitentür zugeht. Offenbar will er mich mit dieser dürftigen und vor allem völlig absurden Anweisung alleine in der Schwimmhalle zurückzulassen.

»Was verstehst du denn da bitte nicht?«

»Was meinen Sie mit ›auf Vordermann bringen‹?«

»Mein Gott, soll ich es dir aufzeichnen?«

»Aber ich kann doch nicht …«

»Fang vielleicht mal damit an, alles sauber zu machen!«

»Sauber machen? Aber …«

»Sei kreativ.«

Ich fürchte, dass es sein voller Ernst ist. Diese riesige Wellness-Anlage samt Schwimmbecken sauber zu bekommen, ist eine Sache von mehreren Tagen – und zwar für einen ganzen Putztrupp. Ich alleine würde wohl Wochen dafür benötigen. Außerdem sollte der Bereich erst mal von all dem Müll und Gerümpel befreit werden. Eine für mich alleine unmöglich schaffbare Aufgabe.

»Soll ich das alles etwa alleine machen?«, rufe ich ihm nach, da schlüpft er gerade hinter seinem Hund durch die Tür und verschwindet aus meinem Blickfeld.

»Richtig. Oder siehst du hier noch jemand anderen?«, gibt er aus dem Off zurück.

»Das kann doch nicht Ihr Ernst sein! Ich brauche doch zumindest …«

»Fang endlich an. Dir bleibt nicht mehr viel Zeit, bis es dunkel wird.«

»Was soll das heißen?«

Die Tür fällt wie in Zeitlupe zu.

»Hey, warten Sie! Was meinen Sie damit, dass mir nicht mehr viel Zeit bleibt?«

Ich bekomme keine Antwort.

»Was ist, wenn es dunkel wird?«

Er ignoriert mich.

Ich kann es nicht glauben. Bin wütend, verwirrt und fassungslos zugleich. Mein Frust entlädt sich in einer absolut belanglosen Frage: »Und wo finde ich Putzutensilien?«

»Was weiß ich!«

Die Tür wird jeden Moment zu sein.

»Aber wie soll ich …?«

»Wer suchet, der findet!«, höre ich ihn noch.

Dann fällt die Tür hinter ihm mit einem Knall zu.

Kurz bin ich perplex. Dann habe ich mich gefangen und rufe: »Warten Sie!« Ich laufe zur Tür, reiße sie auf und schreie noch einmal: »Hey, warten Sie!«

Aber er ist weg. Der enge Gang ist fensterlos und stockdunkel. Keine Schritte sind mehr zu hören, nichts.

Das darf doch nicht wahr sein!

Ich gehe zurück in die Schwimmhalle, schnaufe tief durch, reibe mir mit beiden Händen das Gesicht und versuche, meinen Ärger über dieses arrogante Arschloch damit zu verdrängen. Aber es will mir nicht gelingen. Es gab wenige Menschen in meinem Leben, die ich so richtig gehasst habe. Meinen Mathe-Lehrer in der Oberstufe. Und Marko aus der Nebenklasse, weil Jenny ihm damals den Vorzug gegeben hatte. Wobei: Als Hass würde ich das eigentlich nicht so wirklich bezeichnen. Aber bei Reiter ist das definitiv so. Er spielt in einer anderen Liga. Ich hasse diesen Menschen. Ohne Wenn und Aber.

Ich schnaufe tief durch. Spüre, dass mir ein wenig schwindelig und übel ist. Ich ärgere mich darüber, dass ich mich schon wieder zu einem von diesen grauenvollen Schnäpsen habe überreden lassen. Würde ich es nicht besser wissen, würde ich glauben, dass es pures Gift war, was ich da getrunken habe. Wobei: Weiß ich es wirklich besser?

Unsinn!

Ich sehe mich um. Ich lasse den Raum, oder besser gesagt die Halle, erst jetzt so richtig auf mich wirken.

Ich kann es immer noch nicht glauben. Was zur Hölle soll ich hier alleine ausrichten? Noch dazu ohne Arbeitsmaterialien! Und einmal ganz davon abgesehen: Was für einen Sinn soll das Unterfangen haben? Wieso soll ich ständig neue Tätigkeiten beginnen, die ich dann nicht zu Ende bringen kann? Was ist mit den Fernsehern und dem ganzen Gerümpel im Keller? Sind die auf einmal doch nicht mehr so wichtig? Oder glauben die beiden womöglich sogar, dass ich damit schon fertig bin? Falls ja, dann sind sie noch verrückter, als ich das bisher angenommen habe.

Ich bemerke die Gänsehaut auf meinen Unterarmen und reibe sie mir. Es ist kalt hier unten, feucht, und es riecht modrig. Eigentlich gilt all das für das gesamte Gebäude. Aber hier unten fühlt es sich dennoch von allem ein wenig mehr an.

Ich habe keine Ahnung, was ich machen soll. Ich weiß weder wo noch wie ich anfangen soll. Ich bin von dem riesigen Areal schlichtweg überwältigt – sowohl im positiven als auch im negativen Sinne. Denn so miserabel der Zustand des Schwimmbeckens und allem rundherum auch ist, so kann ich mir dennoch ganz gut vorstellen, dass man es sich vor einigen Jahrzehnten hier verdammt gutgehen lassen konnte. Ich kann den einstigen Prunk erahnen. In Gedanken höre ich das Wasser plätschern. Viele durcheinanderschwirrende Stimmen. Und heiteres Lachen, das von den Wänden widerhallt.

Die Anlage befindet sich im Erdgeschoss an der Rückseite des Hotels. Soweit ich das überblicken kann, besteht sie aus einem großen Schwimmbecken samt Ein- und Dreimetersprungtürmen, einem Kinderbecken mit einer kleinen Rutsche in Form eines Elefanten sowie einer großzügigen Saunaanlage. Außerdem sind da Umkleiden, Dusch- und Massageräume und ein angrenzender Außenbereich, auf dem sich noch ein weiteres Becken sowie einige Duschen und Liegemöglichkeiten befinden. Das große Becken fällt von einer Seite zur anderen ab. Auf der flachen Seite prangt ein Schild mit der Aufschrift »Nichtschwimmer«. Über der tiefen Seite steht »Schwimmer«. Der blaue Putz bröckelt wie auch alles andere an diesem Gebäude. Überall liegen Müll und Gerümpel verstreut. Volle und leere Zementsäcke sind da und Farbeimer. Ein Haufen mit Ziegelsteinen. Ein Schubkarren. Eine Motorsäge. Und unzählige Holzleitern, die an den Wänden lehnen oder wie Mikado-Stäbe einfach verstreut auf dem Boden liegen. Es müssen an die 15 bis 20 sein. Die Glasfront zum Außenbereich ist mit Sprüngen, Schlaglöchern und unleserlichen Graffitis übersäht. Viele der Scheiben wirken, als würden sie schon bei der leisesten Berührung zerbersten. Die Decke ist nass. Von vielen Stellen tropft es herab, der Stuck ist nur noch stellenweise erhalten geblieben. Beängstigend tiefe und lange Sprünge ziehen sich durch die gesamte Decke. Und wohin ich auch blicke: Schmutz, Staub und Spinnweben.

Ich frage mich, ob hier überhaupt noch etwas zu retten ist. Vor allem die Decke sieht aus, als würde sie jeden Moment herunterstürzen. Ob sich darüber noch ein Stock befindet?

Ich glaube eher nicht, weil es sonst nicht so heftig von der Decke tropfen würde. Oder?

Ich trete an den Beckenrand. Schaue hinab. Und kann dem plötzlich aufkommenden kindlichen Drang in mir nicht widerstehen. Ich steige die Leiter hinab und laufe das Schwimmbecken ab. Im Grunde ist es bloß eine betonierte Grube im Boden, das ist mir klar. Und dennoch ist es faszinierend, in einem so großen trockengelegten Becken herumzulaufen. Wann hat man schon die Möglichkeit dazu? Für mich ist es jedenfalls das erste Mal.

Auf dem Boden entdecke ich einige Zigarettenstummel und ein verbeultes Metallschild, auf dem »Hallenbad und Sauna von 8 – 18 geöffnet« steht. Außerdem zwei leere Bierflaschen, nein drei. Und eine Dose. Ein Kondom gleich daneben. Ich bleibe ihm fern, weil ich erst gar nicht wissen will, ob es benutzt ist und wie es dorthin gekommen ist. Die Vorstellung, dass Herr und Frau Reiter vielleicht …

Nein! Halt! Aus!

Ich will nicht daran denken!

Zum Glück sticht mir ohnehin noch etwas anderes ins Auge. Da ist ein Funkeln auf dem Boden. Keine vier Meter von mir entfernt. Bloß ein kleiner Glassplitter, denke ich mir. Was sonst? Trotzdem regt sich da ein mieses Gefühl in meinem Magen. Mein Unterbewusstsein scheint bereits begriffen zu haben und schreit eine Warnung aus. Doch ich ignoriere sie und mache ein paar Schritte darauf zu. Ich gehe in die Hocke. Betrachte das Teil.

Was zum Teufel …?

Kann das sein?

Ein eiskalter Schauer läuft mir den Rücken hinunter. Ein Kribbeln erfasst mich.

Ich hebe das Teil auf. Und kann nicht glauben, was ich da gefunden habe. Mein Hirn rattert. Ich versuche zu begreifen. Schaffe es aber nicht. Denn es ist nicht einfach nur ein Ohrstecker, den ich da in der zittrigen Hand halte. Nein, es ist ein Perlenohrstecker. Und wenn ich mich nicht irre, ist es genau so einer, wie die vermisste Theresa ihn auf den Fotos getragen hat.

KAPITEL 14

Wie ist das möglich?, frage ich mich. Und gleichzeitig glaube ich, die einzig richtige Antwort darauf zu kennen: Theresa Horváth war hier!

Oder sie ist es immer noch!

Diese Erkenntnis arbeitet noch in mir und hat eine wahre Gedankenflut in mir ausgelöst. Da höre ich plötzlich ein Knirschen. Direkt über mir. Ich blicke hoch. Und …

Ach du liebe Güte!

Da steht eine Frau am Beckenrand, gleich neben der Leiter, die ich eben hinuntergestiegen bin, und blickt zu mir hinab. Keine Ahnung, wie sie sich unbemerkt so nahe an mich heranschleichen konnte. Jedenfalls hat sie mir einen gehörigen Schrecken eingejagt.

»Wo ist sie?«, fragt sie in einem starken Akzent, den ich auf die Schnelle nicht zuordnen kann.

Einen kurzen Augenblick lang dachte ich, dass die verschwundene Theresa vor mir steht. Doch schnell habe ich begriffen, dass sie ihr überhaupt nicht ähnlich sieht. Sie ist nicht braunhaarig wie Theresa, sondern blond. Ihr Haar ist kurz geschnitten, Stirnfransen reichen ihr bis knapp über die Augenbrauen. Darunter sitzen große Glupschaugen. Sie ist schlank, fast schon dürr. Und ihre Gesichtszüge sind viel kantiger als die der Vermissten. Da hat mir wohl nur meine Anspannung einen Streich gespielt.

»Hi«, sage ich und komme ihr entgegen.

Sie antwortet nicht.

Mir fällt auf, dass sie die Hände hinter dem Rücken versteckt hält. Aber ich messe dieser Beobachtung keine Bedeutung bei.

»Ich bin Simon.«

Ich klettere die Leiter hoch.

Als ich oben angekommen bin, weicht sie erst einen Schritt zurück, als habe sie Angst vor mir. Doch gleich darauf macht sie einen Satz auf mich zu. »Wo ist sie?«

»Wer?«

»Wo du sie haben versteckt?«

»Wen meinst du?«

»Wo ist Theresa?«

Ach daher weht der Wind! Sie kennt Theresa also. Und sie fürchtet, dass ich etwas mit ihrem Verschwinden zu tun habe. Eigentlich sollten diese Erkenntnisse noch viel mehr in mir auslösen. Doch sie funkelt mich so aggressiv an, dass ich kaum dazu komme, einen klaren Gedanken zu fassen.

»Das weiß ich nicht«, sage ich. »Ich bin selber auf der Suche nach ihr. Ich habe …«

»Du wissen!«

»Nein.«

»Du lügen!«

»Nein, ich schwöre es.«

»Du lügen!«

Herrgott! »Kennst du sie?«

»Du wissen, wo sie ist!«

»Nein, bitte glaube mir doch!«

»Du sagen!«

»Mein Gott, ich weiß wirklich nicht, …«

Auf einmal geht alles ganz schnell. Viel zu schnell. Sie macht einen Schritt auf mich zu. Und holt gleichzeitig einen Stecken oder eine Latte hinter ihrem Rücken hervor. In der Hektik kann ich das nicht eindeutig erkennen. Jedenfalls holt sie damit aus und will mir eins überziehen. Ich reiße noch die Arme zur Abwehr hoch. Doch ich bin zu langsam und kann den Schlag nicht verhindern. Sie trifft mich an der Schläfe. Mit einer ungeheuren Wucht. Und ich spüre, dass meine Haut platzt.

Einen Augenblick lang sehe ich Sterne. Und taumle.

Sie lässt ihre Waffe fallen. Und ehe ich begreife, was sie vorhat, packt sie mich an der Gurgel und drückt zu. Mit einer solchen Kraft, dass mich der Schmerz kurz außer Gefecht setzt.

»Wo ist sie?«, kreischt sie.

Dann fange ich mich endlich. Ich packe sie an den Unterarmen und drücke sie von mir fort. Doch ich bin noch immer ein wenig benommen. Und sie hat eine Kraft, die ich ihrem ausgemergelten Körper niemals zugetraut hätte. Sie wehrt sich, will meinem Griff entkommen. Ich habe alle Mühe, sie im Zaum zu halten.

»Spinnst du?«, presse ich voller Anstrengung heraus.

»Du lügen!«

Sie scheint immer stärker zu werden. Und versucht mit aller Macht, sich aus meinem Griff zu befreien.

»Du bist verrückt!«, fauche ich sie an.

Mir reicht es jetzt. Ich lasse von ihren Armen ab. Und stoße sie, so wuchtig ich nur kann, zurück.

Sie kann sich nur mit Mühe auf den Beinen halten. Aber sobald sie ihr Gleichgewicht wiedergefunden hat, will sie sich erneut auf mich stürzen. Sie macht gerade einen Satz auf mich zu. Hat schon die Arme vorgestreckt.

Da höre ich plötzlich Frau Reiter aus voller Kehle schreien. »Jana! Bist du verrückt geworden? Hör sofort auf!«

Die Angreiferin hält in der Bewegung inne.

»Ich glaube, ich sehe nicht recht!«, kreischt Frau Reiter weiter, und ihre Stimme überschlägt sich dabei.

»Er lügen!«

»Los, verschwinde!«

»Nein, er wissen …!«

»Nach oben mit dir! Aber schnell!«

Sie starrt mich weiter giftig an. Beißt die Zähne zusammen. Ihre Kieferknochen mahlen. Wie der Scheißköter will sie mich am liebsten anspringen. Und in der Luft zerfleischen.

Die Frau hat sie nicht alle!

»Jana, hörst du schlecht? Du sollst nach oben!«

»Aber er …«

»Schluss! Du weißt, was abgemacht ist!«

Jana scheint sich endlich ein wenig zu beruhigen. Doch ihr bitterböser Blick haftet weiter an mir.

»Schau nicht so!«, kommandiert Frau Reiter. »Und ab in die Küche mit dir!«

»Ich weiß, du lügen!«, zischt sie mir zu und streckt mir dabei ihren Zeigefinger entgegen. Ihr Blick durchdringt mich noch zwei, drei Sekunden lang. Dann zieht sie endlich ab.

»Noch so ein Auftritt, und du kannst deine Koffer packen!«, gibt ihr Frau Reiter noch mit auf den Weg. »Das ist ja wirklich nicht zu glauben.«

Wir beide schauen dieser Psychopatin nach, bis sie durch dieselbe Tür geschlüpft ist, durch die vor Kurzem noch Herr Reiter und sein verdammter Köter verschwunden sind.

Frau Reiter streicht sich ihr Kleid zurecht, betrachtet es und zieht eine Miene, als hätte es von dem Vorfall eben einen Schaden davongetragen. Ich kann ihr richtig ansehen, wie sie immer noch um Fassung ringt. Um sich weiter von ihrem Ärger abzulenken, versucht sie, die widerspenstige Haarsträhne irgendwie in ihre Hochsteckfrisur zurückzustopfen. Doch es will ihr nicht gelingen. Kaum dass sie von ihr abgelassen hat, hängt sie ihr schon wieder ins Gesicht.

»Bitte entschuldigen Sie diesen kleinen Zwischenfall, Herr Simon!«, sagt sie und bläst nach der Strähne.

Kleiner Zwischenfall ist gut. Ich taste meine schmerzende Gurgel ab. Schlucke schmerzhaft. Und betaste meine Stirn, auf der ein wenig Blut klebt.

»Wer war das, um Himmels willen?«, will ich wissen.

»Ach, das war nur Jana.«

»Wer ist sie? Arbeitet sie hier?«

Frau Reiter ignoriert meine Frage. »Die Kleine ist bloß ein wenig verängstigt, müssen Sie wissen.«

Mein Gehirn nimmt allmählich wieder seine Arbeit auf. Wie aufeinander abgestimmte Großmaschinen und Fließbänder in einer Produktionshalle, nachdem sie wegen eines Zwischenfalls angehalten wurden und jetzt wieder grünes Licht leuchtet.

»Warum weiß sie von der verschwundenen Frau?«, will ich von Frau Reiter wissen.

»Tut sie das?«

»Ja, Sie haben sie doch gehört!«

»Nein, nicht wirklich.«

»Aber sie hat doch eben …«

»Es war ja so hektisch gerade.«

»Sie kennt Theresa. Sie weiß von ihr.«

»Hm«, macht sie bloß und tut dann so, als wäre sie wieder mit ihrem Kleid beschäftigt. Sie schleckt sich eine Fingerspitze ab und versucht damit offenbar, einen unsichtbaren Fleck von ihrem Kleid zu entfernen.

»Wie ist das möglich?«, dränge ich auf eine Erklärung.

»Mein Gott, was weiß ich. Sie arbeitet ja brav, aber sie ist auch immer so neugierig. Vermutlich hat sie das Auftauchen der Polizei mitbekommen und ihr Gespräch belauscht. Ich werde sie später noch fragen und ihr eine Rüge erteilen.«

»Vielleicht kennt sie diese Theresa ja wirklich!«

»Sicher nicht.«

»Woher wollen Sie das so genau wissen?«

»Glauben Sie mir einfach!«

»Wir müssen sie befragen!«

»Keine Sorge, das tue ich später noch!«

»Wir müssen die Polizei verständigen.«

»Ach, ich bitte Sie!«

»Ich versteh nicht, warum wir nicht einfach …«

»Lieber Herr Simon«, fährt sie mir scharf dazwischen. »Sie müssen wirklich nicht alles verstehen!« Sie kommt auf mich zu und legt mir die Hand auf die Schulter. Ein gutmütiges, fast schon mütterliches Grinsen entspringt ihrem Gesicht. Doch was sie sagt, klingt wie eine Drohung. »Glauben Sie mir, es ist besser für Sie, wenn Sie nicht alles verstehen!«

KAPITEL 15

Nachdem Frau Reiter mich mit den Worten »Herr Simon, ich will Sie gar nicht länger aufhalten. Wie ich sehe, haben Sie hier ja noch jede Menge Arbeit vor sich« zurücklässt, brauche ich noch ein wenig, um wieder runterzukommen. Ich habe alle Mühe dabei, meine Wut hinunterzuschlucken.

Die fehlenden Putzutensilien sind mir einerlei. Und auch der Sinn dieser Aufgabe ist mir inzwischen egal. Seit meiner Ankunft im Hotel bin ich schon in so viele absurde und beängstigende Szenen verwickelt gewesen, dass ich sie gar nicht mehr zählen kann. Ich wurde mit einem Gewehr bedroht, mit einem Stock, mit Worten und mit einem Köter, der mich wohl am liebsten in der Luft zerfetzen würde. Die beiden Polizisten sind mir nicht ganz geheuer. Ach ja, und da ist natürlich auch noch die Gestalt am Waldrand. Ich glaube nicht, dass ich mir diese eingebildet habe. Nicht zweimal. Nein, ich könnte wetten, dass da wirklich jemand stand. Andererseits: Warum sollte jemand da draußen im strömenden Regen stehen und das Hotel beobachten? Oder gar mich? Das ergibt doch alles keinen Sinn, oder? Und was hat das alles mit den beiden verschwundenen Frauen zu tun?

Wo steckt Theresa?

Ich taste noch einmal meine Gurgel ab, Sie schmerzt immer noch ein wenig. Aber immerhin blutet meine Schläfe nicht mehr. Das ändert jedoch nichts daran, dass mir der Schädel dröhnt. Und ich mich ein wenig benommen fühle.

Was für eine verrückte Furie!

Keine Ahnung, wie lange ich schon am Rande des Schwimmbeckens stehe und vor mich hin ins Leere starre. Ich versuche immer noch zu begreifen, was hier geschieht. Denn jetzt, da ich so darüber nachdenke, wird mir klar, dass da ja noch viel mehr ist, das äußerst seltsam scheint. Da ist das verschwundene Foto, dessen Existenz Frau Reiter auf einmal leugnet. Da ist ihre aufgesetzte Art, die immer mehr wie ein Schauspiel auf mich wirkt. Und ihr nicht nachvollziehbarer Glaube an eine Wiedereröffnung dieser Bruchbude. Da ist ihre Tochter, Sienna, die offenbar von ihren Eltern vorgewarnt worden war, dass die Polizei hier auftauchen würde. Und der verboten wurde, mit mir zu sprechen. Da ist das erneute Leugnen von Frau Reiter, die behauptet, sich auch daran nicht erinnern zu können. Und: Da ist der Ohrstecker, der …

Der Ohrstecker!

Verdammt, ja!

Wo ist er hin?

Ich betrachte meine leeren Hände. Schaue mich um, doch keine Spur davon. Ich trete an den Beckenrand, suche den Boden ab. Aber auch dort kann ich ihn nicht entdecken. Ich mache ein paar Schritte nach links, dann nach rechts, in der Hoffnung, durch einen neuen Winkel ein Glänzen auf dem Boden zu entdecken. Ich gehe in die Hocke. Aber weiter nichts. Also steige ich die Leiter ins Becken hinab. Laufe es ab, drehe mich im Kreis, gehe wieder in die Hocke, habe dabei immerzu den Blick zu Boden gerichtet. Doch der verdammte Perlenohrstecker ist nicht zu finden.

Mist!

Wie ist das möglich?

Kann es sein, dass Frau Reiter oder diese Psycho-Jana ihn mitgenommen hat? Und das, ohne dass ich es mitbekommen habe? Habe ich ihn überhaupt aus dem Becken mit rausgenommen? Oder ihn aus Schreck unbemerkt fallen gelassen, als ich sie über mir am Beckenrand entdeckte? So sehr ich auch darüber grüble, ich kann mich beim besten Willen nicht erinnern.

Ich taste die Taschen meiner Jeans ab. Nichts. Ich will es nicht wahrhaben und schlüpfe mit den Händen hinein. Aber bis auf die Münze sind sie leer.

Fuck!

Ich klettere wieder aus dem Pool und suche noch einmal den Boden um mich herum ab. Nichts. Ich ziehe einen immer weiteren Radius in Betracht und versuche, meine innere Stimme, die mir sagt, dass es keinen Zweck hat, zu ignorieren. Ich hebe ein weiteres Metallschild, auf dem »Aus Sicherheitsgründen ist das RAUCHEN VERBOTEN« steht, an. Eine Spinne huscht aufgescheucht davon. Aber ansonsten ist darunter nichts.

Der blöde Ohrstecker bleibt verschollen.

Ich stehe da. Ratlos. Und die Hände in die Hüften gestemmt. Dabei kommen mir Otts Worte wieder in den Sinn, und ich habe auf einmal das Gefühl, mit alldem hier bloß wertvolle Zeit zu vergeuden.

Die Zeit drängt. Wir müssen sie finden.

Und plötzlich ist da noch etwas, das mir wieder in den Kopf schießt: Ich kann mich nicht mehr an den genauen Wortlaut erinnern. Aber ich sehe Reiter auf einmal glasklar vor meinem geistigen Auge. Wie er mir unmittelbar nach meiner Ankunft und nachdem seine Frau ihn weggeschickt hatte, den Zeigefinger entgegenstreckte. Wie er mir drohte. Dabei erwähnte er doch ein Zimmer, in dem ich mich nicht blicken lassen solle. Ich versuche, mich zu konzentrieren. Will mir die Zimmernummer zurück ins Gedächtnis rufen. Doch so sehr ich auch darüber grüble, mir will sie einfach nicht einfallen.

Dafür kann ich mich plötzlich daran erinnern, dass er doch auch den gesamten vierten Stock nannte. Und mir drohte:

Wenn ich dich dort erwische, dann …!
Ich weiß jetzt, was ich tun muss.

*

Dein Puls zieht wieder an. Ein eisiges Kribbeln erfasst dich und kriecht dir den Nacken hoch. Gleichzeitig brennen deine Wangen. Und der Schweiß quillt dir aus den Poren. Ob du willst oder nicht: Die Angst, sie brodelt in dir.

Trotz aller Vorkehrungen.

Du hast alle Mühe damit, dir deine Enttäuschung nicht anmerken zu lassen. Das wäre eben die perfekte Möglichkeit gewesen. Und du? Du hast gezögert. Nur einen Moment zu lange. Da war es schon zu spät. Weil sie dir einen Strich durch die Rechnung machte und alles vermasselte.

Jetzt schaffst du es nur mit Mühe, deine Mimik im Griff zu behalten. Und dein Zittern zu kaschieren.

Dabei donnern dir so viele Fragen durch den Kopf: Was zur Hölle hatte sein Blick eben zu bedeuten? Hast du dir dieses Funkeln in seinen Augen bloß eingebildet? Oder war da tatsächlich so etwas wie Erkenntnis darin zu erkennen? Musst du dir Sorgen machen? Ahnt er etwas? Oder gehen gerade die Nerven mit dir durch?

So oder so: Du musst einen Weg finden! Du musst es beenden! Besser früher als zu spät.

Denn ja, es hat seinen Reiz, den Fisch zappeln zu lassen und ihn bei seinem zuckenden Überlebenskampf zu beobachten. Aber nichts schlimmer, als wenn er dir vom Haken ginge. Es würde alles zunichtemachen. Und deshalb solltest du zuschlagen und ihm ein für alle Mal den Garaus machen.

Dieser Scheißkerl muss sterben!

Sobald sich die Gelegenheit bietet …

KAPITEL 16

Über eines der Nebentreppenhäuser schleiche ich mich hoch in den vierten Stock, ohne von jemandem bemerkt zu werden. Zumindest hoffe ich das. Sicher bin ich mir allerdings nicht, wenn ich ganz ehrlich zu mir bin. Denn seit ich den Wellnessbereich verlassen habe, habe ich das dumpfe Gefühl, beobachtet oder gar verfolgt zu werden. Ich kann nicht sagen, was mich das glauben lässt. Denn da war kein verdächtiges Geräusch, kein Schatten, der da nicht hingehörte, kein fremder Geruch, nichts. Und trotzdem fühlt es sich an, als wäre mir ständig jemand nahe. Immer wieder wirble ich deshalb herum, weil ich davon überzeugt bin, unmittelbar hinter mir einen Verfolger zu ertappen. Aber jedes Mal aufs Neue ist da niemand. Und ich stehe wie ein Dummkopf da.

Dabei sollte ich lieber die Zeit nutzen und mir eine Ausrede überlegen. Was, wenn Herr oder Frau Reiter von meinem unerlaubten Ausflug hier hoch erfährt? Was, wenn sie mich gar erwischen? Mit ihr würde ich wohl reden und ihr eine Lüge aufschwatzen können. Aber ihm traue ich alles zu. Sogar, dass er seinen Köter auf mich hetzt. Oder er mich gar über den Haufen schießt, wie er es mir angedroht hat. Ja, ich brauche dringend eine plausible Erklärung dafür. Nur ist im Moment meine Aufregung einfach zu groß.

Im Grunde ist mir klar, ich sollte nur eines: hier abhauen und niemals wiederkehren. Aber das hieße wohl auch, Theresa und diese zweite mysteriöse Frau, von der ich überhaupt nichts weiß, im Stich zu lassen. Und das kann ich mit meinem

Gewissen nicht vereinbaren. Nicht, bevor ich nicht zumindest noch die Zimmer der beiden durchsucht und somit das Mindeste versucht habe.

Im vierten Stock angekommen, verharre ich einen Augenblick lang im Stiegenhaus. Ich horche konzentriert. Ist jemand hier oben? Oder werde ich gar wirklich verfolgt? Ich kann nichts Verdächtiges hören. Dennoch lehne ich mich weit über das Treppengeländer hinaus und schaue in die Tiefe. Niemand zu entdecken. Ich schließe die Augen. Halte die Luft an. Und lausche abermals. Dabei versuche ich, das Regenprasseln auszublenden. Ich warte ab. Ich lasse die Sekunden verstreichen. Bis mir die Luft ausgeht.

Weiter ist nichts zu hören.

Also gehe ich aufs Ganze. Und rufe: »Hallo?«

Ich bekomme keine Antwort.

Natürlich. Was habe ich auch erwartet?

»Ich kann Sie sehen!«, lüge ich.

Niemand reagiert.

»Ich weiß, dass Sie da sind!«

Stille. Wenn da jemand ist, dann ist er nicht so dumm, auf meinen Bluff hereinzufallen.

Mir kommt Sienna wieder in den Sinn. Und das, was Frau Reiter mir über ihre Tochter sagte: »Sie schwirrt ständig irgendwo im Haus herum oder verfolgt einen.« So oder so ähnlich drückte sie es doch aus. Ist sie mir womöglich schon wieder auf den Fersen?

»Sienna?«, rufe ich deshalb.

Doch auch sie antwortet nicht.

»Du kannst dich ruhig zeigen. Ich weiß, dass du da bist.«

Nichts.

Ich lasse es sein. Wahrscheinlich bin ich bloß paranoid. Oder es ist ganz einfach so, dass die unheimliche Aura dieses alten Gebäudes mir mehr zusetzt, als mir lieb ist. Kitzelt es gar bisher tief verborgene Ängste aus mir heraus? Eine Furcht, von der ich bisher nichts ahnte? Je länger ich mich hier aufhalte, desto mehr muss ich mir eingestehen, dass mir diese steinalten Gemäuer zu schaffen machen. Die Vorstellung, dass auch noch eine oder gar zwei Frauen hier verschwunden sind, macht es nicht besser. Ich fühle mich wie ein kleiner Junge.

Aber ich darf der Angst keinen Raum geben. Und deshalb fasse ich Mut. Verlasse endlich das Stiegenhaus. Und schleiche den finsteren Flur entlang.

Auf den ersten Blick sieht er aus wie jene in den unteren Stockwerken. Zu beiden Seiten reiht sich eine Zimmertür an die nächste. Bloß zwei Fenster an den jeweiligen Enden des Flurs. Und auch sonst kaum Licht, das von den Stiegenhäusern oder von einigen wenigen offen stehenden Türen in den Flur fällt. Ich würde gerne einen der Lichtschalter drücken. Doch auch wenn ich fast schon sicher bin, dass auch hier oben das Licht nicht funktioniert, so lasse ich es lieber. Nur kein unnötiges Risiko eingehen! Dabei bin ich mir dessen bewusst, dass ich eben herumgebrüllt habe. Ich bin einfach unschlüssig. Und tendiere gerade wieder dazu, kein unnötiges Risiko einzugehen.

Vor der Tür mit der Zimmernummer 433 halte ich inne. Keine Ahnung, warum. Mein Gefühl sagt mir, dass ich einen Blick da reinwerfen sollte. Also greife ich die Klinke, drücke sie nach unten und bin überrascht, dass die Tür sich tatsächlich öffnen lässt.

Das leise Knarren zerschneidet die Stille.

Ich spanne die Schultern an, beiße die Zähne zusammen und blicke verstohlen hinter mich. Aber zum Glück ist da niemand, der es gehört haben könnte. Zumindest niemand, der sich mir zeigen möchte.

Mein Gefühl hat sich aber als Trug erwiesen. Denn viel ist in dem Zimmer nicht zu entdecken. Ein Holzschrank und ein leeres Bettgestell stehen da. Auf den ersten Blick scheinen es die gleichen Modelle wie in meinem Zimmer zu sein. Sonst ist da nichts. Also schließe ich die Tür wieder. Und schleiche zur nächsten – Zimmer 421. Auch sie lässt sich öffnen. Wieder bloß ein Holzschrank und ein leeres Bettgestell. Dem Schrank fehlen allerdings beide Türen. Und dem Bettgestell ein Bein. Deshalb versuche ich mein Glück bei Zimmer 414. Nahezu das gleiche Bild. Ich frage mich, ob es einen Sinn hat, dass die Zimmernummern so wild durcheinander gewählt wurden. Aber eigentlich ist es mir egal. Zimmer 460 ist das nächste. Dieses ist bis auf ein paar tote Fliegen auf dem Boden komplett leer. Zimmer 478. Das gleiche Bild.

Als ich die Tür zum Zimmer 467 öffne, erwarte ich mir also gar nichts mehr. Doch ich werde überrascht.

Volltreffer.

Ich bin auf einmal wie elektrisiert. Weil ich Herrn Reiters Stimme plötzlich durch meinen Schädel dröhnen höre: *Zimmer 467 ist für dich tabu, hast du verstanden! Wenn ich dich dort erwische, dann …!*

Mein Herz schlägt schneller. Und als ich eintrete und das Parkett unter meinem Gewicht knarzt, macht mein Puls einen weiteren Sprung nach oben.

»Hallo?«, frage ich, obwohl ich mir sicher bin, dass niemand da ist. Es ist ohnehin kaum mehr als ein Flüstern, das ich herausbringe. »Frau Reiter, sind Sie hier?«

Stille. Bis auf eine Fliege, die ich aus der Ferne zwar nicht sehen kann, die scheinbar aber immer wieder gegen das Fensterglas kracht.

»Ich habe eine Frage«, lüge ich und ziehe die Tür ganz sachte hinter mir zu.

Weiter nur die Fliege. Und das Regenprasseln.

Ich schlucke. Lasse meinen Blick durch das Zimmer streifen.

Es ist deutlich größer als meines und alle, die ich bisher gesehen habe. Sicher doppelt so groß. Außerdem sind da neben der Badtür noch zwei weitere Türen. Gut möglich, dass dies damals eine der teuersten Suiten des Hauses war. Doch das ist lange her. Die Möbel sind mittlerweile genauso schäbig wie alle anderen, die mir bis jetzt untergekommen sind. Nur sauber ist es zumindest.

Mir fällt auf, dass da kein Bett ist. Also schleiche ich zur ersten der beiden Türen und öffne sie. Sie führt zu einem separaten Schlafzimmer.

Darin stehen bloß ein Doppelbett, dessen Bettwäsche akkurat zusammengelegt und zurechtgeschüttelt ist, und zwei Nachtkästchen. Es ist unschwer zu erraten, wer der beiden auf welcher Seite schläft. Denn auf dem linken Nachtkästchen stehen neben einer Vase mit einem prächtigen Lilienstrauß auch eine kleine Likörflasche und gleich drei Gläschen. Daneben ein Stapel aus Büchern und Zeitschriften. Außerdem eine Gesichtscreme. Das andere Nachtkästchen ist leer. Zumindest dessen Oberfläche. Doch als ich die Lade öffne, sticht mir gleich als Erstes ein Pornoheftchen mit dem Titel *Versaute Teenie-Schlampen* ins Auge. Damit sind auch die letzten Zweifel ausgeräumt, wer von den beiden auf welcher Seite schläft. Ich frage mich, ob Herr Reiter wirklich kein besseres Versteck dafür gefunden hat. Oder ob es ihm schlichtweg egal ist, ob seine Frau es entdeckt. Außer dem Heftchen sind da nur noch eine Taschenlampe und ein Päckchen Taschentücher.

Ich verlasse das Schlafzimmer. Husche zur zweiten der beiden Türen und öffne sie. Doch der Raum ist bis auf ein paar übereinandergestapelte Stühle leer.

Also bleibt mir nur noch, das Hauptzimmer zu durchsuchen. Ich mache mich ans Werk, und keine fünf Minuten später ist da nur noch eine kleine Kommode neben dem Fernseher, die ich mir noch nicht genauer angesehen habe. Ich ziehe die erste Lade auf. Unzählige Batterien in den unterschiedlichsten Ausformungen liegen darin. Außerdem eine weitere Taschenlampe, ein Schweizer Taschenmesser, eine Fernbedienung und noch einiges mehr, das alles nicht der Rede wert ist. Nichts davon erregt meine Aufmerksamkeit. Nichts davon hilft mir in Bezug auf Theresa weiter.

Ich schließe die Lade also und öffne die zweite. Ein ähnliches Bild. Einige Taschentuchpackungen, weitere Batterien, einige Kugelschreiber und andere Stifte, noch eine Fernbedienung, ein Handyladekabel, eine Sonnenbrille, ein Ringblock, dessen Seiten alle leer sind, und einiges mehr. Auch hier nichts, das mich weiterbringt.

Also ziehe ich noch die dritte Lade auf. Ich erwarte auch hier nichts als noch mehr Batterien und Taschentuchpackungen. Doch ich werde überrascht. Die Lade ist leer – bis auf eine weiße Kartonmappe, die mit einem Gummiband verschlossen ist. Ich halte auch sie für bedeutungslos. Ich nehme sie dennoch heraus. Ziehe das Gummiband ab. Und schlage sie auf.

Wie kann das sein?

Ich bin wie vom Blitz getroffen. Lasse die Mappe fallen, als hätte ich mich eben daran verbrannt. Und trete unbewusst einen Schritt zurück.

Wie zum …?

Meine Gedanken rasen. Mein Herz schlägt plötzlich ganz wild. Und meine Hände zittern.

Weil in der Mappe gleich ganz oben ein ausgedruckter Lebenslauf liegt. Der Lebenslauf von Theresa Horváth.

Ich begreife noch gar nicht so recht, was das zu bedeuten hat. Da höre ich auf einmal etwas: Schritte draußen im Flur. Ein Tapsen. Das aggressive Knurren des Köters. Und Reiter, der »Ruhig!« sagt. Und ihn dann anschreit: »Jetzt sei doch ruhig!«

Mir rutscht das Herz in die Hose.

Ich wirble herum. Suche nach einem Ausweg. Kann aber keinen finden.

Scheiße! Scheiße! Scheiße!

»Was ist denn mit dir los, verdammt?«, faucht Herr Reiter.

Aber der Köter knurrt nur noch lauter.

Ich kann es hören: Sie kommen rasch näher.

Was tun?

Lautes Bellen.

»Riechst du etwa jemanden?«, will Reiter von seinem Köter wissen.

Sie sind jetzt unmittelbar vor der Tür.

KAPITEL 17

Nur ein kurzer Blick. Vier Stockwerke in den nassen Abgrund hinab. Dabei packt mich die Angst erst so richtig. Schwindel ergreift mich. Und ich verliere fast das Gleichgewicht.

Fuck!

Ich atme stoßweise. Habe aber dennoch das Gefühl, kaum Luft in meine Lungen zu bekommen. Ich presse die Augen so fest zusammen, wie ich nur kann. Ich will das alles nicht sehen. Ich zittere am ganzen Körper. Kann nicht fassen, was ich da gerade tue. Gleichzeitig weiß ich, dass ich keine andere Wahl habe.

Als ich Herrn Reiter und seinen Köter kommen hörte, musste ich eine Entscheidung treffen. Binnen Sekunden. Ich ergriff die erste Idee, die mir in den Sinn kam – ohne darüber nachzudenken, ob es wirklich eine gute war. Ich habe mich aus meiner Schockstarre gerissen, hinaus auf den Balkon gerettet und die Tür hinter mir zugezogen. Keine Ahnung, ob Reiter draußen im Flur das Quietschen der Balkontür hörte. Ich kann nur hoffen, dass mir das ständige Knurren und Bellen des Hundes zumindest einmal zugutegekommen ist.

Jetzt stehe ich im strömenden Regen. Bin auf das regennasse und rutschige Holzgeländer des Balkons geklettert. Und stütze mich an der Fassade ab. Das morsche Holz knarrt beängstigend unter meinem Gewicht. Um mich herum prasselt und plätschert es. Ich kann weder hören noch sehen, ob sie bereits im Zimmer sind. Oder was sie darin treiben.

Ich weiß nur: Ich darf nicht länger zögern. Nicht eine Sekunde! Trotz meiner Panik.

Komm schon, weiter!

Ich öffne die Augen wieder. Aber ich schaue nicht mehr in die Tiefe. Auf keinen Fall. Ich zwinge mich dazu, die Angst zu verdrängen. Alles um mich herum auszublenden. Und mein Ziel zu fixieren. Den nächsten Balkon, und zwar jenen, der nicht direkt in die Nebenzimmer der Besitzer führt – wenn ich das richtig einschätze. Er ist zum Glück nicht weit entfernt. Eineinhalb Meter vielleicht, höchstens zwei. Und dennoch kommt es mir für einen rettenden Sprung hinüber viel zu weit vor. Doch was bleibt mir schon anderes übrig?

Mein Herz klopft zum Zerspringen.

Trau dich! Spring!

Ich muss verrückt sein, völlig geistesgestört! Denn ich tue es tatsächlich. Ich fasse Mut. Gehe in die Hocke.

Los!

Ohne weiter darüber nachzudenken, mache ich einen Satz. Der Flug dauert keine Sekunde. Und kommt mir dennoch wie eine halbe Ewigkeit vor. Gleichzeitig geht alles so schnell, dass ich kaum begreife, was ich da gerade tue. Ich strecke die Arme aus. Bekomme das nasse Geländer des Nachbarbalkons zu greifen. Knalle dagegen. Und kralle mich an einem Balken fest. Dabei höre ich irgendetwas brechen und mein Herz bleibt vor Schreck darüber beinahe stehen. In der Hektik begreife ich nicht, was es ist. Es ist mir auch egal. Denn der Balken scheint zu halten. Und ich bin noch nicht am Ziel.

Ich muss hier weg. So schnell wie möglich.

Ich ziehe mich am Geländer hoch. Dabei rutsche ich mit der rechten Hand ab und bekomme das Geländer gerade noch rechtzeitig erneut zu greifen. Ich ziehe weiter, stemme mich mit den Beinen ab. Und kann mich auf den Balkon retten.

Geschafft!

Doch mir bleibt immer noch keine Zeit durchzuschnaufen. Oder mich gar auszuruhen. Selbst auf dem Nachbarbalkon bin ich wie auf dem Präsentierteller. Sobald Reiter nach draußen kommt, wird er mich sehen. Und begreifen, dass ich in ihr Zimmer eingebrochen bin. Den Lebenslauf gefunden habe. Und weiß, dass sie lügen.

Das Herz schlägt mir bis zum Hals, als ich die Klinke der Balkontür greife und sie nach unten drücke.

Sie ist verschlossen.

Mist! Verdammter Mist!

Das darf doch alles nicht wahr sein!

Ich denke gar nicht erst darüber nach, ob ich noch eine andere Möglichkeit habe. Ich zögere nicht. Hole kurzerhand mit dem Ellenbogen aus. Und schlage das Glas ein. Dann greife ich an den Splittern vorbei hinein und öffne so die Tür.

Es klappt tatsächlich. Ich rette mich ins Zimmer.

Doch es folgt der nächste Rückschlag. Das Zimmer ist leer. Und zwar gänzlich. Es bietet absolut keine Möglichkeit, mich hier zu verstecken.

Mir bleibt nur eines übrig: Ich muss hier raus!

Also schleiche ich quer durch den Raum. Zumindest versuche ich das. Tatsächlich aber knarrt das Parkett unter jedem meiner Schritte so laut auf, als wolle es Alarm schlagen.

Ist es überhaupt möglich, mich zu überhören?

Egal, ich kann mich nicht darum kümmern. Es ist, wie es ist. Ich habe keine andere Wahl.

An der Tür angekommen, ziehe ich sie auf, ganz sachte. Ich halte die Luft an und lausche.

Sind sie da draußen?

Einige Sekunden lang traue ich mich nicht, mich zu rühren. Dann atme ich leise durch und strecke den Kopf in den dunklen Flur hinaus, ganz langsam. Ich schaue nach links, dann nach rechts. Warte, bis sich meine Augen an die Dunkelheit gewöhnen. Und schaue erneut zu beiden Seiten.

Niemand zu sehen.

Mach schon!

Ich wage mich hinaus. Und laufe los. Direkt auf das Treppenhaus zu, das ich eben hochgekommen bin. Ich habe es schon fast erreicht. Glaube mich bereits in Sicherheit.

Da höre ich es: das Tapsen der Pfoten.

Nein! Bitte nicht!

Ich bin wie erstarrt. Mein Herz setzt einen Schlag aus. Nur um unmittelbar darauf wie verrückt wieder loszuhämmern.

Ich wage einen Blick hinter mich. Und mache mir fast in die Hose. Panik ergreift mich. Weil da der Köter im Halbdunkel steht, keine zehn Meter von mir entfernt. Weil er mich mit seinem scharfen Blick fixiert hat. Und mich aggressiv anknurrt.

Fuck! Fuck! Fuck! Fuck! Fuck!

»Schhhh«, flüstere ich mit zittriger Stimme. »Ganz ruhig.«

Da stürmt er auf mich los.

KAPITEL 18

Ich laufe los. Renne um mein Leben. Stürme auf das Geländer des Treppenhauses zu. Packe es mit einer Hand. Schwinge mich darüber. Und fliege. Vielleicht drei oder vier Meter. Alles geht so schnell. Ich sehe die Steinstufen näherkommen. Und im nächsten Moment schon schlage ich hart auf ihnen auf. Ich rutsche ab, knicke leicht um. Ein Schmerzblitz durchzuckt meinen linken Knöchel. Doch mir bleibt keine Zeit, mich darum zu kümmern. Der Köter kommt bereits die Treppe runter, schlittert ein wenig über die glatten Fliesen und rammt beinahe eine Bodenvase, die im Halbplateau in der Ecke steht. Sein Hecheln ist viel zu nah. Ich renne weiter. Nehme dabei gleich zwei, dann drei Stufen auf einmal. Komme aus dem Gleichgewicht. Und kann mich nur mit Mühe auf den Beinen halten. Im dritten Stock angekommen, flüchte ich in den Flur, der genauso finster ist wie alle anderen. Ich packe die Klinke der ersten Tür, will sie aufreißen, doch sie ist verschlossen. Ich will zur nächsten. Aber es ist zu spät. Der Köter hat mich fast eingeholt. Es geht um Millisekunden. Jeden Augenblick wird er mich anspringen und zu Tode beißen. Ich weiß mir nicht anderes zu helfen. Ich schreie. Hole aus. Und gerade in dem Moment, als er mich anspringen will, verpasse ich ihm einen kräftigen Tritt. Er jault. Weicht kurz zurück. Scheint noch aggressiver als zuvor. Er macht einen Satz auf mich zu. So schnell, dass mir keine Zeit zur Abwehr bleibt. Er schnappt nach meinem Bein. Beißt zu. Und der nächste Schmerzblitz jagt durch meinen Knöchel. Ich verliere das Gleichgewicht. Gehe zu Boden. Aber der Köter hat mich zum Glück nicht richtig zu fassen bekommen. Ich trete aus und kann mich aus seinem Biss befreien. Ich verpasse ihm noch einen Tritt. Und noch einen. In der Aufregung weiß ich nicht, wo ich ihn treffe und was gerade passiert. Ich weiß nur, dass er auf einmal von mir ablässt. Dass ich mich aufraffen kann. Und weghumple. Direkt zur nächsten Tür. Die Gott sei Dank nicht verschlossen ist. Ich ziehe sie auf, rette mich in das Zimmer und knalle die Tür hinter mir zu.

Geschafft!

Ich bin voller Panik. Kann mich nicht mehr auf den Beinen halten. Sinke auf alle viere. Und während der Köter draußen wie verrückt kläfft und an der Tür kratzt, klopft mein Herz noch immer zum Zerspringen. Meine Atmung ist völlig außer Kontrolle. Ich ringe nach Luft und bemerke, dass mein Hosenbein von dem Biss zerrissen ist. Und ich eine Fleischwunde habe, die blutet.

Auch das noch!

Der Schmerz fährt erst jetzt so richtig ein. Ich stöhne. Beiße die Zähne zusammen. Und zittere am ganzen Körper. Jetzt schießen mir auch noch Tränen in die Augen. Ich wische sie mir mit dem Ärmel aus dem Gesicht. Aber es ist zwecklos, denn es kommen immer mehr nach.

Ich lasse mich ganz zu Boden sinken. Rolle mich auf den Rücken. Und heule so richtig drauf los. Keine Ahnung wie lange. Ich verliere das Zeitgefühl. Erst als der Schmerz ein wenig nachlässt, realisiere ich, dass der Köter nicht mehr bellt und an der Tür kratzt.

Ich raffe mich hoch. Ich humple ins Bad und versuche an der Badewanne mein Glück. Doch dort röcheln und scheppern bloß die Leitungen. Es kommt kein Wasser. Auch nach einer knappen Minute nicht. Also versuche ich es parallel auch am Waschbecken, wo ich mehr Glück habe. Die Rohre ächzen hier mindestens genauso laut und das Wasser ist rötlich braun verfärbt. Aber es wird allmählich klarer. Immerhin schaffe ich es nach zwei oder drei Minuten, meine Wunde notdürftig zu reinigen. Sie ist nicht so groß, wie ich befürchtet habe, erkenne ich jetzt. Dennoch brennt sie wie die Hölle.

Danach humple ich ins Zimmer zurück und lasse mich dort erneut zu Boden fallen. Ich warte, bis sich meine Atmung endlich wieder normalisiert hat, mein Zittern nachlässt und die Wunde zu bluten aufhört.

Nach einigen Minuten legt sich endlich auch meine Aufregung allmählich. Mir wird klar, dass ich von meinem Ausflug auf die Balkone patschnass bin. Meine Kleidung klebt kalt und schwer an mir. Ich muss mich umziehen!

Mit dem Aufklaren meiner Gedanken mischt sich auch Wut zu meiner Angst. Am liebsten würde ich Reiter so richtig an die Gurgel gehen. Ihn schlagen. Ihm ins Gesicht brüllen und ihm klarmachen, was für ein beschissenes, riesengroßes Arschloch er ist!

Mann, ich würde ihm so gerne …

Aus jetzt!

Ich muss meine Wut hinunterschlucken. Denn ich sitze immer noch in der Falle. Ja, ich bin dem Scheißvieh noch mal entkommen. Aber das heißt nicht, dass es nicht immer noch da draußen vor der Tür lauert und auf mich wartet. Außerdem könnte auch Herr Reiter inzwischen nachgekommen sein, weil er gemerkt hat, dass irgendetwas nicht stimmt. Sind meine Flucht und der Kampf mit dem Köter überhaupt zu überhören gewesen? So oder so: Ich muss es irgendwie hier raus und in mein Zimmer schaffen. Mich umziehen und die Wunde desinfizieren. Und dann … ja, was dann?

Was tue ich hier eigentlich?

Es wäre absolut verrückt, auch nur eine Minute länger in

diesem verfluchten Hotel zu bleiben. Ich habe immer noch keine Ahnung, was hier vor sich geht und ob auch ich in Gefahr bin. Aber wenn da bloß noch ein Funken Verstand in mir ist, sollte ich besser auf der Stelle das Weite suchen!

Nur dann?

Nicht nur, dass ich keine Ahnung habe, wohin ich dann soll. Ich würde mit meiner Entscheidung auch Theresa und die andere verschwundene Frau im Stich lassen. Klar, ich kenne die beiden überhaupt nicht. Aber darum geht es doch nicht. Sondern darum, endlich einmal etwas in meinem Leben richtig zu machen. Zumindest Theresa muss hier gewesen sein. Der Lebenslauf ist der Beweis! Und der Ohrstecker ebenfalls. Was, wenn sie immer noch hier ist? Womöglich ganz in meiner Nähe?

Ich muss Krämer verständigen. Denn genau das war es doch, was sie wollten. Einen Beweis. Und den kann ich ihnen liefern. Auch wenn ich nichts in Händen habe. Der Ohrstecker muss sicher noch irgendwo dort unten zu finden sein. Genauso wie das Foto im Speisesaal. Und auch der Lebenslauf ist in den privaten Zimmern der Besitzer. Ich kann sie mit alldem festnageln. Ganz sicher sogar!

Sie sind geliefert!

Aber erst mal muss ich es heil zurück in mein Zimmer schaffen.

Also los, hoch mit dir!

Ich raffe mich auf die Beine und humple zur Verbindungstür, durch die ich in ein Nebenzimmer gelange. Jeder Schritt schmerzt, und ich habe mein Gesicht zu einer Grimasse verzerrt. Davon abgesehen frage ich mich gerade zum ersten Mal, ob ich mir nicht gerade eine handfeste Blutvergiftung geholt habe. Ich versuche, die Angst davor auszublenden. Ich kann jetzt nicht noch eine zusätzliche Furcht gebrauchen und gerade ohnehin nichts dagegen tun. Ich muss weiter! Aber meine leise Hoffnung, mich über Verbindungstüren von Zimmer zu Zimmer in Sicherheit bringen zu können, löst sich abrupt im Nichts auf. Das Nebenzimmer, in das ich mich gerade gerettet habe, hat bloß eine Tür. Und die führt hinaus in den Flur.

Auch das noch …

Ich schleiche so leise wie möglich zur Tür. Presse mein Ohr gegen das Holz. Halte die Luft an. Und horche konzentriert. Mein Puls schlägt hinter meinen Ohren. Der Regen prasselt weiter gegen das Haus. Aber ansonsten ist nichts zu hören.

Kann ich es also wagen?

Ich warte noch einen Augenblick lang ab. Und begreife, dass ich gar keine andere Wahl habe. Also fasse ich Mut und öffne die Tür. Ganz sachte. Nur ein paar Zentimeter weit. Dann halte ich wieder inne und lausche. Immer noch nichts zu hören. Ich spähe in spitzem Winkel nach draußen. Nichts zu sehen. Ich wage es also und strecke meinen Kopf hinaus in den Flur. Keine Spur von dem Köter oder seinem Herrchen. Zumindest zu sehen oder zu hören sind die beiden nicht. Dabei bin ich mir fast sicher, dass zumindest der Hund noch irgendwo ganz in der Nähe lauert. Wartet etwa auch sein Herrchen irgendwo hier versteckt auf mich?

Ich wäge meine Chancen und Möglichkeiten ab. Und begreife, dass ich keine Alternativen habe. Ich kann nicht hierbleiben. Ich muss in mein Zimmer. Ich muss meine Wunde versorgen. Und dann Krämer und Ott informieren.

Das rettende Stiegenhaus ist ja auch keine zehn Meter entfernt. Und dennoch scheint es unerreichbar. Denn wenn der Köter tatsächlich noch hier irgendwo, vielleicht sogar im Stiegenhaus selbst ist, dann bin ich verloren. Das Muskelpaket ist viel schneller und wendiger als ich. Noch einmal werde ich nicht so viel Glück haben und ihm ungeschoren entkommen können.

Während ich noch hadere, wird mir klar, dass meine Hand wieder einmal ganz wie von alleine in meine rechte Hosentasche geglitten ist. Und dass ich mir die Kante der Münze unter meinen Fingernagel drücke.

Der vertraute Schmerz holt mich ein wenig runter. Mein Verstand kommt wieder in die Gänge. Ich sehe die Bodenvase im Halbstock über mir. Jene Bodenvase, die der Köter eben noch fast umgerannt hat. Und auf einmal habe ich einen Geistesblitz. Ich glaube plötzlich zu wissen, wie ich hier rauskomme. Es ist meine einzige Chance.

Ich hole die Münze aus der Tasche. Betrachte sie einen Augenblick lang voll Wehmut. Und fixiere dann die Bodenvase im Halbplateau.

Mir ist klar, dass die Chance, dass ich sie von hier aus treffe, höchst gering ist. Aber ich weiß auch: Wenn es irgendetwas gibt, das ich besonders gut kann, dann ist es, diese Münze zielgerecht zu schnippen.

Und so versuche ich es einfach. Ohne weiter darüber nachzudenken. Ich wage mich ein ganz kleines Stück weiter in den Flur hinaus, um den Wurfwinkel zu verbessern. Dabei schwingt die Zimmertür ein paar Zentimeter zu und gibt ein Quietschen von sich. Es ist kaum hörbar. Für mich wirkt es dennoch so laut wie ein Presslufthammer.

Ich erstarre.

Mein Puls macht einen Satz nach oben. Ich schaue mich hektisch um. Bin schon voller Furcht. Aber ich scheine Glück zu haben. Von dem Köter ist immer noch nichts zu sehen oder zu hören. Auch von seinem Herrchen nicht.

Doch ich weiß auch: Ich darf keine Zeit mehr verlieren. Ich will nichts riskieren. Muss es hinter mich bringen. Und von hier wegkommen.

Also denke ich gar nicht weiter darüber nach. Ich positioniere die Münze auf meinem zittrigen Zeigefinger. Fahre mit dem Daumen darunter. Dabei fällt sie mir fast runter. Ich richte sie neu aus. Ziele damit auf die Vase. Und halte die Luft an.

Jetzt!

Ich schnippe die Münze.

Und die Sekundenbruchteile scheinen sich plötzlich in alle Ewigkeit zu ziehen. Meine Gedanken überschlagen sich. Ich versuche, die Münze auf ihrer Flugbahn zu verfolgen. Doch es ist zu dunkel, ich habe sie längst aus den Augen verloren.

Dann klirrt es endlich.

Und ich kann mein Glück kaum fassen.

Unmittelbar auf das Klirren folgt das Bellen. Und die hektischen Pfoten, die über die Bodenfliesen hetzen.

Der Köter muss im Stiegenhaus gewesen sein. Diese Erkenntnis habe ich noch. Doch für mehr habe ich keine Zeit. Während der Köter wahrscheinlich gerade auf die Vase zu sprintet, laufe ich los. Ich ergreife die Flucht. Renne um mein Leben. Den Flur entlang. Und die Stiegen runter. Ins Ungewisse.

KAPITEL 19

»Und Sie … sicher?«, will Krämer wissen.

Irgendetwas am Klang seiner Stimme gefällt mir nicht. Sind es etwa Zweifel, die da in seinen Fragen mitschwingen? Falls ja, warum? Oder bilde ich sie mir nur ein? Der Empfang ist so schlecht, dass ich es nicht mit Sicherheit sagen kann. Meine ersten beiden Versuche, ihn zu erreichen, sind abgebrochen. Jetzt ist zwar eine Verbindung zustande gekommen, doch die scheint sehr fragil.

»Ja, wenn ich es Ihnen doch sage!«, versichere ich ihm und kann meine Ungeduld kaum verbergen. »Es war der Lebenslauf von Theresa Horváth.«

Es ist noch keine fünf Minuten her, dass ich mich dank meines erfolgreichen Plans und über einige Umwege in mein Zimmer retten konnte. Reiters Köter war von der Münze abgelenkt gewesen und hatte wie ein Verrückter die Bodenvase angeschnauzt. Ich fühlte mich bereits einigermaßen in Sicherheit, als ich sie zu Boden krachen hörte.

In meinem Zimmer angekommen, hatte ich erst einmal die Wunde erneut gereinigt und sie mit einem Handdesinfektionsmittel aus meinem Rucksack abgetupft. Gleich danach holte ich Krämers Karte aus der Hosentasche – er hatte sie mir gegeben, bevor sie abgezogen waren und mich gebeten, ihn zu informieren, wenn ich etwas herausgefunden haben sollte. Ich war so naiv zu glauben, dass ein Anruf genügen würde. Aber da habe ich mich getäuscht. Ich berichtete Krämer von meinen Funden. Und davon, dass Frau Reiter trotzdem behauptete, die Vermisste nicht zu kennen. Doch Krämers Freude darüber scheint sich in Grenzen zu halten, wie ich jetzt allmählich begreife.

Leider wird der Empfang nicht besser, egal wohin ich auch gehe und wie sehr ich mich auch verrenke. Zudem ist der Regen wieder stärker geworden. Die schweren Regentropfen prasseln so laut auf das Hotel ein, als stünde es unter schwerem Beschuss. Aber ich gebe nicht auf. Ich gehe weiter unentwegt im Zimmer auf und ab und schaue immer wieder auf den einsamen Empfangs-Balken auf dem Display. Doch was ich auch tue, es will sich einfach kein zweiter hinzugesellen. Ich fürchte, dass auch Krämer mich kaum versteht.

»... Foto denn ...?«, höre ich ihn. Ich glaube, dass er mir eine Frage gestellt hat.

»Was?«

»... Foto ...?«

»Ich kann Sie nicht verstehen!« Mir wird klar, dass ich vor Aufregung schreie.

»Wo ist das Foto denn ...?« Krachen. Rauschen. »...lauf ... genommen?«

Der Empfang wird immer schlechter. Die wenigen Worte, die zu mir durchdringen, sind kaum zu verstehen. Ich hetze wieder zum Fenster.

»Nein, ich habe den Lebenslauf nicht mitgenommen«, antworte ich, weil ich glaube, dass Krämers Frage in diese Richtung ging.

»Warum nicht?«

»Weil Herr Reiter plötzlich aufgetaucht ist und mich sein verdammter Köter gejagt hat.« Schon wieder war ich viel zu laut. Dabei habe ich doch ohnehin ständig das Gefühl, belauscht zu werden. Ich zwinge mich dazu, leise zu sprechen und betone dafür jedes einzelne Wort: »Ich habe eine Bissverletzung von dem Mistvieh!«

»Wir brauchen … Unterlagen. Sonst wird … niemand …«

Scheiße, verdammt noch mal!

»Ich habe den Lebenslauf nicht mitgenommen. Da hätten sie doch gleich bemerkt, dass jemand in ihrem Zimmer war. Außerdem …«

Er unterbricht mich: »… keine Beweise. Sie … wenn wir nicht …« Lautes Rauschen.

Es ist zum Verrücktwerden!

»Kommen Sie einfach zum Hotel! Herr und Frau Reiter sind hier. Zwingen Sie die beiden, Sie in ihr Zimmer zu lassen und Ihnen den Lebenslauf zu zeigen!«

»Das geht nicht.«

Ich erstarre, weil der Empfang auf einmal klarer wird, und ich keine erneute Verschlechterung riskieren will.

»Und warum nicht?«, will ich wissen.

»Dafür brauchen … Durchsuchungsbefehl.«

»Und den bekommen Sie auch jetzt nicht, da ich Ihnen versichere, dass Theresas Horváths Lebenslauf im Zimmer der Besitzer ist?«

»So ist es leider.«

»Das kann doch nicht sein!«

Ich habe mich immer noch nicht gerührt. Meine Oberschenkel beginnen sich langsam zu verkrampfen, sie zittern immer heftiger. Doch trotz meines Durchhaltevermögens wird der Empfang wieder schlechter.

»Die Bewerbungsunterla … ein ausreichender Beweis. Wir brau… müssen sichergehen, dass …«

»Ich verstehe Sie so schlecht!«

»… kein … Beweis.«

»Mein Gott!« Ich gebe meine Stellung auf und betrachte wieder das Display des Telefons. Ich strecke es von mir. Halte es in alle Richtungen. Gehe ans Fenster. Aber ich komme nicht über den einen mickrigen Strich Empfang hinaus. Am liebsten würde ich das blöde Ding gegen die Wand schmettern.

»… weiter!«, höre ich gerade noch, als ich es wieder ans Ohr presse.

»Was?«

»Suchen … Verbindung …«

»Sagen Sie das noch einmal bitte!«

»Suchen Sie …eiter! Wir brau…«

»Ich soll weitersuchen?«

»Ja.«

Himmel! Er scheint tatsächlich nicht zu begreifen!

»Haben Sie mir nicht zugehört? Der Lebenslauf ist da! Und das, obwohl Frau Reiter behauptet, Theresa Horváth nicht zu kennen und sie nie gesehen zu haben. Außerdem liegt ihr Ohrstecker unten im Schwimmbad. Und das Foto muss auch noch irgendwo im Speisesaal sein!«

Ich bekomme nur Krachen und Rauschen zur Antwort.

»Ich kann hier nicht raus«, versuche ich, ihm meine Lage zu verdeutlichen. »Dieser verdammte Köter wird mich in der Luft zerreißen, sobald er mich entdeckt. Die Bisswunde hat eben erst aufgehört zu bluten.«

»…eit …ngt!«

»Herrgott, ich verstehe Sie nicht!«

»… Zeit drängt!«

»Dann unternehmen Sie etwas!«

»… richtigen Weg.«

Wieder schaue ich auf das Display. Es ist so frustrierend.

»Können Sie nicht einfach noch einmal zum Hotel kommen?«

»Später, wir müssen …«

»Wieso später erst? Kommen Sie jetzt!«

Wieder Krachen. Dann ist die Leitung tot. Der Anruf ist abgebrochen.

Ich starre auf das Display. Will ihn gleich noch einmal anrufen. Aber der Empfang ist weg.

Verdammt!

Ich laufe wieder auf und ab. Solange, bis der Empfang zurück ist. Dann wähle ich noch einmal Krämers Nummer. Doch ich komme nur in die Mailbox. Ich hetze zum Fenster, versuche es gleich noch einmal. Wieder nur die Mailbox. Ich google nach Krämer und füge noch das Wort »Polizei« hinzu. Aber der Browser ist tot. Ich aktualisiere die Suche. Doch wieder tut sich nichts.

Das darf doch nicht wahr sein!

Ich gehe noch einmal kreuz und quer durchs Zimmer, klebe dabei mit meinem Blick auf dem Display, aber der Empfang wird nicht besser. Unmittelbar neben der Zimmertür regt sich auf einmal wieder ein einsamer Empfangsbalken. Sofort tippe ich wieder auf Krämers Nummer. Und jetzt komme ich endlich wieder zu ihm durch. Allerdings verstehe ich nichts von dem, was er sagt.

»Hören Sie, ich kann Sie nicht verstehen!«, schreie ich, um meinem Frust freien Lauf zu lassen.

Rauschen.

»Können Sie nicht einfach noch einmal zum Hotel kommen?«

»... Zeit. Wir müssen erst noch ... finden!«

»Kommen Sie zum Hotel!«, schreie ich.

Wieder ist die Leitung tot.

Ich bin wütend und frustriert zugleich. Könnte schreien. Und tue es schließlich auch. Ich hole aus. Möchte dieses verdammte Handy in Richtung Bett schleudern. Doch ich kann mich gerade noch rechtzeitig davon abhalten.

Fuck!

Ich habe mir das tatsächlich ganz anders vorgestellt. Und ja, wenn ich ehrlich bin, habe ich eine regelrecht euphorische

Reaktion von Krämer erwartet. Was soll ich denn bitte noch finden? Gibt es denn einen schwerwiegenderen Beweis, dass die Vermisste hier im Hotel war, als ihren Lebenslauf? Und falls ja, wo zur Hölle soll ich diesen finden? Ich werde ganz sicher nicht noch einmal mein Leben aufs Spiel setzen und es riskieren, von diesem Fleischerhund in Stücke gerissen zu werden. Oder von Reiter über den Haufen geschossen zu werden. Außerdem: Wer garantiert mir, dass …?

Plötzlich passieren zwei Dinge nahezu gleichzeitig. Zum einen kommt mir der Gedanke, dass ich einfach den Notruf wählen und dort um Hilfe bitten sollte. Zum anderen hämmert es auf einmal von draußen an die Zimmertür.

Ich stehe immer noch unmittelbar daneben. Zucke zusammen. Und lasse vor Schreck fast mein Handy fallen. Als ich es gerettet habe, halte ich in der Bewegung inne. Bleibe regungslos. Und starre auf die Tür.

Wieder klopft es, noch energischer als zuvor.

»Mach auf!«, schreit Reiter. »Ich weiß, dass du da bist!«

KAPITEL 20

»Du sollst aufmachen!«, brüllt er, weil schon einige Sekunden verstrichen sind, ich aber immer noch nicht reagiert oder mich zu rühren gewagt habe.

Sein Köter bellt laut auf. Es fährt mir durch Mark und Bein.

Ich schaffe es endlich aus meiner Lethargie. Ich mache einen Schritt auf die Tür zu. Halte dann aber doch wieder inne, weil mir erst jetzt klar wird, dass ich ihm so unmöglich gegenübertreten kann. Ich wende mich ab. Humple im Zimmer auf und ab. Weiß nicht weiter. Meine Gedanken überschlagen sich. Wie haben die beiden sich so leise bis an die Tür heranschleichen können? Und hat er mein Telefonat eben mitangehört? War es überhaupt möglich, es zu überhören?

»Was ist, bist du etwa eingeschlafen?«, schreit er.

Der Köter bleibt still. Ich bin mir sicher, dass er gerade voller Anspannung die Zähne fletscht und die Tür anknurrt.

»Einen ... Moment bitte!«, rufe ich. Zumindest wollte ich das. Tatsächlich kam mir aber nur ein ängstliches Gekrächze über die Lippen.

Weiß er, dass ich in ihrem Zimmer war? Hat er mich gesehen? Oder gar gehört, als sein Hund mich verfolgte? Soll ich es zu leugnen versuchen? Oder sollte ich besser gleich mit einem Geständnis herausrücken? Und mich auf die Polizei rausreden? Wäre es vielleicht das Beste, wenn ich ...

»Also was ist jetzt?«

»Gleich!«

Ich blicke zu meinem Knöchel hinab, der schon wieder zu bluten begonnen hat. Spätestens wenn er den sieht, weiß Reiter Bescheid. Ich streife deshalb meine regennasse und zerrissene Hose ab. Humple ins Bad, suche dort vergeblich nach einem Handtuch, Toilettenpapier oder Ähnlichem. Also ziehe ich mir mein T-Shirt aus und tupfe damit das Blut von meinem Knöchel. Zurück im Zimmer krame ich aus dem Koffer ein frisches T-Shirt hervor und streife es mir über. Während ich in eine frische Hose schlüpfe, blutet mein Knöchel weiter.

»Wird's dann bald?«

»Ich bin gleich soweit!«

Ich fische mir noch rasch ein Paar frische Socken aus dem Koffer. Die eine wickle ich um meinen Knöchel, die zweite ziehe ich darüber. Ich kann nur hoffen, dass dieser dilettantische Druckverband die Blutung halbwegs im Griff hält. Oder sie zumindest eine Zeit lang kaschiert.

»Machst du nun endlich auf, oder soll ich die scheiß Tür eintreten?«

»Mein Gott, ich bin ja schon da!«

Ich hinke zur Tür, sperre auf und öffne.

»Na endlich!«, faucht er mich an.

Ich sage nichts. Weil ich beim Anblick des Köters vor Angst erstarrt bin. Er hat mich mit seinen giftigen Augen fixiert. Präsentiert seine spitzen Zähne. Und knurrt voller Zorn. Sabber trieft ihm aus der Schnauze.

»Was hat denn so lange gedauert?«

Ich kriege immer noch kein Wort heraus.

»Sag schon!«

»Ich … ich … habe mich nur rasch umgezogen«, stammle ich.

»Umgezogen?«

»Ja, ich …«

»Wozu?«

Ich antworte nichts. Meine Hand gleitet in die Hosentasche. Sucht vergeblich nach der Münze. Aber die ist natürlich noch irgendwo bei der Vase im Treppenhaus.

»Sag mal, arbeitest du eigentlich auch mal was?«

»Ich … ich wollte nur …«

»Und wieso sind deine Haare nass?«

»Was?«

Ich versuche, Zeit zu gewinnen. Mir eine Ausrede einfallen zu lassen. Doch mir will einfach keine einfallen. Wenn er von meiner Flucht durch den Regen und über die Balkone weiß, dann lässt er sich nichts anmerken.

»Hörst du schlecht?«

»Ich weiß nicht, ich …«

»Warst du etwa draußen bei diesem Sauwetter?«

»Was, nein! Ich … ich war nur …«

»Ach, mir doch egal.«

Der Köter knurrt laut auf.

Ich zucke zurück.

»Er mag dich nicht«, sagt er.

»Er … er kennt mich doch gar nicht.«

»Er kennt dich besser, als du denkst.«

Sein Knurren wird lauter.

»Was … soll das heißen?«

»Nichts, vergiss es. Aber eines sage ich dir: Oskar weiß, wenn jemand etwas zu verbergen hat.«

»Hören Sie, ich habe nichts zu verbergen«, sage ich und mein Knöchel scheint auf einmal vor Schmerz aufzuglühen. Ich gebe mir Mühe dabei, das Gesicht nicht zu einer Grimasse zu verziehen.

Doch Reiter scheint es sehr wohl mitbekommen zu haben. »Was ist los?«, will er wissen.

»Gar nichts.«

»Siehst du, genau das meine ich.«

»Was?«

»Mir kannst du nichts vormachen!«

»Ich mache Ihnen nichts vor!«

Er kommt auf mich zu und tippt mir gegen den Brustkorb: »Ich will dir jetzt mal was raten: Meiner Frau kannst du weismachen, was du willst. Die glaubt ohnehin alles. Wahrscheinlich wegen dem ganzen Mist, den sie sich Tag für Tag reinkippt. Aber hör auf, mir Scheiße zu erzählen. Ich bin nicht blöd. Ich durchschaue dich!«

»Ich weiß … wirklich nicht, was Sie meinen.«

Er starrt mir tief in die Augen.

Ich versuche, seinem Blick standzuhalten.

Sekunden verstreichen.

»Gut, wenn das so ist«, sagt er schließlich mit einem verschwörerischen Unterton, »dann komm mit!«

Er wendet sich von mir ab. Geht aus dem Zimmer. Der Köter knurrt mich noch kurz an und folgt ihm dann.

Ich stehe immer noch da.

»Wohin?«, will ich wissen.

Er lacht kurz, aber voller Verachtung auf.

»Wohin gehen wir?«, beharre ich auf einer Antwort. Ich kann das mulmige Gefühl in mir nicht verleugnen.

»Es geht hoch hinaus für dich.«

Was zur Hölle meint er damit nun wieder? »Und was ist mit dem Schwimmbad?«

»Vergiss das Schwimmbad.«

»Aber ich bin dort noch nicht fertig«, sage ich. Normalerweise würde ich diese Information als unnötig erachten. Aber bei den beiden bin ich mir mittlerweile nicht mehr ganz so sicher.

»Egal.«

»Warum?«

»Weil ich dir jetzt den Himmel zeige.«

*

Unglaublich.

Er hat alles vor sich. Dieser Idiot sieht, hört, riecht und spürt es. Er bekommt es die ganze Zeit über auf dem Silbertablett serviert. Ja geradezu mit dem Vorschlaghammer in sein beschissenes Hirn geschlagen. Und dennoch ist er immer noch völlig ahnungslos.

Einfach nicht zu fassen.

Es verläuft alles, wie du gehofft hast!

Wobei: Seinen Willen hast du unterschätzt. Du hättest nie gedacht, dass er so schnell zu suchen beginnt. Und ein derartiges Risiko in Kauf nimmt. Gott, wie fest du die Daumen drücktest, als er da auf dem Balkon hing. Fall runter! Stürze in die Tiefe! Brich dir dein Genick! Aber leider ... Er hat es geschafft. Diese Entschlossenheit könnte noch zum Problem werden. Alles andere hast du im Griff.

Und was hilft ihm schon seine Entschlossenheit, wenn sich eine Kugel in seinen Schädel bohrt und dort stecken bleibt? Was nützt ihm sein Mut, wenn ihm das Blut über sein lebloses Gesicht läuft? Und sein Körper tot zu Boden sackt.

Im Grunde ist es ganz einfach. Es geht nur darum, was ihm zuerst einschießt. Die Erkenntnis. Oder die Kugel.

Und dabei ist deine Aufgabe ganz simpel: Du musst dafür sorgen, dass es die Kugel ist.

Aber jetzt steht erst mal der Fall an.

Alles ist vorbereitet.

Und wer weiß: Vielleicht macht ihn ja der schon gleich zunichte. Mit etwas Glück ist er schon in wenigen Minuten tot.

KAPITEL 21

Bei dem Anblick des Dachstuhls habe ich nicht mehr das Gefühl, in einem Hotel, sondern vielmehr in einer Art Kathedrale zu sein. Selbst in dem schummrigen Licht, das durch die wenigen kleinen Dachfenster fällt, ist zu erkennen: Die Ausmaße sind gewaltig. Und das, obwohl ich mir eigentlich ziemlich sicher bin, bloß in einem der Nebengebäude zu sein. Nicht zum ersten Mal habe ich den Eindruck, dass das Gebäude von außen bei Weitem nicht so groß wirkt, wie es sich anfühlt, wenn man es erst einmal betreten hat. Das hier ist eine eigene Welt, die nichts mit der da draußen zu tun hat. Dieser Gedanke macht mir zunehmend Angst. Aber auch das ohrenbetäubende, nahezu ungedämpfte Regenprasseln schüchtert mich ein. Noch viel mehr als zuvor hört es sich an, als stünde das Gebäude unter Dauerbeschuss.

»Willkommen im Himmel«, sagte er.

Seine Worte klingen nicht herzlich, wie ich wohl nicht betonen muss. Eher schadenfroh. Ich bin mir inzwischen sicher, dass er es liebt, mich mit solchen kryptischen Aussagen ein wenig zappeln zu lassen. Auch, dass er sich absolut nicht in die Karten blicken lässt, ob er von meinem Einbruch in ihre privaten Zimmer weiß, hat für mich eindeutig sadistische Züge. Die Ungewissheit macht mich fertig. Und er scheint das zu genießen.

Ich habe die Hosen gestrichen voll. Denn Reiter hat mir inzwischen auch eröffnet, weshalb er mich hierhergeschleppt hat: Er will mit mir gemeinsam damit beginnen, den Dachstuhl zu reparieren. Seine Rolle in dem Ganzen habe ich noch nicht ganz verstanden. Ich hoffe, dass er sich möglichst bald aus dem Staub macht.

Meine Aufgabe ist es jedenfalls, unzählige etwa zwei Meter lange und gut ein Meter breite Dämmplatten an den Dachschrägen anzubringen. Wäre alles kein Problem. Wenn er nicht wollte, dass ich ausgerechnet in einer Ecke damit beginne, die bloß über einen einsamen Holzbalken in lichter Höhe zu erreichen ist. Von dort aus geht es gut acht, neun Meter in die Tiefe. Es kann also unmöglich sein Ernst sein. Dachte ich zumindest. Aber ich habe mich scheinbar getäuscht. Dabei habe ich auch so schon genügend Mühe, die Bisswunde und vor allem die Schmerzen zu verbergen. Keine Ahnung, wie ich es heil über diesen Balken schaffen soll.

Außerdem tropft es ohnehin von überall herab. Ich frage mich, was die blöden Dämmplatten bringen sollen. Das gesamte Dach ist undicht. Hier müssten rasch professionelle Kräfte ans Werk.

»Also was ist jetzt, können wir endlich anfangen? Ich habe nicht den ganzen Tag Zeit!«, keift er über das laute Prasseln hinweg und drückt mir einen Stapel Dämmplatten entgegen, die so unhandlich sind, dass ich sie kaum zu greifen bekomme.

Ich starre an den Platten vorbei den höchstens 30 Zentimeter breiten Balken an und frage mich tatsächlich erst jetzt zum ersten Mal, ob es vielleicht eine Falle ist. Will er mich etwa loswerden? Warum sonst sollte er mich auf dieses morsche Ding schicken? Der Balken kann doch unmöglich mein Gewicht tragen. Noch dazu werde ich mit dem Stapel in den Händen nicht nach unten sehen können. Ich werde mehr oder weniger blind über den Balken balancieren müssen.

»Was ist?«, faucht er mich an. »Wenn wir in diesem Tempo weiterarbeiten, können wir in 30 Jahren wiedereröffnen. Mir egal, aber das erklärst dann bitte du meiner Frau.«

»Ich weiß nicht, ob ... das wirklich eine gute Idee ist«, sage ich und ahne schon, dass er sich gar nicht erst auf eine Diskussion einlassen wird.

»Bist du ein Hosenscheißer, oder was?«

Mein Gott, sind wir hier im Kindergarten? »Nein, bin ich nicht! Aber ...«

»Na, dann los!«

»Der Balken sieht aber sehr morsch aus.«

»Der ist nicht morsch!«

»Aber ich sehe es doch.«

»Dann hast du wohl was an den Augen.«

Ich kann seine Ignoranz nicht fassen. Ich hasse ihn. Ich lege die Platten auf dem Boden ab.

»Hier, sehen Sie doch selbst!«, sage ich und zeige auf eine besonders markante Stelle.

Er erbarmt sich immerhin für einen flüchtigen Blick. »Was soll da sein?«

»Sie sehen doch, dass der da ganz morsch ist.«

»Großer Gott, du Mimose!«

Ich zeige auf eine weitere lädierte Stelle. »Da sieht er auch schon ziemlich mitgenommen aus. Und da drüben auch.«

»Ist er aber nicht.«

»Haben Sie denn keine zusätzliche Leiter?«

»Wozu brauchst du noch eine Leiter?«

»Haben Sie eine?«

»Nein.«

»Aber Sie müssen doch eine ...«

»Habe ich nicht. Und jetzt mach schon!«

Herrgott! Am liebsten würde ich ihm seine verdammten Dämmplatten um die Ohren schlagen und damit auf ihn einprügeln. Ich möchte ihn anbrüllen und klarmachen, was für ein ignorantes, minderbemitteltes und hinterwäldlerisches Arschloch er ist. Ich will meine Sachen packen. Und diese elende Bruchbude für immer verlassen. Ich werde schon einen anderen Ort finden, an dem ich neu beginnen kann. Früher oder später. Nichts kann so schlimm wie das hier sein.

Aber kaum, dass ich den Entschluss gefasst habe, kommen mir wieder Krämers Worte ins Ohr: »Wir glauben, dass Theresa Horváth noch lebt. Wir müssen sie finden!« Und da wird mir klar, dass ich zumindest noch ein wenig durchhalten muss. Und dieses bescheuerte Spiel mitspielen muss. Denn was, wenn es wirklich um Leben und Tod geht? Ich spüre, dass die beiden Polizisten mit ihrem Verdacht richtigliegen und die Vermissten irgendetwas mit diesem Haus zu tun haben. Ich kann nicht sagen, warum ich mir so sicher bin. Ich weiß nur: Irgendetwas stimmt hier nicht. Ich frage mich, was Frau Reiters Rolle in dem Ganzen ist. Ob sie von den dunklen Machenschaften ihres Mannes weiß? Oder ob sie gar die treibende Kraft dahinter ist? Sie wirkt so unglaublich verrückt, auf eine Weise aber auch ungemein naiv und unschuldig. Gleichzeitig kommt mir so vieles an ihrer Art so gekünstelt vor. Nicht nur ihr aufgesetztes Lächeln. Auch ihr scheinbarer Glaube an die Wiedereröffnung dieses Hauses. Das kann sie doch nicht wirklich denken.

Und deshalb werde ich weiter suchen – sobald Reiter mich alleine lässt. Ich werde ihn und seine Frau überführen. Ich werde …

»Was ist nun, soll ich dich etwa samt den Platten rübertragen?«, keift er und unterbricht damit meinen Gedankengang. Er ist jetzt viel lauter, als es das Regenprasseln erfordern würde. »Komm endlich in die Gänge, Mann!«

Ja, trag mich doch, du Arschloch! Dann fällst du wenigstens mit mir!, würde ich ihm am liebsten ins Gesicht brüllen. Und noch lieber: Mach deinen Scheiß gefälligst selbst!

Aber stattdessen würge ich meine Wut hinunter. Atme tief durch. Hebe eine der Dämmplatten auf. Und wage den ersten vorsichtigen Schritt.

Das Holz knarrt unter meinem Gewicht.

»Soll das etwa ein Witz sein? Willst du jetzt jede Platte einzeln tragen, oder was?«, schnauzt er.

Ich ignoriere seine Bemerkung. Beiße mir auf die Unterlippe. Konzentriere mich und setze den nächsten Schritt.

Wieder knarzt das Holz auf.

Mein Herz schlägt schneller. Ich versuche, das Stechen in meinem Knöchel zu ignorieren.

»Mein Gott, bei diesem Tempo brauchst du ja bis morgen, bis du drüben angekommen bist!«

Fick dich!

Ich setze den nächsten vorsichtigen Schritt. Ganz langsam. Ruhig bleiben! Nur nicht ablenken lassen!

»Also, was soll das jetzt?«, lässt der Mistkerl mich einfach nicht in Ruhe.

Ich werde Theresa finden. Und ihn überführen.

Deshalb setze ich aller Vernunft zum Trotz einen weiteren kleinen Schritt. Und dann noch einen. Dabei spüre ich, wie sich Schweißtropfen auf meiner Stirn bilden. Wie mein Puls weiter anzieht und ich am ganzen Körper leicht zu zittern beginne. Meine Beine fühlen sich auf einmal weich wie Gelee an. Doch ich versuche, diesen Eindrücken keine Aufmerksamkeit zu schenken. Noch ein kleiner Schritt.

Es knarrt laut unter mir auf, viel lauter als zuvor.

Aber ich kämpfe mich weiter vorwärts. Zentimeter für Zentimeter. Und dann den nächsten Zentimeter.

Weiter!

Bis ich etwa auf halbem Weg bin. Ungefähr an der Stelle, die mir zuvor als besonders morsch aufgefallen ist und auf die ich Reiter hingewiesen habe. Ich zögere deshalb einen Augenblick lang. Schlucke. Einmal, dann ein zweites Mal. Ich habe ein ganz mieses Gefühl dabei. Hasse mich auf einmal selbst dafür, dass ich mich in diese Scheißsituation habe hineinreiten lassen. Dennoch wage ich einen weiteren Schritt.

Für Theresa!

Eine Sekunde lang, vielleicht zwei, glaube ich, dass meine Angst unbegründet war. Dass ich womöglich wirklich übertrieben habe. Dass alles gut ist. Und Reiter bloß ein unsympathischer Vollidiot ist, er aber nicht meinen Tod will.

Doch dann geht es plötzlich ganz schnell. Und ich begreife, dass ich mit meiner Angst richtiglag.

Da ist ein Knacken, ein anderes als zuvor. Dieses Mal ist es nicht bloß ein Ächzen des Holzes. Nein, dieses Mal bricht es unter meinem Gewicht.

Scheiße!, denke ich gerade noch, während mir das Herz stehen bleibt.

Und im nächsten Sekundenbruchteil spüre ich, wie der Boden unter meinen Füßen nachgibt. Wie da auf einmal kein Widerstand mehr ist. Und wie mein Gleichgewicht flöten geht. Da ist ein Schrei. Mein Schrei. Weil der Balken gebrochen ist. Weil ich die Platte fallen lasse. Weil meine Arme durch die Luft wirbeln, sie aber keine Möglichkeit finden, sich irgendwo festzukrallen.

»Hilfe!«, kreische ich.

Da stürze ich bereits in die Tiefe.

Ich falle.

Scheinbar ewig.

Dann schlage ich auf. Erbarmungslos hart. Und mit einem heftigen Knall. Schmerz explodiert in mir. Raubt mir den

Atem. Und im nächsten Augenblick ist alles um mich herum schwarz.

*

Er ist tot! Der Scheißkerl ist tatsächlich tot!

Du kannst es kaum glauben.

Es hat geklappt!

Es hat wirklich funktioniert. Nicht so, wie du es geplant hattest. Aber so, wie du es dir gewünscht hattest.

Er ist tatsächlich tot. Hinüber. Platt.

Und du bist aus dem Schneider. Ein für alle Mal.

Niemand wird sie finden. Kein Mensch wird je erfahren, was mit ihnen passiert ist. Und keiner wird jemals dahinterkommen, dass du hinter allem steckst.

Weil er tot ist. Tot. Tot. Tot.

Was für ein Glück!

Aber jetzt konzentriere dich gefälligst wieder. Und hör bloß auf zu grinsen!

KAPITEL 22

Ich habe es hinaus in den Flur geschafft.

Doch jetzt?

Mein Atem rasselt. Mein Puls rast. Ich reiße den Blick nach links, dann nach rechts.

Wohin zur Hölle?

Ich höre seine Schritte hinter mir. Ein Scheppern, ein Poltern. Sein Fluchen. Er kommt rasch näher.

»Bleib hier, verdammt!«, schreit er.

Ich bin voller Panik. Weiß, dass ich loslaufen muss. Doch ich bin wie gelähmt. Die Angst hat mich fest im Griff.

Erst als der Schuss ertönt und die Kugel unmittelbar neben mir in der Wand einschlägt, bin ich wieder voll da. Splitter fliegen mir um die Ohren. Irgendetwas trifft mich im Gesicht.

Los!

Ich renne. Den dunklen Flur entlang. Höre seine Schritte hinter mir. Viel zu nah. Höre einen weiteren Schuss. Und den Einschlag irgendwo ganz in meiner Nähe. Ich will noch einen Zahn zulegen. Doch die Bisswunde ist wieder aufgeplatzt. Jeder Schritt löst eine kleine Schmerzexplosion aus.

»Bleib stehen!«

Schneller!

Zu meiner Linken taucht ein Stiegenhaus auf. Ich presche durch die Schwingtür und die Treppe hoch. Nehme immer gleich zwei Stufen auf einmal. Komme deshalb ins Straucheln. Kann mich gerade noch so auf den Beinen halten.

Doch schon ein paar Stufen weiter passiert es: Ich bleibe mit der linken Schuhspitze hängen. Kippe vornüber. Und stürze. Es geht so schnell, ich habe keine Chance, es zu vermeiden. Ich kann gerade noch rechtzeitig die Hände zum Schutz vorreißen und den Aufprall ein wenig abfangen. Dennoch knalle ich mit der Stirn gegen die harte Kante. Und ein gewaltiger Schmerzblitz schießt mir durch den Schädel.

Einen Augenblick lang bin ich außer Gefecht gesetzt. Ich sehe Sterne. Und kann Blut schmecken, weil ich mir offenbar auf die Zunge gebissen habe. Sie schmerzt höllisch. Ist etwa auch ein Zahn abgebrochen?

Egal! Denn ich nehme trotz meiner Benommenheit seine Schritte wieder wahr. Er ist jeden Moment im Stiegenhaus. Und bei mir!

Los, auf! Sofort!

Ich schaffe es auf die Beine. Renne los. Und schaue dabei hinter mich. Gerade in dem Moment, in dem er ebenfalls das Treppenhaus erreicht. Er bleibt stehen, zielt auf mich. Schießt. Und unmittelbar rechts von mir zerspringt die Wand, noch ehe ich in Deckung gehen konnte.

Ich schreie vor Panik. Renne um die Ecke. Weiter hoch.

Schneller! Schneller! Schneller!

Ein weiterer Knall.

»Wenn du nicht stehen bleibst, schieße ich dich über den Haufen!«

Ich habe den vierten Stock erreicht. Habe keine Zeit, mich umzusehen. Oder zu überlegen. Also laufe ich einfach nach links. Den Flur entlang. Ich greife die Klinke der ersten Tür, drücke sie, ziehe. Doch sie ist verschlossen.

Bitte nicht!

Weiter. Ich versuche es an der Tür gegenüber. Auch die ist versperrt. Also weiter.

Er muss jeden Moment im Flur auftauchen.

Ich bin verloren. Versuche es dennoch auch bei der nächsten Tür. Und kann mein Glück kaum fassen. Sie lässt sich tatsächlich öffnen. Ich reiße sie auf. Rette mich in das Zimmer. Ziehe die Tür hinter mir zu.

Doch die Erleichterung verpufft augenblicklich. Kein Schlüssel! Ich kann nicht absperren. Außerdem stecke ich in einer Sackgasse. Bloß ein Bad. Aber keine Verbindungstür zu einem Nebenzimmer. Kein Fluchtweg.

Nein! Nein! Nein!

Ich raufe mir die Haare. Und während sich meine Gedanken überschlagen, höre ich seine Schritte draußen im Flur. Er wird jeden Moment da sein.

Ein Knall. Das Türblatt zerfetzt.

Ich schreie. Springe zur Seite.

Noch ein Schuss.

»Du kannst nicht entkommen!«

Er hat recht. Ich habe keine Chance. Ich bin verloren.

Obwohl …

Mir schießt ein Gedanke ein. Aber ich habe keine Zeit zu überlegen. Habe keine andere Wahl.

Ich laufe einfach los. Direkt auf das Fenster zu. Ich drehe den Kopf ein Stück zur Seite, spanne den Nacken an. Presse die Augen zusammen. Hebe die Arme schützend vors Gesicht. Schreie, um mir Mut zu machen.

In meinem Rücken höre ich, wie er die Tür aufreißt. Wie er »Habe ich dich, du Drecksack!« schreit.

Ein weiterer Schuss ertönt.

Ich presche durch die Fensterscheibe. Hinaus auf den Balkon. Dort verliere ich keine Sekunde. Ich will mich hinüber auf den Nachbarbalkon retten. Ich steige auf das Geländer. Und springe. Doch dabei rutsche ich ein wenig aus. Im Flug strecke ich die Arme voraus. Will das Geländer greifen. Doch ich schaffe es nicht. Mein Sprung geht nicht weit genug. Meine Hände rutschen ab. Ich bekomme keinen Halt.

Ich schreie einen Fluch.

Und stürze vier Stockwerke in die Tiefe.

KAPITEL 23

Als ich langsam zu mir komme und mein Albtraum schwindet, begreife ich, dass ich gar nicht auf der Flucht bin und in die Tiefe stürze. Sondern dass ich auf dem Rücken liege.

»Scheiße, ich dachte, du wärst tot«, sagt Reiter.

Seine Stimme dröhnt durch meinen Schädel.

Lacht der Wichser etwa?

Ich bin noch zu benommen, um einschätzen zu können, ob er erleichtert ist, dass ich noch lebe, oder ob er tatsächlich belustigt von meinem Sturz ist.

Ich öffne die Augen. Nur einen kleinen Spalt breit. Schließe sie jedoch gleich wieder, weil sich meine Umgebung heftig dreht und mir übel wird. Zudem blendet mich selbst das fahle Licht. Sogar der kurze Blick fühlt sich jetzt an, als würde mir ein rostiger Nagel in den Schädel gehämmert. In meinem Kopf wummert und sticht es gewaltig. Als es kurz nachlässt, will ich mich aufsetzen. Aber ich breche den Versuch gleich wieder ab. Mein Kreuz ist ein einziger Schmerz, der mir einen Schwall Tränen in die Augen treibt. Ich will sie wegblinzeln, doch es kommen immer mehr nach.

»Meine Güte, heulst du etwa?«, kommentiert er.

Dieses Mal lacht er eindeutig.

Habe ich schon erwähnt, dass ich ihn hasse? Ich kann nicht in Worte fassen, wie sehr. Und mit jedem verdammten Wort, das er mir entgegenspuckt, ist es noch ein bisschen mehr.

Ich antworte jedenfalls nicht.

Die Erinnerung kehrt zurück. Und damit die Wut. Denn ich begreife, was passiert ist. Der Balken ist tatsächlich gebrochen – so wie ich es angekündigt hatte. Und ich bin in die Tiefe gestürzt. Dabei hatte ich scheinbar Glück im Unglück, denn ich muss ausgerechnet auf einem weiteren Stapel Dämmplatten gelandet sein, der die Wucht meines Aufpralls abdämpfte. Zumindest vorerst. Denn von dort dürfte ich abgerutscht und noch einmal ein paar Meter tief gefallen sein – den Schmerzen nach zu urteilen auf mein Kreuz und den Hinterkopf.

Ich stöhne. Mein Schwindel lässt nur langsam nach. Ich strecke mich stöhnend und versuche noch einmal, mich aufzurichten. Aber auch dieses Mal lasse ich mich gleich wieder zurücksinken, weil es immer noch zu weh tut. Mir entkommt ein weiteres Stöhnen.

Vermutlich war ich bloß ein paar Sekunden weggetreten. Vielleicht auch länger. Ich kann es schwer einschätzen. Obwohl: Es muss länger gewesen sein. Denn die Zeit hat offenbar ausgereicht, dass er zu mir hinuntergeklettert ist. Keine Ahnung, wie ihm das gelungen ist. Es ist mir auch egal. Jetzt steht er jedenfalls über mir und hat die Hände in die Hüften gestemmt. Er schüttelt den Kopf, grinst und betrachtet mich gleichzeitig voller Abscheu.

Ich schließe gleich wieder die Augen. Ich will ihn nicht sehen. Dabei spüre ich, wie mir links und rechts Tränen über die Wangen laufen. Ich wische sie mir aus dem Gesicht.

»Wie ungeschickt bist du eigentlich?«, spuckt er mir entgegen, anstatt mir die Hand zu reichen und mir aufzuhelfen.

Trotz der Benommenheit, die immer noch nicht ganz von mir abgelassen hat, kann ich es wieder einmal nicht fassen. Ist er ernsthaft der Meinung, dass der Sturz meine Schuld war? Das kann doch nicht sein Ernst sein!

»Das war doch … nicht meine Schuld!«, gebe ich zurück und schaffe es endlich, mich aufzusetzen.

»Wessen dann?«

Ich gebe mir alle Mühe, seine Provokationen zu ignorieren. Ich werde nicht darauf eingehen, ganz sicher nicht! Aber er lässt nicht locker. Nein, ganz im Gegenteil: Er scheint es regelrecht auf einen Streit anzulegen.

»Wer war denn da oben?«, fragt er. »Ich etwa?«

»Ich habe Ihnen doch gesagt, dass der Balken morsch ist!«

»Ich bitte dich! Das war doch nicht der Grund, weshalb du gefallen bist!«

»Was denn sonst? Er ist gebrochen!«

»Du bist einfach ungeschickt!«

Ich koche vor Wut. Beiße die Zähne zusammen. Und schaue mich nach dem Köter um. Keine Spur von ihm. Das wäre meine Chance, es ihm heimzuzahlen. Wenn ich nicht noch immer so benebelt wäre.

»Ich würde wirklich gerne wissen, wo meine Frau dich aufgegabelt hat. Es ist ja nicht zu fassen, wie unfähig du bist! Kannst du denn wenigstens eine Glühbirne wechseln? Oder Staub kehren?«

So, jetzt reicht es! Benommenheit hin oder her. Ich will die Gunst der Stunde nutzen. Ich will ihm die Meinung geigen, solange sein verdammter Köter nicht hier ist. Ich will ihm in die Augen blicken und ihm sagen, dass er zur Hölle fahren und gefälligst alleine schauen soll, wie er diese Bruchbude wieder auf Vordermann bringt. Und ich werde ihm sagen, dass ich hinter seine Lügen gekommen bin. Dass ich weiß, dass Theresa hier war. Und er etwas mit ihrem Verschwinden zu tun hat.

Ich werde ihn fertigmachen. Und das soll er wissen.

Doch erst einmal möchte ich wieder auf die Beine kommen. Also stemme ich mich vom Boden ab und setze mich auf.

Dabei braust jedoch ein gewaltiger Schmerztsunami durch meinen Schädel und lässt mich aufstöhnen. Ich richte mich dennoch auf und kämpfe mich auf die wackeligen Beine. Fast komme ich aus dem Gleichgewicht, weil ich beim Auftreten die Bisswunde vergessen habe und mein ganzer Körper trotz der Dämmplatten, die meinen Aufprall abgefangen haben, schmerzt.

Fuck!, schreie ich in Gedanken.

Ich stöhne wieder vor Schmerzen.

»Mein Gott, was für eine Heulsuse«, kommentiert Reiter und stößt wieder einmal sein verachtendes Schnaufen aus.

Ich sehe, dass Blut an meinen Jeans klebt, und versuche, die Bissverletzung zu überspielen.

Doch er durchschaut mich. »Was hast du denn am Bein?«, will er wissen.

Ich bin mir sicher, dass er die Antwort darauf kennt. Dass er ganz genau weiß, dass ich in ihrem Zimmer war. Dass ich Theresas Lebenslauf gefunden und dann über den Balkon abgehauen bin. Dass sein verdammter Köter mich verfolgt hat. Und er mich fast zerfleischt hat, als er mich zu fassen bekam. Keine Frage, dass Reiter sich bloß blöd stellt.

Dennoch gehe ich nicht auf sein Spielchen ein und lüge ihn an: »Sie haben doch meinen Sturz gesehen!«

»Das kann doch nicht von dem kleinen Fall sein.«

»Wovon denn sonst?«, provoziere ich ihn.

Er soll gefälligst die Karten auf den Tisch legen. Und mit der Sprache rausrücken.

Doch er schaut mich nur an. Er durchdringt mich förmlich mit seinem Blick.

Ja, ich bin überzeugter denn je: Ganz sicher sogar kennt er die Wahrheit. Und es ist ihm absolut egal, ob ich es weiß oder nicht.

Ich spüre, wie mich Reiters Selbstsicherheit wieder verunsichert. Wie meine Wut weicht. Ich will das nicht akzeptieren. Kämpfe dagegen an.

»Na?«, fahre ich ihn an und klinge dabei weit unsicherer, als mir lieb ist. Trotzdem will ich von ihm wissen: »Wovon soll ich sonst die Verletzung herhaben?«

Aber er schüttelt nur den Kopf.

»Was ist los?«, dränge ich auf eine Antwort. »Was?«

»Du glaubst wohl, dass ich so dauerbenebelt wie meine Frau bin, was? Ihr kannst du gerne weiter deine Märchen auftischen. Aber mir brauchst du so einen Schwachsinn nicht erzählen, hast du verstanden! Ich saufe nicht wie sie. Ich bin klar im Kopf. Ich merke es, wenn mich jemand anlügt.«

»Ich lüge nicht!«, lüge ich.

»Ich weiß, wer du bist!«

»Was soll das denn heißen?«

»Nichts.«

»Sagen Sie schon!«

Er ignoriert mich. Wendet sich ab und entfernt sich. Als er schon gut zehn Meter von mir weg ist, sagt er: »Komm mit!«

Ich zögere einen Augenblick.

»Na los!«

Ich seufze. Schlucke meine Wut hinunter. Und versuche, meine Schmerzen auszublenden. Ich will keine Schwäche mehr ihm gegenüber zeigen. Ich werde an ihm dranbleiben. Und ihn überführen. Ich mache dieses miese Arschloch fertig. Er wird bekommen, was er verdient. Und deshalb setze ich mich jetzt in Bewegung.

»Nicht du!«, faucht er mich schon nach dem ersten Schritt an. Und das, obwohl er mir immer noch den Rücken zugekehrt hat. »Dich will ich jetzt eine Weile nicht sehen!«

Erst begreife ich nicht. Doch dann entdecke ich den Köter,

der aus dem Schatten tritt, mir einen hasserfüllten Blick zuwirft und dann seinem Herrchen folgt.

Die beiden verschwinden.

Und ich bleibe mit unzähligen Fragen alleine zurück. Eine jedoch ist viel lauter als all die anderen: War der Sturz wirklich nur ein Unfall?

KAPITEL 24

Ich versuche, meine immer noch anschwellende Angst zu ignorieren. Und meine Schmerzen auszublenden. Denn ich muss fokussiert bleiben. Und ich muss mit der Angestellten reden – Jana, wenn ich mich richtig erinnere. Auch wenn sie mich vorhin attackierte und beschuldigte, etwas mit Theresas Verschwinden zu tun zu haben. Und auch, wenn sie nicht alle Tassen im Schrank zu haben scheint. Ich muss ihr klarmachen, dass ich auf ihrer Seite stehe. Und dass wir zusammenarbeiten müssen, wenn wir Theresa finden wollen. Ich muss wissen, was sie weiß. Vielleicht hat sie ja Informationen, die für meine Suche hilfreich sind.

Doch mein Vorhaben stellt sich als schwierig heraus. Keine Ahnung, wie lange ich schon das Hotel ablaufe und nach ihr suche. Ich kann jedenfalls weder sie noch irgendjemand anderen finden. Auf mein Rufen reagiert niemand, wie immer. Auch wenn ich mir immer wieder sicher bin, dass da jemand ganz in meiner Nähe ist, wie immer. Ich könnte schwören, dass mich jemand verfolgt und beobachtet, wie immer. Aber das ist natürlich Unsinn, muss ich mir dann wieder klarmachen. Warum sollte das jemand tun? Selbst Sienna müsste doch irgendwann das Interesse an mir verlieren.

Und so rede ich mir ein, dass ich mir das alles nur einbilde.

Ich will schon aufgeben, die Suche erst mal abbrechen und zurück in mein Zimmer, damit ich mich um meine Verletzung kümmern kann. Da höre ich auf einmal Frau Reiter rufen.

»Juhuu, Herr Simon, da sind Sie ja!«

Ich wirble herum. Und bin verblüfft darüber, wie nah sie mir ist. Wie konnte ich sie schon wieder einmal nicht kommen hören?

»Ich habe Sie schon überall gesucht!«, lüge ich.

»Und ich Sie.«

»Ich habe Sie angerufen«, sage ich, weil ich das tatsächlich unter einem Vorwand gemacht habe – einfach, um zu wissen, wo sie gerade steckt. Mir ist wohler dabei, sie nicht in meiner Nähe zu wissen. »Aber Ihr Telefon ist ausgeschaltet.«

»Na, jetzt haben Sie mich ja gefunden.« Wieder ihr gekünsteltes Lächeln. »Was wollten Sie?«

Eigentlich habe ich mir auf genau diese Frage eine Ausrede zurechtgelegt. Aber jetzt folge ich meiner Intuition und versuche es mit der Wahrheit: »Ich bin auf der Suche nach der Frau, die mich vorhin im Schwimmbad angegriffen hat. Jana heißt sie doch, oder?«

»Ja, genau«, sagt sie. Mehr nicht. Ihr freudloses Lächeln ist verschwunden. Jetzt sieht sie mich bloß mit einem riesengroßen Fragezeichen in ihrem Gesicht an.

»Ich würde gerne mit ihr sprechen«, sage ich und hoffe, dass ihr das als Erklärung ausreicht.

»Warum das denn?«

»Ich möchte sie etwas fragen.«

»Aha, was denn?«

»Etwas Persönliches.«

»Etwas Persönliches?«

»Ja.«

»Mein lieber Herr Simon, Sie werden sich doch nicht etwa in das junge Ding verguckt haben?«

»Was? Nein, ich will nur ...«

»Ich möchte ehrlich mit Ihnen sein. Ich würde es sehr begrüßen, wenn Sie kein Techtelmechtel am Arbeitsplatz anfingen. So kurz vor der großen Wiedereröffnung können wir so eine Ablenkung nicht gebrauchen, das werden Sie doch sicher verstehen, oder? Wir müssen fokussiert bleiben und alle Konzentration darauf …«

Diese Frau nervt und verblüfft mich zugleich. Wie kann sie sich schon wieder ohne jeden Anhaltspunkt derart in etwas hineinsteigern? Kann man das so gut spielen?

»Nein, ich will sie wirklich nur …«, versuche ich, sie zu unterbrechen.

Aber sie fährt über mich hinweg. »Wissen Sie, die Zeit drängt ohnehin jetzt schon. Wenn dann auch noch die Arbeit unter einer Liebelei leidet, dann …«

»Ich möchte sie wirklich nur etwas fragen!«, werde ich laut.

Sie hält inne. Sieht mich kurz verwundert an. Und will dann ernsthaft wissen: »Kein Grund, um laut zu werden, Herr Simon. Warum fragen Sie denn nicht einfach mich?«

Sie hat sie wirklich nicht alle!

»Das geht leider nicht«, sage ich und ahne schon, dass ihr das nicht reichen wird.

»Na, Sie geben sich vielleicht geheimnisvoll.«

»Wissen Sie, wo ich sie finden kann?«

Wieder sieht sie mich einfach nur an. Schließlich schnauft sie hörbar genervt. »Nein, nicht wirklich, irgendwo im Hotel, hoffe ich. Arbeit hätte sie jedenfalls mehr als genug. Mein lieber Herr Simon, ich glaube, Ihnen fehlt noch immer das Verständnis dafür, was hier alles noch zu tun ist. Mit Blumen alleine ist es leider nicht getan.«

Ich öffne schon den Mund und will zu einer Rechtfertigung ansetzen. Aber ich gebe es gerade noch rechtzeitig auf. Diese Frau schafft es einfach immer wieder aufs Neue, völlig vom Thema abzuschweifen und mir keine Antworten zu liefern. Aber mittlerweile versuche ich erst gar nicht mehr, dagegen anzukämpfen, denn ich bin mir sicher, dass jede Diskussion mit ihr zum Scheitern verurteilt ist. Ich sollte keine Zeit damit verschwenden.

»Wo wir gerade darüber sprechen«, sagt sie und ihr kindlich naives und gleichzeitig so aufgesetztes Lächeln ist zurück. »Woran arbeiten Sie denn gerade?«

»Ich habe Herrn Reiter am Dachstuhl geholfen, aber …«

»Ach, Sie sind dort also schon fertig?«, sagt sie und klatscht in die Hände. »Wie wunderbar!«

Ich versuche zu erraten, ob sie das tatsächlich denkt oder gerade einfach nur einen selbst für ihre Verhältnisse schlechten Scherz macht. Es scheint ihr Ernst zu sein. Und das, obwohl die Arbeit am Dachstuhl eine Sache von Tagen, wenn nicht Wochen sein dürfte – für einen professionellen Trupp, wohlgemerkt. Sie kann doch nicht ernsthaft glauben, dass wir schon fertig damit sind. Wie kann man nur so fernab der Realität leben? Aber egal. Ich versuche erst gar nicht, es ihr zu erklären. Ich darf mich von ihr nicht ablenken lassen. Ich muss zielgerichtet bleiben.

Fokus!

»Ach, da bist du ja!«, ruft sie plötzlich und schaut über meine Schultern hinweg.

Ich blicke hinter mich.

Es ist nicht Jana.

KAPITEL 25

Es ist ihr Mann, der mit seinem Köter gerade vorüberzieht und sich alle Mühe dabei gibt, seine Frau zu ignorieren. Sicher flucht er gerade in Gedanken, dass er sich von ihr erwischen hat lassen. Ich kann mir gut vorstellen, dass er üblicherweise den ganzen Tag über darauf bedacht ist, ihr nicht über den Weg zu laufen.

»Warte!«, ruft sie ihm zu, weil er keine Anstalten macht, stehen zu bleiben.

»Keine Zeit«, knurrt er bloß.

»Alfred!«, ruft sie scharf.

Er bleibt stehen. Schnauft. Sieht sie nicht an. Reibt sich stattdessen mit einer Hand das Gesicht. »Was ist?«

»Herr Simon hat den Dachstuhl schon repariert.«

Jetzt sieht er sie doch an. Und runzelt dabei die Stirn. Sicher fragt auch er sich gerade, wie sie das nur denken kann. Aber wie auch ich bemüht er sich erst gar nicht, ihr die Wahrheit zu verklickern.

»Er wartet auf neue Anweisungen«, sagt sie. »Was sagst du, er könnte doch …?«

»Er soll sich zum Teufel scheren.«

»Alfred!«

Der Köter weicht einen Schritt zurück, sodass er hinter den Beinen seines Herrchens Schutz findet.

»Also haben Sie so etwas schon gesehen, Herr Simon?«, sagt sie, stemmt die Hände in die Seiten und schüttelt dabei den Kopf. »Mein Mann, der Pavian. Manieren wie ein Steinzeitmensch! Ich muss mich natürlich für ihn entschuldigen.«

»Ich habe jetzt keine Zeit für den«, grummelt er.

»Und ob du das hast!«

»Komm!«, weist er den Hund an und geht einfach.

»Folgen Sie ihm ruhig, Herr Simon.«

»Aber er hat doch gesagt, dass …«

»Hören Sie nicht auf diesen Griesgram! Gehen Sie einfach mit ihm.«

Ich will ihr widersprechen. Ihr klarmachen, dass ich keine Lust mehr auf seine schlechte Laune und die völlig ungerechtfertigte Aggressivität habe. Und ich nicht mehr so mit mir rumspringen lasse. Aber dann kommt mir der Gedanke, dass ja vielleicht er weiß, wo sich Jana aufhält. Und so nicke ich bloß und laufe ihm hinterher.

»So gefällt mir das, Herr Simon. Das nenne ich Einsatz!«, ruft mir Frau Reiter nach.

Da habe ich schon zu ihrem Mann aufgeschlossen.

»Fahr zur Hölle!«, murmelt er gerade so laut, dass ich es auch sicher mitbekomme.

Ich versuche, mich dadurch nicht verunsichern zu lassen. »Wissen Sie vielleicht, wo Jana ist?«

»Wer?«

»Die Frau, die mich angegriffen hat.«

»Du lässt dich von einer Frau angreifen?« Er lacht wieder einmal verächtlich. »Mein Gott, ich halt's nicht aus.«

Ich gehe nicht darauf ein. »Wo kann ich sie finden?«

Er ignoriert mich.

»Ich muss sie etwas fragen.«

Er sagt immer noch nichts.

»Bitte, es ist wichtig«, dränge ich.

»Tja, da hast du wohl Pech.«

»Warum?«

»Weil sie nicht mehr hier ist.«

»Wie?«

»Sie ist weg. Abgehauen.«

»Aber ... sie war doch vorhin noch ...«

Er bleibt abrupt stehen, dreht sich um und tippt mir wieder mal mit seinem fleischigen Zeigefinger gegen die Brust. »Mein Gott, damit du endlich Ruhe gibst: Meine Frau hat mir vorhin gesagt, dass sie gekündigt hat und abgereist ist. Sie ist nicht mehr im Hotel. Schluss. Aus. Verstanden?«

Ich starre ihn ungläubig an. Ist das tatsächlich die Wahrheit?

Er hält meinem Blick stand. Seine Kiefermuskeln mahlen. Ich kann es deutlich sehen. Der Köter knurrt.

»Gut«, sagt er schließlich. Er wendet sich von mir ab und lässt mich verwirrt und eingeschüchterter, als mir lieb ist, zurück.

Mein Hirn rattert. Ich versuche zu begreifen. Wieso sagte Frau Reiter mir eben, dass Jana irgendwo im Hotel sein müsste, wenn sie ihrem Mann doch angeblich schon von der Kündigung und ihrer Abreise berichtet hat. Gleich mehrere Fragen drängen sich mir da auf: Wer hat gelogen? Frau Reiter? Oder ihr Mann? Und wo ist Jana jetzt? Ist auch sie in Gefahr?

Ein kalter Schauer packt mich.

KAPITEL 26

»Ich … nicht … kommen. Sie …«, dringt Krämers Stimme zwischen Rauschen und Knistern aus dem Lautsprecher meines Handys in mein Ohr.

»Ich verstehe Sie nicht!«, schreie ich.

»Kommen … in der näh…«

Es ist zum Haareraufen. Am liebsten würde ich dieses blöde Handy zu Boden schmettern. Aber dann würde ich Krämer erst recht nicht dazu bewegen können, mit Ott zum Hotel zurückzukehren. Sie müssen das Gebäude so schnell wie möglich unter die Lupe nehmen. Und die beiden Besitzer in die Mangel nehmen. Denn die unterschiedlichen Geschichten der beiden sind doch ein weiterer Beweis dafür, dass hier irgendetwas ganz und gar nicht stimmt. Und dafür, dass die beiden etwas verheimlichen. Weshalb sollten sie mich sonst anlügen? Ich frage mich, ob die beiden sich in diesem Punkt nicht abgesprochen haben, oder ob sich einer der beiden schlichtweg nicht an die Abmachung erinnern konnte. Wieso sonst sollte einem der beiden so ein Fehler passiert sein?

Im Grunde habe ich seit dem ersten Aufeinandertreffen das Gefühl, dass die beiden mir bloß etwas vorspielen. Frau Reiters überdrehte und aufgesetzte Art wirkt in keiner Weise natürlich. Und auch aus ihm werde ich nicht schlau. Zudem habe ich die Dynamik zwischen den beiden noch immer nicht durchschaut. Zum einen scheint er sie nicht für voll zu nehmen und sich nicht darum zu kümmern, was sie sagt. Zum anderen wirkt es eindeutig so, dass er unter ihrer Fuchtel steht. Und auch sein Köter scheint großen Respekt vor ihr zu haben. Wenn nicht sogar Furcht.

Außerdem: Je mehr ich über die Situation am Dachstuhl und meinen von ihm provozierten Sturz nachdenke, desto sicherer bin ich mir, dass es eine Falle war. Ich bin davon überzeugt, dass er wollte, dass ich von diesem verdammten Balken falle und in die Tiefe stürze. Nur warum? So beängstigend das auch klingt: Er könnte mich doch viel einfacher aus dem Weg schaffen. Er hat doch ein Gewehr! Und einen Köter, der mich garantiert liebend gerne in Stücke reißen würde – das hat er doch schon unter Beweis gestellt. Außerdem bin ich mir fast sicher, dass dieses riesige Gebäude noch ganz viele weitere Möglichkeiten bietet, mich einfacher und ohne ein großes Schauspiel aus dem Weg zu schaffen und verschwinden zu lassen. Je länger ich hier bin, desto mehr fürchte ich, dass es auch den vermissten Frauen so ergangen ist.

Haben die Reiters auch mit ihnen so ein perfides Katz-und-Maus-Spiel veranstaltet? Falls ja, warum nur dieser Aufwand?

Ist Reiter sich in meinem Fall etwa im Klaren darüber, dass die Polizei ihnen auf den Fersen ist? Will er mich loswerden, ohne mir eine Kugel in den Kopf jagen zu müssen? Und will er es der Polizei dann als Unfall verkaufen? Damit würde er doch niemals durchkommen. Oder?

Egal, so oder so: Ich weiß, dass ich in Gefahr bin.

Und dennoch: Abhauen ist inzwischen keine Option mehr für mich – so laut mich meine innere Stimme inzwischen auch dazu drängt. Denn auch, wenn sie eine Fremde ist: Ich fühle mich Theresa verpflichtet, keine Ahnung warum. Ich kann diese vage Verbundenheit nicht leugnen. Seit ich das

Foto von ihr im Speisesaal entdeckt habe, lässt sie mich nicht mehr los. Ich muss herausfinden, was mit ihr passiert ist. Und ich werde dafür sorgen, dass die beiden Besitzer dafür zur Rechenschaft gezogen werden.

Aber dabei scheitert es schon an den grundlegenden Dingen. Dieser verfluchte Handyempfang wird einfach nicht besser. Liegt es am Regen, der wieder stärker geworden ist? Oder ist das Gebäude schuld daran? Jedenfalls höre ich bloß noch Rauschen und kaum verständliche Worte oder gar nur Fetzen davon. Ich muss mir zusammenreimen, was Krämer mir zu vermitteln versucht. Und selbst das wird immer schwieriger. Ich möchte schreien, um meinen Frust loszuwerden. Gleichzeitig mahne ich mich dazu, ruhig zu bleiben. Ich hoffe, dass zumindest er mich versteht.

»Vergessen Sie's!«, schreie ich ins Telefon und halte es mir dabei direkt vor den Mund. »Ich schreibe Ihnen!«

Ich halte es mir wieder ans Ohr. Nichts als Rauschen kommt zur Antwort.

»Haben Sie mich verstanden? Ich schreibe Ihnen.«

Da dringen auf einmal wieder Wortfetzen zu mir durch.

»... nicht ins Hotel kommen«, höre ich Krämer.

Das kann doch nicht sein Ernst sein!

»Warum können Sie nicht einfach herkommen?«, will ich wissen.

»... nicht mögli...«

Was?

»Warum ist das nicht möglich?«

»... Dorf.«

»Was?«

»...en Sie ... Dorf!«

»Ich soll in ein Dorf kommen?«

Rauschen.

»Welches Dorf?«

»…en Sie … Weg …«

»Mein Gott! Ich höre Sie kaum!«

Plötzlich ist die Verbindung tot. Denke ich zumindest, weil nicht einmal mehr ein Rauschen zu hören ist. Aber als ich aufs Display schaue, sehe ich, dass die Gesprächszeit noch weiterläuft.

»Hören Sie, Krämer, ich verstehe Sie nicht!«, schreie ich noch lauter und betone dabei jedes einzelne Wort – als ob das etwas ändern würde.

»Passen Sie auf, dass … Familie nicht wissen … Sie, verstanden?«

Meine Güte, das darf doch nicht wahr sein!

»Kommen Sie her!«

»… Sie vorsichtig!«

»Ko-mmen-Sie-her!«, betone ich jede Silbe einzeln.

Auf einmal ist es wieder leise. Und ich begreife, dass die Verbindung nun tatsächlich abgebrochen ist. Ich versuche gleich noch einmal, ihn anzurufen. Aber ich komme bloß in seine Sprachbox. Noch ein Versuch. Wieder nichts.

Mist!

Ich spreche ihm kurzerhand auf die Mobilbox: »Hören Sie, ich kann Sie so gut wie gar nicht verstehen. Bitte rufen Sie mich so schnell wie möglich zurück. Oder noch besser: Kommen Sie her!« Ich will schon auflegen, da überlege ich es mir anders. Sie müssen wissen, dass wir keine Zeit zu verlieren haben und sie mit ihrem Verdacht richtig lagen: »Ich glaube, Sie haben recht! Irgendetwas stimmt nicht mit den Hotelbesitzern. Ich bin mir sicher, dass sie etwas verbergen und mit dem Verschwinden der Frauen zu tun haben. Kommen Sie also bitte so schnell wie möglich her!«

Ich lege auf. Und starre mein Handy an. Ich erwarte, dass sich jeden Moment etwas tut. Dass es zu läuten und vibrieren beginnt, weil ich einen Anruf oder eine Nachricht bekomme. Minuten vergehen. Aber nichts tut sich. Ich tippe eine SMS – warum bin ich da nicht früher draufgekommen?

»Kommen Sie zurück zum Hotel. Sie hatten recht. Die Besitzer haben etwas damit zu tun. Ich habe Beweise!«

Ich versende sie. Dann fällt mir noch etwas ein und ich tippe eine weitere Nachricht:

»Ich glaube, dass eine weitere Frau verschwunden ist!«

Ich schicke sie ab. Warte. Doch es tut sich immer noch nichts. Mein Handy bleibt still.

Warum zur Hölle antwortet Krämer mir nicht?

Voller Aufregung gehe ich im Zimmer auf und ab. Die Schmerzen in meinem Knöchel spüre ich dabei fast gar nicht mehr. Meine Anspannung ist zu groß. Immer wieder schaue ich ungläubig auf mein Handy. Doch wohin ich auch gehe und wie weit ich es auch von mir strecke, es bleibt stumm. Ich will es nicht wahrhaben. Schalte es ab und dann gleich wieder ein. Aber auch das ändert nichts daran, dass ich keine Antwort bekomme.

Ich tippe schließlich noch eine Nachricht:

»Haben Sie meine Nachrichten bekommen? Kommen Sie zum Hotel! Schnell!«

Ich stehe jetzt am Fenster. Starre in den strömenden Regen hinaus. Und warte darauf, dass ein Polizeiwagen auf der Lichtung auftaucht und auf dem Parkplatz vor dem Hotel stehen bleibt. Doch das passiert einfach nicht. Warum nicht? Wo bleiben sie nur?

Ich warte noch einige Minuten ab.

Dann habe ich einen Entschluss gefasst: Wenn Krämer und Ott nicht zurück zum Hotel kommen, dann werde ich eben zu ihnen gehen.

KAPITEL 27

Es war ein Leichtes, es unbemerkt bis hinunter zur Empfangshalle und zum Haupteingang zu schaffen. Zumindest rede ich mir das ein. Tatsächlich glaube ich wieder einmal, dass jeder meiner Schritte beobachtet wird. Keine Ahnung von wem und von wo aus. Oder was mich das glauben lässt. Doch dieses miese Gefühl lässt mich einfach nicht los.

Wie dem auch sei: Die Schwierigkeit wird es nun ohnedies vielmehr sein, die gut 150 oder 200 Meter über die Lichtung bis zum rettenden Waldrand zu schaffen, ohne dabei von jemandem gesehen zu werden. Ich habe keine Ahnung, wo sich die Reiters gerade aufhalten, wenn sie nicht ohnehin ganz in meiner Nähe sind und mich im Auge behalten. Ich weiß auch nicht, wo Sienna oder Jana sind – ich kann nur hoffen, dass es ihnen gut geht. Und da gibt es ja auch noch den Kerl, den ich vorhin im Speisesaal gesehen zu haben glaubte, den Frau Reiter aber verleugnete. Wer weiß, wer sich noch alles im Hotel aufhält. Frau Reiter gab doch sogar zu, dass sich noch weitere Arbeiter im Hotel aufhalten. Aber wo stecken die bloß? War einer von ihnen die Gestalt am Waldrand? Und beabsichtigen die Reiters, sie mir jemals vorzustellen?

Ich habe so viele offene Fragen in meinem Kopf, dass mir schon ganz schwindelig davon wird. Eines weiß ich jedoch ganz gewiss: Und zwar, dass es unzählige Fenster gibt, durch die die Lichtung trotz des strömenden Regens gut einsehbar ist.

Ich verharre noch einen Augenblick. Und lausche.

Bis auf das gedämpfte Prasseln des Regens ist nichts zu hören.

Ich fasse also Mut. Öffne die Tür. Und bin schlagartig von ohrenbetäubendem Plätschern umgeben. Der Regen ist inzwischen so heftig geworden, dass der Waldrand bloß noch hinter einem trüben Schleier auszumachen ist. Zumindest jetzt kommt er mir also zugute.

Dennoch: Ich muss verrückt sein, mich freiwillig da raus zu begeben – und das ohne Schirm und bloß mit einer dünnen Regenjacke geschützt. Wobei: Ist seit meiner Ankunft hier nicht einfach alles verrückt?

Ich werfe noch einen Blick zurück. Die Lobby ist menschenleer. Zumindest ist niemand zu sehen.

Mach schon!

Ich ziehe die Schultern hoch. Und laufe los, ehe mich der Mut verlässt. Zumindest wollte ich das. Tatsächlich macht mir mein Knöchel immer noch zu schaffen, und es ist eher ein Humpeln als ein Laufen.

Ich habe es gerade erst die Steinstufen hinunter geschafft. Da spüre ich plötzlich, dass etwas nicht stimmt. Erst kann ich nicht sagen, was es ist. Ich humple weiter, schaue mich dabei aber um. Und habe alle Mühe, nicht zu stolpern. Ich kann nichts und niemanden entdecken. Doch dann höre ich den Köter auf einmal laut aufbellen. Direkt hinter mir.

Nein, bitte nicht!

Das Gekläffe fährt mir durch Mark und Bein. Ich bin wie elektrisiert. Mache mir vor Angst fast in die Hose. Ich renne, die Schmerzen sind mir schlagartig egal. Im Laufen schaue ich hinter mich. Und mein Herz setzt einen Schlag aus. Weil ich ihn entdeckt habe und jetzt sehe, wie er mich vom Treppenabsatz aus mit seinem aggressiven Blick fixiert. Wie er losläuft. Und mich bellend und zähnefletschend verfolgt.

Panik überkommt mich. Mein Herz schlägt jetzt wie verrückt. Meine Gedanken überschlagen sich.

Wohin?

Ich kann nicht zurück ins Hotel. Und bis zum Waldrand ist es zu weit, er hätte mich bis dahin dreimal eingeholt. Außerdem: Was soll ich im Wald? Der böte mir keinen Schutz.

Scheiße! Scheiße! Scheiße!

Meine Entscheidung fällt in einem Sekundenbruchteil. Mir bleibt keine Zeit, darüber nachzudenken, ob es eine gute Idee ist. Oder ob ich überhaupt eine andere Wahl habe.

Ich laufe auf den roten Käfer zu und bete, dass er nicht abgesperrt ist. Denn falls er es ist, bin ich verloren.

Der Köter hat mich gleich eingeholt.

Aber ich bin schon am Wagen. Zerre am Griff der Fahrertür. Rutsche in der Aufregung am nassen Metall ab. Versuche es noch einmal. Und kann mein Glück kaum fassen. Er lässt sich tatsächlich öffnen. Ich springe in den Wagen. Und ziehe die Tür wieder zu. Unmittelbar bevor der Köter das Auto erreicht hat. Er kann nicht mehr rechtzeitig abbremsen. Knallt gegen die Tür. Und kläfft wie verrückt.

Geschafft!

Ich könnte schreien vor Glück.

Aber die Erleichterung ist schon im nächsten Moment verflogen. Mir wird klar, dass der Köter da draußen die Aufmerksamkeit auf mich lenkt. Ich lasse mich deshalb auf die beiden Sitze sinken. Die Handbremse, die mir dabei in die Seite drückt, ist mir einerlei. Den Schmerz spüre ich kaum. Mein Herz hämmert so wild gegen meinen Brustkorb, dass es schon fast wehtut. Ich zittere am ganzen Körper.

Der Hund stellt sich auf die Hinterbeine und kratzt mit den Vorderpfoten an der Seitenscheibe. Dabei bellt er weiter wie verrückt.

Was zur Hölle mache ich jetzt? Ich brauche eine Idee. Und zwar schnell! Aber meine Gedanken rasen von einer Sackgasse in die nächste. Ich drücke mich noch tiefer in die Sitze hinein und gegen die Handbremse. Jetzt dringt auch langsam der Schmerz zu mir durch.

Meine Gedanken überschlagen sich weiter. Da bilde ich mir plötzlich ein, über das metallische Regenprasseln und das wütende Kläffen und Kratzen hinweg ein Pfeifen zu hören. Sicher bin ich mir jedoch nicht. Aber der Köter verstummt auf einmal und lässt vom Wagen ab.

Kann es wirklich sein?

Sekunden verstreichen. Ja, er scheint tatsächlich weg zu sein. Aber ich wage es weiter nicht, mich aufzurichten. Ich verharre liegend auf den beiden Sitzen und warte gespannt. Dabei schaue ich immerzu auf die Windschutzscheibe, auf die Tausende und Abertausende Regentropfen einschlagen.

Da erklingt plötzlich ein weiteres Pfeifen. Und dieses Mal bin ich mir absolut sicher, dass ich mich nicht bloß verhört habe.

Unmittelbar darauf höre ich auch Reiter, der aus voller Kehle brüllt: »Bist du völlig durchgedreht? Was machst du da am Wagen? Weg da! Los, komm!«

Daraufhin höre ich lange nichts mehr. Ich halte vor Aufregung die Luft an. Und stelle mir vor, wie der Köter enttäuscht vom Wagen ablässt und in Richtung seines Herrchens zieht. Wie er einen wütenden Blick zurückwirft und mich am liebsten in der Luft zerreißen würde. Wie Reiter ihn am Eingang empfängt, mit ihm schimpft. Ihm vielleicht sogar eine mit der flachen Hand oder der Schuhspitze mitgibt. Und die beiden wieder im Hotel verschwinden.

Aber vielleicht ist das auch nichts mehr als Wunschdenken. Vielleicht stehen sie beide weiter da. Und starren so lange auf den Käfer, bis ich mich in Sicherheit wähne und meine

Deckung aufgebe. Womöglich sind sie auch in unmittelbarer Nähe. Ich kann es einfach nicht sagen.

Es sind quälend lange und schmerzhafte Minuten, die ich da verkrampft auf den Sitzen kauere. Minuten, in denen mir erst so richtig klar wird, wie müde ich eigentlich bin. Wie sehr mein Kopf dröhnt. Wie schwindelig mir ist. Und wie gern ich einfach bloß die Augen schließen und ein wenig schlafen würde.

Aber was ich will und was nicht, hat jetzt keine Bedeutung. Nicht, solange Theresa nicht in Sicherheit ist.

Nach ein paar weiteren Minuten wage ich es endlich, mich ein Stück weit aufzurichten und nach draußen in Richtung Hotel zu lugen. Von den beiden ist nichts zu sehen. Ich suche die Fenster des Hotels ab. Scanne meine Umgebung. Aber die beiden scheinen tatsächlich weg zu sein.

Und dennoch zittere ich immer noch am ganzen Körper. Ich kann der Ruhe nicht trauen. Wage es nicht, mich zu bewegen. Nur mein Blick hetzt weiter über das Areal. Die beiden bleiben unauffindbar. Sie müssen also wirklich wieder im Hotel verschwunden sein.

Und so atme ich tief durch. Reibe mir das Gesicht. Und versuche, meine Angst abzuschütteln. Ehe mich wieder der Mut verlässt, stoße ich die Tür auf und schäle mich aus dem Wagen.

Ich muss zu Krämer. Und dem Ganzen hier ein Ende setzen.

Ich laufe los.

*

Da läuft er. Dieser ahnungslose Idiot. Besser gesagt: Er humpelt. Und du musst dir alle Mühe dabei geben, ein Schmunzeln darüber zu unterdrücken. Denkt er denn ernsthaft, dass niemand ihm die Verletzung ansieht? Das kann doch nicht sein Ernst sein! Aber egal. Soll so sein! Soll er ruhig davon überzeugt sein, dass er ein Held ist. Soll er ruhig glauben, dass ihm die Angst nicht anzusehen ist. Dabei schreit sie ihm geradezu aus dem Gesicht. Sogar aus der Ferne und durch den dichten Regen hindurch ist sie nicht zu übersehen.

Der Drang zu lachen wird immer stärker in dir. Aber du darfst es dir nicht anmerken lassen! Du musst dich zusammenreißen! Bis das alles hier vorbei ist. Lange kann es ja nicht mehr dauern. Du spürst es. Du hast keine Angst mehr, dass er dahinterkommt. Dafür ist er zu blöd. Er hätte schon so viele Möglichkeiten dafür gehabt.

Auch sein Ausflug ins Dorf wird daran nichts ändern. Auch wenn der jetzt überraschend kommt und dich kurz aus dem Konzept gebracht hat. Wenn alles klappt – und dafür werden sie schon sorgen –, wird er höchstens bekommen, was er verdient: ein paar auf seine verdammte Fresse. Was für ein reizvoller Gedanke.

Scheiße! Nur nicht lachen! Reiß dich gefälligst zusammen! Nur nicht lachen!

Bald wird die Dämmerung einsetzen. Und das ganze Schauspiel wird zu Ende gehen …

KAPITEL 28

Als ich im Dorf ankomme, bin ich nass. Aber so richtig. Keine Ahnung, wie lange ich die schmale asphaltierte Straße entlang hierher gebraucht habe. Zehn Minuten vielleicht. Womöglich auch mehr. Jedenfalls hat die alte Regenjacke längst den Kampf gegen die Wassermassen verloren und hängt nun nass und resigniert wie die restliche Kleidung und meine Haare an mir herab. Ein kühler Wind bläst mir um die Ohren, und der Regen läuft mir übers Gesicht und in die Augen. Ich will ihn mir mit den Ärmeln wegwischen, aber das hat natürlich gar keinen Sinn. Also kneife ich die Augen soweit wie möglich zusammen. Und versuche, mich zu orientieren. Doch ich stehe vor einer grauen Wand, hinter der kaum Konturen zu erkennen sind. Der Regen ist dicht, und die dunkle Wolkendecke hängt unglaublich tief. Außerdem ist der Nachmittag schon fortgeschritten und das Licht wird langsam fahler.

Die Waldstraße hat direkt zu einer Kreuzung geführt. Links und rechts von mir kann ich bloß einige Häuser ausmachen. Fast alle machen sie einen alten, grauen Eindruck auf mich – aber das kann auch bloß am Wetter liegen. Ich kann weit und breit keinen Polizeiposten entdecken. Und auch sonst nichts, das sich mir als erste Anlaufstelle anböte. Ich versuche zu erraten, in welcher Richtung sich das Dorfzentrum befinden könnte oder ob es überhaupt eines gibt, aber ich komme nicht darauf. Das hier wirkt nicht unbedingt wie eine blühende Gemeinde auf mich, auch wenn ich es jetzt in der Eile an nichts Konkretem festmachen könnte. Oder vielleicht doch an den vielen Schlaglöchern der Straße und den tiefen Regenpfützen, die sich deshalb gebildet haben. Oder an den lieblosen und ungepflegten Vorgärten. Am Zustand der Häuser. Und den wenigen Autos, die am Straßenrand oder in den Hauseinfahrten geparkt sind – auf die Schnelle ist da kein einziger teurer oder wirklich neuer Wagen zu entdecken. Aber vielleicht bilde ich mir das alles auch bloß ein und ich interpretiere zu viel in das, was ich sehe, hinein.

Zwei Lichter schneiden durch die Regenwand – ein Wagen, der sich mir nähert. Ich beschließe kurzerhand, ihn aufzuhalten. Sicher kann der Fahrer mir sagen, wo ich den Polizeiposten finden kann. Ich trete also an den Straßenrand und winke mit beiden Armen. Eigentlich eine Geste, die kaum misszuverstehen ist. Dachte ich jedenfalls. Doch der Fahrer oder die Fahrerin – ich kann es nicht eindeutig sagen – ignoriert mich einfach und prescht an mir vorbei. Eine Fontäne spritzt mir entgegen und ich kann gerade noch rechtzeitig einen Schritt zurückweichen. Ich bin so perplex, dass meine Wut erst um einige Sekunden zeitversetzt einsetzt. Ehe ich dazu komme, dem Fahrer etwas nachzurufen, ist er auch schon wieder weg. Und ich schaue ihm wie ein nasser Pudel nach.

Arschloch!

Ich friere allmählich, weil sich die Nässe und der Wind in Kombination wie eine aus dem Ruder gelaufene Klimaanlage anfühlen. Es würde mich schon sehr wundern, wenn ich die Rechnung der letzten Stunden und vor allem meines Ausflugs nicht gerade in Form einer handfesten Verkühlung präsentiert bekäme.

Ich muss dringend Unterschlupf finden. Aber ich weiß einfach nicht weiter. Soll ich Krämer noch einmal zu erreichen versuchen? Ich verwerfe den Gedanken gleich wieder. Nicht jetzt und nicht hier. Mein Handy war zwar einst wasserdicht. Doch im Laufe der letzten beiden Jahre ist es mir schon so oft hinuntergefallen und hat dabei so viele Schrammen und Brüche abbekommen, dass es das garantiert heute nicht mehr ist. Nein, ich sollte besser warten, bis ich im Trockenen bin. Dann werde ich es gleich noch einmal versuchen.

Aber was sonst tun? Soll ich einfach am nächsten Haus läuten und nach dem Polizeiposten fragen. Oder gleich nach Krämer? Er und Ott müssen hier doch bekannt sein. Vielleicht sollte ich aber auch …

Halt! Moment mal …

Von meiner neuen Position aus kann ich auf einmal etwas sehen. Ja, da vorne, rechts von mir – vielleicht 150 oder 200 Meter entfernt. Von dort aus schimmert ein Lichthauch durch die graue Regenwand zu mir durch. Ich begreife nicht sofort, was es ist. Die Lichtquelle hängt nämlich niedriger als die spärlich gesäten Straßenlaternen. Außerdem reihen sich alle Laternen auf der gegenüberliegenden Straßenseite aneinander. Ich gehe also ein Stück weit darauf zu. Da begreife ich. Ja, natürlich! Es handelt sich um eine beleuchtete Bierreklame, die über einem Hauseingang hängt.

Ein Gasthaus!

Ohne weiter darüber nachzudenken, laufe ich drauf zu. Und lege auf einmal all meine Hoffnung darin, dieses Gasthaus gleich zu betreten. Ich komme mir wie ein in der Wüste verirrter Verdurstender vor, der eben in weiter Ferne eine Oase entdeckt hat.

Ich rede mir ein, dass ich gleich im Trockenen sein werde. Und dass sich mit dem Erreichen auch all meine Fragen und Probleme in Nichts auflösen werden.

Der Albtraum hat ein Ende. Gleich.

Doch als ich das Gebäude erreicht habe, die drei Stufen zum Eingang geradezu hochspringe und wegen meiner Euphorie dabei kaum einen Schmerz im Knöchel verspüre, die Tür aufreiße und regelrecht in die Stube presche, ahne ich schlagartig, dass ich mich geirrt habe.

KAPITEL 29

Auf die Schnelle würde ich sagen, dass es sieben oder acht Tische in der Gaststube gibt. Bis auf einen sind alle besetzt. Es sind vielleicht 20 oder 25 Gäste hier. Allesamt Männer. Und alle starren sie mich an. Wie in einem schlechten Film.

Ich stehe immer noch im Türrahmen. Wieder will ich mir mit dem nassen Jackenärmel das Gesicht trockenwischen. Zudem versuche ich, meine vom Laufen unregelmäßige Atmung in den Griff zu bekommen. Beides will mir nicht gelingen. Davon abgesehen wage ich es kaum, mich zu rühren.

Die Sekunden verstreichen und kommen mir ewig vor. Von meiner Kleidung tropft es auf den Fliesenboden hinab. Wenn ich hier noch länger stehen bleibe, wird sich bald eine Lache gebildet haben.

»Was ist mit dir?«, will einer der Männer wissen.

»Machst du dann vielleicht auch mal die Tür zu!«, ruft mir ein anderer zu.

»Ja, langsam wird's kalt!«, kommentiert sein Sitznachbar.

Ich schaffe es endlich aus meiner Lethargie. Ich ziehe die Tür zu. Und habe auf einmal den Eindruck, dass damit alle Luft aus dem Raum gewichen ist. Ich schlucke. Gehe unsicher auf den einzigen freien Tisch zu und fühle mich dabei wie eine Figur aus einem Western, die gerade einen Saloon voller zwielichtiger Gestalten betreten hat. Alle verfolgen sie mich mit ihren scharfen Blicken. Alle haben sie ihre Revolver schussbereit unter den Tischplatten versteckt. Nur dass es nicht nach Schweiß und Tabak riecht, sondern nach Backfett und Putzmittel. Und in der Ecke steht kein schäbiges verstimmtes Piano, sondern ein blinkender Darts-Automat.

Mein Knöchel schmerzt, ich versuche, mir nichts anmerken zu lassen. Die Gummisohlen meiner Schuhe quietschen unfassbar laut. Alle Blicke sind weiter auf mich gerichtet.

Erst als ich mich auf die harte Holzbank fallen lasse, wendet sich ein Großteil der Männer wieder ihren Gesprächen zu. Doch es ist nicht viel lauter als ein Gemurmel, das entsteht. Außerdem scheint immer wieder der eine oder andere von ihnen mehr oder weniger unauffällig zu mir hinüber zu schielen.

Ihr Verhalten verunsichert mich mehr, als mir lieb ist. Was ist bloß los mit ihnen? Haben diese Hinterwäldler etwa noch nie einen Fremden gesehen?

Die Hintergrundmusik ist so leise, dass sie mir erst jetzt auffällt. Irgendein Schlagergekrächze eines Mannes, der in gebrochenem Deutsch über eine verflossene Liebe singt.

Ich ziehe mir die Jacke aus und breite sie neben mir auf der Bank aus. Auch mein Pullover ist an den Ärmeln und am Kragen ein wenig nass geworden, doch ich behalte ihn lieber an. Genauso wie meine Jeans, die nass, kalt und schwer an meinen Oberschenkeln klebt.

Ich könnte mich kaum unwohler fühlen.

In der Mitte des Tisches steht ein Bierkrug, in dem Besteck sowie einige Papierservietten stecken. Ich trockne mir damit das Gesicht und die Haare ein wenig. Für die Jeans ist leider keine mehr übrig. Ich könnte die Männer am Nebentisch fragen, doch ich lasse es lieber bleiben.

Stattdessen hole ich mein Handy hervor, das zum Glück trocken geblieben ist. Ich will gerade Krämers Nummer wählen, da ist auf einmal eine Frau bei mir am Tisch aufgetaucht.

»Was darf's sein?«, will sie wissen.

Die Art, wie sie das gesagt hat, aber auch ihr Blick, lassen mich vermuten, dass ich auch ihr aus irgendeinem Grund nicht besonders sympathisch bin.

»Ich … weiß nicht, ich …«, stammle ich. Dabei merke ich gerade, dass ich einen Riesenkohldampf habe und ein ganzes Fass Wasser leertrinken könnte. Aber um ehrlich zu sein, bin ich mir nicht einmal sicher, ob ich Geld dabeihabe. Ich greife deshalb die Taschen meiner Jacke ab und bin überglücklich, als ich meinen Geldbeutel ertaste. Zum ersten Mal an diesem Tag scheine ich tatsächlich Glück zu haben.

Ich sehe mich nach einer Karte um.

Die Frau scheint das zu begreifen und zählt auf: »Bier? Wein? Cola? Kaffee? Tee?«

»Einen Schinken-Käse-Toast und eine Cola bitte.«

»Geht klar«, sagt sie trocken und zieht ab.

Ich bin heilfroh darüber, dass ich mit dem ins Blaue bestellten Toast nicht noch mehr Aufregung verursacht habe. Dann fällt mir aber doch noch etwas ein.

»Zero, bitte!«, rufe ich ihr nach.

Im ersten Moment reagiert sie nicht darauf. Erst kurz bevor sie hinter ihrem Tresen verschwindet, ruft sie zurück, ohne mich dabei anzusehen: »Wir haben nur normale Cola.«

»Okay«, murmle ich, weil meine Antwort ohnehin nichts zur Sache tut.

Dieser kurze Dialog scheint erneut alle Aufmerksamkeit auf mich gezogen zu haben. Ich kann unzählige Blicke auf meiner Haut spüren und wage es nicht, von der Tischplatte vor mir aufzusehen.

Die Situation überfordert mich schlichtweg.

Meine Haare sind immer noch nass, vor allem am Hinterkopf. Von dort läuft mir der kalte Regen den Nacken hinunter und macht meinen Kragen noch nasser. Ich versuche, damit klarzukommen und das ungute Gefühl zu ignorieren. Sobald ich mein Getränk bekommen habe, möchte ich mich auf der Toilette nach Papiertüchern oder einem Handföhn umsehen.

Ich zittere ein wenig. Zum einen, weil mir immer noch kalt ist. Zum anderen, weil ich mich immer intensiver beobachtet fühle. Ich überlege, was ich falsch gemacht haben könnte. Doch so sehr ich auch darüber grüble, ich kann die Unfreundlichkeit, die mir entgegenschlägt, beim besten Willen nicht nachvollziehen. Was zur Hölle habe ich ihnen getan? Ist es wirklich nur deshalb, weil ich die blöde Tür einen Moment zu lange offenstehen gelassen habe? Das kann doch nicht ihr Ernst sein!

Ich begreife, dass ich mir nervös an der Kleidung herumzupfe, und zwinge mich dazu, ruhig dazusitzen und mir meine Nervosität nicht anmerken zu lassen. Ich will keine Schwäche zeigen. Und ich will keine Sekunde länger als notwendig hierbleiben. Wenn die Kellnerin mir die Cola bringt, werde ich sie bezahlen und die Gelegenheit nutzen, um nach Krämer und Ott zu fragen. Sobald ich weiß, wie ich einen der beiden finden kann, bin ich hier raus. Also brauche ich mich gar nicht erst abzutrocknen. Die Toilette spare ich mir also.

Vielleicht kann ich mir sogar das Nachfragen nach Krämer ersparen. Ich werde nämlich zuallererst noch einmal versuchen, ihn zu erreichen. Ein Blick aufs Display: nicht berauschend, aber zumindest zwei Striche Empfang. Müsste also klappen. Vielleicht kann er mich sogar von hier abholen.

Ich will gerade Krämers Nummer wählen, da geht plötzlich die Eingangstür schwungvoll auf und ein Mann springt regelrecht in die Stube. Er ist nass und wirkt abgehetzt. Vermutlich habe ich eben einen ziemlich ähnlichen Auftritt hingelegt. Der Mann sieht sich um. Erblickt mich. Und bleibt mit weit aufgerissenen Augen an mir hängen.

»Hans!«, schreit einer der Männer.

Aber der Neuankömmling reagiert nicht darauf. Er starrt mich immer noch an.

»Komm gefälligst her!«, setzt der Mann nach.

Erst jetzt schüttelt er kaum merkbar den Kopf und wendet endlich den Blick von mir ab. Er richtet ihn starr zu Boden und hetzt an den Tisch, an dem der Mann sitzt, der ihn eben gerufen hat. Sofort rücken sie zusammen und beginnen zu tuscheln.

Was war denn das?

Dieser Auftritt verunsichert mich nur noch mehr. Ich frage mich, was er zu bedeuten hat. Und warum mich der Kerl so seltsam angestarrt hat. Kommt es etwa so selten vor, dass ein Fremder sich hierher verirrt?

Egal, ich werde jetzt Krämer anrufen und ...

Ein Krachen reißt mich aus meinen Gedanken und lässt mich von meinem Telefon aufblicken. Ein Holzstuhl scherrt über den Boden, weil der Mann, der darauf gesessen hatte, sich erhoben hat. Er streckt sein Kreuz, nickt den anderen um sich herum zu und macht sich schließlich auf den Weg zu mir. Dabei fixiert er mich mit einem scharfen Blick. Auch all die anderen Männer schauen mich jetzt wieder an. Als der Mann mich nach wenigen Schritten erreicht hat, baut er sich unmittelbar vor mir auf und schnauft tief durch.

»Also, was soll das?«, will er wissen.

Er dürfte um die 40 sein. Und obwohl er eine Spur kleiner als ich zu sein scheint, schafft er es, mir Respekt einzuflößen. Aber das möchte ich mir natürlich unter keinen Umständen anmerken lassen.

»Was soll was?«, gebe ich zurück.

»Was willst du hier?«

Jetzt fühle ich mich tatsächlich wie in einem schlechten Film. Wie kommt der Kerl dazu, derart mit mir zu reden?

»Bitte, ich möchte nicht ...«, setze ich an.

Doch er wird lauter und schneidet mir forsch das Wort ab: »Was hast du hier zu suchen?«

Nur ruhig, sage ich mir. Ich lasse mich nicht provozieren. Ich bin alleine. Und er hat scheinbar all die anderen minderbemittelten Dorftrottel hinter sich. Ich muss mir eingestehen: Ich sollte verschwinden. Besser früher als später.

»Hören Sie«, sage ich, weil ich einen letzten Versuch unternehmen will, die Angelegenheit aufzuklären. Ganz offensichtlich handelt es sich hier um ein Missverständnis. Aber er fährt mir wieder dazwischen.

»Du gehörst doch zu denen da oben, richtig?« Er macht eine kaum merkbare Kopfbewegung und deutet damit sehr wahrscheinlich in die Richtung, in der das Hotel liegt.

»Nein, das bin ich nicht! Also nicht wirklich. Ich …«

»Wir wollen euch hier nicht haben, verstehst du!«

»Hören Sie, ich bin nur hier, weil ich mit der Polizei sprechen möchte, sonst nichts!«, sage ich.

Seine Arroganz verflüchtigt sich einen Augenblick lang. Er blickt hinter sich – zu den Männern, bei denen er eben noch gesessen hat. Sie tauschen Blicke aus, die ich nicht zu deuten vermag. Dann schaut er mich wieder an. Und seine Überheblichkeit ist zurück. Aber jetzt habe ich das Gefühl, ihn durchschaut zu haben. Er gibt hier bloß den großen Macker vor all den anderen. Auch er hat etwas Unsicheres an sich, das er zu verbergen versucht.

»Kennen Sie einen Polizisten namens Krämer?«, frage ich. »Oder einen Ott?«

Er starrt mich starr an. Zögert. Offenbar rattert es in seinem Kopf, aber ich kann nicht erraten, was darin vorgeht.

»Kennen Sie die beiden?«, dränge ich ihn. »Ich muss mit ihnen sprechen. Dringend!«

»Warum?«, höre ich jemanden aus dem Hintergrund rufen.

»Es ist etwas Persönliches«, sage ich und hoffe, dass ihnen die Antwort genügt.

»Etwas Persönliches?«, fragt der gleiche Mann, erhebt sich und kommt nun ebenfalls zu mir hinüber. Er baut sich neben dem Zweiten vor mir auf.

»Hau ab, hörst du!«, sagt der Erste.

Ich schaue ihn an. Koche innerlich vor Wut, weil die Fremden mich wie ein Stück Dreck behandeln. Gleichzeitig bekomme ich es zunehmend mit der Angst zu tun.

»Verschwinde von hier, aber schnell. Oder das hier geht nicht gut für dich aus«, erklärt mir der Zweite.

Wie kommen diese Schwachköpfe nur dazu, so mit mir zu reden? Was, verdammt noch mal, habe ich ihnen getan? Wenn ich das richtig interpretiere, dann haben sie etwas gegen »die da oben« – also gegen die Reiters. Aber das habe ich doch auch. Ich stehe auf der gleichen Seite wie sie.

»Bitte lasst mich doch erst einmal …«

»Raus hier!«, zischt der Erste.

Okay, die Aggressivität in seiner Stimme macht mir klar: Ich komme hier nicht weiter. Ich beschließe also, meinen Ärger hinunterzuschlucken, nachzugeben und die Flucht zu ergreifen. Ich ahne: Das hier könnte tatsächlich nicht gut für mich ausgehen. Vor allem, weil sich nun zwei weitere Kerle von ihren Stühlen erhoben haben und mich aus dem Hintergrund heraus anstarren. Einer von den beiden hat provokant die Arme vor seiner Brust verschränkt.

Scheiße, nein, das hier schaut tatsächlich nicht gut aus!

Mein Herz schlägt auf einmal ganz wild.

Ich muss hier raus. Und zwar so schnell wie möglich. Und am besten, ohne jemandem dabei in die Augen zu sehen. Ich fürchte, dass selbst das schon als Provokation gewertet würde.

Ich greife also meine Jacke, streife sie über und erhebe mich von der Bank. Meine Beine fühlen sich vor Aufregung auf einmal ganz schlabbrig an. Ich will mich aus der Bank zwängen, doch die beiden versperren mir den Weg. Ich will mich an ihnen vorbeidrängen, doch sie weichen keinen Millimeter zurück.

»Entschuldigung ...«, sage ich. »Ich müsste ...«

Fehler!

Ich habe in meiner immer noch wachsenden Nervosität kurz aufgeblickt und einen der beiden direkt angesehen. Ich ahne es bereits eine Sekunde, bevor es passiert. Es geht dennoch zu schnell, als dass ich zeitgerecht reagieren könnte. Ich reiße noch die Arme zum Schutz noch. Weiche ein Stück weit zurück. Aber ich bin zu langsam.

Ein Faustschlag trifft mich. Ansatzlos. Und mit voller Wucht.

Eine Schmerzgranate explodiert in meinem Gesicht. Und raubt mir den Atem. Ich stolpere zurück, mit dem Rücken gegen die mit Holz vertäfelte Wand. Einen Augenblick lang bin ich baff. Und ein wenig orientierungslos.

»Wo ist sie?«, höre ich einen der beiden schreien.

Da bekomme ich schon den nächsten Schlag ab. Dieses Mal kann ich mich gerade noch ein wenig zur Seite drehen, sodass er mich bloß an der Schulter trifft.

»Ich habe damit nichts zu tun«, will ich ihnen erklären, weil ich selbst in der Aufregung und Hektik ahne, dass sie damit eine der Vermissten meinen.

Ich versuche, mich in Richtung Ausgang zu drängen.

»Wohin hast du sie gebracht?«, höre ich einen weiteren.

»Was hast du mit ihnen gemacht, du Drecksack?«, schreit wieder ein anderer.

Ich schleppe mich weiter Richtung Ausgang. Da bekomme ich schon wieder eine ab. Und noch eine. Ich begreife, dass ich umzingelt bin. Aus allen Richtungen prasseln auf einmal Fausthiebe auf mich ein. Ich habe den Überblick verloren. Taumle. Sinke auf meine Knie, dann auf alle viere. Und bekomme nur so halb mit, dass sie weiter auf mich einschlagen. Ein Tritt trifft mich in der Seite. Ein weiterer auf meinem Unterschenkel.

»Bitte! Ich will doch nur …«, krächze ich.

Da bekomme ich einen heftigen Tritt in mein Kreuz.

»Rede, du Arschloch!«, schreit einer.

Noch ein Hieb. Ein heftiger Schmerz an meinem Hinterkopf. Gefolgt von einer flachen Hand, die mir ins Gesicht klatscht. Und noch ein Tritt.

Mir wird langsam schwarz vor Augen.

»Jetzt sag schon!«, brüllt einer der Angreifer.

Ich sinke ganz zu Boden, kauere mich zusammen wie ein Fötus. Schirme meinen Kopf mit beiden Händen ab, so gut es eben geht. Ein Tritt in meine Seite. Dann gegen meinen Oberschenkel. Viele schreien durcheinander und auf mich ein. Ich verliere das Gefühl, wo oben und unten ist. Und sicher bald das Bewusstsein. Alles wird dumpf um mich herum. Die Stimmen klingen, als wären sie immer weiter von mir entfernt. Ich kann nicht anders. Ich gebe mich dem Ganzen hin, füge mich meinem Schicksal.

Da mischt sich auf einmal eine vertraute Stimme in das Gewirr. Aber wie kann das sein?

KAPITEL 30

»Aufhören! Lasst ihn sofort in Ruhe!«, schallt es plötzlich durch die Gaststube, und Krämers Stimme kommt für mich in diesem Augenblick einem Engelsgesang gleich. »Seid ihr verrückt geworden?«, brüllt er aus voller Kehle. »Hört sofort auf, ihr Idioten!«

Ein letzter Tritt trifft mich.

Dann scheint es endlich vorbei.

Ich habe Krämer noch nicht erblickt. Es stehen noch zu viele Männer um mich herum. Außerdem wage ich es nicht, die Arme von meinem Kopf wegzunehmen und somit meine Deckung aufzugeben. Doch ich begreife, dass Krämer jetzt neben mir auf dem Boden kniet und die anderen Typen endlich zurückweichen.

»Alles okay?«, will Krämer wissen.

Ich bringe ein gestöhntes »Geht schon« heraus. Mein ganzer Körper schmerzt dabei.

»Ihr habt sie doch nicht mehr alle, was!«, faucht Krämer die Kerle weiter an.

»Der soll sich verpissen!«, gibt einer zurück.

»Ja, genau!«, stimmt ihm ein anderer zu.

Krämer geht nicht darauf ein.

»Können Sie aufstehen?«, will er von mir wissen.

Ich antworte nicht. Kämpfe mich stattdessen unter heftigen Schmerzen zurück auf die Beine. Als ich stehe, beginnt sich meine Umgebung zu drehen. Ich muss mich an Krämer festkrallen und abstützen. In meinem Kopf wummert es gewaltig.

»Frag ihn doch, wo er sie versteckt hat!«, ruft einer.
»Ja, genau! Frag ihn!«, stimmt ein anderer mit ein.
»Er hat damit nichts zu tun!«, gibt Krämer zurück.
»Woher willst du das wissen?«
»Es ist so!«
»Bullshit! Und das aus deinem Mund!«, sagt einer.
»Du müsstest doch selbst am allerbesten wissen, dass …!«, sagt ein anderer.
Aber Krämer brüllt dazwischen: »Sei still, verdammt!«
»Warum? Wir schweigen hier schon lange genug!«
Krämer ignoriert den Satz. Er wendet sich an mich. »Schaffen Sie es hier raus?«
Ich fasse mir an die Stirn und schließe die Augen, in der Hoffnung, dass dadurch der Schwindel ein wenig abnimmt. Doch es will nicht wirklich besser werden.
»Kommen Sie«, sagt Krämer und reicht mir meine Jacke, die er wahrscheinlich vom Boden aufgesammelt hat. »Ich stütze Sie. Wir verschwinden von hier.«
»Ich schaffe … das schon … alleine«, presse ich schmerzvoll heraus und humple noch angeschlagener, als ich hier angekommen bin, zum Ausgang. Dabei wage ich es nicht, einen der Scheißkerle anzusehen. Ich möchte sie windelweich prügeln, ihnen die Zähne ausschlagen. Jedem Einzelnen von ihnen. Aber ich weiß, dass ich alleine keine Chance habe. Wäre Krämer nicht gerade noch rechtzeitig hier aufgetaucht, würde ich jetzt wohl mit dem einen oder anderen Zahn weniger auf dem Boden kauern. Oder gar nicht mehr bei Bewusstsein sein.
Krämer ist vor mir an der Tür. Er hält sie mir auf. Und ich rette mich hinaus in den Regen, der ein wenig leichter geworden ist.
Aus der Stube höre ich noch jemanden rufen: »Ich verstehe das nicht! Wie kannst du nur zu denen halten?«

Es galt Krämer. Doch der gibt keine Antwort darauf.

»Nach allem, was passiert ist!«, schreit derselbe Kerl aus der Stube noch.

Und ein anderer brüllt: »Es ist an der Zeit, dass hier endlich jemand etwas unternimmt. Wenn du nichts machst, Krämer, dann werden wir das in die Hand nehmen, hörst du!«

Krämer geht auch darauf nicht ein. Er zieht die Tür hinter uns beiden zu.

»Kommen Sie!«, sagt er und stützt mich die Stufen hinab.

»Was haben … die Kerle für ein Problem?«, will ich wissen.

Er geht nicht darauf ein.

In mir brodelt es. Eine ungeheure Wut packt mich. Ich bin noch geschockt. Gleichzeitig möchte ich gegen etwas treten.

»Aus, mir reicht es!«, schreie ich all meinen Frust heraus. »Ich bin raus.«

»Wie meinen Sie das?«, will er wissen.

»Ich gehe da nicht mehr hoch!«, sage ich.

Krämer antwortet nicht, er sieht mich nur an.

»Suchen Sie sich jemand anderen, der bei diesen Verrückten herumschnüffelt!«, sage ich. »Ich bin raus.«

»Es gibt niemand anderen.«

»Das ist nicht mein Problem.«

»Aber das von Theresa Horváth.«

»Ich kenne diese Frau nicht!«

»Ich auch nicht. Aber das ändert nichts daran, dass sie sehr wahrscheinlich in großer Gefahr ist.« Er sieht sich um. »Und bitte, können wir das nicht hier auf der Straße besprechen?«

»Haben Sie meine Nachrichten abgehört und gelesen?«, fahre ich ihn an.

»Ja, das habe ich.«

»Dann wissen Sie ja, dass ich getan habe, worum Sie mich gebeten haben. Ich habe Ihnen Beweise geliefert.«

»Dafür sind wir Ihnen auch dankbar, das können Sie mir glauben.« Er sieht sich noch einmal verstohlen um und wird dann deutlich leiser, sodass ich mir schwertue, ihn bei all dem Plätschern um uns herum zu verstehen. »Aber wir haben keine Beweise, von denen Sie uns berichtet haben. Kein Foto. Keinen Lebenslauf. Und auch keinen Ohrstecker.«

»Das ist doch …«, setze ich an und denke gar nicht daran, ebenso leise zu sprechen wie er. Aber ich weiß ohnehin nicht weiter.

»Wir haben weiter nichts in der Hand.«

»Dann fahren Sie da hoch und sehen Sie sich um. Ich weiß, wo die Sachen lagen. Garantiert werden Sie …«

»Das geht nicht so einfach.«

»Und warum nicht?«

»Weil wir keinen Durchsuchungsbeschluss haben und den garantiert so schnell auch nicht bekommen werden.«

»Das ist doch Bullshit!«

»Ja, das ist es. Aber eben auch die Realität.«

Meine Lippen öffnen sich, aber ich weiß nicht, was ich noch sagen soll. Es ist so unfassbar frustrierend.

»Nehmen Sie die Reiters in die Mangel! Die können sich ja nicht wieder verstecken.«

»Glauben Sie mir, wir waren heute nicht zum ersten Mal im Hotel. Streng genommen dürften wir das Gebäude nicht einmal betreten. Aber die verstecken sich jedes Mal aufs Neue vor uns. Und unsere Nachrichten und die Bitten, dass sie sich bei uns auf dem Revier melden sollen, ignorieren sie einfach.«

»Sie müssen die doch zwingen können.«

»Ohne Unterstützung von oben leider nicht.«

Ich weiß nicht, was ich noch sagen soll.

»Kommen Sie!«, sagt Krämer.

»Wohin?«

»Setzen wir uns in meinen Wagen. Ich glaube, ich bin Ihnen ein paar Erklärungen schuldig.«

KAPITEL 31

Krämer und ich sitzen schon eine ganze Weile in seinem Dienstwagen. Seitdem ist der Regen deutlich schwächer geworden. Dennoch hetzen die Scheibenwischer unermüdlich auf Höchststufe hin und her. Sie quietschen immer öfter auf und machen mich nervöser, als ich ohnehin schon bin. Aber das sage ich nicht. Auch nicht, dass ich wegen meiner nassen Kleidung friere und es einen Grund hat, dass ich den Luftstrom des Heizungsgebläses, das auf Hochtouren läuft, von mir weggeleitet habe. Meine Wut ist etwas abgeebbt, und ich bin gerade in eine Art kindlichen Trotz verfallen, in dem ich keine weitere Schwäche zeigen möchte.

Gleichzeitig rasen meine Gedanken von einer Sackgasse in die nächste. Alles kommt mir so unglaublich absurd vor. Würde ich es nicht besser wissen, würde ich meinen, dass ich gerade Teil eines riesengroßen Theaterprojekts bin. Alles wirkt so surreal. Und dennoch so beängstigend. Nicht nur, dass ich im Hotel ständig angefeindet werde, wollte man mir jetzt auch noch hier im Ort an den Kragen. Ich habe keine Ahnung, was in die Menschen hier gefahren ist. Ob sie alle verrückt sind. Oder ob etwas anderes dahintersteckt. Aber was es auch ist: Ich habe keine Lust mehr darauf! Nur ist mir eben auch klar: Was ich will, zählt gerade nicht.

Auch nicht, dass mein ganzer Körper von dem Angriff der Kerle schmerzt. Und ich es, um ganz ehrlich zu sein, immer noch mit der Angst zu tun habe. Eigentlich wäre es mir lieber gewesen, wenn wir auf die Dienststelle oder zumindest ein Stück von dem Gasthaus weggefahren wären. Aber Krämer hält das nicht für nötig.

»Die sind harmlos«, sagt er bloß.

»Harmlos?«, frage ich und kann es nicht fassen. »Sie haben doch gesehen, was die eben mit mir gemacht haben!«

»Die fühlen sich bloß in der Gruppe stark.«

»Und genau in dieser Gruppe sind sie immer noch.«

»Die tun Ihnen nichts mehr.«

»Da bin ich mir nicht so sicher!«

»Aber ich.«

»Hören Sie, diese Kerle haben mich gerade …«

»Ich kenne die Jungs. Die spielen sich gerne als die Starken auf, aber sie werden Sie sicher nicht im Beisein eines Polizisten angreifen! Dafür sind sie nicht dumm genug.«

»Die schienen mir aber eben nicht besonders viel Respekt vor Ihnen zu haben!«

»Lassen Sie das meine Sorge sein! Das werde ich noch zu einem späteren Zeitpunkt mit ihnen klären.«

In meiner Seite pocht auf einmal ein dumpfer, aber besonders intensiver Schmerz auf. So, als würde mein Körper gegen Krämers Worte protestieren wollen. Mit diesem Schmerz steigt schlagartig eine ungeheure Wut in mir auf. Und verdrängt meine Angst vor diesen Arschlöchern.

»Ich möchte Anzeige erstatten!«, sage ich.

Aber er lacht nur kurz auf.

»Ich meine es ernst«, beharre ich.

»Ich bitte Sie!«

»Was?«

Er antwortete nicht.

»Das war eine astreine Körperverletzung!«

»Ihnen geht's doch gut.«

Spinnt er jetzt völlig? Ich kann nicht glauben, was er da sagt! »Sehen Sie mich an!«, fahre ich ihn an und werfe zur

Sicherheit auch einen Blick in den Klappspiegel des Beifahrersitzes. Natürlich habe ich mir die blauen Flecken und Schrammen nicht eingebildet.

»Das ist morgen kaum noch zu sehen«, sagt er.

»Ich will Anzeige erstatten!«, mache ich meinen Standpunkt noch einmal klar.

»Dafür haben wir jetzt keine Zeit! Und Schluss jetzt.«

Damit ist die Diskussion beendet. Für ihn zumindest.

Ich weiß natürlich, dass wir jetzt tatsächlich dringendere Probleme zu lösen haben. Dass es wahrscheinlich um Leben und Tod geht. Das ändert jedoch nichts daran, dass ich immer noch vor Wut koche. Weil ich zum ersten Mal in meinem Leben verprügelt wurde. Grundlos. Und weil Krämer mich überhaupt nicht ernst zu nehmen scheint. Er ist Polizist, verdammt. Er muss sich darum kümmern!

»Wenn das hier vorbei ist, will ich Anzeige erstatten!«, stelle ich noch einmal klar.

Er schnauft bloß und sagt: »Ist gut.«

Jetzt, da das für mich zumindest halbwegs geklärt ist, schaffe ich es endlich auch wieder, meinen Verstand einzuschalten. Und die wirklich relevanten Fragen zu klären.

»Wie haben Sie mich überhaupt gefunden?«, schießt es aus mir heraus.

»Hanne hat mich informiert.«

»Wer?«

»Die Wirtin.«

»Wie? Warum?«

»Als sie aufgetaucht sind, hat sie sofort geahnt, dass es Ärger geben würde. Sie hat mir eine SMS geschrieben, in der sie mich gebeten hat, so rasch wie möglich zu kommen.«

»Aber …«, setze ich an und halte dann inne. Ich versuche, das zu begreifen, aber es will mir nicht so recht gelingen. »Wie konnte sie wissen, dass es Ärger geben würde?«

»Das hier ist ein kleiner Ort. Jeder kennt jeden. Und wenn dann plötzlich jemand aufkreuzt, den man nicht kennt, dann gibt es eigentlich nur einen Grund dafür.«

»Und der wäre?«

»Diese Person kommt aus dem Hotel.«

»Und was ist so schlimm daran?«

Er schnauft. Sieht mich erst nicht an. Dann doch. Eindringlich. »Ich glaube, Sie sollten noch mehr über all das hier erfahren«, sagt er schließlich.

KAPITEL 32

»Das denke ich auch!«, sage ich.

Ich wollte eigentlich wütend klingen, weil ich das ja schließlich auch bin. Aber in meine Worte hat sich auch ein wenig Furcht davor, was ich gleich erfahren werde, gemischt. Will ich überhaupt mehr wissen? Im Grunde will ich doch einfach nur noch weg von hier. Aber das käme natürlich einer Flucht gleich. Und einem Im-Stich-Lassen der beiden Vermissten. Und das könnte ich meinem Gewissen gegenüber nicht verantworten. Vor allem Theresa hat es mir aus irgendeinem Grund angetan. Ich fühle diese seltsame Verbundenheit zu ihr immer stärker. Und ich fühle, dass unser beider Schicksale verbunden sind. Warum und wodurch auch immer.

»Die Meisten hier im Ort haben es geahnt, dass sie Ärger bringen würden, als sie vor circa einem Jahr hierher gezogen sind«, sagt Krämer schließlich und unterbricht mein Gedankenwirrwarr. Er schnauft. »Ich meine, im Grunde wusste auch ich es sofort: Die haben nicht alle Tassen im Schrank. Das begreift man doch, sobald man auch nur drei Sätze mit ihnen gewechselt hat, richtig?«

Er sieht mich an und wartet auf meine Bestätigung.

Ich nicke.

»Aber ich habe gleich geahnt, dass …«, setzt er an und scheint dann kurz nach den richtigen Worten zu suchen, »… mit denen noch mehr nicht stimmt.«

Ich habe ja genau den gleichen Eindruck von den Hotelbesitzern. Nicht nur, weil Reiter mich mit seinem Gewehr bedroht hat, ehe er auch nur ein einziges Wort mit mir gewechselt hatte. Nein, da ist noch viel mehr, was bei den beiden im Argen liegt. Da bin ich mir absolut sicher.

»Soweit ich weiß, haben sie das Hotel geerbt. Besser gesagt, sie hat es geerbt«, erklärt Krämer. »Und das über mehrere Umwege. Anscheinend wusste sie bis zum Tod einer weitschichtig verwandten Großtante nicht einmal von deren Existenz, was man sich so erzählt. Na ja, lange Geschichte jedenfalls, die nichts zur Sache tut.«

Ich merke, dass ich kaum merkbar nicke. Das klingt einleuchtend. Wie sonst sollten die beiden an dieses Ungetüm gekommen sein. Auch wenn es im Grunde nur noch zum Abriss dient, kann ich mir gut vorstellen, dass es dennoch eine riesige Stange Geld kosten würde, es zu kaufen. Kein Normalsterblicher würde eine solche Summe wohl aufbringen können.

»Seitdem … na ja …«, sagt Krämer und scheint nicht weiter zu wissen. Er setzt von Neuem an: »Früher, ich meine vor 50, 60 Jahren und in den Jahrzehnten davor war das Hotel eine echt gute Adresse. Es hat jedem hier im Ort und so vielen in der ganzen Region Arbeit verschafft. Alle konnten gut davon leben. Nein, mehr als gut. Ich weiß noch, dass selbst wir als Kinder das Schwimmbecken in der Nebensaison zum Sonderpreis mitbenutzen durften. Es lief großartig, wenn man so will.«

Er schnauft und starrt durch die nasse Windschutzscheibe hindurch auf irgendeinen Punkt in weiter Ferne.

»Und was ist dann passiert?«, will ich wissen.

Er lacht kurz und freudlos auf. »Dann ging es allmählich den Bach hinab.«

»Warum?«

»Das Hotel war nicht mehr zeitgemäß, die Gäste wurden weniger und blieben bald ganz aus. Die Menschen konnten sich nun Flugreisen in die ganze Welt leisten – vor allem das einstige Klientel des Hotels. Da konnte dieses im Grunde mitten in der Pampa liegende und aus der Zeit gefallene Haus einfach nicht mehr mithalten. Viele verloren ihren Job. Immer wieder wurden Teile des Hotels geschlossen. Bald war nur noch die Hälfte des Gebäudes in Betrieb. Zum Schluss überhaupt nur noch der Haupttrakt.«

»Wann war das?«

»Ich glaube, das muss etwa Anfang der 1980er-Jahre gewesen sein. Ich war noch ein Kind oder ein Teenager, ich weiß das nicht mehr so genau. Ich hab das damals jedenfalls nur so am Rande von meinen Eltern mitbekommen. Das lief dann aber nicht mehr lange. Vor gut 35 Jahren waren die Besitzer dann endgültig pleite und das Hotel wurde geschlossen – es muss zu Beginn der 1990er-Jahre gewesen sein. Seitdem verrottet es dort oben im Wald vor sich hin.«

Ich bemerke, dass sich bei Krämers Erzählung sofort wieder mein Kopfkino in Gang gesetzt hat. Dass ich mir gerade ausgemalt habe, wie dieses Hotel einst gewesen war, als es noch in seiner vollen Blüte stand. Die Fassade strahlend. Die Balkone mit den schönsten und buntesten Blumen bestückt. Die Gäste fein und betucht. Das Gelächter ausgelassen. Die Parfums teuer. Die Tropfen an der Bar edel. Die Menschen glücklich. Ja, so muss es einst gewesen sein.

Krämer erzählt weiter: »Das war ja auch okay so. Dinge kommen und Dinge gehen, so schön sie auch sind. Die Menschen hier haben sich mit der Arbeitslosigkeit abgefunden.«

Er hält einen Augenblick lang inne. Nimmt seine nasse Dienstkappe ab und betrachtet sie skeptisch. Er wischt ein paar Regentropfen ab und schnauft schließlich tief durch, bevor er fortfährt:

»Aber dann, vor einem knappen Jahr etwa, kamen die neuen Besitzer.«

»Die Reiters?«

»Ja. Erst haben wir uns ja über sie gefreut. Immerhin haben sie uns allen Hoffnung gemacht. Sie berichteten großmäulig, dass sie das Hotel wiedereröffnen würden. Wir konnten das erst gar nicht recht glauben, dass es wirklich ihr Ernst war. Wir dachten an eine Wiedereröffnung im ganz kleinen Rahmen. Ein Stockwerk im Hauptgebäude vielleicht. So etwas in der Art. Aber dann haben sie die ganze Gemeinde eingeladen und verkündet, dass sie beabsichtigen, das ganze Haus zu renovieren und das Hotel in seinem vollen Umfang neu zu eröffnen.«

Er lacht kurz auf bei der Erinnerung daran.

»Natürlich begriffen wir alle sofort, dass sie verrückt waren. Dieses Ungetüm kann man höchstens noch abfackeln, sonst gar nichts. Selbst die Wiedereröffnung bloß eines kleinen Teils des Hotels war bei näherer Betrachtung völlig illusorisch. Keine Ahnung, wie die ernsthaft daran glauben können, dass sie das jemals wieder in Betrieb nehmen können. Aber bitte, soll so sein, haben wir uns gedacht. Sollen sie halt ihren Dachschaden haben und sich in den finanziellen Ruin treiben. Sie waren uns egal. Und sie haben ja niemanden gestört – außer, dass Reiter schon damals ständig mit seinem Bluthund und dem Gewehr herumlief. Es gab mehrere Anzeigen gegen ihn, aber geändert hat er sich nicht. Uns sind die Hände gebunden. Na ja, aber egal. Wie gesagt: Die Reiters waren uns im Grunde egal.«

»Und was ist dann passiert?«, frage ich, weil ich das Gefühl habe, dass seine Erzählung jetzt endlich vor dem Höhepunkt steht.

»Es war ziemlich genau vor vier Monaten«, sagt er und seine Stimme hat sich schlagartig verändert. Sie ist zarter, fast schon ein wenig brüchig geworden.

»Was ist passiert?«

Er schluckt. »Eine Frau aus dem Ort ist verschwunden.«

»Die erste Vermisste?«

»Ja.«

»Und wieso denken Sie, dass die Hotelbesitzer etwas damit zu tun haben?«

»Mehrere Punkte sprechen dafür.«

»Die da wären?«

»Der wichtigste: Die Frau hat in den Tagen vor ihrem Verschwinden von einer Gestalt berichtet, von der sie sich beobachtet und verfolgt fühlte. Sie hat dies auch der Polizei gemeldet und angegeben, dass sie glaubt, dass es der alte Reiter war. Aber leider hat die Polizei sie nicht ernst genommen.«

»Meinen Sie damit sich selbst?«

Er nickt kaum merkbar. »Ich habe ihr nicht geholfen. Ich … ich hätte es tun sollen. Aber ich …« Er lässt den Satz unvollendet in der Luft hängen.

»Was ist dann geschehen?«

»Das weiß leider niemand so genau. Am Abend ihres Verschwindens hat sie noch ihren Mann anzurufen versucht, doch der war gerade in der Arbeit und nicht erreichbar. Sie hatte ihm eine Nachricht geschrieben, dass sie glaube, dass jemand im Garten sei und sich dort verstecke. Dann brach der Kontakt ab und ihr Handy war von da an ausgeschaltet. Als ihr Mann nach Hause kam, war sie verschwunden. Seitdem fehlt leider jede Spur von ihr.«

»Aber ich verstehe das nicht. Die Polizei muss Reiter doch verhört haben. Haben Sie denn nicht mit ihm gesprochen?«

»Natürlich habe ich das. Mehrmals sogar. Was glauben Sie?«

»Und?«

»Nichts und. Er hat natürlich alles geleugnet und wir konnten ihm nichts nachweisen. Wir haben natürlich auch versucht, die Kriminalpolizei einzuschalten, um den Druck zu erhöhen. Doch die glauben an kein Verbrechen und haben den Fall nicht ernst genommen.«

»Wieso glauben die an kein Verbrechen?«

»Zum einen, weil sie keine Spuren finden konnten und nicht als die Blöden dastehen wollen. Bevor sie einen ungelösten Fall haben, sagen sie lieber, dass es gar keinen Fall gibt. So läuft das leider. Damit lässt es sich wesentlich einfacher leben.«

»Und zum anderen?«

Er hält kurz inne. Schließt die Augen. Reibt sie sich. Dann rückt er endlich mit der Sprache raus: »Weil es einen Abschiedsbrief gibt.«

»Von der Verschwundenen?«

»Ja. Sie schreibt darin, dass sie ihr trostloses Leben hier nicht länger aushält. Und dass sie ausbrechen muss. Und so weiter.«

»Ist bewiesen, dass der Brief tatsächlich von ihr ist?«

»Ja. Ein Spezialist hat ihre Handschrift eindeutig identifiziert.«

»Aber?«

»Der Brief kann unmöglich von ihr sein.«

»Warum sind Sie sich da so sicher?«

Krämer schweigt einige Sekunden lang.

»Sehen Sie?«, fragt er schließlich, lehnt sich vor über das Lenkrad und schaut in den dunkelgrauen Himmel hoch. »Wer hätte das gedacht?«

»Was?«

»Es hat tatsächlich zu regnen aufgehört.«

Mir könnte gerade nichts gleichgültiger sein.

»Kommen Sie!«, sagt er. »Wir haben zwar nicht mehr viel Zeit. Aber lassen Sie uns einen kleinen Spaziergang machen.«

»Was?« Ist das sein Ernst?

»Ich begleite Sie vor bis zur Waldstraße.«

»Ich gehe nicht zurück ins Hotel«, stelle ich klar.

»Ich kann Sie nicht dazu zwingen.«

»Ganz genau!«

»Sie sind ein freier Mann. Aber ich möchte Ihnen etwas zeigen. Vielleicht ändert das Ihre Meinung ja doch noch.«

KAPITEL 33

Im Grunde kann ich es selbst nicht glauben, dass ich mich von Krämer jetzt auch noch dazu habe überreden lassen, mich von ihm begleiten und mir etwas zeigen zu lassen. Wir gehen durch den Ort und ich denke mir immerzu nur eines: Ich will hier weg. Und zwar so schnell wie möglich. Nicht nur, weil ich mich von allen Seiten und aus allen Fenstern heimlich beobachtet fühle. Und weil ich immer noch Angst davor habe, dass die Kerle aus dem Gasthaus es sich anders überlegen und mir doch noch nachjagen. Nein, vor allem will ich hier weg, weil ich das Gefühl habe, dass diese Sache mit den verschwundenen Frauen ein Stück zu groß für mich ist.

Aber aus irgendeinem mir nicht erfindlichen Grund schaffe ich es ganz einfach nicht, das klarzustellen und einfach abzuhauen. Ich versuche, mir einzureden, dass Krämer mich davon abhält. Aber ich glaube, ich muss mir endgültig eingestehen, dass es nicht nur an ihm, sondern vor allem an mir selbst liegt. So beängstigend auch all das ist, was ich bisher erfahren habe, so sehr zieht es mich in seinen Bann. Ich kann es nicht erklären. Aber ich fühle diese Verbundenheit mit den Vermissten. Vor allem mit Theresa, von der ich bisher nichts als zwei Fotos gesehen habe.

Es ist völlig absurd, ich weiß das. Und trotzdem kann ich nichts dagegen tun.

Aber Krämer soll davon nichts mitbekommen. Ich will nicht, dass er mir meine Schwäche anmerkt. Ich gebe mich weiter stur und unnachgiebig. Und ich tue alles, um mir nicht anmerken zu lassen, wie kalt mir gerade ist. Denn ja, es hat zu regnen aufgehört, aber es bläst weiter ein kühler Wind, und meine Kleidung ist immer noch patschnass.

Aber nicht nur die Kälte lässt mich zittern. Nein, auch dieses dumpfe Gefühl, dass ich selbst hier und in Krämers Beisein beobachtet werde. Wüsste ich es nicht besser – denn warum zur Hölle sollte jemand das tun? – würde ich darauf schwören, dass ständig fremde Blicke an mir haften. Es fühlt sich sogar so an, als stünde in jedem der umliegenden Häuser jemand hinter einem Vorhang und beobachtete jeden einzelnen meiner Schritte.

»Da sind wir«, sagt Krämer und bleibt stehen.

Erst begreife ich nicht, was er meint. Doch dann zeigt er auf ein altes Haus auf der gegenüberliegenden Straßenseite. Es schaut genauso grau und nass wie die umliegenden Häuser aus. Vielleicht ist es eine Spur älter, womöglich wurde es gar schon im frühen 20. Jahrhundert errichtet. Die Mauern scheinen sich unter der Last zu biegen. Und auch dem Dach haben die letzten Jahrzehnte einiges abverlangt. Es hängt in der Mitte deutlich durch. Der Schornstein wirkt ein wenig windschief. Ansonsten ist es völlig unscheinbar. Kein Vorgarten, das Haus ist nur durch einen schmalen Grünstreifen vom unebenen Bürgersteig getrennt. An der Seite des Hauses liegt eine Mauer mit einem vor sich hin rostenden Metalltor.

»Wem gehört es?«, frage ich, obwohl ich es im Grunde gar nicht wissen will. Ich denke mir jedoch schon, dass vermutlich die Vermisste dort gewohnt hat. Wahrscheinlich ist das jetzt ein billiger Trick von Krämer, um mich emotional in die Sache reinzuziehen und mir ein schlechtes Gewissen einzujagen. Ich habe das Gefühl, ihn zu durchschauen.

»Mir«, sagt Krämer jedoch und überrascht mich mit dieser Antwort.

Und trotzdem ärgere ich mich immer noch über seine Geheimnistuerei und am allermeisten über mich selbst.

»Schön«, lüge ich und hoffe, dass er meinen ironischen Unterton bemerkt hat.

Aber er geht gar nicht erst darauf ein. Stattdessen betrachtet er es nur. Und seine Gesichtsmuskeln beginnen dabei unkontrolliert zu zucken. Seine Kiefermuskeln mahlen.

»Was ist?«, will ich wissen.

Er schluckt. Zögert.

»Was ist los?«, dränge ich ihn.

»Ich wohne alleine darin, seit ...« Er holt tief Luft und reibt sich mit beiden Händen das Gesicht. »Seit meine Frau spurlos verschwand.«

Einen Augenblick lang begreife ich nicht. Mein Hirn rattert. Dann ist es mir plötzlich sonnenklar. Und alles scheint auf einmal eine Spur logischer.

»Es war Ihre Frau, die als Erste verschwand?«

Er nickt nur. Sein Kinn zuckt.

»Es ... es tut mir leid«, sage ich.

»Sie hieß ...« Er bricht ab. Räuspert sich. Atmet tief durch. »Sie heißt Matilda. Ich weiß, dass sie noch lebt. Und ich weiß auch, dass die da oben etwas mit ihrem Verschwinden zu tun haben. Aber ich brauche Beweise. Handfeste Beweise. Ich muss den arroganten Wichsern von der Kripo etwas unter die Nase reiben können. Erst dann werden sie endlich ihre fetten Ärsche hochbekommen und etwas unternehmen!«

»Die ermitteln nicht, obwohl sie Ihre Frau war?«, frage ich. »Ich meine, Sie sind doch selber Polizist. Ist das nicht Grund genug?«

Er schnauft verächtlich. »Die haben bloß so einen Grünschnabel, der frisch von der Ausbildung kam, hergeschickt. Der hatte von nichts eine Ahnung und hat sich nur groß aufgespielt. Kurz hatte der sogar mich in Verdacht, dieser Vollidiot!«

»Warum das?«

»Weil ich ihm von einem Streit zwischen Matilda und mir erzählt habe.« Wieder schnauft er verächtlich. »Ich meine, ich habe ihm sogar davon erzählt, verstehen Sie? Und auf einmal tat er so, als würde ich ein Geheimnis hüten. Dieses verfluchte Arschloch.«

»Was ist dann passiert?«

»Nichts. Nach zwei Wochen war er wieder weg, und seitdem habe ich nichts mehr von ihm gehört. Offiziell gibt es keinen Fall. Der sogenannte Ermittler geht anscheinend davon aus, dass Matilda weggelaufen ist. Sie sei unglücklich gewesen und wollte irgendwo neu beginnen. Der Abschiedsbrief sei Beweis genug.«

»Aber ich verstehe das nicht ...«, sage ich und versuche, meine Gedanken zu ordnen. »Wenn Ihre Frau doch einen Abschiedsbrief hinterlassen hat, wieso glauben Sie dann so fest daran, dass ihr etwas zugestoßen ist?«

»Der Brief war schon ein Jahr alt. Wir hatten damals eine Krise. Sie wollte mich verlassen und gab ihn mir. Doch ich konnte sie zum Glück zum Bleiben überreden. Danach lief es besser. Wir haben viel gesprochen. Wir waren wieder glücklich. So glücklich wie schon lange nicht mehr.«

»Aber?«

»Ich habe mir den Brief aufbehalten. Als Warnung an mich selbst sozusagen. Und der Herr super neunmalkluge Sonderermittler fand ihn dann und legte sich alles so zurecht, wie er das brauchte. Ich habe ihm an die 100 Mal erklärt, dass der schon ein Jahr alt war. Aber leider war der Brief nicht datiert und so hat er mir das nie geglaubt.«

Er sieht mich an. Seine Augen glänzen jetzt.

»Können Sie sich das vorstellen?«, sagt er.

Ich weiß nicht, was ich sagen soll. Mir fällt nur ein »Das … tut mir leid« ein.

»Das muss es nicht. Ich brauche kein Mitleid. Was ich brauche, ist Ihre Hilfe. Ich bin mit Ott alleine dran. Wir kommen nicht weiter. Und das seit Matildas Verschwinden.«

Ich spüre, dass ich nicke.

»Sie sind die einzige Hoffnung, die ich noch habe.«

KAPITEL 34

Fünf Minuten später hasse ich mich selbst für das, was ich da gerade tue. Aber ich laufe doch tatsächlich durch den Wald und zurück zum *Waldhof*.

Ich muss verrückt sein!

Vor allem auch deshalb, weil mir mein Knöchel inzwischen so richtig zu schaffen macht. Und weil mir die Scheißkerle in dem Gasthaus ein paar immer noch schmerzende Hiebe verpasst haben. Vor allem meine rechte Seite hat es übel erwischt. Ganz bestimmt hat sich da längst ein übler, großflächiger blauer Fleck gebildet. Und garantiert wird mich der noch einige Tage beschäftigen. Langsam, aber sicher entwickelt sich mein gesamter Körper zu einem einzigen Schmerz. Ich sollte mich eine Zeit lang schonen und mir eine Auszeit gönnen. Oder gleich zu einem Arzt laufen. Aber daran, dass ich es nicht besser wüsste, liegt es leider nicht. Nein, mir ist ja völlig klar, dass ich ein Idiot bin. Und dennoch kann ich nicht anders. Seit dem Treffen mit Krämer geht mir nicht nur Theresas Verschwinden nahe. Nein, jetzt ist es auch noch so, dass das Verschwinden seiner Frau Matilda eine persönliche Note für mich bekommen hat.

Ich kann nicht einfach wegsehen und abhauen. Dafür weiß ich bereits zu viel. Und ich ahne noch weit Schlimmeres.

Ich habe den Weg durch den Wald fast hinter mich gebracht. Wenn ich mich richtig erinnere, müsste nach dieser lang gezogenen Linksbiegung bald die Lichtung auftauchen.

Die trockenen Minuten waren offenbar nur ein Luftholen

des Himmels. Inzwischen hat es wieder zu regnen begonnen. Nicht so heftig wie zuvor, aber es reicht aus, um mir endgültig jeden klaren Verstand absprechen zu können. Jeder normale Mensch würde jetzt irgendwo im Trockenen bei einer Tasse Tee oder einer warmen Suppe sitzen, zugedeckt auf der Couch. Aber nein, ich laufe zurück zum Hotel – einem Gebäude, in dem offenbar Frauen auf mysteriöse Weise verschwinden. Und dessen Besitzer mit größter Wahrscheinlichkeit etwas damit zu tun haben.

Liefert mich ein! Und zwar rasch!

Aber das passiert vielleicht ohnehin eher, als mir lieb ist. Denn ich habe wieder einmal das Gefühl, beobachtet oder gar verfolgt zu werden. Ich kann nicht sagen, was mich das ständig glauben lässt. Oder ob ich tatsächlich längst verrückt geworden bin. Aber irgendetwas drängt mein Unterbewusstsein dazu, mir laufend Warnungen zuzurufen.

Pass auf, hinter dir!

Ich wirble herum. Die Straße hinter mir ist leer.

Da, rechts, hinter dem Gebüsch!

Nichts zu entdecken.

Nein, doch links! Schau!

Wieder ist da nichts.

Ich mache sogar ein paar Schritte auf den Waldrand zu. Ich kneife die Augen zu schmalen Schlitzen zusammen. Spähe in den allmählich düster werdenden Wald. Und lasse meinen Blick wie einen Scanner von links nach rechts und wieder zurückschweifen. Doch so intensiv ich auch suche – da ist einfach nichts. Und vor allem niemand. Keine Menschenseele, die hinter einem der vielen Baumstämme zu erahnen ist. Kein Verfolger, der sich irgendwo im Unterholz versteckt. Kein Schatten, der da nicht hingehört.

Und dennoch vertraue ich meinem Unterbewusstsein. Irgendetwas stimmt hier nicht.

»Hallo?«, rufe ich deshalb in den Wald hinein.

Ich bekomme keine Antwort. Nur das wieder stärker werdende Regenprasseln umgibt mich. Das Rascheln der triefend nassen Blätter. Und das Rauschen des Blutes in meinen Ohren.

»Ist da wer?«

Keine Reaktion.

»Ich kann Sie sehen!«

Nichts.

»Die Polizei weiß Bescheid! Sie ist bereits auf dem Weg und wird jeden Moment hier sein!«

Natürlich rührt sich auch jetzt nichts. Und ich komme mir trotz meines mulmigen Gefühls so richtig blöd vor. Ich stehe da, mit völlig durchnässten Klamotten mitten im Regen, und brülle in den leeren Wald hinein.

Ja, ich bin wirklich reif für die Klapsmühle!

Mach endlich weiter und sieh zu, dass du endlich ins Trockene kommst!

Doch noch wage ich es nicht. Erst drehe ich mich noch einmal im Kreis, ganz langsam. Und scanne dabei erneut meine Umgebung. Noch gründlicher als zuvor.

Aber auch jetzt ist niemand zu sehen.

Und so laufe ich, oder besser gesagt, humple ich endlich weiter. Bei jedem Schritt sticht mein Knöchel schmerzhaft. Doch ich bin voller Entschlossenheit. Ich lege sogar noch einen Zahn zu. Lasse mich nicht mehr aufhalten. Ich bringe das jetzt hinter mich. Ich liefere Krämer und vor allem seinen Obrigkeiten den Beweis, den sie brauchen. Ich werde die Schuld der Reiters beweisen. Und dann werde ich von hier verschwinden. Für immer.

Weiter!

Ich merke bald, dass ich mich geirrt hatte, denn nach der lang gezogenen Linksbiegung ist vom Hotel noch nichts zu sehen. Kann ich mich etwa verlaufen haben? Habe ich in der Hektik eine Abzweigung übersehen? Ich kämpfe mich noch einige Minuten länger durch den Wald, bis ich die Lichtung endlich erreicht habe.

Und das Hotel.

In dem schwächer gewordenen Licht und im dichten Regen sieht es noch trostloser als zuvor aus. Alles verkommt zu den unterschiedlichsten Grautönen. Die Konturen verschwimmen, als wäre es mit einem gewaltigen Trauerschleier überzogen.

Nein, das ist wirklich kein Ort, an dem man gerne sein möchte. Am Rande der Lichtung zögere ich deshalb auch einen Augenblick lang und meine Entschlossenheit bröckelt wie die Wände des Gebäudes. Schlagartig fallen so viele Fragen auf einmal über mich herein: Was, wenn Reiter und sein Köter irgendwo in der Nähe sind? Was, wenn sie mich sehen? Was soll ich ihnen erklären, wo ich war? Würden sie ahnen, dass ich hinter ihr dunkles Geheimnis gekommen bin? Oder tun sie das gar schon jetzt?

Egal. Keine Ausreden mehr! Du ziehst das jetzt durch!

Ich fasse Mut und laufe weiter. Erst über die weitflächige triefend nasse Wiese. Dann über den Parkplatz. Als ich am roten Käfer vorbeikomme, sehe ich, dass die Fahrertür offen steht. Habe ich sie bei meiner Flucht tatsächlich offen gelassen? Oder hat Reiter mich darin gesucht? Ich kann es nicht einschätzen. Ich lasse den Käfer hinter mir. Laufe die Stufen zum Haupteingang hoch. Und presche durch die Tür in die Empfangshalle. Zumindest wollte ich das. Tatsächlich aber klemmt die Tür wieder einmal, und ich muss kräftig daran zerren, dass ich sie aufbekomme.

Aber dann bin ich endlich zurück. Im Trockenen. Klatschnass, verschwitzt und außer Atem. Und von dieser alles durchdringenden Kälte umhüllt. Ich mache ein paar Schritte in die

Lobby hinein. Die nassen Gummisohlen meiner Schuhe quietschen dabei. Von meiner Kleidung tropft es auf die Fliesen. Und ich beginne schlagartig zu zittern. Oder tue ich das schon die ganze Zeit und habe es bloß nicht bemerkt? Ich reibe mir die Oberarme, aber das bringt gar nichts. Ich muss zurück in mein Zimmer. Raus aus diesen nassen Klamotten, und zwar rasch.

Ich lausche deshalb, ob jemand in meiner Nähe ist. Es muss ja nicht unbedingt einer meine Rückkehr beobachtet haben. Es würde schon reichen, wenn mich jetzt so jemand sehen würde. Ich bin nass wie ein Pudel. Wie soll ich das erklären? Aber meine Sorgen scheinen unbegründet – da ist niemand zu hören.

Ich will also gerade los.

Da überkommt es mich plötzlich: das Gefühl, dass etwas nicht stimmt. Wie eine schlimme Erinnerung, die für eine Millisekunde in meinem Unterbewusstsein aufgeblitzt ist und eine dunkle Rauchwolke hinterlassen hat. In den ersten zwei, drei Sekunden kann ich das Gefühl nicht zuordnen, die Wolke hat alles überdeckt. Doch dann, ich weiß auch nicht warum, hetze ich instinktiv zum Panoramafenster der Lobby. Habe ich etwa unbewusst etwas im Augenwinkel gesehen? Und mein Verstand hat eine Gefahr erkannt, die ich noch gar nicht begriffen habe? Ich ziehe den Vorhang ein Stück zur Seite. Und sehe …

Du meine Güte!

Ich habe mich nicht getäuscht. Aber ich verstehe nicht, was ich da sehe.

Was zum …?

Da sind dunkle Gestalten, die aus dem Wald heraus auf die Lichtung treten. Zwei, nein drei. Halt, da ist noch eine. Sie sind alle ganz in Schwarz gekleidet. Und haben Mützen mit für die Augen ausgeschnittenen Löchern über ihre Gesichter gezogen.

Sie scheinen genau zu wissen, wo ich stehe. Denn sie halten einen Moment lang inne. Und sehen mich direkt an.

Sekunden lang passiert nichts.

Der Augenblick scheint aus der Zeit gefallen.

Dann hebt einer von ihnen die Hand. Und sie laufen los.

Ach du Scheiße!

Sie stürmen direkt auf das Hotel zu.

KAPITEL 35

Ich bin wie in eine Schockstarre verfallen. Ich sehe es, ja. Aber ich habe immer noch nicht begriffen, was da gerade passiert:

Die vermummten Gestalten haben sich vor dem Hotel verteilt. Alle halten sie Flaschen in den Händen – oder zumindest etwas, das so aussieht. Flaschen, aus denen etwas heraushängt. Stoffstücke vielleicht oder Ähnliches. Einer der Männer – ich bin mir sicher, dass es ausschließlich Männer sind – holt etwas aus seiner Jackentasche hervor. Ich begreife, dass es ein Benzinfeuerzeug sein muss, denn das Stück Stoff beginnt trotz des Regens auf einmal zu brennen. Die Gestalt macht ein paar schnelle Schritte auf das Hotel zu, bis sie nur noch rund fünf Meter davon entfernt ist.

Sie sieht mich direkt an.

Ich stehe immer noch am Panoramafenster, wie paralysiert. Und versuche zu verstehen.

Der Vermummte holt jetzt mit seiner Flasche aus.

Eine Sekunde vergeht, vielleicht zwei.

Dann wirft er sie. Direkt auf das Hotel.

Ich höre ein Klirren. Oder ich bilde es mir nur ein. Sicher bin ich mir nicht, denn mein Verstand ist noch mit dem Begreifen der Situation gerade beschäftigt. Die Flasche muss jedenfalls irgendwo ganz in meiner Nähe eingeschlagen sein.

Ich stehe weiter bloß da.

Und sehe, dass die anderen Angreifer es ihm jetzt gleichtun. Fast synchron kommen sie noch näher heran. Sie zünden ihre Flaschen an. Laufen noch ein paar Schritte auf das Gebäude zu. Und werfen ihre Molotowcocktails – zumindest das habe ich jetzt trotz meines Schocks begriffen – auf das Hotel.

Wieder ist da ein Geistesblitz, der durch meinen Verstand schießt. Wieder kann ich ihn nicht fassen.

Mir bleibt auch keine Zeit, darüber nachzudenken. Denn plötzlich kracht und klirrt es. Unmittelbar vor mir. Und einen Sekundenbruchteil später begreife ich, dass eine der Flaschen durch das Panoramafenster gekracht ist. Und ich auf einmal von Hunderten von Splittern umgeben bin.

Ich springe zurück. Werfe mich zu Boden. Schreie dabei. Und reiße mir die Arme schützend über den Kopf.

Es klirrt noch immer, da wird mir klar, dass die Flasche irgendwo bei den beiden Sofas zum Liegen gekommen sein muss. Denn dort steigen plötzlich Flammen hoch.

Nein!

Ich begreife: Eines der Sofas brennt.

Scheiße! Scheiße! Scheiße!

Ich muss das Feuer löschen. Schnell! Aber wie? Ich raffe mich vom Boden hoch. Reiße meinen Blick hin und her. Weiß nicht weiter. Da kommt es mir: die Toiletten!

Ich laufe los. Nach einigen Schritten begreife ich, dass ich nichts habe, womit ich das Wasser zum Sofa bringen kann. Verdammt!

Ich mache also kehrt. Renne zurück. Und streife kurzerhand meine Jacke ab. Das Kunststoffmaterial eignet sich nicht. Aber meine patschnassen Jeans vielleicht. Ich schlüpfe heraus, was gar nicht so einfach ist, weil der nasse Stoff an meinen Oberschenkeln klebt. Außerdem wird mir klar, dass ich erst mal meine Schuhe abstreifen muss.

Mann!

Die Flammen werden höher.

Ich schaffe es endlich, mich von meinen Jeans zu befreien. Und versuche die Flammen zu löschen, indem ich damit auf das brennende Sofa einschlage. Doch es bringt so gut wie gar nichts, weshalb ich es sein lasse. Ich werfe die Hose weg. Und weiß wieder nicht weiter.

Ach Gott!

In meiner Verzweiflung will ich mir gerade auch noch den Pullover und das T-Shirt ausziehen und es damit versuchen.

Da schießen plötzlich die Reiters aus dem Speisesaal. Und stürmen auf mich zu.

»Bist du verrückt geworden?«, brüllt er mich an.

Im ersten Moment begreife ich gar nicht, dass er tatsächlich mich damit gemeint haben konnte. Doch dann schreit er weiter und ich verstehe: Er denkt tatsächlich, dass ich das Sofa in Brand gesteckt habe.

»Was hast du jetzt schon wieder aufgeführt?«, fährt er mich an.

»Aber das war ich doch nicht!«, schreie ich zurück.

»Meine Güte, Herr Simon!«, kreischt seine Frau, ihre flachen Hände auf die Wangen gedrückt.

Er schubst mich unsanft zur Seite. »Weg da!«

Ich mache Ausfallschritte. Verliere dabei das Gleichgewicht und habe alle Mühe, mich auf den Beinen zu halten. Ich begreife jetzt erst, dass Reiter einen Eimer mitgebracht hat. Er holt aus und überschüttet das brennende Sofa mit einer Wasserladung, sodass es laut zischt.

Frau Reiter hält auf einmal einen Feuerlöscher in der Hand. Sie streckt ihn von sich, presst die Augen zusammen und drückt darauf herum. Aber nichts tut sich. Vielleicht, weil sie nicht weiß, wie man so ein Ding bedient. Vielleicht aber auch, weil er schon seit vielen Jahren abgelaufen ist.

Es tut auch nichts zur Sache. Denn der Eimer Wasser hat ausgereicht, um die Flammen zu löschen. Die Gefahr ist gebannt. Zumindest diese. Aber da sind ja noch die vermummten Gestalten. Ich laufe deshalb zurück zum kaputten Panoramafenster. Spähe nach draußen. Und kann sie nicht mehr entdecken. Sie sind verschwunden. Einfach weg. Keine Spur mehr von ihnen. Wie kann das sein? Hat die Zeit tatsächlich ausgereicht, dass sie zurück in den Wald fliehen konnten? Oder sind sie nun gar im Hotel? Meine Gedanken überschlagen sich gerade richtig heftig.

Da dringt Frau Reiters schrille Stimme zu mir durch: »Herr Simon, um Gottes willen!« Ihre Stimme überschlägt sich geradezu. »Was haben Sie nur getan?«

Was? Glaubt sie etwa ernsthaft ...?

»Das war ich nicht!«, protestiere ich.

Aber sie geht gar nicht darauf ein. »Ich hoffe, es ist Ihnen klar, dass wir Ihnen den entstandenen Schaden vom Gehalt abziehen müssen.«

Spinnt sie? Was redet sie da?

»Billig wird das sicher nicht!«, sagt sie. »Das war ein wahres Schmuckstück!«

»Aber ...«, ich breche ab. Ich bin fassungslos. Glaubt sie ernsthaft, dass ich es war, der das Sofa in Brand gesteckt hat? Das kann doch nicht ihr Ernst sein! »Da waren Kerle!«, versuche ich ihnen weiszumachen und zeige in Richtung des eingeschlagenen Fensters. »Vermummte Kerle, ganz in Schwarz.«

»Vermummte schwarze Kerle?«, gibt sie ungläubig zurück.

»Ja! Die sind aus dem Wald gekommen!«

»Vermummte schwarze Kerle, die aus dem Wald gekommen sind?«, fragt sie nach.

Keine Frage, dass sie mich für verrückt hält. Dabei ist sie es doch, verdammt noch mal, die völlig geistesgestört ist.

»Ja, genau!«, zische ich. »Die Angreifer haben brennende Flaschen auf das Hotel geworfen.«

»Brennende Flaschen?«, fragt sie nur.

»Ja, Molotowcocktails!«

Ich sehe mich um. Suche nach den Resten des Geschoßes. Aber Reiter baut sich jetzt vor mir auf.

»Wenn sie vermummt waren«, setzt er an. »Wie kannst du dann wissen, dass es Kerle waren?«

»Das weiß ich nicht. Aber das ist doch …«

»Was?«

»Logisch!«

»Logisch?«

»Das waren sicher Kerle!«

Er sieht mich an. Voller Abscheu und Hass.

»Sie sind vielleicht im Hotel!«, versuche ich ihm den Ernst der Lage zu vermitteln. »Wir sollten …!«

»Was sollten die hier wollen?«

»Das weiß ich doch nicht! Aber wir müssen nachsehen!«

»Du hast mir nicht zu sagen, was ich muss und was nicht, hörst du!«

Ich kann seine Ignoranz nicht fassen. Ich halte seinem Blick stand. Ich lasse mir das nicht länger bieten.

Doch er hat offenbar keine Lust auf dieses Gefecht. Er schnalzt bloß verächtlich mit der Zunge und lässt mich stehen. Er zieht ohne ein weiteres Wort ab. Erst jetzt wird mir klar, dass sein Köter nicht dabei ist.

Ich beiße die Zähne zusammen, meine Kiefermuskeln mahlen. Ich will ihm etwas nachrufen, weil ich so unfassbar wütend bin. Aber ich weiß nicht, was.

Er kommt mir zuvor. Unmittelbar bevor er im Speisesaal um die Ecke verschwindet, wendet er sich doch noch einmal um und sagt: »Bring das Fenster in Ordnung!«

»Was?«

»Hörst du jetzt auch noch schlecht?«

»Ich bin doch kein verfluchter Glaser!«, schreie ich all meinen Frust aus mir heraus. »Wie soll ich …?«

»Du kennst dich doch aus mit Scheiben?«

Was zur Hölle meint er jetzt damit wieder?

»Nein, tue ich nicht!«, brülle ich ihm nach.

»Und ob du das tust.«

»Wie kommen Sie darauf?«

Jetzt hält er kurz inne. Dreht sich wieder zu mir um. Und kommt auf mich zu. Will er mir jetzt gar eine verpassen? Nur zu, ich bin für eine Schlägerei bereit. Ich werde ihm seine Scheißarroganz rausprügeln!

Ich wappne mich schon.

Aber er greift mich nicht an. Zumindest noch nicht.

Er bleibt dicht vor mir stehen. Fixiert mich mit seinen vor Abneigung nur so triefenden dunklen Augen. Und sagt: »Keine Ahnung, ob du es checkst oder nicht. Es ist mir auch scheißegal, das kannst du mir glauben!«

»Was meinen Sie damit?«

»Komm gefälligst selber drauf! Ich sage dir nur eines: Deine Zeit läuft ab. Sehr bald sogar. Dann muss ich deine Drecksvisage endlich nicht mehr sehen!«

KAPITEL 36

Obwohl ich mir so fest vorgenommen habe, mich nicht länger von ihm verunsichern zu lassen, hallt Reiters Drohung noch in meinem Schädel nach. Sie setzt mir heftiger zu, als mir lieb ist. Hat er mir eben ganz offen angedroht, mich aus dem Weg schaffen zu wollen?

»Was meinen Sie damit?«, rufe ich ihm nach, da ist er schon längst aus meinem Sichtfeld und in den Tiefen des großen Speisesaals verschwunden.

Ich bekomme keine Antwort. Natürlich.

»Warten Sie!«, schreie ich und laufe ihm nach. Zumindest wollte ich das. Aber als ich den Speisesaal erreiche, ist er nicht mehr zu sehen.

Wie zur Hölle …?

»Kommen Sie zurück!«, rufe ich in die gähnende Leere.

Doch auch jetzt bleibt es still.

»Hey!«

Keine Reaktion.

Ich blicke zu Frau Reiter zurück. Sie steht immer noch neben dem intakten der beiden Sofas. Sie schnauft und schüttelt den Kopf. »Also wirklich, dieser Pavian!«

»Wo ist er hin?«, will ich wissen, weil ich nicht verstehe, wie er so schnell verschwinden konnte.

»Mein lieber Herr Simon, meist weiß nur der liebe Gott, wo mein Mann sich den ganzen Tag über herumtreibt. Ich habe jedenfalls nicht das Gefühl, dass er wirklich am Hotel arbeitet. Weitergehen tut ja nicht besonders viel. Aber das merken Sie sicher selbst.«

»Was hat er damit gemeint?«

»Womit?«

»Na damit, dass meine Zeit abläuft?«

»Das hat er doch nicht etwa gesagt, oder?«

»Und ob er das hat!«

»Also, das kann ich mir nicht vorstellen.«

»Es ist aber so!«, fahre ich sie an. »Sie haben doch unmittelbar neben ihm gestanden, als er es gesagt hat!«

»Hm, mag sein. Ich …« Sie räuspert sich. »Also ich habe das jedenfalls nicht gehört.«

Will sie mich etwa verarschen? Ich will es noch einmal klarstellen: »Er hat doch direkt neben Ihnen …«

»Mein lieber Herr Simon«, fällt sie mir ins Wort, »ich fürchte, Ihre lebhafte Fantasie geht gerade ein wenig mit Ihnen durch.«

Was? Ist das ihr Ernst?

»Langsam mache ich mir ernsthaft Sorgen um Sie«, sagt sie in einem aufgesetzt besorgten Ton.

Diese Frau verblüfft mich einfach immer wieder aufs Neue. Es ist unfassbar. Ich muss endlich einsehen, dass man mit ihr kein normales Gespräch führen kann.

»Übrigens, Herr Simon«, setzt sie an und räuspert sich erneut. »Also … ich meine, …«

»Was?«

»Wären Sie vielleicht so lieb, sich wieder Ihre Hose anzuziehen?«

Mein Gott! Mir wird erst jetzt klar, dass ich immer noch bloß in meinen patschnassen Socken und meinen Boxershorts herumlaufe. Und dass meine Schuhe und die nasse Jeans auf dem Boden verteilt liegen.

»Natürlich«, sage ich, sammle alles ein und ziehe mich an,

was alles andere als einfach ist, weil die nassen, kalten Jeans an meiner Haut kleben und sich kaum hochziehen lassen.

Frau Reiter ist derweil bemüht, mich nicht anzusehen, und begutachtet das verbrannte Sofa.

Während ich immer noch mit meinen Jeans beschäftigt bin, kommen mir so viele Fragen auf einmal: Wo waren die Reiters, als das Feuer ausbrach? Haben sie mich etwa vom Speisesaal aus beobachtet? Wieso hatte Reiter einen Eimer Wasser dabei? Wie konnte er schon vorher von dem Feuer ahnen? Denn es ist doch unmöglich, dass die Zeit ausgereicht hätte, dass er den Eimer mit Wasser erst nach Ausbruch des Feuers holte.

Ich habe endlich meine Jeans und die Schuhe an und will Antworten auf die Fragen. Doch da kommt mir ein noch viel wichtigerer Gedanke: Womöglich sind wir immer noch in Gefahr!

»Hören Sie, da waren vermummte Gestalten«, sage ich deshalb so ruhig ich es nur schaffe. »Sie müssen mir glauben! Sie sind aus dem Wald gekommen und haben mehrere Molotowcocktails auf das Gebäude geworfen.«

Sie sieht mich einfach nur an. Scheint meine Worte in Gedanken abzuwägen. Ich bin mir sicher: Jetzt muss sie doch endlich begreifen!

Aber sie überrascht mich von Neuem, als sie sich schließlich ihr Kleid an den Hüften glattstreift und den Kopf schüttelt. »Also, das sind ja vielleicht Schauermärchen, Herr Simon! Ich muss mich schon ein wenig wundern!«

»Das ist die Wahrheit!«

»Sie machen mir ja beinahe schon Angst.«

Ihr Tonfall sagt mir etwas anderes. Sie nimmt mich nicht ernst. Sie hält mich für verrückt. Dabei ist sie es doch, die nicht alle Tassen im Schrank hat. Ich spüre wieder einmal, wie Wut in mir hochsteigt und die Fassungslosigkeit verdrängt.

Fokus!

»Da waren vermummte Männer«, betone ich jedes einzelne Wort und zeige in Richtung des zerbrochenen Fensters, durch das die Kälte nun unaufhaltsam ins Hotel hereinströmt. »Ich lüge nicht!«

Sie sieht mich wieder bloß an.

Ich würde sie gerne an den Oberarmen packen und kräftig rütteln. Aber stattdessen erkläre ich weiter und betone immer noch jedes einzelne Wort: »Sie sind aus dem Wald gekommen und auf das Hotel zugelaufen. Dann haben Sie mehrere brennende Flaschen darauf geworfen. Eine krachte eben durch das Panoramafenster und hat das Sofa in Brand gesteckt.«

Jetzt muss sie es verstanden haben. Selbst der größte Dummkopf dieser Welt müsste jetzt endlich begreifen.

Doch Frau Reiter ist anders. Sie schnauft bloß und sagt: »Wissen Sie, Herr Simon, dieses Sofa war ein Erbstück, das mir sehr viel bedeutet hat. Es war eines der Herzstücke dieses ehrenwerten Hauses.«

Dreht sie jetzt völlig durch?

»Fehler können passieren. Ich bin die Letzte, die Ihnen einen Strick daraus dreht. Aber Sie müssen zu Ihren Fehlern stehen und …«

Ich gehe erst gar nicht auf ihre absurden Unterstellungen ein. Auch wenn sie mich zur Weißglut bringen. Aber ich unterbreche sie: »Hören Sie, womöglich gibt es noch weitere Feuer im Hotel!«

Aber auch darauf geht sie nicht ein. Entweder tut sie nur so, oder sie ist wirklich so dumm, wie ich es nicht für möglich gehalten hätte. So oder so muss sie doch verstehen, dass wir etwas unternehmen müssen.

»Mein lieber Herr Simon«, setzt sie an und ich habe das Gefühl, dass ich mit dem Kopf gegen eine Wand laufen muss, wenn ich diese Phrase noch einmal aus ihrem Mund höre.

»Sie sollten sich nicht von solchen Gespenstereien aufhalten lassen!«

Ich schnaufe tief durch. Reibe mir das Gesicht. Gespenstereien? Gibt es dieses Wort überhaupt?

Durchatmen! Fokus!

Ich muss endlich einsehen: Es hat keinen Zweck. Ich muss mich auf das Wesentliche konzentrieren. Auf das, was wirklich zählt! Es ist nicht mein Hotel. Sollte es weitere Feuer geben und das Gebäude abbrennen, ist das nicht mein Problem. Wenn es die beiden nicht schert, warum soll es dann mich? Alles, was ich hier noch zu erledigen habe, ist, ihre Schuld zu beweisen. Und herauszufinden, was mit Theresa und Matilda passiert ist.

»In Ordnung«, presse ich also zwischen meine Lippen hindurch und schlucke all meinen Ärger und Frust hinunter. Zumindest versuche ich das. »Sie haben recht, Frau Reiter«, sage ich und dabei habe ich das Gefühl, dass in meinem Magen ein Geschwür entspringt. »Es ... es tut mir leid.«

Sie werden büßen! Sie und ihr Mann! Für all ihre Dummheit. Und für alles, was sie diesen armen Frauen angetan haben. Ich werde sie fertig machen. Ich werde sie überführen. Und ich weiß auch schon, wie!

»Nun gut, fein«, sagt sie und streicht sich abermals mit ihrem bereits bekannten aufgesetzten Lächeln ihr Kleid an den Hüften zurecht. »Ich kann ja verstehen, dass Sie unter Druck stehen. All das hier ist ja schließlich völlig neu für Sie, richtig?«

Ich weiß nicht, was sie von mir hören will. Wir beide wissen doch, dass es so ist. Ich nicke deshalb ihr zuliebe.

Und da fällt es mir auf.

»Was ist?«, will sie wissen, weil mich mein Blick offenbar verraten hat.

»Sie ... Sie haben da Blut.«

»Blut?«

»Ja, an ihren Fingern.«

Sie betrachtet ihre Handrücken. Und reißt die Augen ein kleines Stück weiter auf. Vermutlich glaubt sie, sich im Griff zu haben. Aber nicht mit mir! Ich habe sie durchschaut.

Ein Schreckmoment ist verstrichen. Jetzt hat sie sich wieder gefangen und setzt erneut ihr gekünsteltes Lächeln auf.

»Huch, wie ist das wohl passiert?«, sagt sie, und ich nehme ihr diese Verwunderung nicht ab.

Das ändert jedoch nichts daran, dass es mich ängstigt. Warum zum Teufel blutet sie? Und wieso hält sie es nicht einmal mehr für nötig, mir einen Bären aufzubinden?

»Also, Herr Simon, jetzt aber zurück ans Schaffen!«, sagt sie und will die Situation überspielen. »Wie Sie sich im Gegensatz zu meinem Mann sicher denken können, erledigt sich die Arbeit nicht von selbst.«

Ich starre sie nur an.

»Sie wissen ja«, sagt sie deshalb. »Die Wiedereröffnung steht an, nicht wahr?« Sie zwinkert mir zu.

Ich verstehe nicht, was die Geste soll.

Und jetzt wird es noch skurriler: Ihr Blick verändert sich. Ich kann ihn nicht deuten. Sie beißt sich kurz auf die Unterlippe.

Dann sagt sie: »Außerdem wird es bald dunkel. Uns bleibt also nicht mehr viel Zeit.«

»Was passiert, wenn es dunkel wird?«, will ich wissen und ich kann nicht verbergen, dass mich ihre Worte getroffen haben. Keine Ahnung, warum. Wahrscheinlich, weil sie wie eine subtile Drohung geklungen haben.

Sie zögert kurz. Dann lächelt sie. »Gar nichts, Herr Simon. Gar nichts.«

KAPITEL 37

»Wenn Sie sich dann umgezogen haben, seien Sie doch bitte so nett, und kümmern Sie sich um das Fenster hier, ja?«, sagt Frau Reiter. »Das kann ja unmöglich so bleiben.«

Ich nicke, was sie sichtlich erfreut.

»Und wenn Sie damit fertig sind, wäre ich Ihnen sehr verbunden, wenn Sie noch einen Blick auf die Blumen im Haus werfen könnten.« Sie betrachtet die Schnittblumen auf dem heil gebliebenen Tischchen zwischen den beiden Sofas und macht eine besorgte Miene. »Ich denke, die bräuchten alle einen frischen Anschnitt und ein wenig Wasser.«

»Natürlich«, würge ich heraus.

Ich hinterfrage diese Anweisungen nicht. Nicht, weil sie etwa eindeutig und logisch wären. Sondern, weil sie keine Bedeutung mehr haben.

»Fein«, sagt sie, präsentiert wieder einmal ihr aufgesetztes Lächeln und klatscht dabei in die Hände. »Dann will ich Sie gar nicht länger aufhalten.«

Sie schwingt sich 180 Grad um die eigene Achse und verschwindet dann, wie schon eben ihr Mann, im Speisesaal. Ihre harten Absätze hämmern zwischen den alten Mauern.

Sicher denkt sie, dass sie mich mit diesen Arbeitsaufforderungen ruhiggestellt und wieder eine Zeit lang beschäftigt hat. Aber da irrt sie sich gewaltig. Ich bin schlauer als die beiden zusammen. Und ich werde nicht aufgeben, ehe ich hinter ihr dunkles Geheimnis gekommen bin.

Ich bin ganz nah dran. Ich spüre es.

Ich schleiche ihr kurzerhand nach, was gar nicht so einfach ist, weil meine nassen Sohlen wieder bei jedem Schritt hörbar quietschen. Doch zum Glück sind ihre eigenen Schritte – jetzt, da sie sich alleine glaubt – so laut, dass sie meine gar nicht wahrzunehmen scheint. Ich verstecke mich hinter einer der Säulen am Eingang des Speisesaals. Warte noch einen Augenblick lang. Und wage schließlich einen Blick, als ihre Schritte verstummen.

Ich zucke aber sofort wieder zurück, weil ich bemerke, dass sie stehen geblieben ist und sich verstohlen umsieht.

Ich beiße mir auf die Unterlippe und halte die Luft an, um klarer hören zu können.

Doch da sind keine Schritte mehr.

Hat sie mich eben etwa entdeckt und gesehen, dass ich ihr nachgespäht habe? Starrt sie jetzt auf die Säule und wartet darauf, dass ich erneut hervorluge?

Ich zögere noch. Bin unschlüssig.

Bis ich ein kaum hörbares Knarzen vernehme.

Ich wage einen neuerlichen Blick. Und staune nicht schlecht.

Wer hätte das gedacht?

Ich sehe, dass sie eine Tür im hinteren Drittel des Speisesaals geöffnet hat. Eine Tür, die nicht sofort als eine solche zu erkennen und mir bisher nicht aufgefallen ist. Weil sie in die Holzvertäfelung der Wand eingelassen und ebenso verkleidet ist.

Eine Geheimtür, schießt es mir in den Kopf!

Auch Reiter muss eben durch sie geschlüpft sein. Darum ist er auf einmal verschwunden gewesen.

Frau Reiter sieht sich noch einmal verstohlen um.

Und ich schrecke abermals zurück.

Hinter der Säule versteckt, spüre ich, dass mich ein Kribbeln erfasst hat. Und sich mein Puls erhört.

Ein paar Sekunden verstreichen, in denen nichts passiert.

Dann höre ich wieder dieses leise Knarren. Und ein Schnappen.

Ich wage es jetzt wieder, hinter der Säule hervor zu spähen. Und sehe, dass Frau Reiter durch die Geheimtür verschwunden ist und sie die Tür hinter sich zugezogen hat.

Ja, ich bin tatsächlich nahe dran!

Ich schleiche ihr nach.

KAPITEL 38

Über eine hinter der Tür versteckte schmale Treppe steige ich ins Kellergeschoss hinab. Ganz vorsichtig, weil die Stufen steil sind und ich kaum etwas sehen kann. Natürlich wäre es wohl klüger, Krämer zu informieren. Doch ich fürchte, dass er ohnehin wieder nicht kommen würde. Außerdem sagt mir meine innere Stimme, dass ich Frau Reiter besser auf den Fersen bleiben sollte. Und so steige ich weiter die Stufen hinab Der Geruch, der mir entgegenschlägt, lässt mich kurz die Luft anhalten. Doch mir wird klar, dass es gar keinen Sinn macht. Ich werde ohnehin gleich wieder Luft holen müssen. Ich zwinge mich also dazu, zumindest nur durch den Mund zu atmen. Aber der Gestank ist dennoch schwer zu ignorieren. Es riecht muffig und verfault. Mit jeder Stufe, die ich weiter nach unten steige, fühlt es sich ein bisschen mehr so an, als stiege ich immer tiefer in einen übel verfaulten Zahn hinab. Unten angekommen, ist es kaum zu ertragen. Aber daran kann ich jetzt nichts ändern. Ich muss da durch und versuche, mich deshalb erst mal zu orientieren. Doch es ist so dunkel, dass ich kaum die eigene Hand vor meinen Augen erkennen kann. Erst, als sich die Augen halbwegs an die Dunkelheit gewöhnt haben, begreife ich, dass sich vor mir ein enger Flur erstreckt. Trotz des mangelnden Lichts fällt mir auf, dass die Decke niedriger ist als in den anderen Kellerräumen, die ich bisher gesehen habe.

Von Frau Reiter fehlt jede Spur. Sie kann sich hier unten offenbar rasch und ohne zusätzliches Licht orientieren. Auch ihre Schritte sind nicht mehr zu hören.

Ich überlege, mein Handy als Taschenlampe zu verwenden. Doch damit würde ich jede Tarnung aufgeben. Also verwerfe ich den Gedanken gleich wieder. Soweit ich das überblicke, gibt es hier ohnehin nicht viel zu orientieren, denn da sind keine zusätzlichen Türen oder Abzweigungen. Nein, nur der lange finstere Flur vor mir.

Ich setzte mich also in Bewegung. Und taste mich an der nackten Ziegelwand entlang. Schritt für Schritt. So lange, bis ich einige Meter vor mir auf einmal Türscharniere quietschen höre.

Ich erstarre augenblicklich. Und warte.

Ich kneife die Augen zu schmalen Schlitzen zusammen. Versuche, etwas in der Dunkelheit vor mir auszumachen. Doch ich kann absolut nichts erkennen.

Auf einmal ist da wieder ein Geräusch. Eine Tür, die leise zufällt und ins Schloss schnappt.

Wo zur Hölle bin ich hier? Und was treibt Frau Reiter hier unten?

Weiter!, denke ich mir. Und gleichzeitig schießt mir der Gedanke ein, dass, wenn ich Frau Reiters Geräusche höre, sie doch auch meine mitbekommen haben muss. Oder?

Egal!

Ich wage es endlich, mich wieder zu rühren, und schleiche weiter. Und weiter. Schritt für Schritt. Den Gestank nehme ich schon gar nicht mehr so richtig wahr.

Ich taste mich immer noch an der nackten Ziegelwand entlang. Fühle die Feuchtigkeit. Greife immer wieder in Spinnweben. Und spüre auf einmal eine Veränderung unter meinen Händen. Keine Ziegel mehr. Sondern Metall.

Eine Tür! Wahrscheinlich die, die ich eben hörte.

Ich halte wieder inne. Lausche, kann aber nichts von dahinter hören. Also lege ich mein Ohr auf das kalte Metall und horche konzentriert.

Nichts, bis auf das Rauschen in meinem Kopf.

Ich taste also nach der Klinke. Greife sie und drücke sie ganz sachte und wie in Zeitlupe nach unten. Bis sie anschlägt.

Ein tiefer Atemzug.

Dann öffne ich die Tür.

Doch schon nach nur wenigen Zentimetern quietschen die Scharniere plötzlich laut auf.

Ich erstarre. Beiße mit aller Kraft die Zähne zusammen. Und fluche in Gedanken. Wenn Frau Reiter in dem Raum ist, dann hat sie mich gehört – ohne Wenn und Aber. Ich bin aufgeflogen. Und sollte mir besser rasch eine Ausrede einfallen lassen.

Aber von Frau Reiter ist nichts zu hören.

Ich horche konzentriert. Weil sich weiter nichts tut, fasse ich Mut.

Weiter!

Ich ziehe die Tür noch ein Stück weiter auf, zwänge mich durch den schmalen Spalt, ziehe die Tür ganz vorsichtig hinter mir zu und bleibe unmittelbar dahinter stehen.

Da bin ich nun. Wo auch immer. Hier drinnen ist es noch dunkler als eben noch. Ich sehe absolut gar nichts mehr. Dennoch wage ich es nicht, mein Handy anzumachen. Weil ich mir einbilde, Frau Reiters Absätze von irgendwoher ganz leise zwischen den kahlen Wänden hallen zu hören. Ich sollte mich besser beeilen, sonst werde ich sie bald verloren haben.

Ich will also den ersten Schritt setzten. Da trete ich ins Leere.

Ach du Scheiße!

Ich schreie auf. Fahre mit meinen Armen durch die Dunkelheit. Will mich an der Wand abfangen. Und bekomme gerade noch so eine Metallstange zu greifen. Ich schwinge herum. Und knalle mit dem Rücken gegen die Stange und die Wand dahinter. Ich kann mich gerade noch so auf den Beinen halten. Und begreife: Ich bin auf einer weiteren Treppe, die noch tiefer hinab führt, gelandet.

Mann!

Ich fange mich von dem Schrecken. Halte die Luft an. Und lausche. Nichts zu hören. Frau Reiter scheint meinen kurzen Angstschrei nicht gehört zu haben. Ihre Absätze sind jetzt nicht mehr zu hören.

Also los, weiter!

Ich setze einen vorsichtigen Schritt. Versuche, ein Gefühl für die Tiefe und Höhe der einzelnen Stufen zu bekommen. Dann wage ich einen weiteren Schritt. Und weiter, immer weiter. Dabei halte ich mich an der kalten Metallstange fest.

Bis ich unten angekommen bin.

Von Frau Reiter ist weiter nichts mehr zu hören. Ich habe also nichts mehr zu verlieren. Ich hole mein Handy heraus und schalte die Taschenlampenfunktion ein. Das Licht flammt auf und ich sehe, dass von der Treppe weg ein weiterer schmaler, niedriger Flur führt. An dessen Ende entdecke ich eine Tür. Frau Reiter muss durch diese verschwunden sein.

Ich tapse los. Und meine Gedanken überschlagen sich. Ich frage mich, warum zur Hölle Frau Reiter hier durch die Dunkelheit schleicht. Was zum Teufel sie hier zu suchen hat. Ich spüre, dass mein Puls weiter anzieht, je näher ich der Tür komme. Meine nassen Gummisohlen quietschen. Schmutz und Steine knirschen unter jedem meiner Schritte. Und mein Puls hämmert hinter meinen Ohren.

Auch wenn es bloß an die 20 Meter sind, so dauert es doch eine gefühlte Ewigkeit, bis ich endlich vor Anspannung zitternd an der Tür am Ende des Flurs angekommen bin.

Von Frau Reiter ist nichts zu hören. Auch nicht, als ich auch auf diese Tür mein Ohr lege und konzentriert lausche. Also taste ich nach der Klinke, greife sie und öffne die Tür. In dem Raum dahinter ist das Licht an. Es fällt zu mir heraus in den Flur und beleuchtet die nackte Ziegelwand auf der gegenüberliegenden Seite.

Ich wage es noch nicht, in den Raum zu schauen. Stattdessen kneife ich vor Nervosität die Augen zusammen und spanne die Schultern an. Ich erwarte, jeden Moment ein »Herr Simon!« zu hören. Doch es bleibt still. In meiner Panik stelle ich mir vor, wie Frau Reiter mit verschränkten Armen dasteht, zur Tür starrt und darauf wartet, dass ich um die Ecke trete. Oder noch schlimmer: wie ihr Mann mit dem Köter zu seinen Füßen und dem Gewehr im Anschlag darauf wartet, dass ich mich zeige und mich damit zum Abschuss freigebe.

Die Sekunden verstreichen. Und ziehen sich endlos lange.

Aber weiter passiert nichts.

Ich warte noch einen letzten kurzen Moment.

Dann fasse ich Mut.

Ich schiebe meinen Oberkörper wie in Zeitlupe nach vorne. Zentimeter für Zentimeter. Immer weiter. Bis ich meinen Kopf am metallenen Türblatt vorbeihabe. Und einen Blick in den Raum werfen kann.

Meine Augen werden plötzlich ganz groß.

Was zum …?

Ich kann kaum glauben, was ich sehe.

KAPITEL 39

Da sind Bildschirme. Jede Menge davon. Auf den ersten Blick würde ich sagen, dass es sieben oder acht sind. Nein, es müssen mehr sein. Ich zähle nach. Es sind elf. Sie sind zwar ausgeschaltet, doch sie hängen alle am Strom. Ich kann es an den blinkenden Standby-Lichtern in den rechten unteren Rahmenecken erkennen.

Mein Herz schlägt auf einmal ganz wild.

Erst jetzt nehme ich die Tür auf der gegenüberliegenden Seite des Raums wahr. Und mir wird klar, dass Frau Reiter nur durch diese weitergezogen sein kann. Aber ich kümmere mich nicht mehr um sie. Stattdessen will ich erst einmal begreifen, was es mit den vielen Bildschirmen auf sich hat, die auf aneinandergereihten Schreibtischen stehen. Drei schwarze Bürostühle stehen davor. Einer scheint sich noch kaum merkbar gedreht zu haben und eben erst zum Stillstand gekommen zu sein. Jetzt kann ich auch gleich mehrere Computer unter den Tischen entdecken. Und unzählige Kabel, die über den Boden verlegt sind.

Langsam begreife ich, dass das Ganze wie eine Art Kommandozentrale wirkt. Nur wofür?

Ich betrete den Raum. Glaube, neben Frau Reiters süßlichem Parfum auch noch einen herben Männerduft wahrzunehmen. Ihr Mann trägt kein Parfum, da bin ich mir ziemlich sicher. Von wem stammt er also? Vielleicht täusche ich mich aber auch, denn da ist ein Gestank, der ohnehin alles andere übertüncht: jener von abgestandenem Zigarettenqualm. Auf den Schreibtischen stehen zwei mit Stummeln überquellende Aschenbecher. Eine zerknüllte Packung liegt da, außerdem ein giftgrünes Feuerzeug.

Ich trete näher und mache den ersten Bildschirm an. Das Standbild eines Treppenhauses erscheint. Ich begreife sofort, was ich sehe: Es ist eines aus dem Hotel. Es muss die Haupttreppe gleich hinter der Lobby sein.

Warum zur Hölle wird sie von einer Überwachungskamera gefilmt? Was soll das?

Ich schalte den Bildschirm daneben an. Ein Bild der Lobby erscheint – ebenfalls von einer Überwachungskamera gefilmt. Der nächste Bildschirm zeigt den Speisesaal. Der Monitor daneben zeigt mir ebenso den Speisesaal, jedoch aus einem anderen Blickwinkel gefilmt. Ich mache noch einen an und staune nicht schlecht. Denn darauf zu sehen ist das Kellerabteil mit den vielen kaputten Röhrenfernsehern, in dem ich stundenlang zugange war.

Mir schwirrt der Kopf.

Haben diese Arschlöcher mich etwa die ganze Zeit über beobachtet? Wenn ja, warum verdammt noch mal?

Auf einmal schießen mir noch so viel mehr Fragen ein: Wissen sie, dass ich mit der Polizei in Kontakt bin? Und wissen sie, dass ich in ihre privaten Räumlichkeiten eingebrochen bin? Haben sie gesehen, wie ich mich aus dem Haus geschlichen habe und wieder zurückgekommen bin? Falls ja, dann müssen sie doch auch die Angreifer beobachtet haben. Geht deshalb nichts am Hotel weiter, wie Frau Reiter behauptet? Weil ihr Mann pausenlos hier unten sitzt und alle Vorgänge im Haus beobachtet? Oder ist sie es, die ständig hier unten hockt? Von wem stammt dann der Männerduft? Oder bilde ich mir den nur ein?

Ich habe plötzlich das Gefühl, gar nichts mehr zu wissen.

Ein Schwindelgefühl packt mich. Ich muss mich an einer der Tischplatten abstützen.

Und auf einmal ist da noch etwas, das mich regelrecht überfällt: eiskalte Angst.

Bin ich in Gefahr?

Ich zittere, als ich all die übrigen Bildschirme anmache. Zeigt einer von ihnen womöglich sogar den Aufenthaltsort der beiden Vermissten? Mein Puls macht bei dem Gedanken einen weiteren Sprung nach oben. Aber ich habe kein Glück. Einige der Orte, wie zum Beispiel das Hallenbad, erkenne ich sofort wieder. Andere wiederum scheine ich seit meiner Ankunft hier noch nicht entdeckt zu haben.

Als der letzte Monitor anspringt, bin ich auf einmal wie elektrisiert. Ich stehe da und starre auf das Bild. Weil ich sofort begreife, welches Zimmer es zeigt.

Diese Schweine!

Keine Frage, dass es mein Zimmer ist, das sie hier überwachen. Weil ich am rechten unteren Bildrand klar und deutlich meinen Koffer erkennen kann.

Diese perversen Schweine haben mich die ganze Zeit über beobachtet! Sogar in meinem Zimmer. Und ich Idiot habe es nicht mitbekommen.

Eine unfassbare Wut steigt in mir hoch und verdrängt meine Angst. Ich will den Bildschirm packen, ihn vom Strom reißen und ihn gegen die Wand schmettern. Ich will darauf treten. Ihn zerstören. Und dann den nächsten. Und den nächsten. Und dann die Computer. Bis nichts von all dem hier mehr übrig ist.

Aber mir ist klar, dass Krämer das alles hier sehen muss. Sicher sind auf den Rechnern auch die Überwachungsvideos gespeichert. Sind sie der Beweis, den wir brauchen?

So schnell, wie die Wut gekommen ist, ist sie auch wieder verpufft. Ich bin plötzlich voller Hoffnung. Stehe ich tatsächlich unmittelbar vor der Lösung dieses Mysteriums?

Auf einmal zieht einer der Bildschirme meine volle Aufmerksamkeit auf sich. Erst glaube ich, dass ich mich täusche und ich mir die minimale Bewegung nur eingebildet habe. Doch dann sehe ich klar und deutlich, dass meine Zimmertür von außen geöffnet wird und nach innen aufschwingt.

Einen Augenblick lang passiert nichts weiter. Ich sehe nicht, wer da davor im Flur steht. Niemand tritt ein, nichts tut sich.

Sekunden verstreichen.

Das Bild scheint wie eingefroren.

Dann passiert es doch: Eine Person betritt den Raum. Auch wenn ihr Gesicht aufgrund des schrägen Winkels nicht zu sehen ist, erkenne ich sie sofort.

Ich laufe los.

KAPITEL 40

Raus aus dieser finsteren Unterwelt geht es deutlich schneller als hinein. Jetzt muss ich ja auch keine Angst mehr davor haben, Frau Reiter oder jemand anderen auf mich aufmerksam zu machen – die scheinen ohnehin die ganze Zeit über gewusst zu haben, wo ich mich gerade aufgehalten habe. Diese Erkenntnis macht mich unfassbar wütend. Gleichzeitig arbeitet sie noch in mir und ich habe das Gefühl, ihren Umfang noch gar nicht so wirklich begriffen zu haben. Ich weiß noch nicht, warum sie das getan haben. Was das Auffliegen ihres Geheimnisses nun für mich bedeutet. Und wie das alles mit den beiden verschwundenen Frauen zusammenhängt. Zwei Dinge hingegen weiß ich. Erstens: Das alles macht mir Angst. Und zweitens: Ich muss in mein Zimmer, ehe sie wieder verschwunden ist.

Und so renne ich mit der Taschenlampe meines Handys durch die Flure und die steilen Treppen wieder hoch ins Erdgeschoss. Und von dort weiter hoch in den ersten Stock und in mein Zimmer. Zumindest will ich das. Doch im ersten Stock angekommen, wird mir klar, dass ich wieder einmal irgendwo falsch abgebogen sein muss.

Herrgott!

Ich laufe ein Stück zurück. Mein Knöchel schmerzt die ganze Zeit, und bei jedem einzelnen Schritt jagt es mir einen stechenden Blitz durch den Fuß. Aber es ist mir egal. Ich habe nur das Ziel vor Augen: mein Zimmer.

Ich muss es erreichen, bevor sie es wieder verlassen hat.

Sie ist der Schwachpunkt der Reiters. Sie weiß, was hier vor sich geht, ganz sicher sogar. Ich spüre es. Nein, ich weiß es: Sie ist der Schlüssel.

Ich muss zugeben: Frau Reiter habe ich unterschätzt. Sie habe ich viel zu lange bloß für durchgeknallt gehalten. Dabei hatte ich doch schon von Anfang an den Verdacht, dass ihr absurdes Verhalten bloß aufgesetzt ist. Jetzt bin ich mir sicher, dass sie mir die ganze Zeit über nur etwas vorgespielt hat. Und sie nicht so dumm ist, wie sie vorgibt zu sein.

Ihrem Mann traue ich sowieso alles zu. Fast zumindest. Denn je mehr ich darüber nachdenke, desto sicherer bin ich mir: Er hat keine Führungsrolle in dem Ganzen. Dafür schätze ich ihn nicht klug genug ein.

Nein. Jetzt, wo ich mir all das noch einmal so vor Augen führe, ist es wie ein verschwommenes Bild, das auf einmal immer klarer wird: Frau Reiter führt all das hier an. Was auch immer es ist.

Mit dieser Erkenntnis wird mir auch klar, dass ich jetzt endlich wieder auf dem richtigen Weg in mein Zimmer bin. An einer Gabelung des Flurs laufe ich nach links. Und ein paar Meter weiter biege ich noch einmal links ab. Und da sehe ich auch schon meine Zimmertür am Ende des Flurs.

Ich laufe darauf zu. Lege vor Aufregung sogar noch einen Zahn zu. Meine Schritte sind laut. Aber es ist mir egal. Soll sie mich ruhig kommen hören. Es kommt jetzt ohnehin bald alles zu einem Ende. Ich spüre es.

Ich drehe mich etwas zur Seite, werfe mich mit der Schulter voran gegen die offenstehende Tür und presche mit einem adrenalingeladenen Schrei in den Raum. So schwungvoll, dass ich fast das Gleichgewicht verliere und falle. Aber es gelingt mir nach ein paar Ausfallschritten, mich auf den Beinen zu halten. Ich komme unmittelbar vor dem Bett zum Stehen. Reiße dort den Kopf hin und her. Sehe mich um.

Mist!

Ich bin zu spät. Sie ist schon weg.

Das glaube ich zumindest einen Augenblick lang. Aber dann zerschneidet ein leises Knarren die Stille. Und ich entdecke sie im Holzschrank, dem die linke Flügeltür fehlt.

KAPITEL 41

»Hallo, Sienna«, sage ich keuchend. Ich merke erst jetzt, wie aufgedreht und wie sehr ich außer Atem bin. Mein heftiges Schnaufen geht in einen Hustenanfall über.

Sie reagiert nicht. Aber ich sehe einen Teil ihres Schuhs, weshalb ich weiß, dass sie noch hier ist. Sie hat sich im Schrank versteckt, kauert dort, hat die Beine angezogen und gegen die Brust gepresst.

»Ich weiß, dass du da bist«, sage ich, als ich den Husten halbwegs in den Griff bekommen habe. Mein Kopf glüht, mein Hals kratzt. »Du musst keine Angst vor mir haben.«

Wieder knarrt der Schrank unter ihrem Gewicht.

Ich muss mich mehrmals räuspern, weil das Halskratzen nicht abklingen will. »Hast du mich gesucht? Oder warum bist du hier?«

Keine Antwort.

»Du kannst ehrlich zu mir sein«, sage ich, aber auch das bringt sie nicht dazu, sich zu zeigen oder mir zu antworten. Sicher habe ich sie mit meinem Auftritt eben noch zusätzlich verängstigt. »Ich weiß es. Ich weiß alles«, lüge ich.

Sie zögert noch kurz. Dann lugt sie endlich zu mir hervor.

»Hallo«, sage ich noch einmal und versuche mich an einem Lächeln, auch wenn mir ziemlich sicher bin, dass es mir nicht gelingt. Ich bin einfach viel zu angespannt dafür.

Sie starrt mich bloß an.

»Du kannst gerne zu mir herauskommen.«

Sie bewegt sich nicht.

»Ich tu dir nichts«, versichere ich ihr. »Keine Sorge.«

Aber sie traut sich immer noch nicht.

»Können wir reden?«, frage ich sie und gehe in die Hocke, um weniger bedrohlich auf sie zu wirken.

Ich bekomme nicht mehr als ein Flüstern zur Antwort: »Worüber denn?«

»Ich weiß auch nicht so genau«, schwindle ich sie an. »Über das Hotel. Oder deine Eltern zum Beispiel.«

Bilde ich mir das nur ein, oder sind ihre Augen tatsächlich gerade eine Spur größer geworden?

»Ich weiß über alles Bescheid«, setze ich nach, weil sie nichts sagt, und ich hoffe, sie damit aus der Reserve zu locken. Tatsächlich habe ich das Gefühl, gar nichts mehr zu wissen.

»Du weißt es?«, fragt sie so leise, dass ich sie hinter dem Regenprasseln kaum verstehe.

»Ja«, sage ich und habe meine Stimme dabei ebenfalls gedämpft.

Sie hockt immer noch im Schrank und zieht sich wieder hinter die einsame Tür zurück.

Ich lasse ihr einen Moment lang Zeit. Ich nehme mir vor, in Gedanken bis zehn zu zählen. Doch bei sechs halte ich es nicht mehr länger aus und frage sie: »Möchtest du vielleicht zu mir herauskommen?«

Keine Antwort.

»Sienna?«

Ganz leise: »Lieber nicht.«

»So lässt es sich aber so schwer reden, findest du nicht auch? Es geht doch leichter, wenn wir einander sehen können.«

Sie rührt sich nicht.

Ich beschließe, alles zu riskieren, und frage sie ganz direkt: »Kennst du die Frauen, die verschwunden sind?«

Schweigen.

»Sienna, kennst du sie?«

»Nur eine von ihnen.«

»Theresa?«

»Ja.«

Wusste ich es doch! Mein Herz schlägt auf einmal mit doppelter Geschwindigkeit. »War sie hier im Hotel?«

Erneutes Zögern.

Herrgott, jetzt rede doch endlich!

»Sienna, war Theresa hier im Hotel?«

»Ja.«

Wumms.

Mein Herzschlag macht noch einmal einen gehörigen Sprung nach oben. So viele Fragen auf einmal schießen mir in den Kopf. Ehe ich sie filtern und die wichtigste auswählen kann, schießt schon eine viel zu laut aus mir heraus: »Was hat sie hier gemacht?«

»Gearbeitet«, sagt sie. Und dann noch: »Glaube ich.«

»Sie hat für deine Eltern hier im Hotel gearbeitet?«

»Ja, ich denke schon.«

Okay, das ist der Beweis! Das muss Krämer hören!

Ich gebe mir alle Mühe dabei, mir meine Aufregung nicht anmerken zu lassen, und frage so ruhig wie möglich: »Mochtest du sie?«

»Ja. Aber ...« Sie bricht den Satz ab und lässt ihn unvollendet im Schrank hängen.

»Aber was?«, dränge ich sie.

»Nicht so sehr wie du.«

KAPITEL 42

Was? Auch wenn ich ihn nicht begreife, so hat mich Siennas Satz mit der Wucht einer Abrissbirne getroffen.

»Wie ich?«, hake ich mit zittriger Stimme nach. »Was meinst du damit?«

Sie antwortet nicht.

»Sienna, bitte, es ist wichtig.«

»Gar nichts.«

»Du musst es mir sagen!«

Sie geht nicht darauf ein. Stattdessen sagt sie: »Theresa war immer nett zu mir.«

Ich ertrage es nur schwer, dass sie meine Frage nicht beantwortet. Dabei ist mir völlig klar: Ich muss meine Aufregung im Zaum halten. Sonst macht sie dicht, und ich bekomme gar nichts mehr aus ihr heraus. Wenn ich sie jetzt verliere, stehe ich wieder bei null.

»Weißt du, was mit ihr passiert ist?«, frage ich und ahne, dass ich der Lösung dieses riesengroßen Rätsels ganz nahe gekommen bin. Ich muss sie nur aus der Kleinen herausbekommen.

»Nein«, antwortet sie, und ich frage mich, ob ich ihr das glauben soll.

Ich versuche es mit einem anderen Ansatz: »Wissen deine Eltern es?«

»Ich glaube nicht.«

Okay. Ich verliere vor Aufregung langsam die Geduld. Ich überlege, wie ich sie dazu überreden kann, aus dem Kasten zu kommen. Wenn ich ihr erst einmal direkt gegenüberstehe und ihr in die Augen sehen kann, vielleicht schöpft sie dann das nötige Vertrauen. Immerhin ist sie ja in mein Zimmer geschlichen – um mir etwas zu sagen? Womöglich …

»Ich will nicht, dass sie …«, beginnt sie und unterbricht damit mein aufgeregtes Grübeln. Sie scheint zu schlucken, ehe sie noch einmal ansetzt: »Ich will nicht, dass sie das mit dir tun.«

»Was meinst du? Wer tut was mit mir?«

Sie geht nicht darauf ein. Stattdessen lehnt sie sich auf einmal zur Seite, schaut an der Kastentür vorbei und sagt: »Ich mag dich. Du warst immer lieb zu mir.«

»Ich war immer …?« Ich schüttle ungläubig den Kopf. »Was sagst du da?«

Sie reagiert nicht.

Meine Geduld ist jetzt wirklich bald am Ende.

»Sienna, kannst du jetzt bitte aus dem Kasten kommen? Ich verspreche dir auch, dass ich dir nicht zu nahekomme. Ich bleibe hier, wo ich bin. Ehrenwort.«

Um das zu demonstrieren, verlasse ich die Hocke und setze mich auf den Boden. Erst im Schneidersitz, aber dafür schmerzt mein Knöchel noch zu sehr. Also verändere ich meine Position gleich wieder, ziehe wie sie die Beine an und verschränke meine Arme um sie.

»Also, wie sieht's aus?«, frage ich.

Sie zögert noch einen Moment lang. Dann kommt sie tatsächlich raus und auf mich zu. Ganz langsam und ohne mich dabei aus den Augen zu lassen. Obwohl sie Angst vor mir zu haben scheint – warum auch immer – kommt sie ganz dicht an mich heran. So nah, dass es mir wiederum unangenehm ist. Sie ist jetzt nur noch einen Schritt von mir entfernt.

Ich sehe zu ihr hoch und verstehe ihren plötzlichen Sinneswandel nicht.

»Ich muss dir etwas sagen«, flüstert sie.

»Okay«, sage ich und spüre, wie meine Anspannung steigt und sich Gänsehaut in meinem Nacken regt. »Du kannst mir alles sagen.«

Sie geht zu mir in die Hocke. »Bitte sei jetzt ganz leise!«, flüstert sie mir ins Ohr. »Es ist wichtig, dass uns niemand hört.«

Ich weiche kurz zurück. Sehe sie an. Sehe die Angst in ihren Augen. Aber auch noch etwas anderes, das ich nicht zu deuten vermag. Ich nicke, lehne ich mich wieder vor und flüstere zurück: »Okay. Ich bin leise, versprochen.«

»Such im Schlafzimmer meiner Eltern«, haucht sie mir ins Ohr.

Wieder weiche ich zurück. Ich spüre, dass meine Augen ganz groß geworden sind und mir der Mund offen steht. Ich bin wie elektrisiert.

»Was meinst du damit?«, flüstere ich zurück.

»Du musst dort suchen.«

»Wonach?«, will ich wissen und ich merke, dass ich vor Aufregung ein wenig zu laut geworden bin.

Sie legt sofort einen Zeigefinger auf ihre Lippen.

»Tut mir leid«, zische ich. Und dann: »Was ist dort?« Sie meint doch nicht etwa Theresas Lebenslauf, oder?

»Das musst du selbst herausfinden.«

»Sienna, du musst es mir sagen!«

»Das kann ich nicht.«

»Warum nicht?«

Sie zuckt so geringfügig mit den Schultern, dass ich mir nicht sicher bin, ob ich es mir bloß eingebildet habe.

»Warum nicht?«, will ich noch einmal wissen.

Aber sie macht nur »Sch!«, weil ich schon wieder zu laut geworden bin.

In mir hat etwas zu brodeln begonnen. In meinen Schläfen sticht es auf einmal schmerzhaft. Der Boden unter mir scheint zu wanken, das Zimmer sich ein wenig zu drehen.

»Sienna, bitte, das ist jetzt ganz wichtig, hörst du! Wonach soll ich im Schlafzimmer deiner Eltern suchen?«

»Ich … ich weiß es nicht.«

Ich verstehe das nicht. Mir schwirrt der Kopf immer heftiger. »Warum soll ich dort dann nach etwas suchen?«

»Die Polizei hat gesagt, dass ich dir das sagen soll.«

»Die Polizei hat … was?«

Sie weicht einen Schritt zurück und meinem Blick aus. Beißt sich auf die Unterlippe. Knetet sich die Hände.

»Ist das die Wahrheit?«, frage ich.

Sie nickt.

Mein Hirn rattert. Ich versuche zu begreifen. Aber es will mir nicht gelingen. Was zur Hölle erzählt die Kleine da? Was geht hier vor? Mir wird gerade richtig schwindelig. Ich schließe die Augen. Presse mir die Handflächen an die Schläfen, weil sich plötzlich auch ein ungeheurer Druck in meinem Schädel aufzubauen scheint. Doch so sehr ich auch gegen meinen Kopf presse, es wird immer schlimmer. Haben Krämer und Ott etwas herausgefunden und wollen sie ihre Erkenntnis jetzt so mit mir teilen? Über Sienna? Kann das sein? Wäre das logisch?

Ich verstehe gar nichts mehr.

»Wann hat die Polizei dir das gesagt?«, presse ich schließlich heraus und habe alle Mühe, die Schmerzen auszublenden. Weil sie nicht sofort antwortet, ich aber schlagartig das Gefühl habe, dass mir die Zeit davonläuft, raffe ich mich vom Boden hoch, gehe ihr nach und vor ihr in die Hocke. Ich greife sie an den Oberarmen. »Wann, Sienna?«

»Vorhin«, sagt sie, entreißt sich meinem Griff und tritt einen Schritt zurück.

Ich kapiere das nicht. Tausende Gedanken dröhnen mir

auf einmal durch den Schädel. Die Wände scheinen näher zu kommen und das Zimmer scheint sich immer heftiger zu drehen. Ich muss mich am Boden abstützen, weil ich in der Hocke das Gleichgewicht verliere.

Trotzdem sehe ich Sienna an, dass ihr noch etwas auf den Lippen brennt. Dass da noch etwas ist, das sie mir sagen möchte. Und dass sie bloß noch den Mut sucht, um es auszusprechen. Ich will sie gerade ermutigen, da hat sie es von selbst geschafft.

Sie flüstert es. So leise, dass ich es kaum hören kann. Aber eben nur kaum. Ich habe es gehört. Nur verstehe ich nicht, was Sienna mir da eben gesagt hat.

»Was?«, bekomme ich gerade so über die Lippen, während mich eine ungeheure Panik packt und ich heftig in meiner eiskalten, nassen Kleidung zu zittern beginne.

»Sie glauben, dass du Theresa wehgetan hast.«

KAPITEL 43

Ich weiß nicht, ob die Reiters jetzt auch noch ihre Tochter dazu benutzen, ihre Lügen zu verbreiten und ihre üblen Machenschaften zu vertuschen. Oder ob Sienna tatsächlich die Wahrheit gesagt hat und von der Polizei den Auftrag bekommen hatte, mit mir zu sprechen. Ich habe das Gefühl, gar nichts mehr glauben zu dürfen. Und nicht länger zwischen Realität und Lüge unterscheiden zu können.

Ich weiß nur eines: Ich muss mit Krämer sprechen. Jetzt sofort. Ich muss wissen, was hier vor sich geht. Und ich will aus seinem Mund hören, dass das, was Sienna mir sagte, nicht der Wahrheit entspricht. Er soll mir versichern, dass sie tatsächlich nicht daran glauben, dass ich etwas mit dem Verschwinden der beiden Frauen zu tun habe. Es wäre ja auch völlig absurd, so etwas zu denken. Sie alle wissen doch, dass ich erst heute hier angekommen bin.

Aber natürlich kann ich ihn auch dieses Mal nicht erreichen. Sein Handy ist ausgeschaltet, weshalb ich ihm auf die Mailbox spreche, nein, regelrecht schreie. Ich stelle ihm ein Ultimatum. Fordere ihn auf, sofort herzukommen, weil ich sonst alles abbrechen und verschwinden werde.

»Sie haben 15 Minuten! Dann bin ich weg!«, schreie ich noch und lege dann auf.

Ich kann nur hoffen, dass er meine Drohung ernst nimmt.

Nur ist mir auch klar, dass ich darauf nicht warten kann. Denn garantiert weiß Frau Reiter längst, dass ich ihre geheime Kommandozentrale entdeckt habe. Und ganz bestimmt hat sie inzwischen auch ihrem Mann davon erzählt. Sicher ahnen die beiden, dass ich knapp davor bin, ihr dunkles Geheimnis zu lüften. Und sie zu überführen.

Ich weiß nicht, ob ich Sienna trauen kann. Und was da eventuell im Schlafzimmer ihrer Eltern auf mich wartet. Aber ich werde es mir nicht verzeihen können, wenn ich es nicht zumindest noch einmal versuche, einen Beweis zu sichern. Ich muss Theresas Lebenslauf und alles andere, was ich auf die Schnelle noch finden kann, sicherstellen – wenn es nicht schon zu spät ist und sie bereits alle Beweise vernichtet haben.

Und deshalb hetze ich jetzt wie ein Verrückter die Haupttreppe hoch. Dabei bin ich voller Anspannung und Adrenalin. Und in Gedanken schon in den Zimmern der Reiters.

Deshalb bin ich auch wie vor den Kopf gestoßen, als ich den Halbstock erreiche und es sehe. Ich kann kaum glauben, dass ich es tatsächlich vergessen habe.

Reiter hat die Scherben der zerbrochenen Bodenvase gelassen, wie sie waren. Ich halte deshalb kurz an und suche den Boden ab. Ich schiebe mit meinem Fuß ein paar größere Scherben zur Seite, kann sie aber nicht entdecken. Ich gehe in die Hocke und suche den Boden aus dem neuen Blickwinkel ab. Aber weiter keine Spur davon. Ich mache also ein paar Schritte zur Seite und werfe noch einen Blick auf den Scherbenhaufen. Doch auch jetzt kann ich sie nicht entdecken. Es wäre auch zu schön gewesen …

Ich versuche, mir einzureden, dass sie noch nicht verloren ist. Und dass ich vielleicht ja noch später irgendwann einmal die Möglichkeit haben werde, danach zu suchen. Ich will mich gerade abwenden. Da entdecke ich sie. Und ich kann mein Glück kaum fassen.

Es ist nur eine Münze. Nur ein Stück Metall, das heute keinen Wert mehr hat. Aber es ist die Münze meines Vaters. Sein letztes Geschenk an mich vor seinem Tod.

Trotz meiner Aufregung kommen mir fast die Tränen, als ich sie aufhebe, das Gewicht in meiner Hand spüre und sie von beiden Seiten betrachte. So als könne ich es kaum glauben, dass es tatsächlich meine Münze ist. Doch sie ist es. Ich kenne sie wie kaum sonst etwas in meinem Leben. Jede Delle, jeden Kratzer. Unverkennbar!

Sie hat mich vorhin gerettet. Und wer weiß, wozu sie noch nützlich sein wird, ehe ich hier wieder abgehauen bin.

Danke, Papa!, flüstere ich in Gedanken und werfe noch einen letzten Blick darauf, ehe ich sie in meiner nassen, kalten Hosentasche verschwinden lasse.

Dann hetze ich weiter die Stufen hoch. Bis ich im vierten Stock angekommen bin.

Vor ihrer Tür wird mir klar, dass ich keinen wirklichen Plan habe. Natürlich, wie auch? Doch zumindest eine Ausrede für den Fall, dass sie mich erwischen, wäre hilfreich. Nur habe ich die nicht. Aber egal. Vermutlich würden sie mir ohnehin nicht glauben.

Ich habe keine Ahnung, ob sie auch ihre privaten Räume mit versteckten Kameras überwachen. Es tut auch nichts zur Sache: Ich muss da rein. Alles mitnehmen, was ich auf die Schnelle finden kann und sie belastet. Und dann abhauen. Sollten sie mich dabei erwischen, wird ohnehin keine Ausrede mehr nötig sein, fürchte ich.

Weil sie Bescheid wissen. Darüber, dass ich Bescheid weiß.

Keine Spielchen mehr!

Ich klopfe also, ohne weiter darüber nachzudenken, ob es eine gute Idee ist. Was, wenn mir einer der beiden öffnet? Soll ich ihn oder sie überrumpeln und gewaltsam eindringen? Soll ich sie bewusstlos schlagen? Kann ich so etwas überhaupt? Soll ich dann ihr Schlafzimmer auf den Kopf stellen, bis ich gefunden habe, was ich brauche?

Ich bezweifle, dass ich Reiter so einfach überrumpeln und ausschalten kann. Er ist mir mit seiner kräftigen Statur weit überlegen. Außerdem wird er seinen Köter dabeihaben, fürchte ich. Ich kann also nur hoffen, dass Frau Reiter es ist, die mir öffnet.

Aber es passiert ohnehin nichts.

Ich klopfe erneut. Schließe die Augen. Versuche, mein Schnaufen und das Regenprasseln auszublenden. Und lausche konzentriert.

Nichts zu hören.

»Frau Reiter!«, rufe ich und hämmere jetzt mit der flachen Hand auf die Tür ein. »Ich muss mit Ihnen sprechen!«

Keine Reaktion.

Ich greife die Klinke. Drücke sie. Die Tür ist versperrt.

Mist!

»Frau Reiter?«

Nichts.

Scheiß drauf!

Mir ist ein Gedanke gekommen. Und ehe ich darüber nachdenke, ob es wirklich eine gute Idee ist oder nicht, mache ich es einfach. Ich gehe ein paar Schritte zurück. Hole tief Luft. Stürme auf die Tür zu. Drehe mich unmittelbar davor etwas zur Seite. Und werfe mich mit Schulter und Oberarm voran wie ein Footballspieler gegen die Tür.

Es knirscht und kracht. Doch sie bleibt verschlossen.

Ich wiederhole das Ganze. Nehme erneut Anlauf. Und stürze mich noch einmal mit aller Kraft gegen die Tür.

Dieses Mal kracht es schon deutlich lauter. Keine Frage, dass gerade irgendetwas kaputtgegangen ist. Aber die Tür hängt immer noch in ihren Angeln. Ich gebe dem Ganzen also einen dritten Versuch. Mache ein paar Schritte zurück. Laufe darauf zu. Schreie unbewusst auf. Und schmeiße mich regelrecht gegen die Tür.

Jetzt gibt sie endlich nach. Es kracht heftig. Sie schwingt auf. Ich stolpere an ihr vorbei in den Raum. Und komme etwa drei Meter nach der Türschwelle im Zimmer zum Stehen.

Weiter! Ich habe keine Zeit zu verlieren.

Ich reibe mir den Oberarm, der ein wenig schmerzt, und sehe mich um. Ich hetze zur kleinen Kommode neben dem Fenster und ziehe die Lade auf, in der vorhin die Mappe mit Theresas Lebenslauf lag. Doch die Mappe ist weg.

Ich habe es befürchtet.

Sie wissen es!, geht mir durch den Kopf. Sie wissen, dass ich hier war. Und dass ich ihre Lügen durchschaue.

Um sicherzugehen, schaue ich auch in die anderen beiden Laden. Doch auch dort ist die Mappe nicht.

Meine Hoffnung ist dabei, sich in Luft aufzulösen. Ich bin zu spät. Sie haben bereits alle Beweise verschwinden lassen.

Oder?

Ich laufe nach nebenan in ihr Schlafzimmer. Sehe mich dort um. Wo könnten sie etwas versteckt haben? Ich laufe zum Bett. Hebe die erste Decke an. Nichts. Dann die zweite. Auch nichts. Ich werfe die Polster zur Seite. Nichts. Ich hebe die Matratze etwas hoch, luge drunter. Nichts. Ich reibe mir das Gesicht, sehe mich um. Während ich noch überlege, wo ich noch nachschauen könnte, und mir der Kleiderkasten ins Auge fällt, ziehe ich unbewusst die oberste Lade von Frau Reiters Nachtkästchen auf. Ich halte vor Schreck in der Bewegung inne.

Was zum Teufel …?

Scheiße, da liegt eine Pistole.

In diesem Moment passiert es.

Ich spüre es, ehe ich sie gehört oder gesehen habe. Vielleicht lag es an einem kaum wahrnehmbaren Lufthauch. Vielleicht auch an einem Geruch, den nur mein Unterbewusstsein wahrnahm. Oder es lag an etwas anderem. Jedenfalls bin ich mir plötzlich absolut sicher, dass ich nicht mehr alleine bin. Und dass sie direkt hinter mir stehen.

Die Erkenntnis versetzt mich schlagartig in Panik.

Ich habe keine Zeit nachzudenken.

Ich greife die Pistole. Wirble damit herum. Und schreie vor Schreck auf.

Sie stehen tatsächlich da. Im Türrahmen.

»So, jetzt reicht es, du kleiner Scheißkerl!«, knurrt Reiter mich an und sein Köter bellt laut auf.

KAPITEL 44

»Halt!«, schreie ich und ziele abwechselnd auf die beiden.

»Huch!«, entkommt es Frau Reiter. Sie schlägt sich die flache Hand auf die Brust, als würde sie damit ihren wohl sprunghaft angestiegenen Puls besänftigen können.

»Ach du Scheiße …«, murmelt Reiter. Doch er scheint im Gegensatz zu seiner Frau kein bisschen von der Waffe in meinen Händen eingeschüchtert. Er drängt sich an ihr vorbei in den Raum. Sein Rottweiler folgt ihm zähnefletschend.

»Bleiben Sie stehen!«, brülle ich und meine Stimme überschlägt sich dabei vor Angst.

»Den Teufel werde ich!«, knurrt er.

»Woher hat er die Pistole?«, will sie wissen. »Das … das war so nicht abgemacht!«

»Keinen Schritt weiter!«, schreie ich.

»Leck mich!« Er kommt weiter auf mich zu.

Ich weiche zurück. Werde noch lauter: »Ich schieße, wenn Sie nicht stehen bleiben!«

»Na mach schon!«

»Um Gottes willen, bleib stehen, Alfred!«

»Hören Sie besser auf sie!«

»Alfred!«

Der Köter kläfft.

Ich stehe mit dem Rücken zur Wand. Reiter ist jetzt keine drei Meter mehr von mir entfernt. Der Hund verharrt sprungbereit zu seinen Füßen. Ich bin geliefert.

Da kommt mir eine Idee. Ich richte die Waffe auf den Hund. »Alle bleiben, wo sie sind!«

»Spinnst du?«, zischt Reiter und erstarrt. Seine Stimme hat auf einmal an Schärfe verloren. Ein Hauch von Angst schwingt mit. »Wenn du ihm was antust, dann …« Er lässt den Rest der Drohung in der angespannten Luft hängen.

Ich habe mein Ziel erreicht. Reiter bleibt von mir fern.

»So ist es gut«, sage ich und halte weiter die Waffe auf den Köter gerichtet. »Rührt euch ja nicht.«

»Herr Simon, bitte seien Sie doch vernünftig!«, kreischt Frau Reiter und hält sich die Ohren zu. Warum auch immer.

Ich ignoriere sie. »Haltet mir den Köter vom Leib, oder ich knall ihn ab!«

»Er hat dir nichts getan!«, knurrt Reiter.

Wenn er wüsste!

»Ich schieße ihn über den Haufen, ich schwöre es! Und euch auch, wenn ihr noch einen Schritt näherkommt!«

Ich kann selbst kaum glauben, was ich da von mir gebe.

»Leg die Waffe weg!«

»Schickt ihn raus vor die Tür!«

»Einen Scheiß werde ich …«

»Raus mit ihm oder ich schieße!«

»Das traust du dich sowieso nicht.«

»Du meine Güte, Alfred, bring ihn raus!«

Reiter hadert. Ich kann es ihm ansehen. Alles in ihm widerstrebt dem Gedanken, mir klein beizugeben. Doch der Hund ist sein Ein und Alles. Er will nichts riskieren.

»Alfred, bring Oskar vor die Tür! Jetzt sofort!«

Er murmelt einen Fluch, den ich nicht verstehe. Zögert noch einen Augenblick lang und versucht, mich mit seinem giftigen und vor Aggression nur so triefenden Blick zu töten. Weil es ihm nicht gelingt, sagt er schließlich: »Oskar, komm!«

Er wendet sich ab. Doch der Rottweiler zögert noch und knurrt mich weiter an.

»Komm mit, habe ich gesagt!«

»Oskar!«, fährt Frau Reiter ihn scharf an.

Und der Hund gehorcht endlich. Er verlässt mit Reiter das Schlafzimmer und folgt ihm in das Zimmer, das man wohl am ehesten als Wohnzimmer bezeichnen kann.

»Er soll hinaus auf den Flur! Und sperren Sie die Tür ab!«, weise ich sie an und folge ihnen und seiner Frau aus dem Schlafzimmer.

Reiter knurrt und bringt den Köter vor die Tür. »Warte hier, ich komme gleich.« Dann schließt er die Tür und ich bin davon überzeugt, dass die größte der drei Gefahren für mich gebannt ist.

»Absperren!«, fordere ich ihn auf.

Er tut es widerwillig. Und ich bin verblüfft darüber, dass es nach meinem Einbruch eben tatsächlich funktioniert.

Jetzt, da der Hund in Sicherheit ist, wendet Reiter sich zu mir um, und seine Angriffslust ist ganz offenbar zurück: »Jetzt leg die Pistole weg, Kleiner, oder du wirst es bereuen!«

»Ihr seid nicht in der Lage, Forderungen zu stellen.«

»Du noch viel weniger, das kannst du mir glauben, du Mistkerl!«

Der Hund kläfft im Flur wie verrückt und scherrt mit seinen Krallen über das Türblatt. Es macht mich zusätzlich nervös.

»Bleiben Sie, wo Sie sind«, schreie ich. »Oder ich schieße! Ich meine es ernst!«

Mit dem Köter habe ich zwar ein Druckmittel verloren, das ist mir klar. Doch es ist einfacher, Reiter alleine in Schach zu halten, als zusätzlich auch noch auf seinen Hund achten zu müssen.

»Na mach schon«, sagt Reiter. »Viel Zeit bleibt dir dafür nicht mehr!«

»Was soll das heißen?«

»Genau das: Deine Zeit läuft ab.«

»Warum?«

»Das wirst du gleich sehen. Nur noch ein wenig Geduld.«

»Was soll das alles hier?«

Er gibt mir keine Antwort. Er lacht nur verächtlich.

»Wo ist Theresa?«

»Du checkst es wirklich nicht, was?«

»Was checke ich nicht?«

»Was glaubst du, warum die Polizei dir gesagt hat, dass du hier herumschnüffeln und nach ihr suchen sollst?«

»Woher … wisst ihr davon?«

Er klatscht in die Hände und schüttelt dabei den Kopf. »Ich halt's nicht aus«, gibt er sich amüsiert. Aber er geht nicht auf meine Frage ein.

»Alfred, bitte! Ich verstehe nicht, warum er diese Waffe hat. Vielleicht sollten wir lieber …«

»Woher wisst ihr davon?«, schneide ich ihr das Wort ab und dränge auf eine Antwort.

»Was denkst du, warum dir das Foto von Theresa so bekannt vorgekommen ist?«

Warum mir …? Was? Meine Gedanken schießen wild durcheinander. Der dumpfe Druck in meinem Schädel ist zurück. Und das Stechen in meinen Schläfen. Woher wissen sie das alles? Ich habe das Gefühl, keinen klaren Gedanken mehr fassen zu können. Und das Bellen und Kratzen des Köters macht es nur noch schlimmer. Es treibt mich noch in den Wahnsinn.

»Was geht hier vor sich?«, schreie ich und dabei jagt mir ein eiskalter Schmerzblitz durch die Schläfe.

»Bitte, Herr Simon, Sie müssen …!«

»Was ist hier los?«

»Du willst es also wirklich wissen, was?«, fragt Reiter und lacht wieder dieses verdammte arrogante Scheißlachen.

»Ja, das will ich!«

»Na, dann hör mal gut zu!«

KAPITEL 45

»Du hast es getan!«, spuckt Reiter mir förmlich entgegen und die Welt um mich herum beginnt zu wanken.

»Alfred, ich weiß nicht, ob …«, setzt Frau Reiter an und sie hat wieder die Hand auf ihre Brust gepresst.

»Lass mich gefälligst!«, schneidet er ihr das Wort ab. »Ich habe das hier satt!«

»Aber die Polizei …«

»Scheiß auf die Polizei!«

»Was soll ich getan haben?«, will ich wissen.

»Du hast die Frauen auf dem Gewissen«, fährt er mich an.

Ich habe *was*? Was soll das jetzt wieder? Glaubt er ernsthaft, dass ihm das jetzt irgendjemand abnimmt? Oder was bezweckt er mit diesem lächerlichen Psychospielchen?

»Du hast sie umgebracht!«, bekräftigt er.

»Einen Scheiß habe ich!«, schreie ich ihn an. »Denkt ihr wirklich, dass …?«

»Du brauchst es nicht abzustreiten«, unterbricht er mich. »Du bist doch schon längst überführt worden.«

»Das stimmt leider, Herr Simon«, sagt Frau Reiter.

»Was zum Teufel redet ihr da?«

Ich ziele jetzt vor Panik abwechselnd auf die beiden.

»Du hast dein Scheißgedächtnis verloren«, sagt er.

»Haltet ihr mich für so blöd, dass ich euch diesen Schwachsinn glaube?«

»Ich halte dich für noch blöder, aber das tut hier nichts zur Sache!«

Ich blinzle und versuche damit, meinen Schwindel in den Griff zu bekommen. Aber meine Umgebung dreht sich immer stärker.

»Ob du es mir glaubst oder nicht«, sagt Reiter. »Du hast gestern dein Gedächtnis verloren.«

Meine Umgebung schwankt. Mein Verstand rast. Ich zittere und habe immer größere Mühe dabei, die Pistole hochzuhalten.

»Das … das ist eine Lüge!«, entgegne ich ihm.

»Das ist die verdammte Wahrheit!«, gibt er zurück. »Du wurdest längst überführt. Du solltest gestern verhaftet werden, da bist du geflohen und durch ein Fenster im dritten Stock gesprungen.«

»Bullshit!«, schreie ich.

»Das ist bedauerlicherweise die Wahrheit, Herr Simon.«

»Leider hattest du mehr Glück als Verstand«, erklärt Reiter weiter seine Lügengeschichte. »Andere sterben nach so einem Sturz. Ich dachte schon, ich sei dich endlich los. Aber du hast dich kaum verletzt, bis auf diese kleine Schramme an der Stirn. Nur leider hast du dabei eben dein minderbemitteltes Gedächtnis verloren.«

»Die Schramme habe ich von keinem Sturz!«, werfe ich ihm zurück. Und augenblicklich blitzen wieder die Bilder des Unfalls vor meinem geistigen Auge auf. Dabei nimmt meine Umgebung gleich noch einmal an Fahrt auf und dreht sich jetzt richtig heftig. Ich blinzle weiter, greife mir an die Schläfe.

»Du bist ein Mörder, du Drecksack!«, knurrt Reiter.

»Das stimmt nicht!«, kreische ich, und gleichzeitig zucken verschwommene Bilder in meinem Verstand auf. Bilder, in denen ich durch einen dunklen Flur laufe. An verschlossenen Türen zerre. Und schließlich eine finde, die offen ist. Bilder, in denen ich mich in einen Raum rette. Und ich begreife, dass es eine Sackgasse ist. Bilder, in denen ich voller Verzweiflung bin. Weil ich weiß, dass mein Verfolger mich jeden Moment eingeholt haben wird. Bilder, in denen die Tür aufgerissen wird. In denen ich die auf mich gerichtete Waffe sehe. Und in denen ich deshalb auf das einzige Fenster in dem Zimmer zulaufe. In denen ich die Augen schließe. Die Arme schützend vors Gesicht reiße. Durch das Glas presche. Und falle.

All diese Bilder sind binnen Millisekunden in mir aufgeblitzt. Und haben mich noch benommener zurückgelassen.

»Du bist ein gottverdammter Mörder!«, wiederholt Reiter.

»Denkt ihr ernsthaft, dass … dass ich euch diesen Schwachsinn abnehme?«

»Ist mir eigentlich egal, was du glaubst und was nicht.«

»Warum erzählt ihr mir diese Scheiße dann?«

»Weil es die Wahrheit ist, Herr Simon.«

»Unsinn!«

»Wenn du meinst.«

»Wie soll das alles möglich sein?«, will ich wissen. »Ich bin doch erst heute hier angekommen!«

»Nein«, sagt Reiter. »Du bist schon seit vier Monaten hier im Hotel!«

Und plötzlich geht alles ganz schnell.

KAPITEL 46

»Das stimmt nicht!«, schreie ich ihn an, und dabei fährt mir ein so heftiger Schmerzblitz durch den Schädel, dass ich kurz die Augen zusammenpressen muss.

Reiter will die Gelegenheit nutzen. Er macht einen Satz auf mich zu. Ich erkenne das gerade noch rechtzeitig. Schreie »Stehen bleiben!«. Gerate dabei aber schlagartig so sehr in Panik, dass ich den Abzug drücke. Und sich ein Schuss löst.

Der Knall ist ohrenbetäubend laut.

Die folgenden Sekundenbruchteile scheinen aus der Zeit gefallen. Und sich in alle Ewigkeit erstrecken zu wollen.

Ich zucke zusammen. Frau Reiter kreischt sich die Seele aus dem Leib. Der Köter dreht im Flur durch. Er kläfft und kratzt wie verrückt. Und Reiter geht zu Boden.

Jedoch nicht, weil ich ihn getroffen habe – der Schuss ging zum Glück wenige Zentimeter an ihm vorbei und schlug hinter ihm in der Wand ein. Nein, er schmiss sich nur vor Schreck zu Boden. Seine Frau kreischt weiter, was das Zeug hält. Sie hat sich neben ihrem Mann zu Boden geworfen. Tastet ihn überall ab. Und redet wie ein Wasserfall auf ihn ein.

»Um Gottes willen, Alfred. Geht es dir gut? Um Gottes willen! Alfred! Bist du heil?« Und so weiter.

»Jaja«, knurrt Reiter nur, schiebt sie zur Seite und kämpft sich wieder auf die Beine.

»Es … es tut mir leid«, stammle ich und ziele wieder auf ihn.

»Das sollte es auch, du Drecksack!«

»Herr Simon, ich bitte Sie, haben Sie Erbarmen!«

»Bleibt, wo ihr seid!«

»Von mir aus«, knurrt er. »Es dauert ohnehin sicher nicht mehr lange.«

»Was soll das heißen?«

»Wirst du schon sehen.«

»Redet!«

»Leck mich!«

»Herr Simon, bitte seien Sie vernünftig. Es ... es ist die Wahrheit, was Alfred Ihnen gesagt hat. Sie sind tatsächlich schon seit vier Monaten hier bei uns im Hotel angestellt.«

»Hören Sie auf mit diesen Lügen!«

»Es ist keine Lüge. Ich schwöre es. Sie haben wirklich Ihr Gedächtnis verloren. Es stimmt alles, was mein Mann sagt.«

»Blödsinn! Ich bin heute hier angekommen. Sie beide haben meine Ankunft gesehen. Wir alle drei wissen das.«

»Das ... das war doch nur ein Schauspiel.«

»Ein was?«

»Ein Schauspiel, Herr Simon.«

»Was soll das heißen?«

»Es war nicht unsere Idee, sondern die der Polizei.«

»Wovon reden Sie?«

Jetzt mischt Reiter sich wieder ein: »Wir haben alles im Schnelldurchgang durchgespielt, du Trottel. Deine letzten vier Monate hier im Hotel. Alles in weniger als vier Stunden. Auch wenn es mir deutlich länger vorkommt. Mann, ich sage dir: Du kannst echt nerven! Ich bin so froh, wenn ich deine Drecksvisage bald nicht mehr sehen muss, das kannst du mir glauben.«

»Ich glaube euch kein Wort! Ihr habt Theresa und Matilda verschwinden lassen. Gebt es doch endlich zu!«

»Nein, Herr Simon. Sie waren das.«

»Es hat keinen Zweck zu leugnen. Krämer hat mir alles gesagt. Er weiß über eure Machenschaften Bescheid!«

»All das hier war Krämers Idee, Herr Simon.«

»Was?«

»Das Schauspiel. Wir sollten möglichst viele Ihrer Erlebnisse der letzten vier Monate noch einmal mit Ihnen durchspielen, um Ihrem Gedächtnis auf die Sprünge zu helfen.«

»Das … das …« Mir fehlen die Worte. »Warum hätte Krämer das vorschlagen sollen?«

»Weil Theresa erst seit zwei Tagen verschwunden ist. Und wir Hoffnung haben, dass sie noch lebt. Wir konnten nicht warten, bis Ihr Gedächtnis von alleine zurückkehrt. Wir mussten handeln.«

Plötzlich schießt mir ein Gedanke ein und ich brülle ihn regelrecht heraus: »Und was ist mit dieser Jana?«

»Was soll mit der sein?«, fragt Reiter.

»Wo ist sie?«

»Sie wartet auf dem Polizeirevier.«

»Warum?«

»Weil sie sich nicht ans Drehbuch gehalten und dich angegriffen hat. Sie wollte wohl die Wahrheit aus dir herauspressen, was ich übrigens auch gerne getan hätte. Aber damit hat sie das ganze Schauspiel hier gefährdet und die Polizei hat sie abgezogen. Weil das alles so schnell ging und nicht geplant war, stimmten meine Aussage und die meiner Frau nicht überein.«

»Das …« Jetzt fehlen mir endgültig die Worte.

»Herr Simon, bitte, es ist wichtig, also denken Sie nach: Wo haben Sie Theresa hingebracht?«

Ich kann nicht glauben, dass sie mich das ernsthaft gefragt hat. Versucht sie etwa gerade, den Spieß umzudrehen und mich in die Defensive zu drängen?

Reiter mischt sich wieder ein: »Du kannst dich anscheinend an weiter zurückliegende Dinge erinnern. Aber die letzten Monate dürften dir fehlen. Und somit auch die Zeit, in der du hier im Hotel warst. Aber auch dein Kurzzeitgedächtnis war oder ist anscheinend betroffen. Die Polizei hat dich verhört und schnell gemerkt, dass du dich selbst an Dinge nicht mehr erinnern konntest, die ihr eben noch besprochen hattet. Krämer und Ott mussten sich ständig von Neuem bei dir vorstellen.«

Glaubt er wirklich, dass ich ihm das abnehme?

Ich will ihn das fragen, aber ich bringe kein Wort heraus. Meine Gedanken rasen. Ständig blitzen Bilder vor meinem geistigen Auge auf. Doch keines davon kann ich greifen.

»Der Polizei ging das alles zu langsam. Vor allem hatten sie die Hoffnung, Theresa noch lebend finden zu können. Sie mussten nur irgendwie deine Erinnerung zurückbringen. Also entschieden sie sich für das Schauspiel hier und weihten uns ein.«

Ich muss mir eingestehen, dass ich mich gerade tatsächlich an einiges nicht erinnern kann. Warum bin ich hier? Wie bin ich hierhergekommen? Und wo ist dieses »hier« überhaupt? Aber das liegt sicher nur an der Anspannung gerade. Und an dem Kläffen und Scherren des Köters, das wieder zu mir durchdringt. Es klingt, als kratzten seine Krallen direkt über meine Schädeldecke.

»Wo ist sie?«, will Frau Reiter wissen. »Bitte, Herr Simon, sagen Sie es uns!«

Ich schaue sie an. Bin fassungslos.

»Wo haben Sie Theresa hingebracht?«, drängt sie.

Plötzlich explodiert eine ungeheure Wut in mir. Und verdrängt all meine Zweifel. Die beiden haben es tatsächlich fast geschafft. Sie haben mich so sehr verunsichert, dass ich beinahe schon an mir zu zweifeln begonnen habe. Doch jetzt bin ich wieder voll bei Sinnen. Ich durchschaue sie und ihre Lügen. Und ich werde ihrem Treiben ein Ende setzen.

»Ihr Lügner!«, brülle ich sie an. »Ihr bewegt euch nicht von der Stelle. Ich … ich rufe jetzt die Polizei!«

»Das wird nicht nötig sein«, sagt Reiter und setzt ein Schmunzeln auf.

»Und warum nicht?«

»Weil sie sicher schon auf dem Weg hier hoch sind.«

»Woher sollten sie …?«, setze ich an und weiß nicht weiter.

»Schauen Sie doch aus dem Fenster«, sagt Frau Reiter. »Sie sind garantiert schon auf dem Weg.«

»Wer?«, will ich wissen.

»Mein Gott, bist du wirklich so schwer von Begriff? Das habe ich dir doch gerade gesagt: die Polizei.«

»Sehen Sie einfach nach, Herr Simon.«

Ich zögere einen Augenblick lang. Dann gebe ich mir einen Ruck. Ich halte die Pistole weiter auf Reiter gerichtet. Und lasse die beiden nicht aus den Augen. Ich mache ganz kleine Schritte in Richtung Fenster. Bis ich dort angelangt bin. Doch ich wage es nicht, rauszuschauen. Ich starre weiter stur auf Reiter.

»Na was ist?«, will er wissen. »Schau raus!«

Ich wage es. Nur ganz kurz.

Das gibt es doch nicht!

Ich blicke wieder zu Reiter. Und versuche, das Bild zu verarbeiten, das sich mir eben geboten hat. Da waren einige Gestalten auf der dämmrigen Lichtung. Alle waren sie in Schwarz gekleidet. Zwei von ihnen liefen gerade auf das Hotel zu. Die anderen schienen es im Auge zu behalten.

Ich wage noch einen Blick.

Da ist ganz und gar nicht gut!

»Was soll das?«, schreie ich.

Sie antworten nicht.

»Wer ist das?«

»Das haben wir Ihnen doch gerade gesagt, Herr Simon. Die Polizei.«

»Was … warum …?«

»Es ist vorbei, Herr Simon. Lassen Sie doch bitte die Waffe fallen.«

»Ich … ich verstehe das nicht. Ich …!«, stammle ich.

»Sie kommen, um dich zu holen«, sagt Reiter.

Panik hat mich fest im Griff. Gleichzeitig bin ich wie gelähmt. Meine Gedanken rasen von einer Sackgasse in die nächste. Der Druck in meinem Schädel nimmt weiter zu. Ich begreife einfach nicht, was hier vor sich geht. Ich ahne nur eines: Ich muss hier weg. Denn ich bin in Gefahr.

»Hoffentlich schießen sie dich gleich über den Haufen«, sagt Reiter und reißt mich damit aus meiner Schockstarre. »Schade nur, dass ich es nicht darf.«

Der Köter kläfft weiter vor der Tür.

Plötzlich knallt ein Schuss durch den Flur.

Und Chaos bricht aus.

KAPITEL 47

Ich zucke vor Schreck zusammen. Frau Reiter kreischt sich die Seele aus dem Leib. Und Reiter kümmert sich nicht mehr um die Pistole, die ich auf ihn gerichtet habe. Er lässt mich einfach stehen. Wendet sich von mir ab. Stürmt auf die Zimmertür zu. Schließt und reißt sie auf. Und prescht hinaus in den Flur. Frau Reiter läuft ihm kreischend und flehend hinterher.

Ich stehe einen Augenblick lang alleine da. Wie belämmert mit der Waffe in der Hand.

Reiter schreit draußen etwas, das ich nicht verstehe. Jemand anderer brüllt etwas zurück. Noch ein Schuss. Hundegebell. Schrilles Gebrüll.

Ich schaffe es endlich aus meiner Schockstarre.

Mach schon!

Ich laufe zur Tür, hinaus in den Flur und weiter zur Haupttreppe. Ich bekomme nur aus dem Augenwinkel heraus mit, dass Reiter mit einer anderen Gestalt auf dem Boden rangelt. Beide rufen sie mir etwas zu, das meinen Verstand nicht erreicht. Erst als ich schon bei der Treppe bin, begreife ich, dass es Krämer ist, der sich da gerade mit Reiter prügelt. Keine Ahnung, wo der Köter steckt.

Ich laufe im wahrsten Sinne des Wortes um mein Leben. Mein Knöchel schmerzt bei jedem Schritt. Doch ich schlucke es hinunter. Ich bin gerade irgendwo im dritten Stock. Glaube ich zumindest. Ich habe in meiner Panik den Überblick verloren. Von oben höre ich sie immer noch schreien. Ich muss hier raus. Oder zumindest ein Versteck finden. Doch egal, in welche Richtung ich laufe, von überall scheinen Schritte und Stimmen zu schallen. Keine Ahnung, wie viele Männer es tatsächlich sind. Aber es müssen viele sein. Sie jagen mich. Und ich habe keine Ahnung, warum. Ich weiß nur: Sie dürfen mich nicht kriegen!

Also weiter! Weiter! Weiter!

Ich habe eines der vielen Nebentreppenhäuser erreicht. Will runter ins Erdgeschoss und mich aus dem verfluchten Gebäude stehlen. Ich muss es irgendwie schaffen, mich in den Wald zu retten. Doch schon beim ersten Schritt höre ich wieder Stimmen. Ich erstarre. Lausche. Und begreife, dass sie zwei Stockwerke unter mir sein müssen. Und dass sie offenbar zu mir hochgestürmt kommen.

Fuck!

Ich mache kehrt. Laufe stattdessen hoch und zurück in den vierten Stock. Dort biege ich nach links ein, ohne weiter darüber nachzudenken, ob es wirklich eine gute Idee ist. Erst im Laufen kommt mir, dass es eine verdammt gute Entscheidung war. Wäre ich nach rechts gerannt, wäre ich schon nach der nächsten Biegung den Reiters und Krämer direkt in die Arme gelaufen.

Aber wohin jetzt?

Ich reiße kurzerhand eine Zimmertür auf. Und freue mich eine Sekunde lang darüber, dass sie nicht versperrt ist. Doch nun? Ich hetze zum Fenster. Soll ich erneut über die Balkone abhauen? Ich schaue nach draußen und mir wird klar, dass die Balkone keine Option sind. Denn die schwarz gekleideten Kerle sind immer noch da draußen und haben sich um das Hotel herum auf der Lichtung verteilt. Zumindest einer von ihnen hat eine Pistole in der Hand, wenn ich das richtig sehe.

Scheiße, was geht hier vor?

Ich reibe mir das Gesicht. Sehe mich im Zimmer um. Es ist bis auf zwei Holzstühle leer. Keine Verbindungstür, nur ein Badezimmer. Ich bin in einer verdammten Sackgasse gelandet!

Ich weiß nicht weiter. Soll ich hierbleiben? Und darauf hoffen, dass sie nicht jedes einzelne Zimmer nach mir durchsuchen? Nein, das wäre dumm. Ich muss hier wieder raus. Und es irgendwie hinaus aus dem Hotel schaffen. Vielleicht ist ja die Rückseite des Gebäudes frei. Und ich kann von dort aus in den Wald fliehen.

Ich begreife, dass es vermutlich meine einzige Chance ist.

Ich laufe deshalb zurück zur Tür. Lausche kurz.

Höre nichts.

Also ziehe ich sie auf. So leise wie möglich. Nach ein paar Zentimetern halte ich inne und horche noch einmal konzentriert.

Immer noch nichts zu hören.

Ich warte noch einen Augenblick lang.

Aber da sind weiter keine Schritte von draußen zu hören, keine Stimmen, nichts. Die Luft scheint rein.

Und so wage ich mich hinaus. Und laufe los.

Dabei kommt mir ein wichtiger Gedanke. Es ist bloß eine spontane Eingebung, die ich habe, mehr nicht. Aber ich muss darauf vertrauen, dass es nicht genug Männer sind, um das ganze Gebäude zu belagern. Ich habe keine Zeit, darüber nachzudenken, ob es eine gute Entscheidung ist. Aber vermutlich denken sie, dass ich mich über eines der Nebentreppenhäuser hinunterzuschleichen versuche. Genau deswegen laufe ich zurück zur Haupttreppe – und das, obwohl ich weiß, dass ich auf dem Weg dorthin an den Reiters und Krämer vorbei muss. Ich kann nur hoffen, dass die beiden immer noch miteinander beschäftigt sind. Und ich einfach an ihnen vorbeipreschen kann. Frau Reiter halte ich für kein Problem. Zur Not würde ich sie einfach niederrammen müssen.

Doch als ich um die Ecke biege und den langen Flur vor mir habe, in dem die Zimmer der Reiters liegen und in dem Reiter mit Krämer eben noch auf dem Boden gerangelt hat, bin ich verblüfft. Der Flur ist menschenleer. Weder von den Reiters noch von Krämer ist etwas zu sehen oder zu hören.

Ich habe keine Zeit, lange darüber nachzudenken, was das zu bedeuten hat. Ich laufe einfach weiter.

Ich muss es raus aus diesem Gebäude schaffen!

Nur noch wenige Schritte. Dann habe ich das Haupttreppenhaus erreicht. Im Laufen werfe ich noch einen Blick hinter mich. Niemand hinter mir. Ich schaue wieder nach vorne. Laufe weiter. Bin wie in einem Tunnel. Habe nur noch das Treppenhaus vor mir im Sinn. Als ich es endlich erreicht habe, wende ich mich nach rechts, um die ersten Stufen nach unten zu nehmen. Da passiert es.

Ach du Scheiße!

Ich schreie auf vor Schreck.

Er hat unmittelbar hinter der Ecke gelauert. Ich kann nicht mehr rechtzeitig abbremsen. Laufe ihm direkt in die Arme!

Er packt mich sofort.

Und ich begreife: Ich bin verloren!

KAPITEL 48

»Ich habe nichts getan!«, schreie ich Krämer an. Ich bin voller Panik. Ich reiße mich von ihm los und weiß nicht, was ich tun soll. Einerseits will ich ihm klarmachen, dass ich unschuldig bin und nicht weiß, was zur Hölle hier vor sich geht. Andererseits will ich weg von ihm. Ihn schlagen. Und fliehen. »Sie müssen mir glauben! Ich habe den Frauen nichts getan!«

»Sch!«, macht er. »Ich weiß!«

»Ich bin unschuldig!«

»Das weiß ich, beruhige dich! Und sei leise, verdammt!«

»Sie … Sie glauben mir?«

»Ja doch!«

»Aber …«, setze ich an und weiß nicht weiter. »Was … was ist hier los?«

»Das erkläre ich dir später«, zischt er und sieht sich verstohlen um. »Wo ist die Pistole?«, will er wissen.

Ich betrachte meine Hände. Kann es selbst kaum glauben, dass sie nicht mehr da ist. Ich habe keine Ahnung, wo sie abgeblieben ist. Ich muss sie im Schreck vorhin fallenlassen haben. »Ich … ich weiß nicht. Ich …«

»Verdammter Mist«, murmelt er.

»Ich bin unschuldig!«, sage ich, weil ich nicht begreife, was es mit der Pistole auf sich hat.

»Sei gefälligst leise, sie sind ganz in der Nähe.«

Mir fällt jetzt auf, dass er mich auf einmal duzt, doch der Gedanke entschwindet mir sofort wieder. »Wer ist in der Nähe?«

»Komm jetzt! Wir müssen hier weg.«

»Ich bin kein Mörder!«

»Das weiß ich, verflucht.«

»Was passiert dann gerade?«

»Wenn sie dich kriegen, bist du dran.«

»Was? Wer? Warum?«

»Wir haben für Fragen jetzt keine Zeit. Also komm jetzt, verdammt noch mal!«

»Aber …« Ich begreife gar nichts mehr. In meinem Verstand ist der FI-Schalter gefallen.

»Hör zu«, zischt Krämer. »Was auch immer die beiden dir gerade versucht haben weiszumachen: Es stimmt nicht, hörst du.«

»Das weiß ich doch!«

»Ich konnte bisher nicht ehrlich zu dir sein.«

»Warum nicht?«

»Weil ich selbst beobachtet werde.«

»Von wem?«

»Erkläre ich dir später, wir haben jetzt keine Zeit dafür. Vorerst muss dir die Gewissheit reichen, dass wir auf der gleichen Seite stehen. Ich bin hier, um dir zu helfen.«

»Ich … ich kenne diese Theresa nicht!«

»Aber ich.«

Ich staune nicht schlecht! »Was? Sie kennen …?«

»Ich komme in ihrem Auftrag.«

Wieder ist mein FI gefallen.

»Ich soll dich zu ihr führen«, sagt Krämer.

»Aber … warum …? Ich … ich verstehe nicht …«

»Ich bin ein Freund von Theresa. Und noch einmal: Wir stehen auf derselben Seite.« Er sieht sich verstohlen um. Wirft einen Blick über das Stiegengeländer. Dann den Flur beide Richtungen entlang. Als er wieder bei mir ist, flüstert er: »Ich weiß, wo sie sich versteckt.«

»Warum versteckt sie sich? Und vor wem?«

»Zum letzten Mal: Es ist jetzt keine Zeit für Erklärungen. Komm oder sie werden dich kriegen!«

»Ich gehe nirgendwo hin. Ich will wissen, was hier los ist!«

»Herrgott! Bist du wirklich so blöd?«

»Ich warte hier. Ich werde alles erklären. Ich …«

»Scheiße, willst du es wirklich nicht verstehen? Sie werden dich umbringen! Geht das nicht in deinen Schädel rein?«

Ich glaube, dass mir der Mund offensteht. Aber ich kann es nicht mit Sicherheit sagen. Ich bin wie von einem Rammbock getroffen.

»Alles, was ich dir jetzt und hier sagen kann, ist, dass du in eine große Verschwörung geraten bist«, sagt Krämer. »Ich habe selber noch nicht herausgefunden, wer wirklich dahintersteckt. Aber eines ist klar: Man will dir die Morde anhängen und dich töten, bevor du eine Aussage machen kannst.«

Ich starre ihn weiter bloß mit offenem Mund an.

»Das Ganze hier ist groß«, flüstert Krämer weiter. »Größer, als du dir vorstellen kannst, hörst du.«

»Das … das ist … nicht möglich … das …«

»Doch, das ist es, das kannst du mir glauben. Du hast keine Chance gegen die. Sie werden dich über den Haufen schießen, sobald sie dich entdecken.«

All das will nicht so recht die Blockade meines Verstandes durchbrechen. Mein Kopf hat dichtgemacht.

»In diesem ganzen Scheißhotel sind unzählige versteckte Kameras, über die sie dich die ganze Zeit über beobachtet haben. Du kannst dich hier nicht verstecken.«

Zumindest das mit den Kameras stimmt. Sagt Krämer also tatsächlich die Wahrheit?

»Aber ich kann dir helfen«, sagt er. »Ich kenne einen sicheren Weg hier raus!«

Plötzlich sind da von irgendwo ganz in der Nähe Schritte zu hören. Mindestens zwei Menschen kommen auf uns zu.

»Los jetzt, komm endlich!«, zischt er und packt mich am Oberarm.

»Aber …«, setze ich zu einem letzten Protest an.

»Komm! Oder du bist tot!«

KAPITEL 49

Krämer eilt mir voraus die Haupttreppe hinab. Wir beide nehmen immer gleich zwei Stufen auf einmal, er teilweise sogar drei. Ich habe wegen meines Knöchels alle Mühe, mit ihm Schritt zu halten. Gleichzeitig rasen meine Gedanken so schnell, dass sie meinen Verstand längst überholt haben und er keine Chance hat, mit ihnen mitzukommen.

Im zweiten Stock laufen wir den Flur links entlang.

»Hier lang!«, zischt er und zweigt an einer Gabelung erneut links ab. »Mach schon!«

Ein paar Meter weiter laufen wir wieder nach links.

Es ist beeindruckend, wie sicher er sich unseren Weg durch die dunklen Gänge bahnt. Ich bin gerade wieder dabei, die Orientierung zu verlieren. Aber er: Nicht einmal, dass er kurz innehält und erst einmal überlegen muss, wohin wir weitersollen. Nein, er wirkt absolut entschlossen. Fast schon so, als würde er sich in seinen eigenen vier Wänden bewegen.

Doch er erstarrt plötzlich. Ich bemerke es im Halbdunkel zu spät und laufe fast in ihn hinein. Ich kann gerade noch rechtzeitig anhalten.

»Mann!«, fährt er mich flüsternd an.

»Was ist?«, will ich wissen.

»Sch! Hörst du nicht?«

Jetzt höre auch ich die Stimmen klar und deutlich. Irgendwo vor uns, nicht weit entfernt, müssen mindestens zwei Männer sein. Sie reden miteinander, doch ich verstehe nicht, was sie sagen. Wenn ich die Schritte richtig interpretiere, sind sie ganz in der Nähe. Und sie kommen weiter auf uns zu.

»Wir müssen weiter runter!«, flüstert Krämer.

Und so machen wir kehrt und laufen zurück zur Haupttreppe. Deutlich langsamer und vorsichtiger als eben noch. Dennoch hört sich jeder unserer Schritte so unglaublich laut an.

An der Haupttreppe läuft Krämer weiter nach unten.

Wieso kennt er sich so gut hier drinnen aus?, frage ich mich. Aber eher nur unbewusst. In Wirklichkeit habe ich keine Zeit, darüber nachzudenken. Ich stolpere beinahe über eine Stufe und habe Mühe, das Gleichgewicht zu halten. Schon im nächsten Augenblick ist der Gedanke wieder verschwunden.

»Komm schon, schneller!«, drängt Krämer mich.

»Wohin ... bringen Sie ... mich?«, stöhne ich, weil ich ein wenig außer Atem bin.

»Raus hier!«

»Und dann?«

»Zu Theresa.«

»Aber ich ...«

»Sei leise, verflucht!«

»Bitte sagen Sie mir endlich ... was hier ...«

»Mach schneller! Hier lang!«

Kurz vor dem Erdgeschoss bleibt Krämer wieder stehen. Und gibt mir mit der erhobenen Hand das Zeichen stehen zu bleiben. Ich brauche gar nicht erst zu fragen, was los ist. Denn ich höre die Stimmen nun auch. Ich kann zwar niemanden sehen, doch es ist klar, dass mindestens zwei Männer in der Lobby sind und uns den Fluchtweg versperren.

»Hier«, flüstert er und streckt mir seine Waffe entgegen.

Ich zucke zurück. »Was soll ich damit?«

»Nimm sie!«

»Nein!«

»Spinnst du? Nimm sie jetzt sofort!«

»Ich will sie nicht.« Ich strecke meine Hände von mir. »Behalten Sie sie!«

»Ich habe eine zweite.«

»Ich will sie aber nicht.«

»Willst du, dass sie dich über den Haufen schießen?«

»Was bringt mir die Pistole? Soll ich etwa auf sie schießen?«, will ich wissen.

»Nimm sie, verdammt!«

»Nein!«

»Scheiße, Mann!«, zischt er voller Frust und mit jeder Menge Wut.

Ich verstehe nicht, warum ich seine Waffe nehmen soll. Überhaupt verstehe ich gerade überhaupt nichts mehr. Ich weiß nicht mehr, was logisch ist und was nicht. Was Realität und was Lüge. Aber eine Stimme ganz tief in mir rät mir eindringlich, diese Pistole nicht anzunehmen.

»Ich nehme sie nicht!«, mache ich ihm noch einmal so eindringlich wie möglich klar.

»Fuck!«, murmelt er und wendet sich kurz ab. Er schließt die Augen, reibt sie sich mit der freien Hand. Es sieht so aus, als würde er intensiv nachdenken. Schließlich zischt er noch einmal: »Fuck!«

Ich entferne mich unbewusst ein paar Schritte von ihm. Trete wieder zwei Stufen nach oben.

»Okay«, sagt er schließlich. »Komm mit!«

Er läuft an mir vorbei die Treppe hoch.

Ich sehe ihm nach. Und denke ernsthaft darüber nach, die Stufen nach unten zu laufen. Direkt zu den Männern in der Lobby. Ich beiße mir auf die Unterlippe. Schaue hoch. Dann hinunter. Hadere.

»Was ist?«, will Krämer wissen und breitet demonstrativ die Arme aus. »Komm endlich!«

Ich zögere noch einen Augenblick lang. Schaue ein letztes Mal nach unten. Dann folge ich ihm.

KAPITEL 50

Über den zweiten Stock und eines der vielen Nebentreppenhäuser sind Krämer und ich mittlerweile im Keller angelangt. Dort laufen wir einen unbeleuchteten Korridor entlang. Krämer hat inzwischen eine Taschenlampe hervorgeholt und leuchtet uns den Weg durch die Finsternis aus.

»Wir sind gleich da!«, sagt er.

Ich habe größte Mühe, mit ihm Schritt zu halten. Ich kann bald wirklich nicht mehr, mein Knöchel macht mir übel zu schaffen. Ich versuche, die Schmerzen auszublenden. Was bleibt mir auch anderes übrig?

»Da ist es«, sagt er.

Er öffnet eine Tür und hält sie mir auf.

»Los, rein da!«

»Wohin führt sie?«

»Erkläre ich dir später.«

»Aber …«

»Weiter, schnell!«

Ich laufe an ihm vorbei, zwänge mich durch den Spalt und erkenne, dass wir in einem weiteren Stiegenhaus gelandet sind. Verdammt, wie viele von denen gibt es in diesem verfluchten Haus? War ich schon mal hier? Und warum zum Teufel kennt Krämer sich so gut hier aus?

»Hoch mit dir!«, schreit er in meinem Rücken.

Und ich tue es einfach. Ich hetze die Treppe hoch und höre, dass er mir nachkommt.

»Warte, lass mich doch vor!« Er drängt sich forsch an mir vorbei und schubst mich dabei regelrecht gegen die Wand.

Er läuft voraus. Ich ihm nach. Und wenige Stufen später sind wir oben angekommen und stehen vor einer weiteren Tür.

Gedämpftes Regenprasseln dingt zu uns herein.

Krämer zischt: »Ganz leise jetzt. Sie sind da draußen«

Und ehe ich eine meiner vielen Fragen stellen kann, öffnet er auch schon die Tür nach draußen. Er tritt hinaus in den Regen. Dabei knirscht etwas unter seinen Sohlen.

Ein diffuses Bild blitzt vor meinem geistigen Auge auf. Grell und laut. Splitter. Aber sofort ist es wieder verschwunden.

Ich folge ihm. Setze einen Schritt hinaus. Auch unter meinen Schuhen knirscht es.

Wieder ist da ein Geistesblitz. Wieder sehe ich Splitter vor meinem geistigen Auge. Wieder begreife ich nicht.

Ich blicke hinab.

Da sind tatsächlich unzählige Glassplitter auf dem Beton. Wie von einer Glasscheibe, die herabgefallen und zu Bruch gegangen ist.

Ich schaue hoch. Und erblicke hoch über uns das Fenster, das mit einer schwarzen Plastikplane abgedeckt ist.

Noch ein Bild, das durch meinen Verstand zuckt.

Ich mache einen weiteren Schritt.

Wieder knirscht das Glas unter meinem Gewicht.

Und da kommt es mir. Wie ein Blitz durchschießt mich die Erkenntnis. Und bringt sie zurück: meine Erinnerung.

Ach du Scheiße!

Schwindel packt mich. Ein eiskaltes Stechen entspringt meinen Schläfen. Es fühlt sich an, als würde mir jemand einen gefrorenen rostigen Nagel in mein Hirn hämmern. Unzählige Erinnerungen durchzucken mich. Mir wird schwarz vor Augen. Der Boden schwankt unter mir. Ich stöhne.

Krämer hat sich inzwischen zu mir umgedreht. Er ist regelrecht erstarrt. Sieht mich aus weit aufgerissenen Augen an. Der Schock steht ihm ins Gesicht geschrieben.

Ich bin mir sicher, dass er es bereits ahnt.

»Was ist jetzt? Komm schon, wir müssen weiter!«, sagt er. »Theresa wartet auf uns.«

Doch ich kann ihm anhören, dass er selbst nicht mehr daran glaubt. Seine Stimme hat sich verändert. Keine Frage, er hat begriffen.

Mein Gedächtnis ist zurück.

Großer Gott!

Ich weiß es. Ich weiß alles.

Wir beide wissen es.

Ich werde sterben.

KAPITEL 51

Theresa
Neun Tage vor ihrem Verschwinden

»Was ist los?«, flüsterte Simon und durchbrach damit die Stille.

Es kam völlig überraschend für sie. Eigentlich hatte sie gedacht, dass er längst eingeschlafen war. Immerhin lagen sie seit gut einer Stunde im Bett. Und es war sicher schon über eine halbe Stunde her, dass sie einander eine gute Nacht gewünscht hatten. Seine Atmung war danach schnell schwerer geworden. Er hatte sogar schon ein wenig geschnarcht.

Sie hingegen war weiter wach dagelegen. Hatte an die finstere Decke gestarrt. Und versucht, ihr Gedankenkarussell zum Stillstand zu bringen. Es war ihr nicht gelungen. Im Gegenteil: Je länger sie schlaflos dagelegen hatte, desto trüber waren ihre Gedanken geworden. Und desto unheimlicher wurde ihr.

Eigentlich hatte sie gedacht, sich längst an das ständige Knarzen, Krachen, Tropfen und Knarren im Hotel gewöhnt zu haben – immerhin war sie jetzt schon bald ein Jahr hier. Sie konnte sich noch daran erinnern, wie schlecht sie deswegen in den ersten Wochen hier eingeschlafen war. Damit klarzukommen hatte gedauert. Doch sie hatte es geschafft. Eigentlich, denn jetzt auf einmal machte es ihr wieder Angst.

»Alles okay?«, hakte Simon nach, weil sie noch nicht geantwortet hatte.

Wenn sie das selbst nur gewusst hätte.

»Ja«, log sie. »Alles gut.«

Dabei wusste sie genau, dass Simon sie ohnehin durchschaute. Es war unglaublich, wie ähnlich sie sich waren. Und wie wenig sie das aneinander störte. Sie kannten sich erst seit vier Monaten – da war er hier im Hotel angekommen. Doch in manchen Momenten fühlte es sich an, als kannten sie sich schon ein ganzes Leben lang.

Es war verrückt!

Wenige Tage nach seiner Ankunft hatten sie sich zum ersten Mal geküsst – unten im großen Speisesaal, als sie sich an einen der Tische gesetzt und dort gemeinsam Mittagspause gemacht hatten. Sie hatten herumgealbert. Bis sich irgendwann ihre Blicke getroffen hatten. Da war sie plötzlich wie elektrisiert gewesen. Viele Sekunden lang hatten sie sich angestarrt.

Bis Simon schließlich gefragt hatte: »Darf ich?«

Sie hatte genickt. Und gespürt, wie ihr Puls einen gewaltigen Satz nach oben gemacht hatte.

Er hatte sich zu ihr vorgelehnt. Sie an ihrem Kinn berührt und sanft zu sich gezogen. Und sie geküsst.

Der Moment hatte sich angefühlt, als hätte jemand einen Käfig voller Schmetterlinge in ihrem Magen geöffnet. Sie war hin und weg gewesen. Und hatte vor Glück und Aufregung so sehr zu zittern begonnen, dass sie sich gar nicht mehr eingekriegt hatte.

»Alles gut?«, hatte Simon gefragt.

»Bestens«, hatte sie geantwortet und ihn erneut geküsst.

Am Tag darauf hatten sie ihr erstes Date. Unten im Schwimmbad hatten sie eine Picknickdecke ausgebreitet, Tiefkühlpizza gegessen und eine Flasche Wein getrunken, die sie Frau Reiter aus ihrem beachtlichen Arsenal in der Bar gemopst hatten. Sie hatten sich wieder geküsst. Und sich auf dem harten, kalten Untergrund zum ersten Mal geliebt.

Von da an waren sie zusammen gewesen. Und seitdem war kein Tag vergangen, an dem sie das bereut hätte.

Sie liebte diesen Menschen, wie sie noch nie zuvor jemanden geliebt hatte. Und er liebte sie, wie sie in ihrem ganzen Leben noch nie zuvor von jemandem geliebt worden war. Er redete nicht viel darüber, das war nicht seine Art. Genauso wenig, wie es ihre Art war. Aber Worte waren ohnehin nicht nötig. Sie konnte es fühlen. An jeder Berührung. In jedem seiner Blicke. Und das war es, was zählte.

Alles wäre perfekt. Wenn da nicht dieses mulmige Gefühl wäre.

»Jetzt sag schon«, hakte Simon nach.

Sie starrte immer noch an die finstere Decke.

»Ich kann bloß nicht schlafen«, sagte sie.

Dabei wollte sie doch schon länger mit ihm darüber reden. Weil sie das Gefühl nicht länger ignorieren konnte. Und es ihr zunehmend Angst bereitete.

»Und warum nicht?«, fragte er. Er drehte sich zu ihr rüber. Suchte ihre Hand unter der Decke. Ergriff und drückte sie. »Was ist los, Schatz?«

Sie schnaufte. »Ach, ich weiß auch nicht.«

Er schwieg jetzt. Gab ihr die Zeit, die sie brauchte.

»Spürst du das nicht auch?«, fragte sie schließlich.

»Was?«

»Diese Blicke.«

»Welche Blicke?«

Sie überlegte, wie sie ihm das erklären sollte. »Hast du nicht auch ständig das Gefühl, beobachtet zu werden?«

»Nein«, sagte Simon und setzte sich im Bett auf. »Du etwa?«

Sie ließ jetzt erst von der finsteren Decke ab und blickte zu ihm. In der Dunkelheit konnte sie bloß seine Silhouette erkennen. Sie seufzte noch einmal tief und schwer. Schluckte. »Ja.«

»Wie? Ich verstehe nicht. Was meinst du?«

Er drückte ihre Hand ein wenig fester.

»Es … es geht schon ein paar Tage so. Ich weiß auch nicht … ich …« Sie kam sich so blöd vor.

»Jetzt sag mir bitte endlich, was du meinst!«

»Ich glaube, dass … ich …« Sie brach ab. Und setzte neu an: »Ich habe immer öfter das Gefühl, dass ich nicht alleine bin.«

»Wo? Hier im Hotel?«

»Ja. Und auch draußen im Wald. Gestern habe ich sogar im Dorf diesen fremden Blick auf mir gespürt.«

»Welchen Blick?«

»Ich weiß es nicht. Aber ich glaube …«

»Was?«

»Ich glaube, ich werde verfolgt.«

KAPITEL 52

Theresa
Vier Tage vor Theresas Verschwinden

Erst war es nur eine dumpfe Ahnung gewesen, die Theresa nicht so richtig an irgendetwas hatte festmachen können. Sie konnte auch gar nicht mehr so richtig einschätzen, wann es begonnen hatte. Doch das Gefühl war in den letzten Tagen immer konkreter geworden. Und langsam aber doch zu einer Bedrohung herangewachsen. Seit ein paar Tagen schon hatte sie keinen Zweifel mehr daran gehabt, dass jemand sie beobachtete und verfolgte.

Doch jetzt hatte sie den Beweis. Sie war nicht verrückt! Nein, ganz sicher nicht. Dieses Mal war es ganz bestimmt keine Einbildung gewesen. Dieses Mal konnte sie sich nicht getäuscht haben. Es war real.

»Aber Sie müssen ihn doch auch gesehen haben!«, fuhr sie Frau Reiter ungläubig an.

»Frau Theresa, bitte beruhigen Sie sich doch!«

»Ich bin ruhig!«

»Ich fürchte, das sind Sie nicht. Sie … Sie sind wohl ein wenig übermüdet.«

»Ich bin nicht müde!«

»Aber hysterisch, meine Liebe! Vielleicht sollten Sie ja …«

»Da war ein Mann!«

»Wo?«

»In meinem Zimmer!«

»In Ihrem Zimmer?«

»Ja, wenn ich es Ihnen doch sage!«

Theresa war sich absolut sicher.

Sie war gerade dabei gewesen, den Brunnen zu reinigen und ihn von all dem Moos und Dreck der letzten Jahrzehnte sowie von einigen knallbunten Graffitis zu befreien, weil Frau Reiter das offenbar gerade für eine der wichtigsten Aufgaben gehalten hatte. Theresa hatte schon lange aufgehört, die völlig absurden Prioritäten und Vorstellungen ihrer Chefin zu hinterfragen. Zumindest versuchte sie das. So auch jetzt.

»Der Brunnen wird das Erste sein, was die Gäste sehen, wenn sie am Hotel ankommen«, hatte sie gesagt. »Da muss die Optik stimmen, und alles muss blitzeblank sein und funktionieren. Herr Simon wird sich später noch um die brüchigen Rohre kümmern. Und wenn alles wieder funktioniert, kann ich mich endlich dem Blumenschmuck widmen. Sie werden staunen, das können Sie mir glauben. Ich sehe es schon vor meinem geistigen Auge: Der Brunnen wird eines der Herzstücke auf der gesamten Anlage!«

Diese Frau hatte sie nicht alle, fand Theresa. Daran gab es nichts zu rütteln. Und Simon war der gleichen Meinung, wie sie beide ganz schnell nach seiner Ankunft hier herausgefunden hatten. Es muss schon an seinem zweiten oder dritten Tag hier gewesen sein, da hatte Frau Reiter ihnen eine völlig absurde Standpauke gehalten – worüber, konnte Theresa gar nicht mehr sagen. Jedenfalls hatte Simon sie nachgeäfft, sobald sie abgezogen war. Und da hatten sie zum ersten Mal so richtig herzhaft gemeinsam gelacht. Inzwischen hatte er schon einige wirklich sehr gelungene Parodien drauf, die sie beide immer wieder zum Lachen brachten. Auch Jana bekam sich kaum vor Lachen ein, wenn Simon zu Frau Reiter mutierte.

Nichtsdestotrotz war Theresa manchmal immer noch versucht, Frau Reiter zu packen, kräftig zu rütteln und sie mit der knallharten Realität zu konfrontieren: Dieses marode Gebäude war verloren. Es würde nie wieder ein Hotel sein. Jeder Cent und jede Minute, die man in diese Bruchbude investierte, war verloren.

Aber stets mahnte sie sich in solchen Momenten zur Ruhe. Es war nicht ihre Aufgabe, Frau Reiter das klarzumachen. Sie war nicht ihre Freundin. Sie war ihre Chefin. Sie war es, die Theresa jeden Monat das Gehalt überwies. Geld, das sie brauchte – für sich, vor allem aber auch für ihre Familie daheim. Und dieses Geld hatte sie bisher immer pünktlich bekommen – auch wenn Herr Reitern nicht müde wurde zu betonen, dass sie pleite waren. Also, was sollte es! Frau Reiter würde es ohnehin nicht verstehen.

Jedenfalls war Theresa jetzt schon eine gute Stunde am Brunnen zugange gewesen, als Frau Reiter plötzlich aufgekreuzt war, um sich nach dem Stand der Dinge zu erkundigen.

»Und, Frau Theresa, bald fertig?«

Ja, eindeutig: Diese Frau hatte sie nicht alle! Es würde mindestens noch den ganzen Tag dauern, bis sie den Brunnen wieder halbwegs vorzeigbar gemacht haben würde. Aber das sagte Theresa ihr nicht.

»Geht gut voran«, antwortete sie bloß, ohne zu ihr aufzusehen, schrubbte weiter und blies sich eine Strähne aus dem mit einer feinen Schweißschicht überzogenen Gesicht.

Sie hörte Frau Reiter noch näher herantreten.

»Also, viel ist da aber noch nicht weitergegangen«, sagte sie und klang dabei ernsthaft enttäuscht. »Sie wissen schon, dass wir nicht mehr allzu viel Zeit bis zur Wiedereröffnung haben. Wir können nicht ewig von Luft und Liebe leben, so wie Sie und Herr Simon. Ich frage mich langsam ernsthaft, ob sich Ihre Liebelei nicht vielleicht doch negativ auf Ihre Arbeit hier auswirkt.«

»Tut sie nicht, keine Sorge«, sagte Theresa bloß, und sie ärgerte sich darüber, überhaupt etwas auf diese dumme Aussage geantwortet zu haben.

»Die Gäste müssen zurückkommen und uns ihr gutes Geld dalassen!«

Theresa sagte nichts. Sie versuchte ein weiteres Mal, sich die widerspenstige Strähne aus dem Gesicht zu blasen. Doch es wollte ihr nicht gelingen.

Frau Reiter ließ nicht locker: »Sie verstehen das doch, Frau Theresa, oder?«

Mein Gott, diese Frau konnte nerven!

»Natürlich«, rang sie sich ab und setzte einen Moment vom Schrubben ab, um sich die Strähne mit dem Unterarm aus dem Gesicht zu streichen.

Dabei sah sie nun doch zu Frau Reiter auf und rang sich ein Lächeln ab.

Da sah sie es.

Wer zum …?

Über Frau Reiters Schulter hinweg fiel ihr Blick auf das Fenster ihres Zimmers im ersten Stock. Das trübe Tageslicht spiegelte sich darin. Dennoch konnte sie klar und deutlich eine Gestalt dahinter, also direkt in ihrem Zimmer, entdecken. Eine Gestalt, die den Vorhang ein Stück zur Seite geschoben hatte und zu ihnen nach draußen schaute. Der Statur nach zu urteilen war es nicht Herr Reiter. Und auch keinesfalls Simon.

Aber wer zur Hölle war es dann? Und was um Himmels willen trieb die Person in ihrem Zimmer?

»Meine Güte, was ist denn los?«, wollte Frau Reiter wissen. Und folge Theresas Blick. »Sie sehen ja aus, als hätten Sie gerade den Teufel persönlich erblickt.«

Aber gerade in dem Moment, in dem Frau Reiter sich umgedreht hatte, hatte die Gestalt den Vorhang losgelassen. Sie war vom Fenster zurückgetreten. Und in den Tiefen ihres Zimmers untergetaucht.

Theresas Herz klopfte ganz wild. Ein Zittern hatte sie erfasst. Sie wusste nun: Sie war nicht verrückt. Und sie hatte es sich nicht bloß eingebildet, wie Simon immer wieder vermutet hatte. Nein, da war tatsächlich jemand, der sie verfolgte.

Sie war hier nicht sicher.

KAPITEL 53

Theresa
Ihr Verschwinden

»Hallo?«

Es war kaum mehr als ein ängstliches Flüstern gewesen, das Theresa über die Lippen gebracht hatte, nachdem sie stehen geblieben war. Sie wagte es nicht weiterzugehen. Und starrte den langen Kellergang entlang. Er war bloß mit zwei einsamen nackten Glühbirnen beleuchtet – jeweils am Anfang und am Ende. Um beide schwirrten Motten hektisch herum. Dazwischen lagen bedrohliches Dunkel und einige Türen zu beiden Seiten.

»Hallo?«, versuchte sie es noch einmal – kaum lauter.

Sie bekam keine Antwort.

Langsam, aber sicher bekam sie es mit der Angst zu tun – egal, was sie sich einzureden versuchte. Dieses flaue Gefühl hatte sich jetzt wieder in ihrem Magen breitgemacht. Die feinen Härchen im Nacken standen ihr empor. Ihr Puls war schon hoch und zog noch weiter an. Sie hatte unbewusst zu atmen aufgehört. Hatte sich in ihrer Unterlippe verbissen.

Irgendetwas stimmte nicht. Viel zu lange schon. Aber jetzt ganz besonders.

Sie bemerkte, dass ihr allmählich die Luft ausging. Also zwang sie sich dazu, ruhig und gleichmäßig zu atmen. Aber es wollte ihr nicht so recht gelingen. In ihrer Aufregung fühlte es sich an, als hätte sie auf einmal einen dicken Kloß im Hals, der ihr die Luft abschnitt und mit jedem krampfhaften Atemzug noch ein wenig mehr anschwoll.

»Wer ist da?«

Niemand reagierte.

Sie rührte sich nicht. Starrte weiter den dunklen Flur entlang. Und dabei wurde ihr klar, dass sie nicht gefragt hatte, *ob* da wer war, sondern *wer* da war.

»Herr Reiter?«

Stille. Bis auf das stetige Tropfen, das hier unten, in diesem feuchten, immer kalten Loch von einem Keller, immer zu hören war.

Es fröstelte sie.

Wie in Zeitlupe tastete sie nach ihrem Telefon in der Hosentasche. Sie würde Simon anrufen und ihn um Hilfe bitten. Und dann würde sie hier ausharren, bis er gekommen war. Ja, sie würde sich nicht von der Stelle rühren. Denn so sicher sie sich auch war, dass da jemand in ihrer unmittelbaren Nähe lauerte, so wenig konnte sie einschätzen, ob diese Person gerade vor oder hinter ihr war. Aber ihre Hosentasche war leer. Ungläubig klopfte sie auch alle anderen Taschen ab. Doch das änderte nichts daran: Sie hatte das Telefon im Zimmer liegen lassen.

Bitte nicht!

Sie schmeckte Blut auf ihrer Unterlippe. Und versuchte, die sich breitmachende Panik in Schach zu halten. Doch es wollte ihr nicht gelingen. Ein Zittern erfasste sie.

Was war es, das sie störte?

Und noch viel wichtiger: Sollte sie weiter? Oder besser umkehren? Über beide Möglichkeiten würde sie aus dem Keller rauskommen. Aber welche von den beiden war sicher?

Komm schon, mach dich nicht verrückt und geh einfach zurück! Es sind doch keine 20 Meter, dann bist du an der Tür. Und dahinter liegt ja gleich das rettende Stiegenhaus.

Sie blickte zurück. Ja, es waren nur 20 Meter, höchstens

25. Doch auf dem Weg dorthin musste sie auch an insgesamt fünf alten Holztüren vorbei. Zwei von ihnen standen leicht offen. Wenn dahinter jemand lauerte, würde sie dem Monster direkt in die Arme laufen. Andererseits: Sie war doch eben auch daran vorbeigegangen. Und da war kein Monster herausgesprungen, um sie zu überfallen.

Aber war das vielleicht der Grund, weshalb sie glaubte, dass etwas nicht stimmte? Hatte sie im Augenwinkel unbewusst etwas mitbekommen, das sie nun verängstigte? Oder hatte sie unbewusst etwas gehört? Schritte vielleicht. Oder ein schweres Atmen?

Spielte hier jemand ein Katz- und Maus-Spiel mit ihr?

Sie konnte es einfach nicht sagen.

Sie blickte wieder den Flur nach vorne. Auf diesem Weg würden es ein paar Meter mehr bis zum rettenden Stiegenhaus sein – 40 vielleicht. Auch da müsste sie an mehreren Türen vorbei, von denen mindestens drei offen standen.

Geh jetzt endlich weiter!, mahnte sie sich in Gedanken.

Am liebsten wäre sie sogar losgelaufen. Aber sie wagte es einfach nicht. Die letzten Tage hatten sie verängstigt. Vor allem die Tatsache, dass eine Gestalt in ihrem Zimmer gewesen war, und sie seitdem einige Unterhosen, mindestens eine Strumpfhose und ihren einzigen Spitzen-BH vermisste.

Sie hätte sich von Simon nicht beruhigen lassen dürfen. Sie hätte sein halbherziges Angebot annehmen müssen. Und längst mit ihm von hier verschwinden sollen.

War es jetzt dafür zu spät?

Die Temperatur schien zu sinken.

Sie kratzte sich die Fingernägel. Konnte einfach nicht von ihrer blutenden Unterlippe ablassen. Und bemerkte außerdem, dass sie schon wieder den Atem angehalten hatte. Jetzt rang sie nach Luft. Nachdem sie ihre Atmung wieder halbwegs im Griff hatte, lauschte sie konzentriert.

Da war das Tropfen, das aus beiden Richtungen kam. Das Rauschen des Blutes in ihren Ohren. Aber ansonsten nichts. Kein Laut. Keine Schritte. Nichts.

Da hast du's! Hier ist niemand. Du bist bloß paranoid!

Aber ihre Zweifel wollten einfach nicht verschwinden. Ganz im Gegenteil: Ihr Herz schlug immer schneller. Ihr wurde trotz der Kälte ganz heiß. Und das flaue Gefühl in ihrem Magen war auf dem besten Weg, zu einem Krampf zu werden.

Jetzt mach schon und geh endlich weiter!

Doch sie schaffte es nicht.

Warum konnte sie nicht akzeptieren, dass alles in Ordnung war? Wieso krallte sich die Angst an ihr fest?

Wieder spulte sie die Optionen ab. Sollte sie loslaufen? Oder besser kehrtmachen? Aber was, wenn die Gefahr nicht vor ihr wartete? Was, wenn ihr Verfolger irgendwo hinter ihr lauerte? Was, wenn sie tatsächlich schon an ihm vorbeigekommen war? Und ihn unbewusst bemerkt hatte? Dann würde sie ihm doch direkt in die Arme laufen. Oder?

Drehte sie gerade durch?

Sie wusste nicht weiter. Versuchte immer noch mit aller Macht, ihre Angst als lächerlich abzutun. Dabei konnte sie fast schon fühlen, wie sie ihr in jeden einzelnen Knochen kroch und sich darin breitmachte.

Sekunden verstrichen. Sekunden, in denen sie weiter wie erstarrt dastand. Und nicht weiter wusste.

Da kam ihr ein Gedanke. Vielleicht sollte sie ja …

Knack.

Hinter ihr!

Sie schrie auf vor Schreck. Wirbelte herum. Und riss die Arme zur Verteidigung hoch. Weil sie sich sicher war, dass da jemand auf sie zustürmte. Oder schon direkt hinter ihr stand.

Doch da war niemand.

Wie kann das sein?

Ungläubig und mit den Armen in der Höhe starrte sie den Kellerflur entlang. Sie versuchte zu erraten, woher das Geräusch gekommen war. Und sie begriff, dass es im Grunde nur aus einer der offen stehenden Kellerabteile gekommen sein konnte.

Ihr Herz hämmerte jetzt hart gegen die Innenseite ihres Brustkorbs. Ihre Gedanken rasten.

»Wer …?« Sie räusperte sich. Aber ihre Stimme blieb brüchig: »Wer ist da?«

Niemand antwortete.

Sie schluckte. Doch der Kloß in ihrem Hals machte es ihr fast unmöglich.

Sie starrte immer noch den Flur entlang.

Da hörte sie auf einmal wieder etwas. Und dieses Mal war sie sich sicher, dass sie es sich nicht bloß einbildete. Da war ein leises Knarren. Und etwas, das wie ein Schritt geklungen hatte. Eine Sohle, die mit schwerem Gewicht auf schmutzigen Boden trat. Ja, keine Frage: Da war jemand. Unmittelbar hinter ihr.

Diese Erkenntnisse waren ihr binnen einer Millisekunde gekommen. Jetzt kreischte sie laut auf. Wirbelte wieder herum. Streckte die Arme voraus.

Doch da war wieder niemand. Und nichts. Dachte sie zumindest einen Augenblick lang. Dann aber erkannte sie es. Und sie begriff gar nichts mehr.

Denn aus der Dunkelheit vor ihr kam etwas auf sie zu. Etwas Helles, das durch die kalte Luft glitt. Und kaum, dass sie begriffen hatte, was es war, kam der Papierflieger auch schon unmittelbar vor ihren Füßen zum Liegen.

Was zum Henker …?

Auf einem der Flügel des Fliegers war ein rotes Herz gemalt – mit einem Lippenstift, vermutete sie.

Lass ihn liegen und lauf!, schrie es in Theresa. *Lauf!*

Aber sie ignorierte die Stimme.

Ein Fehler.

Denn genau in dem Moment, in dem sie mit ihren weichen, zittrigen Knien in die Hocke ging, um danach zu greifen, hörte sie es. Schritte. Schwere und schnelle Schritte. Und dann sah sie es auch schon: Eine der angelehnten Holztüren schwang auf – keine zehn Meter von ihr entfernt. Eine dunkle Gestalt preschte in den Flur hinaus. Und stürmte auf sie zu.

Alles ging so schnell.

Theresa hatte sich gerade hochgerafft. Da hatte das Monster sie auch schon erreicht. Und sie regelrecht über den Haufen gerannt – wie ein gewaltiger Rammbock. Sie konnte nichts dagegen ausrichten. Sie fiel rückwärts. Versuchte im Fallen noch, irgendwo Halt zu finden. Doch es klappte nicht. Sie knallte ungebremst auf ihren Rücken. Und gleich darauf auf ihren Hinterkopf. Eine Schmerzexplosion raubte ihr den Atem. Es wurde schwarz um sie herum.

»Hab ich dich«, hörte sie das Monster zischen.

Und selbst jetzt, da sie gerade dabei war, das Bewusstsein zu verlieren, erkannte sie die Stimme wieder. Doch sie verstand nicht. Denn es war der Polizist, der sie vor Kurzem erst im Dorf angesprochen hatte, als sie dort zum Einkaufen gewesen war. Er war doch so nett gewesen, wenn auch ein wenig aufdringlich, wie ihr im Nachhinein klar geworden war. Ein paar Tage später war er dann hier am Hotel aufgetaucht. Er hatte nach ihr gefragt und ihr dann ein Halstuch gezeigt. Er hatte behauptet zu glauben, dass Theresa es bei ihrem Gespräch zuletzt im Dorf verloren hatte. Doch sie hatte dieses Halstuch nie zuvor gesehen. Und sie hatte den Eindruck gehabt, dass er es bloß als Vorwand verwendet hatte, um sie erneut zu treffen. Theresa hatte sich geschmeichelt gefühlt. Aber keinerlei Interesse an ihm gehabt, was sie ihm mit ihrer Körpersprache auch zu vermitteln versucht hatte.

Ja, keine Frage: Jetzt war ihr auch klar, dass er es gewesen war, dessen Umrisse sie vom Brunnen aus in ihrem Zimmer entdeckt hatte.

Krämer!, fiel ihr sein Name noch ein.

Dann wurde es schwarz um sie herum.

*

Noch am selben Tag, unmittelbar nach Winters Sprung

Du standest da wie belämmert. Starrtest die Balkontür, die nicht mehr ganz war. Weil dieser Idiot doch tatsächlich hindurch und vom Balkon aus in die Tiefe gesprungen war.

Du konntest es nicht fassen.

Die Sekunden verstrichen.

Du wusstest nicht weiter.

Der Mund stand dir offen. Dein Herz raste. Deine Gedanken überschlugen sich. Aber du kamst nicht vom Fleck.

Dann endlich, du konntest nicht einschätzen, wie viel Zeit seit seinem Sprung bereits vergangen war, schafftest du es, deine Lethargie zu durchbrechen. Und dich, verflucht noch mal, in Bewegung zu setzen. Du liefst zur Balkontür. Bliebst aber im Hintergrund. Presstest deinen Körper an die Wand daneben. Erst nach weiteren Sekunden des Zögerns wagtest du es endlich. Du schobst deinen Oberkörper ganz langsam, wie in Zeitlupe, nach vorne und spähtest im spitzen Winkel an den wenigen noch im Rahmen hängenden Splittern vorbei. Hinaus auf den Balkon. Weil du ihn nicht entdecken konntest, tratest du vorsichtig nach draußen. Du lehntest dich über das Geländer und blicktest nach unten.

Und sahst ihn dort liegen. Regungslos. Auf dem Bauch. Und mit dem Kopf nach unten.

Er ist tot!, dachtest du und konntest dein Glück kaum fassen.

Das Problem hatte sich von selbst gelöst!

Und mit der abgefallenen Anspannung funktioniertest du endlich wieder. Dein Verstand hatte seine Arbeit wieder aufgenommen und du gingst alles im Kopf durch. Schritt für Schritt.

Du musstest Ott eine plausible Geschichte aufschwatzen. Aber das würde kein Problem sein. Und kaum, dass du diesen Gedanken zu Ende gedacht hattest, kam dir auch schon eine Idee. Ja, klar! Du würdest ihm sagen, dass Winter sich verplappert hatte. Dass du ihn unter Druck gesetzt hattest. Und er schließlich gestanden hatte. Nein, besser noch: die Ohrstecker. Ja, du würdest behaupten, dass ihm plötzlich die Ohrstecker aus der Hosentasche gefallen waren, als er etwas anderes darin gesucht hatte. Ein Taschentuch vielleicht? Egal, das würde nicht wichtig sein. Er würde es dir abnehmen, ganz sicher sogar!

Okay, weiter … Konzentriere dich!, mahntest du dich.

Also, du würdest Ott verklickern, dass du natürlich sofort hattest wissen wollen, was das für Ohrstecker waren. Und dass Winter daraufhin schlagartig nervös geworden war. Dass er etwas gestammelt hatte, das du ihm nicht abgenommen hattest. Du hattest deshalb nachgehakt. Da hatte er dir plötzlich einen heftigen Stoß verpasst und war weggelaufen.

»Halt!«, hattest du ihm nachgerufen. »Bleiben Sie stehen!«

Aber er war nicht stehen geblieben. Und deshalb hattest du die Verfolgung aufgenommen.

Jeder würde dir glauben, dass du ihn einfach nur hattest festnehmen wollen. Keiner würde unangenehme Fragen stellen. Die Schüsse hattest du nur zur Warnung abgegeben. Nie-

mand würde je daran zweifeln. Kein Mensch würde je herausfinden, dass du ihn eigentlich hattest treffen wollen, es dir in den finsteren Gängen und im Laufen aber schlichtweg nicht gelungen war.

Ja, das war gut! Verdammt gut sogar! Es hatte sich alles in deinem Kopf gefügt. Wie von selbst.

Du würdest behaupten, dass du ihn durch das halbe Haus verfolgt hattest – was ja auch stimmte. Und du würdest sagen, dass er einfach durchs Fenster gesprungen war – was ebenso der Wahrheit entsprach.

Ja! Das war's!

Du warst fein raus.

Dachtest du …

*

Fünf Minuten nach Winters Sprung

Du warst noch immer voller Aufregung, klar. Aber du warst guter Dinge. Du warst dir sicher: Du würdest das hinbekommen.

Doch in dem Moment, in dem du aus dem Hotel hinaus ins Freie tratest, ahntest du schon, dass es doch nicht so einfach werden würde. Du warst außer Atem, weil du den ganzen Weg hierhergelaufen warst. Du hattest gehofft, als Erster bei ihm zu sein, um absolut sichergehen zu können, sollte da noch ein Hauch von Leben in ihm schlummern. Aber jetzt musstest du sehen, dass Ott und die Reiters ihn bereits gefunden hatten. Die alte Schnapsdrossel kniete neben ihm. Ihr Mann stand mit den Händen in den Hüften daneben und betrachtete die beiden bloß. Sein Köter knurrte im Hintergrund.

Ott war eben noch neben Winter in der Hocke gewesen. Als er dich erblickt hatte, hatte er sich sofort hochgerafft. Jetzt kam er auf dich zugestürmt. »Scheiße, was ist passiert?«

»Fick dich!«, hättest du ihm am liebsten zugerufen.

»Er wollte fliehen«, gabst du stattdessen zurück und hattest alle Mühe dabei, dir deine Aufregung nicht anmerken zu lassen.

»Fliehen?«

»Ja, fliehen.«

»Aber warum?«

»Er hat gestanden.«

»Gestanden? Wie? Was?«

»Na was wohl?«, fuhrst du ihn an. »Er hat sie ermordet!«

»Ermordet?«

»Ja doch.«

Otts Spatzenhirn ratterte. Du konntest es förmlich sehen.

»Und dann?«, wollte er wissen. »Wie ist er aus dem Fenster ...?«

»Er hat mich überrumpelt und ist dann abgehauen«, unterbrachst du Ott. Das mit den Ohrsteckern würdest du später noch erklären – wenn sich dein Puls ein wenig beruhigt haben würde und du wieder klar würdest denken können. Jetzt liefest du nur Gefahr, einen Scheiß zu verzapfen und dich in etwas hineinzureden, aus dem du nur noch schwer hinauskämst. »Er ist geflohen und in einer Sackgasse gelandet. Als ich ihn festnehmen wollte, ist er einfach durchs Fenster gesprungen.«

Ott sah dich so unglaublich belämmert an. Am liebsten hättest du ihm eine verpasst. Du konntest dich gerade so zurückhalten.

Du wolltest ihn stattdessen anfahren. Ihn einschüchtern. Immerhin warst du hier der Vorgesetzte. Er hatte verdammt noch mal nicht das Recht dazu, dich mit seinen dummen Fragen zu verunsichern. Deine Gedanken rasten. Du begriffst: Ott brauchte eine Aufgabe, und zwar schnell. Er musste abgelenkt sein. Du brauchtest Zeit. Du musstest das alles noch einmal im Kopf durchgehen. Du durftest nichts übersehen und …

»Du meine Güte«, rief die Schnapsdrossel auf einmal und riss dich damit aus deinen Gedanken. »Er lebt!«

»Was?«, entkam es dir.

Dein Herz setzte einen Schlag aus, nur um im nächsten Moment mit doppelter Geschwindigkeit weiterzuschlagen.

FUCK!

»Er lebt noch!«, wiederholte sie. »Kommen Sie her! Schnell!«

»Okay … gut …«, stammeltest du. Und dachtest dir gleichzeitig: Scheiße! Verdammte, verfickte Scheiße! Du brülltest in Gedanken. Hättest am liebsten irgendwo dagegengetreten. Am liebsten gegen Winters Kopf.

Ott ließ dich einfach stehen und lief zu ihm.

Du wusstest sofort, dass der Plan, der dir so logisch und einfach erschien, unbrauchbar geworden war. Deine Lösung für dieses Scheißschlamassel hier war geplatzt. Wie ein bunter Luftballon, der dir entglitten und gegen einen spitzen Ast gestoßen war. Alles hatte davon abgehangen, dass Winter tot war.

»Wir müssen einen Rettungswagen rufen!«, brüllte Ott auf einmal.

Es war wie ein Weckruf für dich! Du durftest jetzt auf keinen Fall in Selbstmitleid ertrinken. Oder gar an dir zweifeln. Nein, du musstest funktionieren. Und zwar jetzt!

»Nein, halt!«, brülltest du und du suchtest fieberhaft nach einer Lösung.

»Was? Warum?«, wollte Ott wissen.

Am liebsten hättest du ihn an den Haaren gepackt und seinen Schädel gegen die Hauswand geschmettert.

»Ja, warum nicht?«, wollte Frau Reiter wissen.

Ihr Mann stand weiter einfach nur da und betrachtete

Winter voller Gleichgültigkeit. Offenbar war es ihm völlig egal, ob Winter überlebte oder nicht. Ja, er war kein Problem. Nur die beiden anderen musstest du davon abhalten, es dir zu vermasseln.

»Hey!«, fuhr Ott dich jetzt an und hatte dich dabei doch tatsächlich am Jackenärmel gepackt. Du hattest in deiner Aufregung gar nicht mitbekommen, dass er wieder zu dir gelaufen war. »Wir müssen einen Krankenwagen rufen! Er ist doch sicher verletzt!«

»Nein«, brachtest du nur heraus.

Er starrte dich mit einem riesengroßen Fragezeichen in seinem beschissenen Gesicht an. »Und warum nicht?«

Du hattest dich von ihm abgewandt und ein paar Schritte entfernt. Du brauchtest Ruhe. Du musstest nachdenken.

»Warum nicht?«, wollte Ott noch einmal wissen.

»Warte!«, sagtest du nur. Und schriest dabei in Gedanken: Lass mich nachdenken, verflucht! Du blödes Arschloch, lass mich verdammt noch einmal in Ruhe nachdenken!

»Aber …«

»Du sollst warten, habe ich gesagt!«

Na endlich. Die Schärfe in deiner Stimme und die unbeabsichtigte Lautstärke hatten ihn endlich zum Schweigen gebracht. Er lief zurück zu Winter, der sich kaum rührte. Drängte Frau Reiter zur Seite und machte sich wichtig.

»Gehen Sie weg da! Er könnte …«, sagte er, und du blendetest ihn aus.

Du grübeltest weiter. Gab es noch eine Möglichkeit, ihn umzubringen? Jetzt und hier, vor allen anderen? Solltest du einfach die Waffe zücken und ihn erschießen? Und später behaupten, dass du dachtest, er habe die Alte angreifen wollen? Nein, das würden sie dir nicht glauben. Solltest du sie also lieber alle unter einem Vorwand wegschicken und ihn dann erschießen? Oder erwürgen? Nein, bei einer Untersuchung würden sie dahinterkommen. Und erschießen – aus Notwehr? Nein, das würde dir niemand abnehmen – der Kerl konnte sich doch kaum rühren. Wahrscheinlich hatte er unzählige Knochenbrüche.

Scheiße! Was tun also?

Du hattest gar nicht mitbekommen, dass du zu ihnen hinübergelaufen warst.

»Weg da!«, sagtest du und drängtest die Reiters zurück.

Du standest über ihm. Betrachtetest ihn. Und konntest es nicht fassen. Denn wenn er sich etwas gebrochen hatte, dann war das auf den ersten Blick nicht zu erkennen. Seine Arme und Beine schienen völlig intakt. Und auch sonst schien nichts gebrochen oder verrenkt. Er hatte sich auf den Rücken gedreht und stöhnte. Er wollte sich aufsetzen. Aber Ott drückte gegen seinen Brustkorb und zwang ihn weiter in die liegende Haltung. Das erste Nützliche, was der Schwachkopf in den letzten Minuten getan hatte.

»Bleiben Sie liegen und rühren Sie sich nicht!«, forderte er Winter auf.

Sehr gut!

»Was …?«, stammelte Winter und bekam dabei die Augen kaum auf. »Wo …?« Er brach ab und griff sich stöhnend an den offenbar dröhnenden Kopf. Sein Gesicht hatte sich zu einer schmerzverzerrten Grimasse gewandelt.

Du hättest gerne hineingetreten.

Konzentration!, fordertest du in Gedanken. Überlege! Was tun?

Er durfte auf keinen Fall ins Krankenhaus. Wenn sie ihn dort wieder hinbekämen, würde er reden. Und du wärst verloren. Nein, du musstest sie davon abhalten und Winter irgendwie von den anderen wegbekommen.

»Wo …?«, fragte Winter und stöhnte wieder schmerzverzerrt auf. »Wo … bin … ich?«

»Na, vor dem Hotel, Herr Simon«, sagte die Schnapsdrossel. »Sie sind vor dem Hotel. Was haben Sie nur getan?«

»Welchem ...?« Er brach die Frage ab und stöhnte erneut. »Welchem Hotel?«

Du wurdest hellhörig.

»Na, dem Waldhof, *Herr Simon! Was ist denn das für eine Frage?«*

»Was ...? Wo ... wo ist das? Wo bin ... ich?«

Deine Augen wurden groß.

»Herr Simon, jetzt sagen Sie schon: Was haben Sie nur getan?«

»Er muss in ein Krankenhaus«, beharrte Ott.

»Nein!«, sagtest du nur.

»Warum nicht? Er blutet doch. Was, wenn er innere Verletzungen hat?«

»Hat er nicht!«

»Woher willst du das wissen?«

Du betrachtetest ihn weiter. Kautest an deinem Daumennagel. »Wir bringen ihn auf die Wache!«

»Aber das geht doch nicht! Wir müssen ...!«

»Auf die Wache mit ihm!«

»Warum können wir nicht vorher ...?«

»Wir müssen aus ihm herauskriegen, was er mit Matilda und Theresa Horváth gemacht hat! Wenn wir jetzt zögern und er erst einmal ins Krankenhaus kommt, verlieren wir nur Zeit. Zeit, die wir nicht haben!«

Otts kleines Spatzenhirn hatte Mühe, das alles zu begreifen, du konntest es ihm ansehen. Das war deine Chance. Ehe er einen Einwand bringen konnte, setztest du nach:

»Was, wenn sie ...« Du täuschtest vor, auf einmal mit den Tränen kämpfen zu müssen. »Was, wenn Matilda tatsächlich noch lebt und wir ... nur kostbare Zeit vergeuden?«

Ha, dieses Argument zog! Du hattest die emotionale

Karte mit deiner Frau gespielt. Und sie zeigte Wirkung. Du konntest es Ott ansehen. Seine Miene veränderte sich. Er schaute zu Winter. Dann dir in die Augen. Und wieder zu Winter.

Ja, so gefielst du dir. Du funktioniertest wieder.

»Okay«, sagte Ott schließlich und kratzte sich den Hinterkopf.

»Gut, dann los!«, sagtest du. »Alle helfen mit! Wir bringen ihn in den Wagen, und dann ab auf die Wache mit ihm!«

*

Später auf der Wache

Dir trieb es den Schweiß nur so aus den Poren. Weil Ott, diese verweichlichte Memme, scheinbar wieder einmal gefroren hatte und die Heizung auf Anschlag gedreht hatte. Garantiert hatte es wieder einmal über 25 Grad auf der Wache. Mann, wie oft ihr dieses Thema schon durchgekaut hattet, du konntest es schon gar nicht mehr sagen. Du kochtest vor Wut, konntest so einen unnötigen zusätzlichen Stress jetzt gar nicht gebrauchen. Normalerweise hättest du Ott bei nächster Gelegenheit eine Standpauke deswegen gehalten. Ihm klargemacht, dass er künftig die Heizung nicht mehr anzufassen hatte. Und das gefälligst ein scheißverdammter Befehl war. Du hättest ihm irgendeine unnötige, dafür aber umso nervigere Arbeit aufgehalst. Einfach nur, um ihn daran zu erinnern, wer hier der Chef war. Aber in dieser Nacht war Ott dir egal. In dieser Nacht zählte nur er: Winter. Und so machtest du einfach die Heizung aus und konzentriertest dich wieder auf das Wesentliche.

Du standest am Fenster, kautest an deiner Unterlippe, kratztest dir die Fingernägel allmählich wund und betrach-

tetest ihn. Mit Abscheu. Mit Vorsicht. Vor allem aber mit großem Interesse.

Du hattest Ott weggeschickt. Ihm gesagt, dass er sich weiter am Hotel umsehen solle.

»Wonach?«, hatte er gefragt.

»Was weiß ich!«, hattest du ihn angefahren. »Du bist doch Polizist. Muss ich dir alles erklären?«

»Aber sollten wir nicht besser …?«

»Ab zum Hotel mit dir! Oder willst du noch mehr Zeit verlieren?«

Du hattest ihm ansehen können, dass er noch zu einem Gegenargument hatte ansetzten wollen, es sich dann aber doch anders überlegt hatte und abgezogen war. Zum Glück war er ein unsicherer Trottel, der sich schon alleine durch einen scharfen Ton und vage Anweisungen aus dem Konzept bringen ließ. Was dich sonst nervte, kam dir jetzt gelegen.

Winter und du wart schon über eine Stunde alleine in dem kleinen stickigen Vernehmungszimmer. Er saß auf dem unbequemen Holzstuhl, hatte die Arme auf der Tischplatte vor sich verschränkt und sein Gesicht darin vergraben. Er schien schon wieder eingenickt zu sein.

Eben noch hatte er sich wieder einmal über heftige Kopfschmerzen, Schwindel und Übelkeit beklagt. Er hatte sich sogar übergeben müssen. Daraufhin hattest du ihn mit Schmerzmittel und allem, was du sonst noch im Medikamentenschrank der Wache gefunden hattest, vollgepumpt. Keine Frage, dass er sich eine Gehirnerschütterung zugezogen hatte. Jetzt schienen ihn die Pillen ausgeknockt zu haben.

Deine Gedanken überschlugen sich nun schon seit Stunden. Du hattest alle Mühe, den Überblick zu bewahren. Und logisch zu denken. Es fiel dir nicht leicht. Du warst gehörig unter Druck. Zittertest trotz der Hitze. Und du konntest dein Herz hart gegen den Brustkorb hämmern spüren.

Scheiße, Mann! Denk nach!

Es war kaum zu glauben, aber Winter schien tatsächlich das Gedächtnis verloren zu haben. Allerdings nicht vollständig. Die ganze letzte Stunde über hattest du herauszufinden versucht, was er noch wusste und was nicht. Oder ob er dir gar nur etwas vorspielte. Aber nein, das schien dir inzwischen klar: Er spielte das nicht. Er wusste tatsächlich vieles nicht mehr.

Es war nicht einfach herauszufinden, wo seine Erinnerung endete, denn er war auch noch benommen. Außerdem wollte er ständig wissen, warum er hier sein musste. Er wollte einen Anwalt anrufen und behauptete, über seine Rechte Bescheid zu wissen. Und so weiter.

Einen Scheiß wusste er! Und das hattest du ihm auch mehr als deutlich gemacht.

Blödes Arschloch!

Schon ein paar Minuten später redete er erneut davon, ohne zu wissen, dass sie das bereits durchgekaut hatten. Er wolle telefonieren, er kenne seine Rechte, bla bla bla. Er hatte echt keine Ahnung, dass sie darüber schon gesprochen hatten.

Mann, der war im Arsch.

Jedenfalls wusste Winter noch, wie er hieß. Und er wusste offenbar über seine frühere Vergangenheit Bescheid. Ihr hattet sogar kurz über seine Eltern gesprochen. Seine Kindheit und wo er zur Schule gegangen war. Und er stammelte davon, dass er einen Job in einem Hotel starten würde. Und er nicht länger hierbleiben könne, weil er nicht schon an seinem ersten Arbeitstag zu spät dort aufkreuzen konnte.

Es war wirklich kaum zu glauben. Er hatte zwar Schrammen und eine Beule an seinem Kopf, doch er blutete nicht mehr und schien sich auch tatsächlich nichts gebrochen zu haben. Er klagte bloß über Kopfschmerzen – aber seit die zwei Aspirin wirkten, verlor er auch darüber kein Wort mehr. Körperlich war er also mehr oder weniger okay.

Doch er schien tatsächlich vergessen zu haben, dass er die letzten Monate im Hotel gearbeitet und auch dort gewohnt hatte. Und vor allem erinnerte er sich nicht mehr an Theresa und daran, dass sie beide offenbar seit einiger Zeit zusammen waren. Er konnte sich auch an dich nicht mehr erinnern. Und natürlich auch nicht mehr daran, dass er vor dir geflohen und schließlich durch das Fenster in die Tiefe gesprungen war.

Du konntest dein Glück kaum fassen.

Aber was nun? Was, wenn der Gedächtnisverlust nicht von Dauer war? Sollte er sich irgendwann wieder erinnern können, wärst du geliefert.

Natürlich hattest du schon versucht, dich auf die Schnelle im Internet schlau zu machen. Doch das hatte dich kaum weitergebracht. Es gab offenbar die unterschiedlichsten Formen und Ausprägungen von Gedächtnisverlust. Soweit du das bisher verstanden hattest, konnte Winters Vergesslichkeit für immer anhalten oder auch einfach nur ein paar Tage oder noch schlimmer: nur wenige Stunden.

Die Zeit lief also gegen dich.

Dir war klar, dass du eine Lösung finden musstest. Und diese Lösung konnte nur sein Tod sein. Ja, er musste sterben, keine Frage. Nur wie? Wie, zur Hölle?

Natürlich hattest du schon darüber nachgedacht, ihn gleich hier und jetzt kaltzumachen. Aber das Vernehmungszimmer war wie die meisten anderen Räume auf der Wache videoüberwacht. Außerdem war Ott misstrauisch. Er hätte dir wohl nicht abgenommen, dass Winter, der gut einen Kopf kleiner als du war und der dir ganz offenbar in jeder Hinsicht körperlich unterlegen war, dich plötzlich angegriffen und mit dem Leben bedroht hätte. Abgesehen davon war er gefesselt. Und ohne Zweifel vom Sturz noch immer schwer benommen. Nein, ihn auf der Wache umzubringen wäre zu auffällig gewesen. Es war keine Option. Du brauchtest eine andere Idee. Und zwar schnell!

Mann, es war so bitter!

Sein Tod hätte all deine Probleme gelöst. Er hätte im Hotel sterben sollen. Er hätte …

Warte.

Moment.

Was, wenn …?

Dein Puls zog auf einmal weiter an. Deine Gedanken überschlugen sich förmlich. Konnte das wirklich klappen? Die Idee hatte dich regelrecht elektrisiert. Adrenalin flutete deinen ganzen Körper.

Ja, das war es! Oder?

Du spieltest noch einmal alles in Gedanken durch.

Ein paar Minuten später war dir klar: Du hattest eine Lösung!

*

Noch in derselben Nacht auf der Wache

Du funktioniertest wieder. Dein Hirn lief auf Hochtouren. Du hattest dir alles im Kopf zurechtgelegt. Jetzt musstest du nur noch Ott und die anderen davon überzeugen. Aber du hattest keinen Zweifel daran, dass es dir gelingen würde. Ott war ein einfältiger, naiver Idiot. Und die Reiters hatten einen IQ von höchstens 100 – zusammengenommen. Du würdest bloß forsch und überzeugend auftreten müssen. Und das solltest du hinbekommen – Aufregung hin oder her. Wenn alle Stricke reißen sollten, würdest du einfach noch einmal die Mitleidskarte ausspielen und dir Matilda wegen eine gottverdammte Träne herausdrücken. Das hattest du in den letzten Monaten schon öfters machen müssen und es war dir immer besser gelungen. Mittlerweile hattest du schon Übung darin.

»Wie? Ich … ich verstehe nicht«, stammelte Ott, nachdem du ihm von deinem Plan berichtet hattest.

»Was gibt es denn daran nicht zu verstehen?«

»Was meinst du damit, dass wir ein Schauspiel veranstalten?«

»Genau das.«

»Bitte …« Er kratzte sich wieder einmal am Hinterkopf. »Erkläre es mir.«

»Meine Güte!«, fuhrst du ihn an, seufztest und ließest damit keinen Zweifel daran, dass du ihn gerade für unglaublich dumm und nervig hieltest. Du schlossest die Augen, riebst dir die Nasenwurzel und seufztest schließlich noch einmal tief. »Also noch einmal. Hör mir gut zu!«

Ott nickte.

»Er kann sich ja nicht mehr daran erinnern, dass er im Hotel war, richtig?«

»Ja.«

»Eben. Dann werden die Umgebung und die Situationen, die wir mithilfe der Reiters nachstellen werden, ja vielleicht seine Erinnerung zurückbringen.«

Ott sah dich nur an. Seine Augenbrauen hatten sich zusammengezogen. Seine Stirn lag in Falten.

»Was ist? Kapierst du es immer noch nicht?«

»Doch, natürlich … es ist nur … also …«

»Was?«

»Wir können doch nicht einfach …« Er hielt inne.

»Und ob wir das können!«

»Aber dürfen wir das denn?«

Mein Gott, dann sollte es also so sein. Jetzt kam dein großer Auftritt. Du spieltest tatsächlich noch einmal die Mitleidskarte und redetest auf ihn ein, ohne ihn dabei zu Wort kommen zu lassen: Es war ja immerhin deine Frau, die Winter als Erste zum Opfer gefallen war. Du hattest die Hoffnung bis zu diesem Moment nicht aufgegeben, sie lebend zu finden und sie retten zu können. Dass du ganz fest daran glaubtest, dass sie noch lebte, das hattest du in den vergangenen Wochen und Monaten immer wieder betont. Jetzt müsstet ihr nur noch die Wahrheit aus Winter herausbekommen. Ihr müsstet herausfinden, wo er Matilda versteckt hielt. Ihr könntet sie retten!

Du bemühtest dich, deine Stimme brüchig klingen zu lassen. Und du hattest es tatsächlich wieder einmal geschafft, feuchte Augen zu bekommen.

Du warst so gut! So unfassbar gut!

»Willst du etwa ... Matildas Leben ... riskieren?«, fragtest du, und dir war klar, dass er gar nicht anders konnte, als die Frage zu verneinen.

»Nein, aber ...«, setzte er an.

Und du fuhrst ihm wieder dazwischen, ehe er seinen Zweifel aussprechen konnte. »Eben. Das ist unsere Chance, Matilda zu retten!«

»Wir werden ernsthafte Problem bekommen.«

»Wir werden einen Orden bekommen.«

»Und was, wenn etwas schiefgeht?«

»Was soll denn schon schiefgehen? Wir sind deutlich in der Überzahl. Denk mal nach, wer alles beteiligt sein wird. Außerdem haben wir Waffen. Und denk an die Kameras.«

»Das grenzt doch an ...«

»An was?«

»An Selbstjustiz.«

»Bullshit. Es ist unsere einzige Chance.«

Du konntest ihm ansehen, dass er voller Unsicherheit war.

»Komm schon«, drängtest du ihn deshalb, griffst ihn doch tatsächlich am Oberarm und drücktest ihn ein wenig. »Ich muss auf dich zählen können!«

Er zögerte immer noch.

»Kann ich mich auf dich verlassen? Ich übernehme für alles die volle Verantwortung, das kannst du mir glauben. Aber ich brauche jemanden an meiner Seite, dem ich voll und ganz vertrauen kann.«

Du wusstest nicht, ob du bei diesen Worten eher lachen oder kotzen solltest.

Aber sie taten ihre Wirkung. Denn Ott nickte schließlich.

Und damit hattest du ihn mit im Boot.

»Gut, dann los!«, sagtest du und spürtest dabei, wie weitere Adrenalin-Schleusen in deinem Körper gesprengt wurden. »Wir bringen Winter in die Zelle.«

»Und dann?«

»Dann fahren wir hoch zum Hotel und wecken die Reiters, damit wir sie anweisen können.«

»Okay, gut.«

Ja, Ott würde mitspielen. Alles würde klappen, du musstest nur Vertrauen in dich haben. Wenn Winter nicht beim ersten Mal im Hotel gestorben war, dann eben jetzt bei seinem zweiten Aufenthalt dort. Dafür würdest du sorgen.

*

Im Morgengrauen am Hotel

»Und unter uns«, sagtest du und tatest so, als würdest du dich verstohlen umsehen. »Wenn er Sie bedroht oder Sie auch nur den leisesten Hauch von Gefahr verspüren: Schießen Sie!«

Reiter sah dich mit einer Mischung aus Ungläubigkeit und Dankbarkeit an.

»Und ich meine damit nicht ins Bein«, sagtest du und zwinkertest ihm kurz zu.

Keine Frage, dass er zweifelte. Aber genauso wenig Zweifel hattest du daran, dass er es am liebsten getan hätte. Mehrmals hatte er dir klipp und klar zu verstehen gegeben, dass er Winter nicht ausstehen konnte und er ihn am liebsten schon seit Langem zum Teufel gejagt hätte. Außerdem wusstest du aufgrund mehrerer Beschwerden von Bewohnern aus dem Ort, dass er nicht lange fackelte und scheinbar allem und jedem seinen Gewehrlauf entgegenstreckte, der sich seinem Hotel auch nur näherte. Der örtliche Postbeamte weigerte sich nun schon seit über einem Monat, das Hotel wieder anzufahren. Einmal hatte Reiter sogar Luftschüsse abgegeben, als sich ein paar Jugendliche aus dem Ort angeschlichen hatten. Sie hatten als eine Art Mutprobe in das Hotel einbrechen wollen. Doch Reiter hatte sie mit seinem Gewehr verjagt. Dass es auch dieselben Jugendlichen gewesen waren, die ein paar Tage später mit Molotowcocktails das Hotel angegriffen hatten, konnte er zwar nicht beweisen, doch für ihn gab es daran keinen Zweifel.

Reiter musstest du gar nicht erst viele Anweisungen geben. Ganz im Gegenteil: Der brachte sich selbst immer wieder mit neuen Ideen ein, wie man Winter schikanieren und in Gefahr bringen konnte. Die Idee mit dem morschen Holzbalken am Dachstuhl war grandios. Womöglich würde der sogar Winters Schicksal besiegeln. Aber auch die Molotowcocktail-Szene würde Teil des Schauspiels werden.

Die Chancen standen also mehr als gut, dass Reiter Winter für dich aus dem Weg schaffen würde.

»Ich meine es ernst – aber das bleibt bitte unter uns«, flüstertest du ihm zu. Du beugtest dich noch ein Stück weiter vor und schirmtest mit der Hand die Worte von der Umgebung ab: »Ich bin Polizist, ja. Aber dafür, was er meiner Frau und Ihrer Angestellten angetan hat, wünsche ich ihm den Tod. Wir müssen herausfinden, was er weiß. Aber

wenn er zur Gefahr wird, schießen Sie ihn über den Haufen. Niemand wird Ihnen einen Strick daraus drehen, das verspreche ich Ihnen. Er ist ein Mörder. Und er hat nichts anderes verdient.«

Reiter hatte es ihm tatsächlich abgenommen. Er hatte etwas Unverständliches gegrummelt und sich das stoppelige Kinn gekratzt. Du hattest den Eindruck, dass er sich gerade vorstellte, wie er Winter eine Kugel in den Schädel jagte.

Du wusstest: Nur noch ein kleiner letzter Schubs war notwendig. Wie bei einem Kind, das auf der Rodel saß und noch einen Augenblick lang zögerte, einen Hügel hinunterzubrettern.

»Wir werden Sie natürlich auch finanziell für Ihre Aufwände entschädigen«, sagtest du deshalb so leise, dass nur er es hören konnte. Und du wusstest, dass das der letzte notwendige Schubs gewesen war. Seine Augen waren größer geworden. »Was sagen Sie zu 5.000?«, fragtest du.

Seine Augen wurden groß wie Mantelknöpfe.

Sehr gut, dachtest du. Die 5.000 würdest du ihm wohl oder übel wirklich geben müssen. Aber was machte das schon groß. Du hattest ihn da, wo du ihn haben wolltest. Und es war schneller gegangen, als du gehofft hattest.

Noch einfacher war es, seine Frau zu überreden. Sie hatte zwar mehrmals betont, wie überrascht sie über all das mit Herrn Simon, wie sie Winter nannte, war und dass sie das niemals von ihm erwartet hätte. Aber im Grunde war sie gleich Feuer und Flamme gewesen, nachdem du ihr gesagt hattest, dass sie nun ihr schauspielerisches Talent würde unter Beweis stellen können. Denn du könntest dir sehr gut vorstellen, dass sie auch dafür eine große Begabung habe, hast du ihr knallhart ins Gesicht gelogen. Und sie hatte es dir tatsächlich abgenommen. Natürlich. Diese dumme Sau.

Sie war noch dümmer als ihr Affe von einem Mann. Sie

war verrückter als erlaubt. Aber sie war auch das Beste, was dir hatte passieren können.

Ja, dein Plan nahm immer konkretere Formen an.

Bald würde es losgehen …

*

Am frühen Nachmittag am Hotel

Die letzten Stunden waren wie eine verdammte Achterbahnfahrt gewesen. Mal warst du absolut siegessicher und zutiefst von deinem Plan überzeugt gewesen. Da hattest du es kaum erwarten können, endlich loszulegen. Dann wieder war dir bewusst geworden, wie riskant dieses ganze Vorhaben war, und du hättest dich vor Aufregung beinahe übergeben müssen. Seit Stunden war der Körper von Adrenalin geflutet. Dein Herzschlag in lichten Höhen. Und dein Verstand dennoch glasklar.

Du warst fokussiert wie nie zuvor in deinem Leben.

Und du wusstest: Im Grunde war dein Risiko nicht allzu groß. Du hattest zwar keine Zeit gehabt, ausgiebig zu recherchieren – bloß zwischendurch immer wieder mal übers Smartphone. Aber Doktor Google hatte dir Hoffnung gemacht, dass ein Triggern durch das Wiedererleben der Situationen aus der Vergangenheit eher unwahrscheinlich war. Sicher konntest du dir da allerdings nicht sein. Immerhin hattest du ja keine Ahnung, welche Verletzungen Winter wirklich hatte. Was genau der Grund war, warum er sich an die Monate im Hotel nicht mehr erinnern konnte. Und wonach genau du hättest suchen sollen.

Aber das alles war jetzt egal. Es gab kein Zurück mehr. Winter würde ins Hotel zurückkehren. Alle waren bereit.

Im Laufe der Nacht und des Vormittags hattest du einen

kleinen Trupp zusammengetrommelt. Allesamt ahnungslose Versager und Menschen, die so dumm waren, dass du ihnen versichern konntest, dass sie Teil von etwas ganz Großem und Wichtigem sein würden. Sie alle verband, dass sie schon lange davon überzeugt waren, dass jemand aus dem Hotel etwas mit Matildas Verschwinden zu tun hatte – weil du ihnen den Verdacht in den letzten Monaten immer wieder suggeriert und so allmählich eingetrichtert hattest. Sie alle glaubten nun zu wissen, dass Winter dieser Jemand war. Und sie alle hatten tatsächlich die Hoffnung, Matilda noch retten zu können.

Da war Klaus, dieser langzeitarbeitslose IT-Techniker, der ständig nach kaltem Schweiß und Zigaretten stank. Ein schüchterner Jammerlappen, der schon seit Jahren lethargisch vor sich hin vegetierte und sich ernsthaft darüber freute, wenn du ihn einmal im Jahr anriefst, damit er euch – ohne Bezahlung natürlich – bei einem Computer-Problemchen auf der Wache half. Er war jetzt Feuer und Flamme, weil er einige Kameras im Hotel installieren und einen Überwachungsraum im Keller einrichten durfte. Natürlich wieder, ohne auch nur einen Cent dafür zu bekommen. Du hattest ihm jedoch versichert, dass er Teil einer wichtigen Polizeioperation sein würde. Dass er sich auf großer Bühne beweisen könnte. Und sich daraus womöglich viele Folgeaufträge ergeben könnten. Das Strahlen in seinem Gesicht hatte dich beinahe dazu gebracht, laut aufzulachen. Du hattest alle Mühe, es zurückzuhalten.

Neben dem IT-Nerd hattest du noch weitere Helfer zusammengetrommelt – ausnahmslos hoffnungslose Nichtsnutze, die wie Klaus weder Arbeit noch andere Alltagsverpflichtungen hatten. Die paar Stunden, die sie einmal nicht im örtlichen Gasthaus verbrachten, würden sie sich fett und rot in ihrem Tagebuch notieren und sie als die aufregendsten Stunden ihrer erbärmlichen Existenz notieren. Endlich wieder ein

Sinn in ihrem Leben. Auch, wenn es nur um ein paar Stunden ging. Hier gab es im Umkreis von vielen, vielen Kilometern nichts. Keine Jobs, keine Freizeitmöglichkeiten, nichts. Vor allem aber keine Autoritäten außer dir. Hier war niemand, der groß Fragen stellte. Du würdest die Zügel in der Hand haben und bestimmen, wo es langging. Und das Beste: Alle waren dir dankbar dafür.

Nur auf Ott würdest du aufpassen müssen. Denn ja, auch er war dir hörig. Doch er stellte immer noch viel zu viele Fragen. Er würde beschäftigt werden müssen. Aber auch das würdest du hinbekommen. Für den Notfall hattest du sogar ein paar Worte des Lobes parat, um ihn bei der Stange zu halten. Und um ihn für die Sache zu begeistern.

In Summe wart ihr nun zu zehnt. Plus die Reiters und ihr Dienstmädchen, wie die beiden ihre Angestellte nannten. Eine nicht angemeldete Arbeitskraft, wie sich im Übrigen herausgestellt hatte. Auch das kam dir nur gelegen. So konntest du dein großes Herz unter Beweis stellen und den Reiters versichern, dass du ihnen deswegen keine Probleme machen würdest – wenn sie bei dem Schauspiel machen würden, worum du sie gebeten hattest. Vor allem die Schnapsdrossel war unglaublich dankbar dafür.

»Sie können sich ja gar nicht vorstellen, wie teuer eine regulär angemeldete Arbeitskraft käme, Herr Krämer«, hatte sie doch allen Ernstes gesagt. »Wer kann sich denn so etwas leisten, frage ich Sie!«

Die Letzte im Bunde war die Tochter der Reiters. Scheinbar hatte sie in den letzten Monaten ein freundschaftliches Verhältnis zu Winter aufgebaut. Ein seltsames Kind, das nicht alle Tassen im Schrank zu haben schien. Sie war wohl ein Fall für den Kinderpsychologen. Aber das war nicht dein Problem. Sie würde sich von Winter fernhalten, das hatten die Reiters dir versichert.

Es war also im Laufen. Gleich würde es beginnen. Und du würdest ihn töten – so oder so.

Aus deiner Sicht gab es dafür mehrere Optionen:

Erstens – und diese Lösung wäre dir zugegeben am allerliebsten gewesen, weil du dir dabei nicht hättest die Finger schmutzig machen müssen: Der alte Reiter würde sich ein Herz nehmen und ihn über den Haufen schießen. Das war durchaus realistisch, wenn man bedachte, wie wenig dieser Waffennarr für Winter übrig hatte. Es hieß also: Daumen drücken.

Zweitens – diese Lösung war dir genauso recht: Sein scheiß Köter würde das übernehmen und ihn in Stücke reißen. Auch diese Option lag absolut im Bereich des Möglichen. In der Vergangenheit hattest du schon darüber nachgedacht, dich für die Abschiebung in ein Tierheim oder die sofortige Einschläferung dieses fehlgezüchteten Untieres starkzumachen. Jetzt schien dir diese Ausgeburt der Hölle wie ein Geschenk des Himmels.

Drittens: Der Sturz vom Dachstuhl würde ihn das Leben kosten. Ihr hattet zwar ein paar Dämmplatten ausgelegt, um seinen Aufprall ein wenig abzudämpfen – dieses Zugeständnis hattest du Ott, der darauf beharrt hatte, machen müssen. Aber die Chance war dennoch gegeben, dass Winter den Sturz nicht überleben würde.

Da diese drei Optionen aber mehr als unsicher waren, musstest du noch eine vierte in Betracht ziehen: Du selbst würdest das übernehmen müssen und Winter ins Reich der Toten befördern. Und dafür würdest du stets wachsam bleiben und auf die richtige Gelegenheit warten müssen.

Du würdest Winter ein wenig im Hotel herumirren lassen. Eine Stunde vielleicht, womöglich auch zwei. Mal sehen, wie sich alles entwickelte. Und du würdest ihm subtile Hinweise geben. Er würde die Waffe finden, die du zuvor im

Hotel platziert hattest. Die nicht registrierte Waffe, aus der eine Kugel immer noch in Matildas Schädel steckte. Du würdest dafür sorgen, dass er sie findet. Und du würdest in diesem Moment in seiner Nähe sein. Du würdest ihn über den Haufen schießen. Und später behaupten, dass du dich durch die Pistole in seiner Hand mit dem Leben bedroht gefühlt hattest. Das würde möglich sein, weil du als Einziger ständig im Hotel sein, ihn verfolgen und beobachten würdest. Die anderen würden, so wie du es ihnen aufgetragen hattest, am Waldrand in ihren Verstecken und im Überwachungsraum im Keller warten. Dort würden sie die Kameraaufnahmen im Auge behalten. Und nicht ahnen, dass dort, wo Winter die Waffe finden würde, weit und breit keine versteckten Kameras angebracht waren. Jedenfalls würde Winter die Pistole in die Hand nehmen, auch dafür würdest du sorgen. Er würde seine Fingerabdrücke darauf hinterlassen. Und du würdest ihn dazu bringen, einen oder am besten gleich mehrere Schüsse abzugeben.

Später würdest du behaupten, dass er auf dich hatte schießen wollen und du aus Notwehr gehandelt hattest. Dafür, dass sie Matildas Leiche und die passende Kugel in ihrem Schädel finden würden, würdest du noch sorgen. Jene Kugel, die du ihr damals, als sie schon tot gewesen war, noch verpasst hattest – weil es dir klug erschienen war, dir diese Option für die Zukunft offen zu halten.

Scheiße, du warst so gut!

Du hattest an alles gedacht. Und jedes Mal, wenn die Zweifel sich nun zurück in deinen Verstand zu schleichen versuchten, gingst du einfach noch einmal die Szenarien im Kopf durch. Und du begriffst: Dein Plan war perfekt.

Es blieb nur noch das kleine Risiko, dass er tatsächlich sein Gedächtnis zurückerlangte. Du hattest eben leider keine fundierte Vorstellung davon, wie realistisch das war. Fest stand nur, dass seine Erinnerung an seine Zeit im Hotel weiter ausgelöscht war. Sein Kurzzeitgedächtnis hingegen schien sich laufend zu bessern. Anfangs hatte er schon eine Minute später nicht mehr gewusst, was passiert war. Jetzt reichte seine Erinnerung schon Minuten zurück. Und dieser Zeitraum schien rasch immer größer zu werden. Die Zeit drängte also.

Seine Genesung hatte dir einige Stunden lang Kopfzerbrechen bereitet und du hattest schon an deinem Plan zu zweifeln begonnen. Aber dann, ganz plötzlich, war dir die Erkenntnis eingeschossen. Du hattest begriffen, dass diese Option kein großes Risiko barg, und schon gar keine wirkliche Gefahr darstellte. Sondern eine Chance.

Denn sollte es tatsächlich passieren, dass Winter, warum auch immer, schlagartig sein Gedächtnis zurückerlangte, dann würde das aus deiner Sicht wiederum zwei Möglichkeiten zur Folge haben. Beide bedingten, dass du in diesem entscheidenden Moment in seiner unmittelbaren Nähe würdest sein und reagieren müssen. Du würdest ihm sofort gegenübertreten müssen.

Die eine Möglichkeit war, dass Winter sofort in die Offensive gehen und dich angreifen würde, sobald er dich erblickte. Dann würdest du nur dafür sorgen müssen, dass ihr in das Sichtfeld einer Überwachungskamera kommt. Es wäre dann eindeutig nachweisbar, dass du angegriffen worden warst und du ihn deshalb aus Notwehr hattest erschießen müssen. Solltet ihr gerade nicht in Kameranähe sein, wenn er das Gedächtnis wiedererlangte, würdest du einfach ein wenig vor ihm fliehen müssen – im besten Fall hinunter in die Lobby oder in den Speisesaal, die besonders gut einsehbar waren. Aber zur Not würde das gar nicht nötig sein, denn auch im Rest des Gebäudes gab es Kameras. Es würde kein Problem sein, möglichst rasch in das Sichtfeld einer von ihnen zu gelangen.

Blieb aber noch die zweite Möglichkeit: Winter würde, sobald er sich wieder erinnern konnte, nicht in die Offensive gehen und dich angreifen, sondern selbst die Flucht ergreifen. Dann würde es aufs Gleiche hinauslaufen. Du würdest ihn natürlich verfolgen müssen. Und sobald ihr alleine und an einer Stelle angekommen sein würdet, an der keine Kamera in der Nähe war, würdest du ein wenig schreien (einfach um sicherzugehen) und ihn vermeintlich anflehen, nicht näherzukommen und das Messer wegzulegen. Dann würdest du ihn über den Haufen schießen. Das Messer, das du die ganze Zeit mit dir mittragen würdest, würdest du ihm natürlich in die Hand drücken. Und du würdest behaupten, dass er es sich irgendwo auf der Flucht geholt hatte. Vermutlich hatte er es dort für einen Notfall wie eben versteckt, würdest du dann behaupten. Wer konnte das schon wissen. Jedenfalls würdest du also auch bei dieser zweiten Möglichkeit behaupten, dass er dich angegriffen hatte. Und du aus Notwehr hattest handeln müssen.

Es würde so einfach sein.

Du müsstest einfach nur dafür sorgen, permanent in seiner Nähe zu sein. Und dafür, dass Ott mit allen anderen draußen am Waldrand verharrte – um Winter bei einer möglichen Flucht den Weg abzuschneiden, wie du ihnen eingeredet hattest. Keiner, nicht einmal Ott, hatte es hinterfragt.

Du hattest also wirklich alles durchdacht. Für jede Option hattest du eine Lösung parat. Du würdest das Kommando haben und entscheiden, was passierte. All die anderen um dich herum waren bloß Puppen. Und dieses Hotel war dein Puppenhaus.

Wenn das alles vorbei war, würdest du wegen dieses Alleingangs ein Disziplinarverfahren am Hals haben. Daran bestand für dich kein Zweifel. Ziemlich sicher würde es dich deinen Job kosten. Sie würden dir vorwerfen, fahrlässig, unprofessionell und naiv vorgegangen zu sein. Dienstvorschriften nicht eingehalten zu haben. Und Vorgesetzte und zuständige Abteilungen nicht informiert zu haben. Aber die Morde würden sie dir nicht nachweisen können. Ganz im Gegenteil: Alle würden davon überzeugt sein, mit Winter nichts als einen Mörder verloren zu haben. Einen Mörder, der deine Matilda auf dem Gewissen hatte. Und genau deshalb bliebe es wohl auch bei der Entlassung, und du würdest dich mit keinen weiteren Konsequenzen herumschlagen müssen.

Alle waren involviert. Sie würden dir zwar den Rücken zukehren, wenn sie von wahren Autoritäten in die Mangel genommen werden würden. Aber scheiß doch drauf! Wichtig war nur, dass sie alle von Winters Schuld überzeugt waren.

Dass sie das schon lange waren, dafür hattest du gesorgt. Die letzten Monate über hattest du immer wieder am Stammtisch und auch sonst bei jeder Gelegenheit im Ort betont, dass mit den Leuten im Hotel irgendetwas nicht stimme. Die Meinung hatte sich rasch verbreitet und manifestiert. Du hattest diese Realität in allen Köpfen erschaffen. Jeder, der im Hotel wohnte oder arbeitete, war unerwünscht im Ort. Vor allem Winter, der – dem Himmel sei Dank – ausgerechnet drei Tage vor Matildas Tod im Hotel angekommen war, wie du später erfahren hattest.

Niemand würde jetzt noch an seiner Schuld zweifeln.

Du warst hier das Opfer. Winter hatte dir vermeintlich die Liebe deines Lebens genommen. Und nur deshalb hattest du dich über Dienstwege und Autoritäten hinweggesetzt. Alle würden das nachvollziehen können.

Du würdest fein raus sein.

Bald.

Nun gab es kein Zurück mehr. Winter war bereit, ausgesetzt zu werden. Er würde sich durch den Wald auf den Weg zum Hotel machen. Und denken, seinen ersten Arbeitstag vor sich zu haben.

Du würdest ihm auf den Fersen bleiben und jeden seiner Schritte im Auge behalten. Du würdest bereit sein.

Und ihn töten.

*

Gegenwart

Nein! Nein! Nein!

Bitte nicht jetzt! Nicht jetzt, so knapp vor dem Ziel!

Er weiß es. Garantiert weiß er es. Dieser Blick – davor hast du dich die ganzen letzten Stunden über gefürchtet. Der Blick, der nur eines bedeuten kann: Erkenntnis.

Scheiße! Verdammte, verfickte Scheiße!

Alles ist doch so gut gelaufen. Er hat alles geschluckt. Die ganze Zeit über hat er nichts begriffen. Absolut gar nichts. Nur noch ein paar Meter wären es gewesen. Dann hättest du ihm und allem ein Ende setzen können.

Und jetzt das! So kurz davor!

Fuck!

Aber du bist selbst schuld daran. Du hattest doch alles durchdacht. Doch dann, als es darauf ankam, bist du hektisch geworden. Du hast nicht funktioniert.

Dabei hatte Sienna tatsächlich getan, was du ihr aufgetragen hattest: Sie hatte Winter den Hinweis gegeben, im Schlafzimmer ihrer Eltern zu suchen. Und Winter hatte die Mordwaffe, die du dort unmittelbar davor versteckt hattest, ja auch gleich gefunden. Nur haben dir die Reiters einen Strich durch die Rechnung gemacht. Sie kreuzten plötzlich auf und zerstörten damit alles. Erst hast du draußen im Flur gelauscht und auf den richtigen Zeitpunkt gewartet, hinein-

zustürmen und ihn auszuschalten. Aber dann brachte Reiter doch tatsächlich den Scheißköter vor die Tür. Und der versperrte dir somit den Weg hinein. Du hast dich nicht an ihn herangewagt, weil die Aggressivität aus jeder seiner Poren nur so herausquoll. Wertvolle Minuten verstrichen, in denen du fieberhaft nach einer Lösung suchtest. Vielleicht waren es auch nur Sekunden gewesen. Jetzt, im Nachhinein, konntest du das nicht mehr richtig einschätzen. Winter, der Idiot, hatte sogar tatsächlich einen Schuss abgegeben. Warum und wohin er schoss, weißt du noch nicht. Nur wäre es die ideale Situation gewesen, hineinzustürmen und ihm eine Kugel in den Kopf zu jagen. Aber der Scheißköter versperrte dir immer noch den Weg!

Es war zum Verrücktwerden!

Du wusstest nicht weiter. Also gabst du einen Schuss ab. Ohne vorher überlegen zu können, ob das wirklich eine gute Idee war. Eigentlich wolltest du den Köter abknallen. Doch in der letzten Millisekunde hast du es nicht übers Herz gebracht und einfach in die Wand neben ihm geschossen. Es half trotzdem. Der Köter zog voller Panik ab. Nur kam unmittelbar darauf auch Reiter aus Sorge um seinen Bluthund hinaus in den Flur gestürmt. Und lief dir direkt in die Arme.

Der Idiot griff dich doch tatsächlich an. Weil er dachte, dass du seinem Köter an den Kragen wolltest. Du wusstest gar nicht, wie dir geschah, da hatte er dich schon niedergerissen. Und ihr lagt ringend auf dem Boden. Noch dazu kam der Köter zurück und machte sich an deinem Hosenbein zu schaffen.

Alles lief schief. Wirklich alles.

Du hattest alle Mühe dabei, Reiter loszubekommen und ihn dazu zu bringen, seinen Köter von dir fern zu halten. Es gelang dir. Du liefst los, fandest Winter tatsächlich schnell wieder. Doch dann die nächste Hiobsbotschaft: Ott und all die anderen hatten sich nicht an die Abmachung gehalten, draußen in Deckung zu bleiben. Der Schuss hatte sie veranlasst, das Hotel zu stürmen.

Alles lief gegen dich. Du verfielst in Panik. Entschiedest dich in der Hektik dafür, Winter aus dem Hotel zu bringen und ihn dort umzubringen. Doch jetzt hatte dieser Idiot doch auch tatsächlich die Waffe nicht mitgenommen. Die lag vermutlich noch immer oben im Schlafzimmer. Und somit war die Möglichkeit, dass du behaupten konntest, er habe dich damit bedroht, ebenfalls verpufft.

Aber okay. Keine Panik. Logisch denken. Logisch handeln. Es gibt weiter nur eine Lösung: Du musst ihn töten. Alles Weitere würdest du dir später noch überlegen können.

Dachtest du. Bis jetzt.

Doch jetzt war da dieser Blick. Der Blick der Erkenntnis.

Winter weiß Bescheid.

Und kaum, dass dir das klar wird, passiert es auch schon.

Pass auf!, schreit dein Verstand.

Doch da ist es schon zu spät.

Er macht plötzlich einen Satz auf dich zu. Und seine Faust trifft dich. So wuchtig, dass es dir den Atem raubt.

KAPITEL 54

Ich stehe vor dem Hotel Krämer gegenüber. Und ich erinnere mich plötzlich wieder. An alles.

Ich bin nicht erst heute hier am Hotel angekommen. Ich bin schon seit über vier Monaten hier. Der Unfall, all das Blut, die Flucht hierher, der Neuanfang und vor allem SIE sind längst vergessen – verdrängt von meiner Liebe zu Theresa. Denn ja, sie ist keine Fremde. Nein, ganz im Gegenteil. Ich habe sie gleich am ersten Tag hier kennengelernt. Und mich Hals über Kopf in sie verliebt.

Wir sind ein Paar. Wir lieben uns.

Gott, ich kann nicht genug von ihr kriegen!

Doch Krämer hat sie mir genommen.

Ich hätte auf Theresa hören sollen. Ihre Ängste früher ernst nehmen sollen. Als ich es endlich tat, war es schon zu spät.

Vorgestern erst wandten wir uns an die Polizei – und das, obwohl sie schon seit Tagen das Gefühl gehabt hatte, verfolgt zu werden. Viel zu lange hatte ich sie bloß zu beruhigen versucht. Ich hatte ihre täglich anschwellende Angst auf die unheimliche Umgebung geschoben – auch wenn mir klar war, dass sie für beide von uns schon lange nicht mehr unheimlich war. Ich habe Theresa bloß zu einer kleinen Auszeit geraten. Ich war so blöd!

Doch vorgestern war sie schließlich weinend und völlig außer Atem in meine Arme gesunken. Frau Reiter hatte ihr wieder einmal eine völlig stumpfsinnige Anweisung gegeben und sie dafür in den Keller geschickt. Theresa war schon einige Zeit dort unten beschäftigt gewesen, da hatte sie plötzlich ein schweres Atmen vernommen. Ganz in ihrer Nähe. Und leise Schritte. Sie war erstarrt vor Angst. Hatte Mut gefasst, gerufen und wissen wollen, wer da war. Doch es hatte ihr niemand geantwortet. Und die Schritte waren auf einmal verstummt. Da hatte sie die Panik gepackt. Sie hatte sich aus ihrer Starre gerissen. War hoch zu mir gelaufen. Und hatte mir zitternd und voller Tränen davon in meinen Armen erzählt.

Es hatte lange gedauert, bis ich sie endlich hatte beruhigen können. Nachdem sie sich die Tränen aus dem Gesicht gewischt hatte, berichtete sie mir von einem Polizeibeamten, der sie im Ort angesprochen hatte, als sie dort zum Einkaufen gewesen war. Die beiden waren ins Gespräch gekommen. Sie hatte ihn zwar nicht besonders sympathisch gefunden, doch jetzt wollte sie sich an ihn wenden. Und auch ich hielt das für eine gute Entscheidung.

Schon im ersten Moment, als er am Hotel aufgekreuzt war, war mir klar, was Theresa gemeint hatte. Er war auch mir auf den ersten Blick unsympathisch. Er hatte etwas in seinen Augen, das mir nicht gefiel. Und er schien auf Theresa abzufahren – das fiel mir auf, als ich mich ein wenig zurücknahm und Theresa und ihm das Gespräch überließ. Ich konnte es ihm nicht verübeln. Unpassend und unprofessionell fand ich es dennoch. Aber zumindest versprach er, sich der Sache anzunehmen, sich umzuhören und wachsam zu sein. Und damit war die Sache mit ihm für mich erledigt. Dachte ich zumindest.

Aber als Theresa dann am nächsten Tag, also gestern, spurlos verschwand und auch die Reiters sie nach stundenlanger Suche nicht finden konnten, wurde ich so richtig nervös. Ich sah mich gezwungen, mich erneut an Krämer zu wenden. Wieder bot er sofort an, ins Hotel zu kommen, um sich der Sache anzunehmen. Er schien bemüht und ernsthaft besorgt. Ich fiel auf ihn herein. Zumindest für eine gewisse Zeit.

Doch dann fiel der Groschen bei mir. Und meine Anspannung wandelte sich schlagartig in Panik. Ich wusste sofort, dass ich in Todesgefahr war.

Krämer hatte sich zuvor Theresas Zimmer ansehen wollen. Wir schliefen zwar so gut wie jede Nacht in meinem, Frau Reiter zuliebe behielt Theresa aber ihr eigenes Zimmer weiterhin. Frau Reiter hatte mehrmals angemerkt, dass sie das nicht gerne sehe, dass unsere Liebelei die Arbeit am Hotel verzögere. Als sie das zum ersten Mal gesagt hatte, hatte ich die Aussage nicht fassen können. Ich hatte auf Konfrontation gehen wollen. Doch Theresa hatte mich besänftigt.

»Soll sie doch denken, dass ich weiterhin hier schlafe«, hatte sie auf mich eingeredet. »Wen stört's?«

Ich hatte zähneknirschend nachgegeben.

Jedenfalls begleitete ich Krämer nach Theresas Verschwinden in ihr Zimmer, wo er sich eher oberflächlich umsah. Ich hatte zunehmend den Eindruck, dass er gar nicht richtig bei der Sache war, sondern eher nur seine Pflicht zu machen schien. Davon abgesehen schien er mir aus irgendeinem Grund nervös. Ich begriff das alles nicht. Und redete mir ein, dass es an meiner eigenen Anspannung lag.

Doch dann passierte etwas, das mich wachrüttelte.

»Fehlt etwas?«, fragte Krämer und ließ seinen Blick noch einmal demonstrativ durch den Raum gleiten.

»Nicht, dass ich wüsste«, sagte ich.

Er nickte. »Sind Sie sicher?«

»Ich denke, ja.«

»Sie beide haben mir doch davon erzählt, dass Unterwäsche vermisst wird.«

»Ja, Theresa vermisst Unterhosen, einen BH und eine Strumpfhose.«

Wieder nickte er.

Und dann passierte es.

Er wandte sich zur Kommode um und zuckte mit dem Kinn in ihre Richtung. »Und sind seitdem weitere Stücke verschwunden?«

Mein Unterbewusstsein registrierte sofort, dass etwas nicht stimmte. Es dauerte aber noch drei, vier Sekunden, bis ich begriff, was mich an dieser Situation störte: Woher wusste Krämer, von wo die Unterwäsche verschwunden war? Weder Theresa noch ich hatten es ihm gesagt. Er hatte keinen Blick in den Schrank, die beiden Kommoden oder einen der Koffer geworfen. Und er war vorher noch nie in diesem Zimmer gewesen. Glaubte ich zumindest.

»Alles in Ordnung?«, fragte Krämer, weil er mir offenbar ansah, dass mich etwas beschäftigte.

»Ja«, sagte ich wenig glaubwürdig. Mir schossen die Gedanken gerade wild durcheinander und die Angst breitete sich in mir aus. Es fühlte sich an, als rückten die Wände näher.

»Sicher?« Er hatte seine Stirn in Falten gelegt. Ein Anflug von Unsicherheit war in seinem Blick aufgeflammt. Keine Frage: Er ahnte, dass etwas nicht stimmte.

»Ja natürlich«, brachte ich heraus.

Hau ab hier!, meldete sich eine Stimme tief in mir.

Mein Herz schlug auf einmal ganz wild.

Er machte einen Schritt auf mich zu. In seinen Blick mischten sich Panik und Angriffslust und verdrängten zunehmend die Unsicherheit.

Ich trat unwillkürlich einen Schritt zurück.

»Wohin wollen Sie?«, fragte er in einem seltsamen Ton.

»Was?«

»Warum weichen Sie von mir zurück?«

»Ich … tue ich das?«

»Ja«, sagte er, und mittlerweile hatte die Angriffslust die Vorherrschaft in seinem Blick übernommen. Er kam weiter auf mich zu.

Ich ging weiter rückwärts in Richtung Tür.

»Bitte bleiben Sie doch mal stehen!«

Lauf weg! Sofort!

Ich antwortete nicht. Trat noch einen Schritt zurück. Panik hatte sich in mir breitgemacht. Mein Herz schlug jetzt hart in meiner Brust, und das Blut rauschte wild in meinem Schädel.

Er sagte etwas, das ich schon gar nicht mehr mitbekam. Weil ich voll und ganz damit beschäftigt war, die immer noch anschwellende Angst zurückzudrängen.

»Wo ist Theresa?«, brachte ich schließlich über meine zittrigen Lippen.

»Was?«

»Wo ist sie?«

»Das weiß ich nicht.« Die Andeutung eines Lächelns lag ihm auf den Lippen.

»Bitte ... wo ... wo ist sie?«

»Bitte bleiben Sie doch endlich einmal stehen.«

»Was ... haben Sie mit ihr gemacht?«

»Ich weiß nicht, wovon Sie sprechen.«

Jetzt lächelte er eindeutig.

»Bitte ... lassen Sie sie ...«, stammelte ich.

Da sah ich es: Seine Hand ging in Richtung der Waffe in seinem Halfter. Und ich wusste, dass ich in Todesgefahr war.

Weg hier!

Ich wusste: Jetzt oder nie. Ich ergriff schlagartig die Flucht.

»Halt!«, brüllte Krämer und kam mir sofort nach.

Ich rannte auf die Tür zu, die wir offenstehen gelassen hatten. Stieß sie weiter auf und preschte hinaus in den Flur.

Ich hörte, wie er mir nachkam.

»Bleib stehen!«, schrie er.

Ich lief den dunklen Flur entlang. Hörte, wie er hinter mir fluchte. Und offenbar ins Straucheln kam. Vermutlich, weil er die Stufe, die auch mir schon mehrmals zum Verhängnis geworden war, übersehen hatte. Ich rannte weiter. An der Haupttreppe angekommen, musste ich mich entscheiden – binnen Millisekunden: Sollte ich die Stufen runter ins Erdgeschoss? Oder lieber hoch? Im Erdgeschoss wäre ich ihm ausgeliefert gewesen. Dort war alles offen und weitläufig. Im Speisesaal, in der Lobby und erst recht auf der Lichtung wäre ich wie auf dem Präsentierteller für ihn. Also rannte ich die Stufen hoch. Und betete, dass ich die richtige Entscheidung getroffen hatte. Dabei hörte ich, dass er mir wieder näher kam.

»Bleib stehen, verflucht!«

Ich rannte weiter. Wie ein Verrückter. Ließ den zweiten Stock hinter mir. Und stürmte weiter hoch in den dritten Stock. Mein Verstand raste. Ich würde dort ein Versteck brauchen. Nur wo zur Hölle?

»Ich krieg dich doch sowieso!«, schrie Krämer.

Im dritten Stock lief ich den Flur links entlang. Ich wusste, ich würde erst noch mehr Abstand gewinnen müssen, ehe ich mir einen Unterschlupf suchen konnte. Vielleicht sollte ich ja besser …

»Stehen bleiben!«

Plötzlich knallte es und unmittelbar neben mir explodierte die Wand. Teile schossen durch die Luft und trafen mich.

Ich kreischte vor Schreck. Hielt mir die Arme vors Gesicht. Und rannte weiter. Ich rannte um mein Leben.

Nur wohin? Ich brauchte eine Idee! Dringend!

Mein Atem rasselte. Mein Puls raste. Ich hörte seine Schritte. Ein Scheppern, ein Poltern. Sein Fluchen. Er kam immer näher.

»Bleib hier, verdammt!«, schrie er.

Ein weiterer Schuss. Noch eine Kugel, die unmittelbar neben mir in der Wand einschlug. Wieder flogen mir Splitter mir um die Ohren. Einer davon traf mich im Gesicht.

Im Laufen riss ich den Kopf herum und schaute hinter mich. Ich sah, dass er stehen geblieben war. Und auf mich zielte.

Bitte nicht!

Ein weiterer Schuss.

Ich kreischte vor Panik.

Schneller! Schneller! Schneller!

Ein weiterer Knall.

»Wenn du nicht stehen bleibst, schieße ich dich über den Haufen!«

Keine Zeit mehr zu überlegen. Ich griff spontan die Klinke der nächsten Tür. Drückte sie, zog, doch sie war verschlossen.

Fuck!

Weiter!

Ich wusste: Ich war verloren. Doch ich wollte es nicht akzeptieren. Deshalb versuchte ich es auch noch bei der nächsten Tür. Und konnte mein Glück kaum fassen. Denn sie ließ sich tatsächlich öffnen. Ich riss sie auf. Rettete mich in das Zimmer. Zog die Tür hinter mir zu.

Und da war die Erleichterung verpufft.

Kein Schlüssel! Ich konnte also nicht absperren. Ich sah mich um. Und begriff: Ich steckte in einer Sackgasse. Bloß ein Bad. Aber keine Verbindungstür zu einem Nebenzimmer. Kein Fluchtweg. Nichts.

Scheiße! Scheiße! Scheiße!

Ich raufte mir die Haare. Und während sich meine Gedanken überschlugen, höre ich seine Schritte draußen im Flur. Er würde jeden Moment da sein.

Ein Knall. Das Türblatt zerfetzte hinter mir.

Ich schrie. Sprang zur Seite.

Noch ein Schuss.

»Du kannst nicht entkommen!«

Er hatte recht. Ich hatte keine Chance. Ich war verloren.

Obwohl …

Mir schoss ein Gedanke ein. Mir blieb keine Zeit, ihn abzuwägen. Es war auch egal. Denn es war meine einzige Chance.

Ich lief einfach los. Direkt auf die Balkontür zu. Ich drehte den Kopf ein Stück zur Seite, spannte den Nacken an. Presste die Augen zusammen. Hob die Arme schützend vors Gesicht. Und schrie, um mir Mut zu machen.

In meinem Rücken hörte ich, wie er die Tür aufriss. Wie er »Habe ich dich, du Drecksack!« brüllte. Und ein weiterer Schuss ertönte.

Mit einem Schrei preschte ich durch die Scheibe. Hinaus auf den Balkon. Das Klirren war ohrenbetäubend laut. Und war noch nicht verstummt, da musste ich schon weiter. Ich durfte keinen Sekundenbruchteil verlieren. Ich wollte mich hinüber auf den Nachbarbalkon retten. Ich hievte mich auf das Geländer. Und sprang. Doch dabei rutschte ich aus. Und verlor das Gleichgewicht. Im Flug streckte ich die Arme voraus. Wollte das Geländer des Nachbarbalkons greifen. Aber ich schaffte es nicht. Der Sprung ging nicht weit genug. Meine Hände rutschten am Geländer ab. Ich bekam keinen Halt.

Ich kreischte.

Und stürzte drei Stockwerke in die Tiefe.

Ja, ganz genauso war es. Ich weiß es wieder. Als ich vom dritten Stock in die Tiefe stürzte, war ich nicht auf der Flucht vor meiner Verhaftung, wie die Reiters mir hatten weismachen wollen. Sondern vor Krämer, der mich töten wollte.

Jetzt, da mein Gedächtnis zurück ist, begreife ich, dass ich unfassbares Glück im Unglück hatte, weil ich mir bei dem Sturz nicht einen Knochen gebrochen habe. Mir ist aber ebenso klar, dass ich ein weiteres Mal auf Krämer hereingefallen bin. Und dass er nun tun wird, was ihm beim ersten Mal nicht gelungen ist: mich töten.

KAPITEL 55

»Was ist jetzt?«, drängt Krämer mich, und er klingt, als würde er selbst nicht mehr daran glauben. Panik hat sich auf seinem Gesicht breitgemacht. »Komm schon, wir müssen weiter! Theresa wartet auf uns.«

Mir wird klar: Wie ein Tier, das angegriffen wird, habe ich nur zwei Möglichkeiten. Flucht oder Angriff.

Ich habe keine Zeit, darüber nachzudenken, was die bessere Entscheidung wäre. Und ob ich zumindest bei einer der beiden den Funken einer Überlebenschance habe. Mir bleiben nur Sekundenbruchteile. Also entscheide ich mich. Und tue es.

Jetzt!

Ich mache einen Satz auf ihn zu. Hole gleichzeitig aus. Und setze zu einem Faustschlag an. Ich will ihn im Gesicht treffen. Doch er bemerkt es im allerletzten Augenblick und duckt sich ein kleines Stück weg. Ich verfehle deshalb sein Gesicht. Und treffe ihn nur am Hals. Doch das stellt sich als Glück heraus.

Sein Schrei erstickt. Er röchelt. Krümmt sich vor Schmerz. Hält sich mit beiden Händen seinen Hals. Hustet.

Ich nutze die Gelegenheit. Ich hole aus und verpasse ihm einen kräftigen Tritt in die Seite. Und dann noch einen.

Er verliert das Gleichgewicht und geht zu Boden. Krümmt sich dort gleich neben einer Regenlache. Er hechelt, hustet und röchelt weiter.

Ich schaue ihm noch einen Augenblick lang zu. Überlege, was ich nun tun soll. Ob ich ihm einen Tritt gegen seinen Schädel verpassen und ihn damit ausknocken soll.

»Wo ist sie?«, frage ich stattdessen.

Er hustet und würgt nur.

»Wo ist Theresa?«, will ich wissen.

Aber er presst bloß ein kaum zu verstehendes »Fick dich!« zwischen seinem Husten heraus.

Ich überlege noch einen Sekundenbruchteil. Sehe mich um. Kann niemanden entdecken. Und laufe los. Vom Hotel weg, über die Lichtung und auf den Waldrand zu. Auf dem nassen Gras komme ich ein wenig ins Schlittern. Ich kann mich aber auf den Beinen halten. Und renne weiter. Im Augenwinkel glaube ich kurz, einen Schatten zu sehen. Aber als ich den Kopf herumreiße, ist da nichts. Weiter! Im Laufen wage ich es noch einmal, ich schaue noch ein letztes Mal zurück. Und kann Krämer nicht mehr entdecken.

Doch plötzlich höre ich ihn.

»Er ist im Hotel!«, krächzt er über das Regenprasseln hinweg und hustet sich die Seele aus dem Leib. »Alle ins Hotel!«

Ich presche durch ein Gestrüpp in den Wald hinein. Dabei schmerzt mich mein Knöchel plötzlich wieder heftig, und ich habe das Gefühl, dass die Bisswunde erneut aufgeplatzt ist.

»Versperrt die Ausgänge!«, brüllt Krämer. Seine Stimme kehrt allmählich zurück. »Holt ihn euch!«

Ich kann nicht sagen, wem alles er das zuschreit. Wie viele Männer tatsächlich hier draußen und im Hotel sind. Ich weiß nur: Ich muss zu Theresa. Und ich glaube auch zu wissen, wo sie steckt.

Ich bete, dass sie noch lebt!

*

»Er ist im Hotel!«, schreist du und versuchst, gegen das laute Regenprasseln um dich herum anzukommen. Dein Kehlkopf fühlt sich an, als würde er dabei zu Bruch gehen. Wenn er

nicht ohnehin schon im Arsch ist. Es schmerzt wie die Hölle. Aber du hast keine andere Wahl. Niemand darf mitbekommen, dass Winter in den Wald geflohen ist.

Mann, wie konntest du nur so unvorsichtig sein? Und dich von dem Scheißkerl derart plump überrumpeln lassen. Du hast es schon wieder vermasselt. Du hast nicht funktioniert. Jetzt hast du die Scheiße am Dampfen. Und du musst retten, was noch zu retten ist.

»Alle ins Hotel!«, brüllst du und dir schießen vor Schmerzen die Tränen in die Augen.

Dabei hast du keine Ahnung, ob es überhaupt noch wer mitbekommt. Der vermeintlich kontrollierte Einsatz hat sich im Chaos aufgelöst. Und das ist gut so. Nur deshalb hast du weiterhin eine Chance. Und wegen der Dunkelheit, die sich inzwischen über die Gegend gelegt hat.

Die Scheiße ist am Dampfen, ja. Aber deine Situation ist nicht hoffnungslos. Du kannst dein Ziel immer noch erreichen. Du kannst ihn immer noch töten, ehe jemand mit ihm sprechen kann.

»Versperrt die Ausgänge!«, schreist du deshalb und lässt das Hotel hinter dir. Du läufst quer über die Lichtung und auf den Wald zu. Du nimmst die Verfolgung auf. Denn natürlich weißt du, wohin er läuft.

Ehe du den Wald erreicht hast, wirfst du im Laufen noch einen letzten Blick zurück zum Hotel.

Verflucht, ist das etwa Ott dort am hinteren Ausgang? Sieht er etwa gerade in deine Richtung? Egal, du richtest deinen Blick wieder nach vorne. Du musst dich später um ihn kümmern. Du wirst das schon irgendwie regeln können.

Du stürmst in den Wald. Und läufst, so schnell du nur kannst. Dorthin, wo alles begann …

KAPITEL 56

Als ich den Wald hinter mir gelassen habe und an der Kreuzung im Dorf ankomme, gießt es in Strömen. Dieses Mal habe ich nicht einmal die billige Regenjacke bei mir. Meine gesamte Kleidung bis hin zur Unterwäsche klebt patschnass und kalt an mir. Jeder Schritt fühlt sich an, als hingen Gewichte an meinen Armen und Beinen. Ich bin völlig außer Atem und habe Seitenstechen. Mein Herz pocht hart gegen den Brustkorb. Und die Bisswunde pulsiert und sendet im Sekundentakt Schmerzwellen von meinem Knöchel aus durch mein Bein. Ich humple mehr, als dass ich laufe. Ich bin mir sicher, dass meine Socke nicht nur mit Regen sondern auch mit meinem Blut getränkt ist.

Einen Augenblick lang brauche ich, um mich zu orientieren. Ich bin voller Ungeduld. Schaue die Straße in beide Richtungen entlang. Und versuche mich daran zu erinnern, wo Krämer mit mir lang ging. Ich kann mich in meiner Aufregung nicht mehr erinnern und weiß nicht weiter. Es ist mittlerweile dunkel geworden. Zudem erschwert mir der heftige Regen die Sicht. Nicht einmal das beleuchtete Bierreklameschild über dem Eingang des Gasthauses ist jetzt zu sehen. Ich presse mir die Kante meiner flachen Hand an die Stirn und versuche so, den Regen von meinen zu schmalen Schlitzen zusammengekniffenen Augen fernzuhalten. Es bringt kaum Besserung.

Mist!

Ich entschließe mich dazu, nach links zu laufen. Dabei reiße ich ständig meinen Blick hin und her, um die Häuser zu beiden Seiten nach einem Anhaltspunkt abzusuchen. In fast keinem der Fenster ist Licht an. Und dennoch fühle ich mich selbst in der Hektik beobachtet. Nach einigen Metern fürchte ich schon, die falsche Richtung eingeschlagen zu haben. Ich überlege, kehrt zu machen.

Doch dann entdecke ich das Haus, etwa 100 Meter entfernt. Es wirkt, als wollte es hinter der dichten Regenwand untertauchen und ein Stück weit zurück in die Dunkelheit rücken, um unerkannt zu bleiben. Aber ich erinnere mich wieder und bin mir sicher, dass es das richtige Haus ist – nicht nur wegen des Schornsteins, der selbst aus der Entfernung und bei den schlechten Sichtverhältnissen windschief wirkt.

Ich überquere die Straße und laufe darauf zu. Dabei ist mir selbst in meiner Aufregung klar, dass ich besser einen Moment lang innehalten und das Haus beobachten sollte. Ahnt Krämer, dass ich hierhergelaufen bin? War er gar schneller und ist er bereits hier? Lauert er schon in einem Versteck und erwartet mich? Ich kann es nicht einschätzen. Es ist mir auch egal. Alles, was für mich zählt, ist, Theresa zu finden und sie aus seinen Fängen zu befreien.

Ich stürme direkt auf die Eingangstür zu. Zerre daran, aber nichts tut sich. Sie ist versperrt. Natürlich. Ich entlade meinen Frust darüber und knalle die Faust dagegen. Dann nehme ich Anlauf und werfe mich mit voller Wucht dagegen. Doch sie ist ein ganz anderes Kaliber als die Türen im Hotel. Sie gibt keinen Millimeter nach. Ich will das nicht wahrhaben. Versuche es noch einmal, mache dabei noch ein paar Schritte zurück, und werfe mich noch kraftvoller gegen die Tür. Aber wieder tut sich nichts.

Verdammt!

Ich wische mir mit den nassen Ärmeln den Regen aus dem Gesicht. Sehe mich verzweifelt um. Und weiß nicht weiter. Im Normalfall hätte ich jetzt Hilfe geholt. Die Polizei oder die Nachbarn informiert. Aber das hier ist kein Normalfall.

Ich habe keine Ahnung, wen Krämer alles auf seine Seite geholt hat, und was er ihnen über mich erzählt hat. Ich weiß nicht, wem ich trauen kann. Ich habe keine Zeit für Beweise und Erklärungen. Und vor allem fürchte ich, dass Theresa noch viel weniger Zeit hat.

Und deshalb will ich durch das schmiedeeiserne Gartentor in der Mauer rechts vom Haus. Doch auch das ist verschlossen. Was habe ich auch erwartet?

Ich sehe mich kurz um und kann niemanden entdecken. Also nehme ich Anlauf. Springe gegen die Mauer, kralle mich oben fest und klettere darüber, was mit meiner nassen, schweren Kleidung gar nicht so einfach ist. Hinter der Mauer greife ich kurzerhand einen Holzscheit von dem Haufen, der dort akkurat an der Hauswand entlang aufgeschichtet ist. Ich laufe damit an die Rückseite des Hauses. Dort zögere ich keine Sekunde. Und schlage damit kurzerhand ein Fenster ein. Ohne vorher hineingespäht zu haben. Ohne zu wissen, welcher Raum dahinter liegt oder ob sich gar jemand dort aufhält. Und auch ohne darauf zu achten, ob es sonst jemand mitbekommt. Nichts hätte etwas daran geändert, dass ich in dieses Haus rein muss. Und zwar schnell!

Das Klirren kommt kaum gegen das heftige Regenprasseln an. Ich schrecke dennoch kurz zusammen, spanne den Nacken an und ziehe die Schultern hoch. Als es vorbei ist, horche ich kurz. Aber weder aus dem Haus noch von den Nachbarn ist etwas zu hören. Ich schlage noch einmal zu und säubere mit dem Holzstück den unteren Rand des Fensterrahmens von den spitzen Glasscherben.

Dann hieve ich mich hoch und klettere ins Haus.

Erst als ich drinnen bin und begreife, dass ich in Krämers Schlafzimmer gelandet bin, setzt meine Angst wieder ein. Mit voller Wucht rammt sie mich – wie eine gewaltige Abrissbirne. Mein Puls macht einen Sprung nach oben.

Meine nasse Kleidung fühlt sich auf einmal so unglaublich kalt an. Gleichzeitig spüre ich, wie mir die Hitze in den Kopf steigt und mein Gesicht und meine pulsierenden Ohren zu glühen beginnen.

Ich stehe da. Rühre mich nicht. Starre quer durchs dunkle Schlafzimmer in Richtung der angelehnten Tür. Und lausche konzentriert.

Da ist nichts als der Regen und das pulsierende Rauschen des Blutes hinter meinen Ohren.

Mir ist klar, dass es völlig unnötig ist, mich jetzt noch still zu verhalten. Wenn Krämer hier ist, hat er mich längst gehört. Daran führt nichts vorbei. Es wäre wohl sogar klug, das Licht anzumachen. Denn das hier ist sein Haus, er kennt es wie seine Westentasche. In der Dunkelheit hat er mir gegenüber einen klaren Vorteil. Nur wenn ich ihn sehe, habe ich eine realistische Chance gegen ihn. Andererseits: Wenn er erst noch auf dem Weg ist, wird er schon von Weitem erkennen, dass ich hier bin, wenn in den Fenstern Licht zu sehen ist.

Meine innere Stimme rät mir also, es besser zu lassen. Und auf der Hut zu sein.

Mein Herz hämmert jetzt wie verrückt. Das Rauschen in meinen Ohren wird immer lauter. Meine Kleidung tropft. Unter mir hat sich schon eine Lache gebildet. Meine Knie fühlen sich ganz weich an.

»Theresa?«, flüstere ich.

Ich bekomme keine Antwort.

Ich zögere noch einen Moment lang. Dann wage ich es endlich und setze mich in Bewegung. Ich schleiche durch das Zimmer zur angelehnten Tür. Die tiefen Teppichfasern würden normalerweise wohl jedes Geräusch meiner Schuhe schlucken. Doch jetzt sind sie patschnass und quietschen und quatschen bei jedem Schritt. Ich verziehe mein Gesicht zu einer Grimasse. Aber das ändert natürlich nichts daran, dass Krämer mich deutlich hören kann, wenn er schon hier ist und mir in einem dunklen Winkel auflauert.

Ich ziehe die Tür ein kleines Stück weiter auf und luge hinaus in den Flur.

»Theresa?«

Stille.

»Theresa, bist du hier?«

Nichts.

Ich schlucke.

Mach schon, weiter!

Ich wage mich hinaus in den Flur. Und verschaffe mir dort einen Überblick.

Zu meiner Linken liegt die Küche. Ich werfe einen Blick hinein, um sicherzugehen, dass sie leer ist. Auf der gegenüberliegenden Seite liegen die Toilette und das Badezimmer. Auch in diesen Räumen ist niemand. Genauso wenig wie im Wohnzimmer und dem gleich danebenliegenden kleineren Zimmer, das wohl am ehesten als Büro beschrieben werden kann. Zumindest steht ein Schreibtisch darin. Ansonsten bekomme ich kaum etwas von den Räumen mit, außer, dass sie ordentlich und aufgeräumt wirken. Aber das kann auch bloß ein Trugschluss aufgrund der Dunkelheit sein.

Ich schleiche eine Treppe hoch in den ersten Stock und stelle fest, dass sich dort oben nur ein Raum befindet. Er lässt sich wohl am ehesten als eine Mischung aus Arbeitszimmer und einem weiteren Wohnzimmer beschreiben. Eine Nähmaschine steht dort auf einem Holztisch. Ein Fernseher hängt an der Wand. Eine kleine Couch ist da. Eine Yuccapalme in der Ecke. Ansonsten nichts. Auch hier ist weder von Theresa noch von Krämer etwas zu sehen.

Ich schleiche zurück ins Erdgeschoß. Dort bleibt mir nur noch eine Tür. Ich greife die Klinke und schon bevor ich sie vollständig nach unten gedrückt und die Tür geöffnet habe, ahne ich, was dahinter liegt: der Keller.

KAPITEL 57

»Theresa? Bist du hier?«, frage ich und starre den dunklen Schlund hinab. Das Zittern meiner Stimme verängstigt mich noch zusätzlich. Mein Herz hämmert so hart gegen meinen Brustkorb, als wollte es ausbrechen.

Nichts regt sich. Stille schreit mir entgegen.

Ich schlucke. Taste nach dem Schalter. Mache das Licht an. Und kneife die Augen zusammen, weil es mich nach der Dunkelheit der letzten Minuten furchtbar blendet. Einen Augenblick lang bin ich blind. Dann gewöhnen sich meine Augen daran, und mir wird klar, dass es bloß eine nackte verstaubte Glühbirne ist, die auf halbem Weg von der Decke hängt und kaum Licht abwirft.

Die Treppe ist steil, der Abgang eng, und die Decke hängt niedrig herab. Gut möglich, dass die Mauern hier schon 100 Jahre alt oder noch älter sind. Ich könnte mich gerade genauso gut auch im Hotel befinden.

»Theresa?«

Keine Antwort.

Ich schaue noch einmal zurück. Das Haus scheint weiter leer. Keine Anzeichen dafür, dass Krämer schon hier ist. Und dennoch schreit mein Unterbewusstsein ständig Warnungen aus.

Ich versuche mich davon nicht noch mehr verunsichern zu lassen. Ich gebe mir einen Ruck. Und nehme die erste Stufe. Dann die nächste. Und die nächste. Ganz langsam, fast schon wie in Zeitlupe, steige ich in den Keller hinab. Dabei habe ich das Gefühl, in das Maul einer überdimensionalen Bestie zu steigen. Meine nassen Schuhe quietschen. Von meiner vollgesogenen Kleidung tropft es immer noch herab. Mir kommt erst jetzt der Gedanke, dass ich mich besser nach etwas hätte umsehen sollen, das ich zur Not als Waffe verwenden könnte. Doch ich bin voller Aufregung und so entschwindet mir der Gedanke gleich wieder.

Als ich unten angekommen bin, schlägt mir das Herz bis zum Hals, und ich zittere am ganzen Körper – vor Aufregung und vor Kälte. Ich höre meine Zähne klappern.

Komm schon, reiß dich zusammen!

Viel gibt es hier unten aber nicht zu entdecken. Ich bin in einem kleinen Vorraum gelandet, in dem sich bloß ein Metallschrank und ein Holzregal mit Lebensmitteln wie Kartoffeln, Zwiebeln, Milchpackungen, Einmachgläsern mit Marmelade, Bier- und Sodaflaschen und vieles mehr befinden. Davon abgesehen sind nur noch zwei Türen hier unten.

Ich versuche es bei der ersten. Doch sie ist abgeschlossen.

Mist!

Sie geht nach außen auf. Somit würde es auch nichts bringen, mich dagegen zu werfen. Ich zerre also daran. Aber sie gibt nicht nach. Ich presse meine Fingerspitzen zwischen Tür und Zarge und versuche so, sie irgendwie aufzubekommen. Doch auch das bringt nichts. Der Spalt ist für meine Finger viel zu schmal, ich bekomme sie nicht einmal einen Millimeter tief hinein.

Scheiße, was tun?

Ich versuche mein Glück an der zweiten Tür. Dabei erwarte ich schon, dass sie ebenfalls abgeschlossen ist. Ich drücke die Klinke daher nur halbherzig. Und bin umso überraschter: Sie lässt sich tatsächlich öffnen. Ein Lichtblick!

Ich mache das Licht an und sehe, dass ich in einer Werkstatt gelandet bin. Verschiedenste Sägen, Hämmer, Zangen und vieles mehr sind akkurat an Haken an der Wand über der Werkbank aufgereiht. Ein Schraubstock ist da, gleich mehrere Werkzeugkoffer, zwei Bohrmaschinen, eine Stichsäge, außerdem so ziemlich alles, was das Heimwerkerherz begehrt.

Und vor allem, was *mein* Herz begehrt: eine Brechstange. Ich laufe damit zur verschlossenen Tür und presse das spitze Ende auf Höhe des Schlosses in den Spalt zwischen Tür und Zarge. Ich rutsche mehrmals damit ab. Doch dann klappt es endlich. Die Stange greift. Ich zerre daran. Es knackt. Ich wende noch mehr Kraft an. Es kracht erneut. Ich zerre noch fester an der Stange.

Da bricht die Tür endlich auf. Und ich stolpere zurück und verliere dabei fast das Gleichgewicht. Die schwere Stange entgleitet mir dabei und fällt zu Boden. Es scheppert metallisch und unglaublich laut. Kurz zucke ich deswegen zusammen. Dann stürme ich in den unbeleuchteten Raum. Finde den Lichtschalter an der Wand gleich neben der Tür. Drücke ihn.

Das Licht springt an.

Ich sehe sie.

Mein Gott!

KAPITEL 58

Ich habe sie gefunden! Ich habe Theresa tatsächlich gefunden!, jubelt mein Verstand im ersten Sekundenbruchteil. Ich kann es kaum glauben. Bin außer mir vor Glück. Aber dann nimmt mein Verstand das Szenario erst so richtig wahr. Und mir rutscht das Herz in die Hose.

Um Gottes willen!

Theresa liegt in der Mitte eines Doppelbetts. An Armen und Beinen gefesselt und an das metallene Gestell gekettet. Ein dicker Streifen klebt über ihrem Mund. Ihre Augen sind groß wie Murmeln, als sie mich erkennt. Sie ist auf einmal ganz hektisch, will mir etwas sagen, aber es kommen bloß unverständliche Mh-Laute heraus. Sie zerrt an ihren Fesseln. Die Metallketten rasseln laut, aber sie geben nicht nach.

»Mein Gott, Schatz!«, entkommt es mir nach der ersten Schrecksekunde und gleichzeitig schießen mir die Tränen in die Augen.

Ich laufe zu ihr, stürze mich aufs Bett und will ihr erst einmal den dicken Klebestreifen von den Lippen ziehen. Doch ich bekomme kein Ende so richtig zu greifen. Meine Hände zittern jetzt richtig heftig und sind vom Regen und Schweiß ganz nass.

Ihre Mh-Laute werden immer lauter und aufgebrachter.

»Mist«, murmle ich. »Bitte halte kurz still!«

Wieder rutsche ich ab. Dann schaffe ich es endlich.

»Simon!«, schießt es sofort aus Theresa heraus, unmittelbar nachdem ich ihr den Streifen weggerissen habe. Gleichzeitig kommen jetzt auch ihr die Tränen.

»Wie geht es dir?«, will ich wissen und bin dabei von meinen Gefühlen überwältigt. Ich heule so heftig, dass ich wohl kaum zu verstehen bin. »Bist du in Ordnung?«

Sie geht nicht darauf ein. Fragt nur: »Ist er hier?«

»Nein … keine Sorge.«

Ich weine so stark, dass ich kaum noch etwas sehe.

»Wo ist er?«, will sie wissen.

»Ich … ich weiß es nicht.«

»Krämer hat … er hat mich …«, setzt sie an und schluchzt so heftig, dass sie kein Wort mehr herausbringt.

»Sch«, mache ich. »Ganz ruhig. Ich … ich bin jetzt hier. Ich … ich hole dich hier raus!«

Ich sehe mich im Raum um auf der Suche nach etwas, womit ich die Ketten öffnen kann. Aber alles ist verschwommen. Ich wische mir mit dem nassen Ärmel übers Gesicht, doch das bringt gar nichts. Ich reibe mir die Augen mit den Handballen. Danach ist meine Sicht ein wenig besser. Erst jetzt begreife ich, dass sowohl die Wände also auch die Decke mit Spiegelfliesen verkleidet sind. Und dass das Zimmer bis auf das Bett leer ist.

»Wo ist er?«, will sie schon wieder wissen.

»Im Hotel«, sage ich. Nicht, weil ich wirklich daran glaube, sondern weil ich sie beruhigen will.

Erst jetzt kommt es mir in meiner Aufregung: die Werkstatt!

»Ich bin gleich zurück«, sage ich.

»Nein, bitte!«, kreischt sie, und pure Panik schwingt in ihrem Flehen mit.

»Ich laufe nur nach nebenan, um eine Zange zu holen.«

»Bitte bleib bei mir!«

»Ich bin sofort zurück!«

»Bleib hier, Simon!«, ruft sie.

Aber da bin ich schon vom Bett gesprungen. Ich laufe rüber, um mir eine Zange von der Wand zu reißen. Und keine zehn Sekunden später bin ich auch schon wieder bei ihr.

»Bleib bei mir!«, fleht sie.

»Ich bin ja da.«

»Simon, ich ... ich ...«, stammelt sie und bricht abermals heftig in Tränen aus.

»Warte, ich hab's gleich«, will ich sie beruhigen. Aber ich bin so angespannt, dass ich es nicht schaffe, die Kneifzange zu bedienen. Ich rutsche an der Kette ab. Beim nächsten Versuch rutscht mir einer der Griffe aus meiner feuchten Hand.

Herrgott!

»Gleich ... warte ...«, stottere ich und versuche es weiter.

Aber die Ketten sind dick, und ich bräuchte eigentlich eine größere Zange. Außerdem bin ich zu aufgeregt. Und immer noch so sehr von meinen Gefühlen überwältigt, dass mir übel ist. Deshalb bekomme ich auch nicht mit, was in meinem Rücken passiert.

Das gibt es doch nicht, verdammt!, schreie ich in Gedanken und versuche es weiter. Theresas panisches Gezappel macht es nicht leichter.

»Gleich ...«, sage ich wieder, weil ich das Gefühl habe, etwas sagen zu müssen, um uns beide zu beruhigen. »Ich hab's gleich.«

Doch auf einmal geht ihr Blick an mir vorbei. Und ihre Augen werden ganz groß.

Nein! Bitte nicht!, schießt es mir noch durch den Kopf.

Da kreischt sie schon auf: »Pass auf!«

Ich fahre herum. Und noch bevor ich die Drehung vollendet habe, weiß ich schon, was mich dort erwartet: Krämer. Mit einer Pistole in der Hand.

»Bereit zu sterben, du kleiner Scheißkerl?«

KAPITEL 59

Einen Augenblick lang bin ich starr vor Schreck. Ich glaube sogar, dass mein Herz kurz stehen geblieben ist, ehe es mit einem schmerzhaften Stich und doppelter Geschwindigkeit wieder einsetzt. Jetzt schlägt es wie verrückt.

»Weg von ihr!«, fährt Krämer mich an und zuckt mit der Pistole in seiner Hand.

Ich habe die Hände hochgerissen. Hocke aber immer noch neben Theresa auf dem Bett.

»Runter da!«

»Bleib bei mir! Bitte bleib hier!«, fleht Theresa.

Aber ich habe keine Wahl. Ich tue, was er von mir verlangt. Halte die Hände dabei weiter erhoben.

»Nein, bitte Simon!«

»Keine Sorge«, sage ich und nehme mir diesen Beschwichtigungsversuch selbst nicht ab.

»Weg vom Bett!«, zischt Krämer.

Ich mache einen kleinen Schritt zur Seite.

»Weiter weg!«

»Bitte bleib hier!«

Ich trete noch einen Schritt zur Seite.

»So ist es gut«, sagt er und grinst.

»Hab keine Angst«, versuche ich, Theresa zu beruhigen.

»Doch, meine Liebe«, sagt Krämer und lacht. »Du solltest Angst um deinen Freund hier haben.«

Meine Gedanken überschlagen sich auf der Suche nach einem Ausweg.

»Du bist wirklich dümmer, als ich gedacht habe«, sagt Krämer. »Aber mir soll's recht sein. Immerhin hast du mir eine Menge Probleme abgenommen, indem du hierhergekommen bist.«

Ich bekomme gar nicht so richtig mit, was er sagt. Mein Herz schlägt inzwischen so wild, dass es wohl jeden Moment den Geist aufgeben wird. Das Blut rauscht wie ein reißender Strom hinter meinen Ohren. Und meine Gedanken schießen immer wilder durch meinen Verstand. Aber ich finde einfach keine Möglichkeit, wie ich ihn überwältigen kann. Er ist in den Raum gekommen. Doch er steht gut drei Meter von mir entfernt und hat die Pistole weiter auf mich gerichtet. Würde ich einen Satz auf ihn zu machen, würde er mich wohl ohne zu zögern über den Haufen schießen.

Theresa weint jetzt bitterlich.

»Tun Sie ihr nichts«, höre ich mich sagen.

Er grinst. »Oh, du edler Held.«

»Bitte!«

Sein Grinsen wird noch breiter.

»Lassen Sie sie gehen!«

Jetzt lacht er so richtig auf.

»Was …?« Ich breche ab. Versuche, mich zu konzentrieren. »Was wollen Sie?«

»Was ich will?«, fragt er. »Gar nichts. Ich habe alles, was ich brauche.«

Ich schaue zu Theresa. Nur ganz kurz. Sie sieht mich. Unsere Blicke treffen sich. Ich liebe sie. So sehr.

Es muss doch eine Lösung geben!

»Sie … Sie werden damit nicht … davonkommen«, sage ich. Meine Stimme bebt regelrecht.

»Das bin ich doch schon längst. Mit deiner Hilfe. Du bist ja freiwillig hierhergekommen. Und niemand außer uns dreien weiß es. Ist das nicht schön?«

Was kann ich nur tun?

Es gibt nur einen Ausweg aus diesem Verlies – die Tür hinter Krämer. Es ist aussichtslos.

»Warum?«, frage ich. Nicht, weil es mich auch nur im Entferntesten interessiert. Sondern weil ich nicht weiß, was ich sonst machen soll.

»Was?«

»Warum haben Sie es getan?«

Er grinst wieder. »Ernsthaft? Du fragst mich jetzt wirklich nach dem Grund?«

Ich nicke kaum merkbar. »Ja.«

»Der Grund ist doch scheißegal. Du wirst sterben. In ein paar Sekunden wirst du leblos hier auf dem Boden liegen, und dein jämmerliches Leben wird zu Ende sein. Und du fragst mich jetzt ernsthaft, warum all das hier passiert ist?«

Ich will schlucken. Aber ein Kloß in meinem Hals macht es mir unmöglich.

»Ich möchte … es wissen, bevor ich … sterbe«, stammle ich.

Er mustert mich.

»Wenn ich schon sterben muss, dann … dann will ich wenigstens wissen, weshalb«, sage ich.

Krämer starrt mich immer noch bloß an. Dann verzieht er auf einmal den Mundwinkel zu einem schiefen Lächeln. »Na gut, wenn das dein letzter Wunsch ist, dann pass mal gut auf.«

KAPITEL 60

»Ich war immer ein guter Mann«, sagt Krämer. »Ich habe nicht getrunken, nicht geraucht, war treu und habe mich um Matilda gekümmert. Ich habe ihr immer frische Blumen mitgebracht, im Haushalt geholfen, sogar gekocht habe ich. Ich habe immer darauf geachtet, dass sie alles hatte, was sie wollte.«

Krämer hält einen Augenblick lang inne.

Theresa schluchzt und schnauft heftig. Ich habe immer noch die Arme erhoben und werfe ihr einen Blick zu. Doch ich glaube, sie bekommt es gar nicht mit. Ihre Augen sind ganz nass. Ihr Körper bebt. Die Furcht hat sie fest im Griff.

Krämers Blick verfinstert sich, als er weiter erzählt: »Aber sie hat sich immer schon für etwas Besseres gehalten. Sie war nie zufrieden mit mir und dieser trostlosen Gegend.« Er schnauft verächtlich. »Manchmal hatte ich das Gefühl, dass sie tatsächlich mir die Schuld an all dem hier gab.«

Theresa schluchzt laut auf.

Sein Blick wird noch finsterer: »Immer hat sie mich runtergemacht. Einfach immer. Jeden verfickten Tag.«

Wieder schaue ich kurz zu Theresa. Ich möchte sie so gerne umarmen. Und ihr sagen, dass alles wieder gut wird. Ich muss uns beide retten. Nur wie?

»Anfang des Jahres hatten wir einen heftigen Streit. Es muss zwei oder drei Tage nach Neujahr gewesen sein. Ich weiß gar nicht mehr, worum es wirklich ging. Jedenfalls sprachen wir danach einen ganzen Tag lang nicht miteinander.

Dann, als ich am nächsten Tag gerade vom Dienst heimkam und Blumen mitgebracht hatte, verkündete sie mir doch allen Ernstes, dass sie mich verlassen wollte. Sie drückte mir einen Brief in die Hand.« Er sieht mich an, zwinkert mir zu. »*Den* Brief, wenn du verstehst, was ich meine.«

Ich erinnere mich.

»Während sie noch ihre Koffer fertig packte, las ich ihn und meine Welt brach zusammen. Ich hatte alles gegeben. Doch es war nicht genug gewesen. Meine Frau, die Frau, die mir geschworen hatte, mich zu lieben, bis dass der Tod uns trenne, wollte mich verlassen.«

Wieder hält Krämer bei der Erinnerung kurz inne.

Wie kommen Theresa und ich hier raus? Wie kann ich ihn ablenken? Oder überwältigen, ohne, dass er mir vorher eine Kugel in meinen Schädel jagt?

Denk nach, verdammt! Denk nach!

»Naja, ich kürze das jetzt ein wenig ab«, sagt Krämer. »Immerhin haben wir nicht mehr viel Zeit. Ich muss wieder hoch zum Hotel und dort alles regeln. Wie du dir sicher vorstellen kannst, ist dort gerade die Hölle los.«

Ich muss mir eingestehen, dass ich keine Ahnung habe, was dort gerade wirklich los ist. Ich schätze aber, dass da noch immer unzählige Kerle durch das Hotel stürmen und auf der Suche nach mir sind.

»Also, na ja«, redet Krämer weiter. »Ich konnte Matilda jedenfalls dazu überreden, bei mir zu bleiben. Aber was soll ich sagen: Es wurde nicht besser. Jeden Tag aufs Neue hat sie mich provoziert und mir klargemacht, wie unglücklich sie mit mir war. Egal, wie sehr ich mich auch bemühte und wie toll manche Stunden zwischen uns waren – auf jedes kurze Hoch folgte ein Tief mit dem Vorschlaghammer.«

Ich frage mich, wie lange seine Geschichte noch geht und wie viel Zeit mir noch bleibt, einen Ausweg zu finden. Meine

Gedanken schwirren in Höchstgeschwindigkeit durch meinen Verstand. Aber bisher war kein brauchbarer dabei.

»Vor gut vier Monaten dann war es so weit. Wir hatten uns wieder einmal gestritten. Danach wollte sie mich erneut verlassen. Sie war geradezu hysterisch, hat mich übel beschimpft und provoziert. ›Verlierer‹ hat sie mich genannt und …«

Er bricht den Satz ab und macht eine Handbewegung, als wollte er damit den eben angebrochenen Satz aus unser aller Gedächtnis wischen.

»›Hör auf!‹, habe ich sie angefleht. ›Bitte hör auf!‹ Aber sie hat nicht aufgehört. Ganz im Gegenteil: Sie hat mich weiter runtergemacht. Sie wurde immer hysterischer. Sie hat mich beschimpft, wie ich noch nie in meinem Leben beschimpft worden war. Sie hat mich provoziert, mich sogar geschubst. Und mich geschlagen. Da …«

Jetzt wird seine Miene so richtig dunkel. Trotz meiner Panik sehe ich, dass seine Kiefermuskel mahlen und er bei der Erinnerung an diesen Moment mit den Zähnen knirscht.

Ich weiß: Mir bleibt nicht mehr viel Zeit!

»Da habe ich sie gepackt«, sagt Krämer und die Wut von damals klingt jetzt in seiner Stimme mit. »Ich habe sie am Hals gepackt, damit sie endlich still war. Aber sie … sie hat mich dabei ausgelacht. Obwohl sie keine Luft bekam, lachte sie mich weiter aus. Da … da habe ich noch fester zugedrückt. Und nicht mehr lockergelassen.«

Krämers gesamter Körper scheint jetzt angespannt.

»Die Augen traten ihr schon ein wenig hervor, aber sie hat mich tatsächlich weiter ausgelacht. Ich habe sie nach hinten an die Wand gedrängt und noch fester zugedrückt. So fest, wie ich nur konnte.«

Theresa ist jetzt ganz still. Ich blicke zu ihr und sehe, dass sie Krämer fassungslos anstarrt. Ich schaue zurück zu Krämer. Der hat zwar die Waffe weiter auf mich gerichtet, doch sein Blick hat sich bei der Erinnerung an den Mord an seiner Frau irgendwo im Nichts verloren.

Ist das der Moment, auf den ich gewartet habe? Soll ich auf ihn zustürmen? Hätte ich eine Chance?

Ehe ich mich entschieden habe, klart sein Blick auf.

»Ich habe solange zugedrückt, bis sie endlich tot war«, sagt er und legt eine kurze Pause ein. »Und wisst ihr was? Ich habe mich danach auf einmal wie befreit gefühlt. Es war wie in einem dieser Märchenfilme, in denen der Held mit einem Zauber belegt ist, und indem er die böse Königin tötet, dieser plötzlich von ihm abfällt. Ja, so fühlte ich mich in diesem Moment. Ich weiß noch: Ich ließ von ihr ab. Und ihr Körper sackte zu Boden. Ich stand weiter da, betrachtete sie und war auf einmal voller Abscheu. Sie hatte mich so schlecht behandelt. Ich hätte es viel früher tun sollen.«

Was zur Hölle soll ich bloß tun?

Mein Herz schlägt mir bis zum Hals. Meine erhobenen Arme zittern. Aber ich habe keine Angst. Dafür bin ich viel zu sehr mit der Suche nach einer Lösung beschäftigt. Denn ich weiß: Krämers Erzählung kommt langsam zu einem Ende. Die Uhr tickt. Die Zeit läuft ab.

»Dabei war sie noch gar nicht tot. Sie war wirklich zäher, als gedacht. Ich … ich musste sie noch in den Keller runter schleppen und … Ach, egal. Jedenfalls starb sie auch hier«, sagt er und sein diabolisches Grinsen kehrt für einen kurzen Augenblick zurück. Dann erlischt es wieder und auch seine Wut scheint verflogen. Er wird geradezu sachlich in seiner Erzählung: »Am nächsten Tag habe ich sie als vermisst gemeldet. Niemand hatte mich in Verdacht. Wer glaubt schon, dass ein Polizist seine eigene Frau tötet? Außerdem hatte ich ja noch einen ganz besonderen Trumpf im Ärmel: ihren Abschiedsbrief vom Jahresanfang.«

Er lächelt jetzt wieder.

»Ganz pathetisch war der und mit viel bla bla. Sie habe all die Jahre alles versucht, um unsere Ehe zu retten und bla bla bla. Aber sie habe sich eingestehen müssen, mich nicht mehr zu lieben. Sie würde deshalb von mir fortgehen und irgendwo ein neues Leben beginnen. Es sei ihre eigene freie Entscheidung. Ich solle nicht nach ihr suchen. Diese blöde Schlampe. Aber na ja, was soll ich sagen. Damit hat sie mir den größten aller Gefallen getan. Den Brief habe ich mir nämlich aufgehoben. Er war mit keinem Datum versehen. Deshalb glaubte mir die Polizei auch, als ich ihn ein paar Monate später als Grund für ihr tatsächliches Verschwinden aus der Trickkiste holte. Sie setzten so einen Typen darauf an, der ihre Handschrift analysierte. Und dieser Idiot bestätigte natürlich alles. Somit glaubten sie mir, dass meine Frau genug von mir hatte und einfach wegwollte. Ist das nicht schön?«

Tick.

Tack.

Tick.

Tack.

Tick.

Tack.

Ich brauche eine Idee! Jetzt!

»Ich habe den angeschlagenen Mann gegeben. Alles war gut, bis ich mitbekam, dass im Ort getuschelt wurde. Manche kannten Matilda besser und zweifelten daran, dass sie einfach abgehauen war, ohne ihnen Bescheid zu geben. Da musste ich nachjustieren und mir kam auch ganz schnell eine Idee. Als mich eine Beschwerde erreichte, dass der alte Reiter oben am Hotel ständig mit einem Gewehr herumlaufe und er sogar Luftschüsse abgegeben hatte, als ein paar Jungs aus dem Ort in das Hotel hatten einbrechen wollen, war mir schlagartig klar: Ich würde die Reiters und alle, die für sie arbeiteten, anschwärzen müssen. Ein, zwei Bemerkungen am

Stammtisch im Wirtshaus, und es hatte keine Woche gedauert, bis das ganze Dorf sie in Verdacht hatte. So funktioniert das hier. Nur für einen Durchsuchungsbefehl oder eine ernsthafte Ermittlung hatte es nicht gereicht. Zum Glück.«

Krämer war sichtlich stolz auf seinen Bericht.

Und in mir breitete sich Verzweiflung aus. Theresa und ich hatten uns all das Gelaber von seiner Treue und dem gebrochenen Stolz anhören müssen, ohne dass mir ein brauchbarer Ausweg gekommen wäre. Es war alles umsonst.

»Na gut«, sagt Krämer. »Kommen wir zum Ende der Geschichte.«

Ich will etwas sagen, aber ich weiß nicht, was.

»Die Monate vergingen. Die Polizei ermittelte schon längst nicht mehr. Auch der Verdacht gegen die Reiters erhärtete sich nicht. Hier im Dorf hingegen waren die meisten von deren Schuld überzeugt. Der Hass auf sie brodelte. Und das tut er noch immer. Aber das hast du ja eh heute am eigenen Leib mitbekommen, was?«

»Sie … meinen die Schlägerei im Gasthaus?«, hake ich nach.

Er lacht. »Das war keine Schlägerei. Du wurdest vermöbelt. Punkt. Und ja, das war das einzige heute, das nicht inszeniert war. Die Kerle können dich schlichtweg nicht leiden, weil sie glauben, dass du ein gottverdammter Frauenmörder bist.«

Ich ahne, dass er nun mit seiner Erzählung am Ende ist.

Und tatsächlich sieht er mir jetzt tief in die Augen. Sein Blick ist entschlossen. »So, und jetzt wirst du sterben, Kleiner.«

KAPITEL 61

»Warten Sie!«, schreie ich die Panik aus mir heraus.

»Mann, ich habe keine Zeit mehr. Verstehst du das denn nicht? Ich muss zurück zum Hotel. Außerdem gehst du mir langsam wirklich auf die Nerven. Ich kann deine Drecksvisage nicht mehr sehen.«

»Warum Theresa?«, schreie ich.

»Warum sie?«, fragt er und lacht kurz auf, als könne er die Frage nicht nachvollziehen. »Sieh sie dir doch an! Sie ist eine Traumfrau. Ich wollte sie vom ersten Moment an, in dem ich sie im Dorf sah. Ich war hin und weg.«

Er wirft Theresa ein Lächeln zu.

Ich möchte mich auf ihn stürzen und ihn würgen.

»Ich sprach sie an«, sagt er weiter. »Doch ich merkte sofort, dass sie gegen meinen Charme immun war. Aber was soll ich sagen … ich bin … nein, ich war ein einsamer Mann. Ein Mann mit Bedürfnissen. Und ich konnte nicht mehr aufhören, an sie zu denken. Also habe ich mich ein paar Mal hoch zum Hotel geschlichen und sie ein wenig beobachtet. Sogar im Hotel war ich öfter, niemand hat das mitbekommen. Und in ihrem Zimmer. Aber das weißt du ja bereits, nicht?«

Er grinst.

»Ich wollte sie. Aber als ich sie das nächste Mal im Ort traf und ich sie erneut ansprach, ließ sie mich eiskalt abblitzen. Sie behandelte mich wie Luft. Da beschloss ich, sie mir zu holen. Wie gesagt: Ich bin ein Mann. Und ich habe Bedürfnisse.«

»Wie … haben Sie es gemacht?«, frage ich, obwohl ich vor Wut nur so koche. Dieses Arschloch hat Theresa wehgetan. Und dafür wird er büßen. Ich weiß nur noch nicht, wie.

Er grinst, als würde er meinen Plan durchschauen.

Er berichtet dennoch weiter: »Ganz kurz nur: Ich habe sie im Hotel betäubt und herausgeschafft – in den Wagen, den ich gleich hinter der Lichtung geparkt hatte. Damit habe ich sie hergebracht, wo schon alles für sie vorbereitet war.«

»Aber dann kam ich Ihnen in die Quere«, sage ich.

»Ich bitte dich!«, sagt er und lacht verächtlich auf. »Du überschätzt dich ein wenig, mein Kleiner. Indem du den Sturz überlebtest, musste ich bloß ein wenig nachjustieren. Zugegeben, ein paar Stunden hatte ich wirkliche Kopfschmerzen wegen dir. Aber dein Gedächtnisverlust war ein Geschenk des Himmels. Zum Glück fiel mir die Sache mit dem Schauspiel ein. Und Gott sei Dank fand ich neben Ott noch ein paar Idioten, die sofort Feuer und Flamme für die Idee waren und dich für einen Mörder hielten, den es zu überführen galt. Sie alle glaubten ja ernsthaft, dass sie Matilda mit ihrer Tat noch retten konnten.«

Ich wage einen kurzen Blick zu Theresa. In ihrem Gesicht prangt Panik. Und ein riesengroßes Fragezeichen. Klar, sie hat keine Ahnung, wovon Krämer spricht.

Er atmet gekünstelt tief durch.

»So, jetzt bin ich aber wirklich am Ende mit meiner Erzählung. Jetzt kommt dein Part in dem Ganzen. Dein großer Moment, wenn du so willst.«

»Lass ihn!«, schreit Theresa. »Ich tue alles. Aber bitte lass ihn gehen!«

Krämer lacht.

»Tut mir leid, Süße. Aber dein Freund muss jetzt leider sterben.«

Kaum, dass er das gesagt hat, bricht auf einmal Chaos aus. Wir sind nicht länger nur zu dritt.

KAPITEL 62

»Leg die Waffe weg!«, schreit Ott und taucht auf einmal im Türrahmen auf. Er hat sich völlig unbemerkt zu uns hinunter in den Keller geschlichen und hat seine Pistole auf Krämer gerichtet. »Weglegen, sofort!«

Ich kann nicht beschreiben, wie glücklich ich bin, ihn hier zu sehen. Plötzlich ist die Hoffnung zurück.

Doch Krämer erstickt sie im Keim. Er reagiert blitzschnell. Fährt zu Ott herum. Und schießt. Ohne zu zögern. Und ohne vorher auch nur ein Wort zu verlieren.

Der Schuss ist ohrenbetäubend laut.

Ein schrilles Piepen entspringt in meinen Ohren.

Theresa kreischt aus voller Kehle. Und auch ich schreie vor Schreck laut auf.

Ott spritzt das Blut aus dem Schädel. Eine Sekunde lang ist er noch auf den Beinen. Dann sackt er leblos zu Boden. Und bleibt dort seltsam verrenkt liegen.

Alles ging so schnell.

Erst jetzt begreife ich so richtig, was da gerade passiert ist.

Theresa kreischt immer lauter und zerrt wie verrückt an ihren Fesseln. Die Ketten rasseln ganz wild.

Ich habe im Moment des Schusses vor Schreck die Arme vors Gesicht gerissen und bin zusammengezuckt. Dabei hätte ich mich sofort auf Krämer stürzen sollen, als er sich zu Ott umgedreht und mit der Waffe von mir abgelassen hatte. Aber wie hätte ich damit rechnen sollen?

Es wäre meine Chance gewesen. Jetzt ist es zu spät.

Krämer hat die Pistole wieder auf mich gerichtet. »Bleib schön, wo du bist!«

Ich habe die Arme immer noch vor dem Gesicht und luge zwischen ihnen hindurch. Als Krämer sich noch einmal zu Ott umdreht und mit der Schuhspitze gegen seinen toten Körper tippt, nutze ich die Gelegenheit. Blitzschnell greife ich in meine rechte Hosentasche und hole die Münze hervor.

»Hoch mit den Händen!«, brüllt Krämer mich an.

Ich reiße sie, die Münze zwischen Zeige- und Ringfinger geklemmt, in die Höhe. Krämer scheint es nicht zu bemerken.

Er wirft noch einen weiteren Blick auf Ott.

Das Blut strömt nur so aus seinem Schädel. Eine Lache hat sich bereits ausgebreitet und wird immer größer.

»So ein Mist«, murmelt Krämer. »Arschloch. Blödes, verfluchtes Arschloch.«

Dann schnauft er, als wolle er sich sammeln.

»Gut, also«, sagt er. »Bringen wir es hinter uns.«

»Nein!«, schreit Theresa. »Bitte nicht!«

Er lässt kurz von mir ab und schaut zu ihr rüber.

Da wird mir klar: Es ist meine letzte Gelegenheit.

Jetzt oder nie!

KAPITEL 63

Mit immer noch erhobenen Händen hole ich die Münze zwischen meinen Fingern hervor. Platziere sie auf dem Zeigefinger. Fahre mit der Daumenspitze unter die Kante. Neige die Hand etwas. Ziele. Und schnippe sie.

Das alles hat nicht länger als eine Sekunde gedauert. Ehe Krämer begreift, was passiert, schießt die Münze schon direkt auf sein Gesicht zu. Vermutlich begreift er einen Sekundenbruchteil, bevor sie ihn trifft, was passiert. Doch es ist zu spät. Ich lande einen Volltreffer. Denn die Münze trifft ihn direkt am rechten Auge.

Er schreit auf.

Ein Schuss löst sich aus seiner Pistole. Die Luft explodiert. Die Kugel zischt an mir vorüber. Und schlägt hinter mir in der Mauer ein. Es klirrt. Weil eine Spiegelfliese zu Bruch geht.

Theresa kreischt. Ihre Ketten rasseln.

Da bin ich bereits auf dem Weg zu ihm.

Ich habe Krämer erreicht, ehe er einen weiteren Schuss abgeben kann. Ich ramme ihn nieder, mit voller Wucht. Er verliert das Gleichgewicht. Kippt nach hinten. Ich stürze mich auf ihn. Falle mit ihm. Und schon im nächsten Augenblick liegen wir beide auf dem Boden. Er will die Pistole wieder auf mich richten. Aber ich packe seinen Arm mit beiden Händen und drücke ihn mit aller Kraft, die ich nur aufbringen kann, von mir weg. Er schießt. Doch der Schuss knallt nur gegen die Decke.

Theresa schreit. Krämer schreit. Ich schreie.

Und wir beide kämpfen weiter um Leben und Tod.

Er ist stärker als ich. Obwohl ich seine Hand immer noch mit beiden Armen wegzudrücken versuche, gewinnt er die Oberhand. Er verpasst mir mit der freien Linken einen Faustschlag ins Gesicht. Ich kann mich gerade noch rechtzeitig ein kleines Stück zur Seite drehen und den Schlag so ein wenig entschärfen. Dennoch ist er wuchtig.

»Du kleiner Scheißkerl«, zischt er.

Spucketröpfchen treffen mich im Gesicht.

Ich weiß, dass ich nicht mehr lange gegen ihn ankommen kann. Meine Entscheidung fällt spontan. Aber selbst in der Hektik ist mir klar, dass ich nur den einen Versuch habe. Und ich tot bin, wenn es nicht klappt.

Ich sammle meine letzten Kraftreserven und drücke seinen Arm noch einmal kräftig von mir. Dann hole ich aus. Balle meine Hand zu einer Faust. Und schlage zu – dorthin, wo ich ihn schon zuvor getroffen und damit außer Gefecht gesetzt habe. Ich schlage mit voller Wucht auf seinen Hals ein. Treffe den Kehlkopf und spüre, dass er bricht.

Sein Körper verliert augenblicklich an Spannung.

Seine Augen werden ganz groß. Er lässt die Waffe fallen. Greift sich mit beiden Händen an den Hals. Röchelt. Hustet. Und ringt nach Atem.

Panik liegt in seinem Blick. Und Fassungslosigkeit.

Ich hole noch einmal aus. Und schlage mit voller Wucht auf sein Gesicht ein. Dann noch einmal. Und noch einmal. Als er sich instinktiv schützen möchte und seine Hände den Hals erneut freigeben, nutze ich die Chance. Ich hole ein letztes Mal aus und schlage zu – so kräftig, wie ich noch nie zuvor in meinem Leben auf irgendetwas eingeschlagen habe.

Wieder bricht etwas in ihm. Ich kann es hören. Und spüren.

Er röchelt. Würgt.

Ich lasse von ihm ab. Richte mich auf. Schiebe mit dem Fuß die Waffe quer durch das Zimmer und weit von ihm weg.

Ich stehe über ihm. Hebe meinen rechten Fuß. Lasse ihn direkt über seinem Hals schweben.

»Du hast dich mit dem Falschen angelegt«, sage ich.

Und trete zu.

VIER TAGE SPÄTER

KAPITEL 64

Die letzten vier Tage verbrachten Theresa und ich im Krankenhaus. Die Bisswunde ist inzwischen gut verheilt und macht mir kaum noch Probleme. Auch meine Kopfschmerzen sind endlich abgeklungen. Mir geht es gut. Blendend sogar, wenn ich daran denke, wie viel Glück im Unglück ich hatte.

Auch Theresa geht es den Umständen entsprechend gut. Körperlich hat sie keine Beschwerden mehr, ihr Kreislauf ist wieder in Ordnung. Auch sie hatte Glück im Unglück. Da ich so schnell dahinterkam, dass Krämer hinter allem steckte, und er aufgrund meines Gedächtnisverlustes voll und ganz mit diesem absurden Schauspiel beschäftigt war – erst mit der Planung und dann mit der Umsetzung – hatte er gar keine Zeit gehabt, Theresa etwas anzutun. Sie und ich haben noch nicht wirklich darüber gesprochen. Ich habe es mehrmals versucht, aber sie hat jedes Mal abgeblockt. Ich gehe mal schwer davon aus, dass er sie vergewaltigen und sie als seine Sexsklavin halten wollte. Dazu kam es Gott sei Dank nicht – zumindest so viel hat Theresa mir bereits berichtet. Das Schlimmste war tatsächlich für sie, dass Krämer sie über einen Tag lang ohne Essen oder einen Schluck Wasser im Keller zurückgelassen hatte. Dafür aber in Unwissenheit und Panik.

Heute, am Tag, an dem Theresa und ich aus dem Krankenhaus entlassen wurden, haben wir uns ein letztes Mal zum *WALDHOF* aufgemacht – um unsere Sachen abzuholen und um mit diesem Kapitel unseres Lebens endlich abzuschließen.

Die Kriminalpolizei hat uns zwar aufgefordert, die nächsten Tage noch in der Gegend und für sie verfügbar zu bleiben, doch das wollen wir auf keinen Fall hier im Hotel tun. Wir haben für die nächsten Tage ein Zimmer in einem Gasthof etwa 20 Autominuten von hier entfernt gemietet. Dort wollen wir warten, bis die Ermittlungen abgeschlossen sind und wir entschieden haben, wohin es für uns beide gehen soll. Vielleicht erst mal in die Slowakei zu Theresas Familie. Vielleicht wollen wir aber auch erstmal für uns bleiben. Mal schauen.

Theresa ist gerade noch in ihrem Zimmer am Werk und packt dort ihre Sachen. Ich habe meine so gut wie fertig gepackt – viel hatte ich für diesen Neustart ja nicht mitgenommen. Sogar an das Foto habe ich im letzten Moment noch gedacht, es heimlich hinter der Kommode hervorgeholt und in meiner Hosentasche verschwinden lassen. Dabei ist mir aufgefallen, dass ich schon so lange nicht mehr an sie gedacht hatte. Es wirkte, als kämen die plötzlich aufflammenden Erinnerungen aus einer längst vergangenen Zeit. Tatsächlich aber liegen die Ereignisse, die mich hierher getrieben haben, noch gar nicht so lange zurück. Ich werde das Bild bei nächster Gelegenheit verschwinden lassen, nehme ich mir vor. Kein Grund mehr, es länger aufzubewahren. Ich werde sie endgültig hinter mir lassen. Sie ist Vergangenheit. Theresa ist die Gegenwart. Und die Zukunft.

»Ich hoffe wirklich, Sie … nun ja, also … Sie beide nehmen uns das nicht übel«, stammelt Frau Reiter, die eben zu mir ins Zimmer gekommen ist. Sie wirkt wehmütig und ein wenig alkoholisiert. Vermutlich dachte sie ernsthaft, wir würden nach allem, was passiert war, sofort wieder mit der sinnlosen Arbeit hier beginnen. Und die Wiedereröffnung würde schon bald in greifbare Nähe rücken.

»Was?«, frage ich, weil es da so vieles gibt, das ich ihr übel nehmen könnte.

»Na, das ganze Schauspiel.«

Ich weiß nicht, was ich darauf antworten soll.

»Die Polizei hat uns ja quasi keine Wahl gelassen.«

»Schon in Ordnung«, sage ich schließlich.

Soll sie ihren Frieden haben. Sie kann nichts für ihre Einfältigkeit. Ich erinnere sie auch nicht daran, dass ihr Mann, dieser ekelhafte Kerl, in den letzten Monaten nicht nur einmal sein Gewehr auf mich richtete, mir drohte und mir mit seinem Köter eine Heidenangst einjagte. Auch er ist Vergangenheit für mich. Sie ist es, die sich weiter mit ihm herumschlagen muss.

»Finden Sie nicht auch, dass ich ein Talent habe, Herr Simon?«

»Worin?«

»Na, im Schauspielern.«

Diese Frau überrascht mich einfach immer wieder aufs Neue mit ihren absurden Ergüssen.

»Ich meine, Sie haben es ja einige Stunden lang hautnah miterlebt. Ich finde, ich war gar nicht mal so schlecht. Da habe ich schon weit miesere Leistungen im Fernsehen gesehen.«

»Das kann gut sein«, sage ich.

In ihrem Gesicht entspringt ein Lächeln. »Ich muss mir das mal durch den Kopf gehen lassen.«

»Was?«

»Na, das mit der Schauspielerei.«

»Das ist sicherlich eine gute Idee.«

Kurz scheint sie noch in ihrem Tagtraum gefangen. Dann erstirbt das Lächeln wieder und ihre Augenbrauen ziehen sich zusammen. »Aber das Hotel hat natürlich Vorrang, Talent hin oder her. Bevor nicht endlich die Wiedereröffnung über die Bühne gegangen ist, wird mir wohl keine Zeit dafür bleiben. Sie können sich ja gar nicht vorstellen, worauf ich alles zu achten habe, Herr Simon.«

»Das ist sicher eine gute Entscheidung«, sage ich und kann es kaum erwarten, dieser Frau ein für alle Mal Lebwohl zu sagen.

»Sie haben ja selbst gesehen, was hier noch alles zu tun ist.«

»Ja«, sage ich nur, weil ich schon fürchte, was gleich kommt.

»Und Sie ...« Sie räuspert sich unsicher in ihre Faust. »Ich meine, Sie wollen es sich sicher nicht noch einmal überlegen? Ich meine das mit Ihrer Abreise.«

»Ich denke nicht«, sage ich.

»Ich meine, ich ... ich müsste natürlich noch mit Alfred darüber reden. Aber wer weiß, vielleicht ist ja sogar eine kleine Gehaltserhöhung für Sie beide drin.«

»Danke, aber ...«, setze ich an und weiß nicht weiter.

»Ich glaube, das ist keine so gute Idee«, sagt Theresa, die auf einmal im Türrahmen steht. Es waren die ersten Worte, die sie verloren hat, seit wir im Hotel sind.

Ich betrachte sie und kann es wieder einmal nicht fassen, wie wunderschön sie ist. Ich könnte sie den ganzen Tag lang anschauen und bekäme nicht genug von ihr.

Frau Reiter ist die Enttäuschung anzuhören. Sie schnauft durch. »Es liegt an meinem Mann, habe ich recht?«

»Nein, es ...«, setze ich an und bin dankbar dafür, dass er sich noch nicht hat blicken lassen. Ich wüsste nicht, wie ich mich ihm gegenüber verhalten sollte. Nette abschließende Worte habe ich jedenfalls keine für ihn übrig.

»Sicher liegt es an ihm!«, fährt sie mir drüber. Zu ihrer Enttäuschung hat sich jetzt auch eine Prise Wut gemischt. »Er ist ein alter Griesgram«, sagt sie. »Ein Pavian ohne Manieren. Und ab und zu könnte er ruhig mal ein kleines Gläschen trinken, um ein wenig lockerer zu werden. Aber tief in seinem Herzen ist er ein guter Mensch.«

»Das glaube ich«, lüge ich.

Theresa kommt ins Zimmer und geht zur Kommode, wo sie in die Hocke geht und etwas vom Boden aufhebt.

Ich will Frau Reiter gerade nach Sienna fragen. Wir beide haben uns in den letzten Monaten angefreundet und ich will nicht abreisen, ohne ihr vorher noch Lebwohl zu sagen. Aber da begreife ich, was Theresa gerade aufgehoben hat. Ich spüre, wie mir die Hitze in den Kopf schießt und meine Wangen zu glühen beginnen. Wie meinem Herzen ein Zittern entspringt und sich auf meinen ganzen Körper ausbreitet. Schlagartig stehe ich unter Strom.

Nein! Bitte nicht!

Sie betrachtet das Foto, von dem ich dachte, dass ich es in meiner Hosentasche hatte verschwinden lassen. Doch in der Hektik und dem Versuch, es vor Frau Reiter zu verbergen, muss ich wohl danebengefahren sein. Im Glauben, es in meiner Tasche verschwinden zu lassen, habe ich es offenbar unbemerkt zu Boden fallen lassen.

»Wer ist sie?«, will Theresa wissen.

»Wer?«, frage ich, und meine Stimme war selbst an diesem einen kurzen Wort die Brüchigkeit anzuhören gewesen. Es war wohl die dümmste aller Gegenfragen, die ich hätte stellen können.

Theresa sieht mich aus großen Augen heraus an. Ihre Stirn liegt in Falten. Sie wartet auf eine Antwort. Nicht, weil sie eifersüchtig ist, bin ich mir sicher. Nein, sondern weil sie mir meine heftige Reaktion ansieht.

»Na, die Frau auf dem Foto«, sagt sie.

»Keine … Ahnung, ich …«, stammle ich und lasse den Rest des Satzes in der Luft hängen. Ich nehme ihr das Foto aus der Hand, betrachte es, versuche, mein Zittern zu kaschieren und tue so, als sähe ich es zum ersten Mal. Dabei suche ich fieberhaft nach einer Ausrede. »Es … es gehört mir nicht.«

»Ach«, mischt Frau Reiter sich auf einmal ein, kommt zu uns herüber und entreißt mir das Bild. »Das gehört mir.«

Sie sieht mich an. Ich vermag ihren Blick nicht zu deuten.

Eine Sekunde verstreicht, vielleicht auch zwei. Dann lächelt sie, und ihr Lächeln ist mehr als nur zweideutig.

»Das muss ich wohl eben verloren haben«, sagt sie, während sie das Bild in einer versteckten Seitentasche ihres Kleides verschwinden lässt und mich dabei im Auge behält.

Ich schlucke. Ringe mir ein Lächeln ab.

Ich bin kein schlechter Mensch, nein. Das haben die Ereignisse hier im Hotel doch bewiesen, oder? Aber auch ich habe eine Vergangenheit. Und einen besonders dunklen Fleck darin – den Grund, weshalb ich mein altes Leben zurückgelassen habe und hierhergekommen bin.

Theresa darf nie davon erfahren. Schon gar nicht, dass die Frau auf dem Foto vor ihr die Liebe meines Lebens war. Dass ich Krämer in einem gewissen Punkt ähnlicher bin, als mir lieb ist. Und ich der letzte Mensch bin, der sie lebend gesehen hat.

»Sind Sie wirklich ganz sicher, Herr Simon, dass Sie nicht doch noch eine Zeit lang hier im Hotel bleiben wollen?«

DANKE

Meinen Testleserinnen und Testlesern: Andrea Klementovic, Caro Kruse, Johannes Haas, Jacky Vörös, Ricarda Spielberger, Caroline Schwarzenberger-Gauss und Klaus Bichler.

Ana, Emilia, meinen Eltern und meiner ganzen Familie für die Unterstützung in allen Belangen.

Alle Bücher von Roman Klementovic:

Verspielt
ISBN 978-3-8392-1797-9
Immerstill
ISBN 978-3-8392-1888-4
Immerschuld
ISBN 978-3-8392-2066-5
Wenn das Licht gefriert
ISBN 978-3-8392-2770-1
Wenn die Stille schreit
ISBN 978-3-8392-0092-6
Wenn der Nebel schweigt
ISBN 978-3-8392-0313-2
Tränengrab
ISBN 978-3-8392-0737-6
Dunkelnah
ISBN 978-3-8392-0869-4